DE L'AMOUR DANS L'AIR

James Collins

DE L'AMOUR DANS L'AIR

Roman

Traduit de l'anglais (Etats-Unis)
par Valérie Bourgeois

PRESSES
DE LA CITÉ

Titre original : *Beginner's Greek*

© James Collins, 2008
Tous droits réservés
© Presses de la Cité, un département de place des éditeurs , 2009 pour la traduction française
ISBN 978-2-258-07542-9

A Virginia Dance Donelson

Prologue

Chaque fois que Peter Russell montait à bord d'un avion, il se demandait si une belle jeune femme viendrait s'asseoir à côté de lui et, dans ce cas, s'ils tomberaient amoureux l'un de l'autre durant le vol. Cette fois-là ne fit pas exception à la règle, à ceci près qu'il était convaincu que ce voyage serait le bon. Bien sûr, il croyait toujours dur comme fer que chacun de ses voyages serait le bon. Mais là, il le savait. C'était sûr. Alors qu'il s'avançait dans la travée de l'avion qui le mènerait de New York à Los Angeles, l'idée lui vint que, en toute logique, son rêve était plus susceptible de se réaliser à bord d'un long-courrier. C'est donc avec plaisir qu'il constata que le rang où il serait assis ne comportait que deux places – disposition propice à l'intimité – et que celle voisine de la sienne était encore inoccupée. Parfait, cela lui laissait le temps de savourer le champ des possibles quelques minutes encore. Il rangea sa veste, son attaché-case et son ordinateur portable dans un casier, puis s'installa près du hublot. Tout en ouvrant son journal, il jeta un œil à sa droite, vers le vide palpable à côté de lui. La ceinture de sécurité gisait sur le siège, impassible, indifférente à la personne qu'elle allait bientôt étreindre. Peter contempla le tissu rêche du fauteuil, gris et rouge, dont les motifs abstraits évoquaient vaguement un coucher de soleil. Cela lui rappela un dîner de fac durant lequel son meilleur ami, un crétin incroyablement prétentieux, avait épaté la galerie avec des anecdotes sur le séminaire de littérature très sélectif auquel il participait – en fait, rien que du baratin sur la façon dont l'absence suggère la présence. (« J'en déduis que je peux continuer à sécher les cours sans souci. » Rires de l'assemblée. Quel abruti.) Ma foi, reconnut Peter à cet instant, ce qui sautait aux yeux lorsqu'il regardait le siège vacant à côté de lui, c'était bien l'absence d'une présence.

Un petit moustachu de type slave s'arrêta près de lui. L'homme consulta le talon de sa carte d'embarquement, puis le numéro de la rangée, et de nouveau sa carte, avant de poursuivre sa progression. Peter poussa un soupir de soulagement. Mais qui sait si son futur voisin ne transformerait pas sa vie de la manière la plus inattendue ? L'homme qui s'approchait à présent, par exemple, avec sa tête de bouledogue et sa pince à cravate en or, pouvait très bien être le propriétaire d'une fonderie à Buffalo. Il se prendrait peut-être d'amitié pour lui, Peter, au point de lui proposer de devenir vice-président de sa société. Peter répondrait alors oui et s'installerait à Buffalo, où il découvrirait des gens plus intéressants qu'il ne l'imaginait et de vieux bâtiments en briques rouges auxquels la saleté conférerait un charme particulier. Il épouserait une gentille fille qui, après avoir travaillé quelques années à New York, aurait préféré retourner chez elle, auprès de ses riches et sympathiques parents, et tous deux vivraient dans une grande maison victorienne entourée d'arbres centenaires aux vastes frondaisons. Et que dire de ce vieux monsieur voûté en costume trois pièces ? Ne pouvait-il s'agir d'un grand-oncle disparu en Birmanie il y avait de cela des années, dont il n'aurait jamais entendu parler mais dont il devinerait l'identité en remarquant que sa chevalière portait les mêmes armoiries que celle de son grand-père ? Il deviendrait son héritier !

Finalement, l'homme à la pince à cravate dépassa la rangée de Peter, tandis que le vieux monsieur s'arrêtait avant. La plupart des passagers semblaient avoir embarqué, et pourtant rien n'y faisait : Peter ressentait toujours un petit frisson d'anticipation. A n'en pas douter, une jeune femme allait s'asseoir à côté de lui. Et pas n'importe laquelle. *La* jeune femme. Une fille belle, gentille, avec qui il engagerait la conversation jusqu'à ce que tous deux se retrouvent comme isolés dans une bulle, là-haut dans les nuages. Le temps qu'ils atterrissent, tout serait réglé. Place à l'amour ! Evidemment, il avait beaucoup réfléchi à cette jeune personne, dont il faisait la somme des qualités. Elle serait jolie et gentille. Puis jolie, gentille et intelligente. Puis jolie, gentille, intelligente, drôle et, d'une manière générale, parfaite. Etait-ce trop demander ? Il savait très bien que oui. Dans la réalité, les gens qui partageaient votre vie avaient des défauts. N'étaient-ce pas les petites irrégularités et les nuances de couleur qui donnaient toute sa valeur à une étoffe ? Peut-être, mais il n'avait pas envie de tomber amoureux d'un bout de tissu. Il voulait s'éprendre d'une jeune femme belle, gentille, intelligente et drôle à la fois – enfin, une fille jolie et gentille ferait l'affaire, du moment qu'elle aussi s'éprenait de lui.

Peter se tourna vers le hublot et observa le camion qui injectait du carburant dans le ventre de l'avion au moyen d'un épais tuyau ombilical. Dans l'ensemble, la vie l'avait plutôt gâté. C'était un solide garçon d'un peu moins d'un mètre quatre-vingts, âgé d'une vingtaine d'années, avec un visage franc et ouvert, des yeux noisette et des cheveux châtains qui lui balayaient le front. Il avait un travail intéressant, un bon salaire, des amis, des qualités d'athlète honorables. Il avait eu une enfance relativement heureuse. Mais sur le plan amoureux... ma foi, jusqu'à maintenant, la situation laissait à désirer. Il était sorti avec des filles qu'il aimait bien, et d'autres non, sans jamais éprouver ce qu'il s'imaginait devoir éprouver. Sa pugnacité au travail et le plaisir qu'il prenait à affronter l'adversaire lorsqu'il jouait au hockey n'y changeaient rien : il était timide et perdait tous ses moyens dès qu'une femme l'attirait – ce qui rendait très difficile sa recherche de l'âme sœur. De plus, il n'était pas sans scrupules, si bien que multiplier les conquêtes passagères ne lui procurait pas la même satisfaction qu'à certaines de ses connaissances, en particulier son meilleur ami. Sa nature compatissante se révélait une faiblesse plus qu'un atout dans ce domaine.

Peter regarda un employé de l'aéroport retirer le tuyau de carburant. C'est alors qu'il sentit une présence. Une présence féminine, devina-t-il. Pouvait-il s'agir de celle qu'il attendait ? Tournant la tête, il aperçut bel et bien une femme, mais d'environ soixante-dix ans et coiffée d'une perruque noire. En lieu et place de ses sourcils, elle avait deux accents circonflexes dessinés au crayon, et ses lèvres étaient barbouillées de rouge à la manière d'un clown. Lorsque leurs regards se croisèrent, Peter nota ses faux cils semblables aux pattes d'une tarentule. Quelle vision d'horreur !

— Quel est le numéro de votre rang ? lui demanda-t-elle.

Après qu'il lui eut répondu, elle consulta sa carte d'embarquement et leva les mains au ciel.

— C'est un comble ! Mon rang n'existe pas ! Il n'y en a aucun avec mon numéro. C'en est encore un qu'ils ont enlevé pour faire une blague aux gens. C'est bien ma veine, ça. Tomber sur un avion avec des rangs manquants. Si seulement mon fils se donnait la peine de me rendre visite, je n'aurais pas à subir ce genre de désagrément. Mais non, il faut que sa femme s'en mêle. Madame se déshydrate en vol. La déshydratation, vous connaissez ? C'est quand on n'a pas assez d'eau. (Elle fixa Peter d'un œil dur.) Vous êtes marié ?

Devant son signe de tête négatif, elle enchaîna :

— Epousez une gentille fille, alors !

Elle marqua ensuite une pause en le dévisageant encore, comme pour s'assurer qu'il avait bien enregistré son conseil, puis fit demi-tour et repartit vers l'avant de l'appareil.

Il n'y avait plus aucun autre passager dans l'allée. Un steward vint fermer les casiers pendant que les moteurs commençaient à ronronner. L'avion n'allait plus tarder à décoller, et les écrans de télévision s'abaisseraient bientôt afin de passer la vidéo sur les consignes de sécurité. Peter contempla le siège vide à côté de lui. Son agitation et son euphorie avaient fait place à une déception irrationnelle qui lui faisait l'effet d'une gueule de bois. L'absence n'impliquait rien d'autre que l'absence, bien sûr. Il savait désormais que personne ne viendrait s'asseoir à côté de lui.

Il poussa un soupir désabusé et haussa les épaules. Puis, tel un dépressif qui aurait remonté les couvertures au-dessus de sa tête, il ouvrit son journal de façon à s'abriter derrière et entama la lecture d'un article intitulé « Batillage : le maire désavoué par le conseil municipal ». Le sujet était très intéressant. Il portait sur les limitations de vitesse imposées aux bateaux à moteur afin de réduire les vagues nées dans leur sillage et la dégradation des structures côtières qui en résultait. Etait concernée la ville de Venise, par exemple. Peter lisait depuis quelques minutes lorsqu'il entendit des pas précipités se diriger vers lui. Des pas légers propres à une personne jeune – et très probablement de sexe féminin –, qui s'arrêtèrent à son niveau. Prenant conscience d'une silhouette près de lui, Peter replia négligemment son journal afin de jeter un œil à sa droite. Une jeune femme hissait un sac dans le casier au-dessus de lui. Ses bras levés dévoilaient une portion d'abdomen bronzé, à la vue duquel Peter sentit son cœur faire une embardée. Aussitôt, il se pencha sur un article intitulé cette fois « Changement et continuité dans les tribunaux du Nouveau Sud ».

Il attendit que la jeune femme se fût installée à sa place avant de l'examiner en douce. Vêtue d'un gilet blanc léger et d'un jean, l'inconnue paraissait avoir à peu près le même âge que lui. Peter nota d'emblée la courbe douce de sa mâchoire et la manière dont cette ligne remontait vers son menton, suivant le tracé idéal décrit dans les anciens manuels de peinture. Ses yeux glissèrent ensuite vers une petite oreille qui donnait envie de mordre dedans, puis vers de longs cheveux blond vénitien, un front bombé, un nez droit à l'extrémité joliment sculptée, une peau lisse de couleur miel, un long cou gracile et une silhouette fine, tout en longueur.

La jeune femme pivota vers lui en cherchant la boucle de sa ceinture. Le trapèze créé par ses épaules et sa taille étroite, la rondeur de sa poitrine, la grâce de ses longs doigts, tout cela émut profondément Peter. C'est alors qu'elle redressa la tête et lui sourit. Il eut l'impression d'un lever de soleil sur l'océan, d'une explosion de lumière. Un tel sourire aurait conduit une armée de guerriers à se prosterner. Et dans ce visage ovale, de grands yeux verts le fixaient. Des yeux verts ! Comme une flamme verte ! Peter ordonna à ses lèvres de prendre la forme d'un sourire amical, un rien charmeur, mais il supposa que le résultat ressemblait davantage à la grimace d'un homme en train de respirer du gaz moutarde. La fille hocha la tête et se concentra sur sa ceinture.

Avant de s'asseoir, elle avait jeté sur son siège un épais livre de poche dont Peter n'avait pas réussi à déchiffrer le titre. Elle commença à le lire en retenant de sa main gauche un gros paquet de pages – au moins les deux tiers du roman – jusqu'à ce que, au bout d'un moment, Peter s'aperçoive qu'elle l'avait reposé sur ses genoux et qu'elle semblait perdue dans ses pensées. Il jeta alors un œil à la couverture et sursauta presque en découvrant *La Montagne magique* de Thomas Mann.

C'est une chose que de se retrouver sur un vol New York-Los Angeles assis à côté d'une belle jeune femme. C'en est une autre que de se retrouver sur un vol New York-Los Angeles assis à côté d'une belle jeune femme qui en est à la page 500 de *La Montagne magique* de Thomas Mann. Quand vous regardez ce que lit votre charmante voisine et que vous vous rendez compte qu'il s'agit d'un livre sur les anges, vous pouvez parfaitement refuser de faire entrer cette personne dans votre vie. Que pourriez-vous bien avoir à vous dire ? La même logique s'applique dans le cas d'un ouvrage plus sérieux, mais sans intérêt, tel qu'une biographie émouvante à la conclusion optimiste. Et si le livre est encore plus respectable, mais toujours aussi dépourvu d'intérêt – le dernier roman d'un auteur branché et surestimé, par exemple –, alors l'inconnue ne vaut même pas la peine que vous lui adressiez la parole. Qu'y a-t-il de pire que parler à quelqu'un qui se croit à tort intelligent ? Et lirait-elle quelque chose prouvant son extrême érudition, comme une revue pointue sur l'informatique, que là encore il ne servirait à rien de discuter avec elle, car elle serait trop intimidante. En clair, n'importe quel livre était de nature à convaincre un jeune homme pétrifié par la peur qu'il était tout à fait raisonnable, et non pas complètement lâche, d'ignorer celle qui allait être sa compagne de vol durant cinq heures. N'importe quel livre, exception faite de *La Montagne magique* de Thomas Mann. Une belle jeune femme plongée dans ce roman – comment ne pas relever un tel défi ? C'était un livre sérieux, mais une intellectuelle imbue de sa personne lui aurait préféré quelque chose de plus difficile et de moins indigeste. Une lectrice de *La Montagne magique* était forcément quelqu'un d'intelligent et de patient, qui s'intéressait à différents sujets, dont certains parfaitement démodés. Et surtout, elle lisait le seul roman allemand que Peter Russell ait jamais lu.

Bien évidemment, à présent qu'il avait vraiment une chance de tomber amoureux d'une belle jeune femme assise à côté de lui dans un avion, et vice versa, Peter était terrifié. L'idée que son rêve était peut-être sur le point de se réaliser et qu'il pouvait tout gâcher le tétanisait. S'il ne trouvait pas un moyen d'engager la conversation avec cette fille et de la séduire, il se tuerait. Idem s'il lui adressait la parole et que, sans même lui accorder un regard, elle rassemblait ses affaires pour s'installer plus loin.

Entre-temps, l'avion avait décollé et donnait à présent l'impression de s'élever lentement au-dessus d'un épais tapis nuageux. Le grondement des réacteurs avait cessé de déranger Peter pour lui servir de bruit blanc qui couvrait ses pensées. Il était là, suspendu en l'air dans cet engin où rien ou presque ne changerait durant cinq heures. La plage de temps monotone qui s'étirait devant lui ne serait troublée que par le steward lui tendant une boisson et un sachet de bretzels. Pourtant, des forces puissantes étaient concentrées au milieu de toute cette inertie. Sans même lui avoir parlé, Peter savait sans l'ombre d'un doute qu'il pourrait passer le reste de sa vie heureux avec la femme assise à côté de lui.

Il ne le devinait pas seulement à sa beauté et au livre qu'elle lisait, mais à la manière dont elle tenait ce livre, la tête inclinée et la bouche légèrement arrondie. Tout cela témoignait amplement de la gentillesse, du dévouement, de la sagesse, de la grâce, de l'esprit et de l'amour dont elle était capable. Il n'en avait jamais autant appris sur le caractère d'une femme au terme d'un examen poussé, et souvent déplaisant, qu'il ne l'avait fait avec celle-là au bout de trente secondes seulement. (Les hommes, avait-il constaté, ne nécessitaient pas plus de cinq secondes.) La voix de la raison et de la maturité émotionnelle avait beau jeu de lui expliquer avec condescendance que ses hypothèses s'appuyaient sur une simple chimère. Que la vraie vie et les vrais mariages impliquaient un engagement avec une vraie personne dotée de défauts et de besoins particuliers. Que partager son existence avec quelqu'un supposait de faire la vaisselle même lorsqu'on était fatigué, et aussi de payer chaque mois les traites de la maison. Il jeta un nouveau coup d'œil à sa voisine et l'imagina saisir un stylo-bille pour signer un chèque de remboursement, sa main se mouvant tel un mécanisme ancien et merveilleux. Vite, par ici la vaisselle !

Ainsi, malgré les apparences, des forces puissantes étaient à l'œuvre autour de lui. Des forces incroyables. Peter savait qu'un simple petit effort de sa part pouvait tout faire basculer. C'était comme si la cabine baignait dans un gaz romantique et sexuel puissant, mais indétectable, et qu'une seule étincelle était nécessaire pour provoquer une explosion. L'avion ne subirait aucun dommage, les autres passagers ne se rendraient compte de rien, mais le résultat bouleverserait sa vie.

Quelle serait cette étincelle ? Peter ne faisait pas partie de ces gens qui adressent facilement la parole à des inconnus – a fortiori lorsque l'inconnu en question était une jolie jeune femme. Son meilleur ami, lui, était capable de sourire à une fille dans la file d'attente d'un cinéma et de lui dire quelque chose comme «Vous pensez que ce film sera aussi bon que le précédent du même réalisateur ?». Et hop, il décampait avec elle. Peter, pendant ce temps, restait à côté de l'amie de la fille sans réussir à décrocher un mot.

Sa voisine soupira, s'agita sur son siège, s'étira et, pour finir, leva les yeux. C'était le moment ou jamais. Il pouvait lui demander : « Qu'est-ce qui vous amène à Los Angeles ? » Oui, pourquoi pas. « Qu'est-ce qui vous amène à Los Angeles ? » Les mots résonnèrent en boucle dans sa tête. « Qu'est-ce qui vous amène à Los Angeles ? » « Qu'est-ce qui vous amène à Los Angeles ? » Cette répétition silencieuse lui donna presque le tournis. Puis quelque chose d'étrange se produisit. Ce fut très curieux. Peter n'était pas sujet aux hallucinations auditives, mais il crut bien entendre la question « Qu'est-ce qui vous amène à Los Angeles ? » énoncée haut et fort. Comprenant soudain ce qui se passait, il sursauta violemment.

— Oh, je suis désolée, déclara une voix chaleureuse de mezzo-soprano. Je ne voulais pas vous faire peur. Je me demandais juste ce qui vous amenait à Los Angeles.

La jeune femme lui parlait. Peter contempla sa douce expression amicale et nota pour la première fois combien le contour de sa lèvre supérieure s'harmonisait avec la fossette de son menton. Il était temps pour lui de répondre, mais il continua à la dévisager, et elle fit de même avec cet air qui invitait à la conversation. Enfin, son cerveau se mit en branle, tourna à toute vitesse, clignota.

— Le travail, bafouilla-t-il.

Ce qui donna en réalité : « Le trlal. »

Il se prépara alors à l'inévitable : « Que faites-vous dans la vie ? » Pianiste de jazz West Coast. Négociant en vins. Assassin. Non, il serait obligé d'avouer qu'il était pour l'heure employé dans la branche « finance d'entreprise » d'une banque d'investissement, ce qui faisait de lui l'un des êtres humains les plus ennuyeux que l'on pouvait rencontrer sur un vol à destination de Los Angeles. La finance d'entreprise. Mon Dieu ! Eh bien, voyez-vous, en ce moment nous travaillons sur la dette convertible d'une banque moyennement importante... En fait, il trouvait cela intéressant à certains égards, mais aucune personne normalement constituée, surtout si elle était jeune et belle, ne pouvait s'attarder sur un tel sujet ni croire qu'un homme occupant ce genre de poste méritait qu'on discute avec lui. Une fois qu'il lui aurait dit ce qu'il faisait, les quatre heures cinquante de vol qu'il leur restait s'effectueraient en silence.

Elle ne l'interrogea cependant pas sur son travail.

— Vous aimez Los Angeles ? s'enquit-elle à la place.

Encore une question impossible ! Il convenait de mépriser « L.A. », il le savait. Mais c'était si conventionnel qu'il n'y avait aucune fierté à en tirer. Tenter une remarque sarcastique et suffisante – « Des implants mammaires ? Ce sont plutôt des cerveaux qu'il faudrait greffer à ces gens-là ! » – risquait de vous faire passer pour quelqu'un de très ennuyeux, toujours prêt à tirer sur une ambulance. Dans le même temps, on ne pouvait pas vraiment aimer « L.A. », n'est-ce pas ? Quelle pression. Devait-il la jouer pour ou contre ? Drôle ou sérieux ? Avisé ou naïf ? Oui ou non ? Pile ou face ? Il hésita entre diverses solutions, avant finalement d'oser une synthèse ingénieuse :

— La ville n'est pas trop mal.

Il observa le joli visage de sa voisine s'assombrir légèrement et en éprouva un pincement au cœur. Deux réponses aussi lapidaires n'incitaient pas franchement à poursuivre la conversation. Il allait la perdre.

— En fait, je ne connais pas très bien Los Angeles, poursuivit-il. On y conduit sûrement beaucoup. (Bravo, voilà qui était spirituel !) Je sais qu'il y a là-bas plein de stars de ciné d'aujourd'hui qui vivent dans les maisons de stars de ciné d'autrefois et qui dépensent des millions pour s'offrir du mobilier français des années 1930, mais je n'en vois jamais. Moi, ce que je vois, c'est que Los Angeles ressemble à toutes ces villes pleines d'autoroutes et de bâtiments climatisés. Les tables dans les salles de conférences où je passe mes journées sont en noyer, avec le même aspect de vernis qu'ailleurs. Le reste du temps, je suis dans ma voiture de location ou à l'hôtel. Je crois aussi qu'il y a des palmiers, et toute une imagerie associée à la ville – le type avec sa copine, au bord d'une piscine dans une immense villa de Bel Air construite il y a longtemps pour une vedette du cinéma muet. Ils sont aussi beaux qu'un jeune éphèbe et une jouvencelle dans un tableau héroïque. Les gouttes d'eau sur leur peau brillent sous le soleil. On a une impression d'espace hermétique, dépourvu d'air, comme s'ils étaient totalement isolés des millions de gens qui les entourent. La scène a lieu un mercredi après-midi, il fait soleil, et bien sûr ils n'ont rien d'autre à faire le mercredi après-midi que d'être beaux avec toutes ces gouttes d'eau qui scintillent sur leur corps. Mais mon Los Angeles à moi m'évoque plutôt une ville du Midwest en été. La seule différence, ce sont les palmiers et les distances plus longues à parcourir.

« Je me souviens qu'un jour je suis allé dans un bar avec des clients après un dîner d'affaires. Ils avaient envie de se lâcher un peu. L'un d'eux, qui habitait Los Angeles, nous a emmenés dans un endroit où de jeunes starlettes jouaient au billard. Ces filles étaient si belles qu'on n'arrivait pas à les quitter des yeux. Et puis l'une d'elles a enlevé ses gants – elle portait des gants à l'ancienne, avec des broderies au point de croix –, elle les a posés à côté de sa bière et a commencé une partie. Elle était très douée, il faut le reconnaître, et elle avait des bras longs et souples qu'elle veillait à bien montrer. Je l'ai trouvée hautaine, superficielle. Rien qu'à l'observer, je savais que ni elle ni ses amies ne possédaient le moindre degré de civilisation, de culture, de charité ou de sérieux. Et je me suis dit : "Bon sang, ce que j'aimerais être à leur place." »

Peter s'arrêta, à bout de souffle et au bord de la panique. Comment avait-il pu raconter toutes ces sottises ? Après avoir fixé le dossier du siège lui faisant face durant toute sa tirade, il jeta un regard apeuré à sa voisine. Miracle, elle n'affichait pas une mine si consternée que ça. Les yeux écarquillés et les lèvres entrouvertes, elle semblait même l'avoir écouté avec attention, comme transportée par tout ce qu'il disait. Rassuré, il sourit pour montrer qu'il appréciait son intérêt.

— Je n'ai jamais rien entendu de plus beau ni de plus exaltant de toute ma vie, déclara-t-elle.

Puis elle éclata de rire, avant de se couvrir la bouche d'une main et de détourner la tête.

A sa grande surprise, Peter constata que cette réaction ne le faisait pas rougir. Quelque chose dans le ton et l'attitude de la jeune femme l'enhardit même.

— D'accord, dit-il. Je m'en suis bien sorti, alors maintenant c'est à vous de m'expliquer ce que vous allez faire à Los Angeles.

Elle ne répondit pas tout de suite et effleura du doigt le fermoir de sa tablette. Le silence se prolongea. Il attendit. Pour finir, elle le fixa avec un sourire voilé.

— Je vais voir ma sœur, dit-elle. Elle vient d'avoir un bébé – une petite Clementine. (Elle éclata de nouveau de rire.) Ça va me faire bizarre d'être appelée tante Holly.

Holly.

— Ma sœur habite chez mon père, dans les montagnes derrière Malibu, reprit-elle. Petites, on vivait toutes les deux à L.A., mais nos parents ont divorcé quand j'avais trois ans, et ma mère nous a emmenées à Chicago, sa ville natale. Mon père était réalisateur. Il lui arrive encore de descendre en ville pour se faire offrir à déjeuner par un de ses vieux copains producteurs. Mais il passe le plus clair de son temps à boire du schnaps en lisant des romans policiers. (Elle marqua une pause.) Il a fait quelques bons films, ajouta-t-elle. (Nouveau silence.) On est fâchés contre ma sœur parce qu'elle n'a pas estimé nécessaire d'avoir un mari en même temps que son enfant. Le père de Clementine vit avec une autre femme à Hawaii. Il est ravi d'avoir un bébé et il était même présent lors de l'accouchement. La seule chose qui m'étonne, c'est qu'il n'ait pas insisté pour que sa petite amie soit là elle aussi. (Elle soupira et lui sourit.) Et voilà, je vous raconte tous les problèmes de ma famille alors que je vous connais depuis à peine cinq minutes.

A ces mots, chacun plongea son regard dans celui de l'autre, sans s'arrêter à la surface cette fois, et Peter eut le sentiment que l'univers tout entier se figeait net, comme s'il n'avait eu d'autre raison d'être que d'atteindre ce point d'équilibre parfait. Cela dura jusqu'à ce qu'ils se forcent à porter leur attention ailleurs. Le temps reprit alors son cours.

Holly insista pour qu'il lui parle à son tour de sa famille et de son enfance, même s'il prétendait que cela serait très ennuyeux : il avait grandi dans le New Jersey avec deux sœurs plus âgées que lui. Son père était cadre et sa mère avait trois passions dans la vie (en dehors de son mari) : ses enfants, ses bonnes œuvres et son jardin. Holly réussit même à l'entraîner sur le terrain de la finance d'entreprise et afficha un intérêt apparemment sincère pour le sujet. Elle-même n'était pas très sûre de son choix de carrière. Pour l'instant, elle enseignait les mathématiques en République dominicaine et trouvait son métier tantôt exaltant, tantôt déprimant. Elle se rendait relativement souvent à New York parce que sa tante vivait là-bas. Peter et elle discutèrent ainsi de beaucoup de choses. Parfois aussi, ils se taisaient. Elle reprenait son livre, lui son journal, puis l'un d'eux faisait une remarque à voix haute, sans réfléchir, et ils se remettaient à bavarder jusqu'à ce qu'un silence amical retombe entre eux. Comme en peinture, l'espace négatif avait son importance.

— Ma foi, déclara-t-elle après une longue période de silence, ça suffit avec Hans. (Elle se tourna vers Peter.) Vous avez lu ce livre ?

— Oui. C'est un roman d'apprentissage.

— Exact.

— Vous l'aimez ?

Elle prit le temps de la réflexion.

— Si je l'aime ? Je ne sais pas... Ce n'est pas vraiment l'un de ces livres qu'on « aime » ou pas. Il me donne l'impression d'assister à une cérémonie religieuse très, très longue, qui me semble parfois ridicule et parfois incroyablement passionnante et déroutante. Mais le fait d'« aimer », dans le sens de « prendre plaisir », n'a rien à voir là-dedans.

« Ce que j'aime, en revanche, c'est être plongée dans ces considérations sérieuses, ultraprofondes, mais teintées d'ironie, sur de grands sujets – la vie, l'amour, la mort, l'art, la liberté, l'autorité. C'est comme si j'étais transportée sur une autre planète. Et quand on songe à ce qui s'est réellement produit ensuite en Europe, on ne peut pas reprocher au roman d'être aussi grave.

— Je suis tout à fait d'accord. Mais je dois reconnaître que ce qui m'a le plus frappé, même si je savais que j'aurais plutôt dû réfléchir à tous ces thèmes, c'est...

— Le deuxième petit déjeuner.

— Oui ! Parfaitement ! Comment avez-vous deviné ?

— Enfin ! Qui peut lire qu'il aura un repas au sanatorium appelé « deuxième petit déjeuner » sans se dire que, tuberculose ou pas, cela ressemble au paradis ? En étant aussi peu malade que l'est Hans, en plus ? Cela vaut vraiment la peine de séjourner là-bas.

Deux esprits à l'unisson ! Peter en eut le vertige, mais il se reprit.

— Vous en êtes où de votre lecture ?

— Je viens de finir la tempête de neige.

— Mon passage favori.

— Un tantinet macabre, quand même. Ce rêve avec les vieilles dames en train de démembrer un enfant...

— Oui, mais vous savez, malgré ça et cette incroyable soupe philosophique, j'ai été surpris que le roman comporte des moments... romantiques. Quand Hans se rappelle les poignets de Claudia par exemple. Elle a beau être une loque, on voit bien comment elle le séduit. Cet amour est du genre à faire pousser des brins d'herbe dans le béton.

Holly inclina la tête.

— J'en déduis que vous êtes romantique ?

Peter rougit, incapable de lui répondre ou même de la regarder en face.

— J'imagine que oui. Plus ou moins, articula-t-il avec peine, les poings serrés.

Du coin de l'œil, il vit que Holly contemplait toujours son profil.

— Pardon, dit-elle. Ce n'est pas une question à poser à un homme. Je regrette. Mais bon, moi aussi je suis romantique.

— Je peux voir votre livre une seconde ? demanda-t-il.

Elle le lui tendit et il feuilleta le passage où elle s'était arrêtée.

— Là, dit-il en revenant deux pages en arrière. Voilà la phrase dont je me souviens. Elle est en italique, alors elle se repère facilement : « L'homme ne doit pas laisser la Mort régner sur ses pensées au nom de la bonté et de l'amour[1]. »

— Oui, je me la rappelle, murmura Holly.

Ils se turent de nouveau. Les mains de Holly reposaient sur ses genoux, le dos de l'une dans la paume de l'autre. Ainsi incurvés et tournés vers le haut, ses doigts évoquaient une feuille. Au bout de quelques instants – et au grand soulagement de Peter, qui craignait d'avoir mis un terme définitif à la conversation –, Holly l'interrogea sur ce qu'il lisait (*David Copperfield*, qu'il n'avait jamais réussi à terminer étant enfant), avant d'enchaîner sur des sujets variés comme le hockey, les raisons pour lesquelles la famine frappait moins les pays démocratiques, sa famille à elle, les écoles qu'ils avaient fréquentées, la musique qu'ils aimaient (point important qui leur révéla des goûts étonnamment concordants), les différences entre la Seconde et la Troisième Avenue, les livres, les programmes télé de leur enfance, le taux de croissance de la Scandinavie et des Pays-Bas...

Ainsi, pendant que leur avion survolait les plaines monotones du Midwest, les prairies et le désert, Peter nageait dans la sérénité et la béatitude. Il y avait bien eu une étincelle, mais pas d'explosion. En fait, tout avait changé de manière invisible. Dès l'instant où Holly et lui s'étaient parlé, le côté crucial de la situation s'était effacé, le laissant inconsciemment heureux. Par le hublot, il vit les montagnes Rocheuses, si imposantes et menaçantes. Imposantes ? Menaçantes ? Pour les explorateurs Lewis et Clark, peut-être. Mais lui, il était trente mille pieds au-dessus.

Qu'éprouvait-il ? C'était intéressant. Il éprouvait à peu près la même chose que lorsqu'il faisait la planche dans l'eau

1. Thomas Mann, *La Montagne magique*. Traduction de Maurice Betz. Fayard, Paris, 1931. (*N.d.T.*)

froide de l'océan par une belle journée d'été. De petites vagues léchaient son corps, le soleil réchauffait son visage, et il se sentait délicieusement revigoré et apaisé. Holly et lui n'avaient abordé aucun sujet particulièrement important. Leurs identités ne s'étaient pas soudain fondues en une seule. Non, ils s'étaient rencontrés et rapprochés comme deux fleurs qui auraient entrelacé leurs tiges. Quel bonheur ! Puis, une fois de plus, une petite voix rabat-joie dans un coin de sa tête lui souffla qu'il était absurde d'être « heureux » dans de telles circonstances. Il ne connaissait pas cette jeune femme, et dans les rapports avec autrui le « bonheur » ne dérivait pas d'impressions superficielles. Il était plutôt le résultat d'un travail éreintant, ardu et permanent. Maintenir une relation sérieuse avec quelqu'un était difficile. Cela supposait du courage, de la tolérance, de l'énergie, des sacrifices. Autant que quand on travaillait parmi les lépreux, pour prendre une comparaison utile. L'idée que l'on pouvait rencontrer une belle jeune femme sympathique dans un avion, discuter avec elle des différences subtiles entre la Seconde et la Troisième Avenue et en ressentir un « bonheur » plus significatif que celui procuré par une crème glacée était franchement assez puérile. Et, de toute façon, s'il s'imaginait que sa vie pouvait être « réparée » par une tierce personne plutôt que par ses propres efforts, il faisait gravement erreur. Peter avait bien conscience de tout cela. Mais il savait aussi qu'il était amoureux de la belle jeune femme sympathique assise à côté de lui et que sa vie allait changer du tout au tout.

Il la regarda encore. Elle lui expliquait quelque chose au sujet de Marie Stuart, reine d'Ecosse.

— Elle s'est donc rendue au chevet de Darnley et, quelques heures après son départ, la maison où il se trouvait a explosé. A l'évidence, c'était Bothwell qui...

Quand elle parlait, Holly agitait les mains à la manière d'une jongleuse, ce que Peter jugeait charmant.

Et le désir alors ? Il était présent, bien sûr. D'habitude, cela le rendait plus nerveux qu'un soldat en train de désamorcer une bombe, mais là, curieusement, ce n'était pas le cas. Peter ne ressentait pas l'incroyable excitation mêlée de terreur qui vous étreint à la perspective de coucher avec une femme pour la première fois. Certes, il éprouvait du désir, de l'emballement, de l'excitation, mais pas de nervosité. Un peu comme un homme qui aurait anticipé sa *deuxième* nuit avec une femme. Tout lui semblait si juste, si certain, si agréable. Il admira les mains de Holly, qu'elle avait reposées sur ses jambes croisées, et la courbe à peine perceptible de ses hanches.

— Hé ! Vous ne m'écoutez pas, protesta-t-elle.

— Euh... mais si. Euh... Vous parliez de Ridolfi, celui qui, euh...

— Vous aviez pourtant l'air ailleurs.

La pression de la cabine se modifia. Le commandant ayant annoncé que l'avion entamait sa descente, l'effervescence gagna les passagers. Il y eut des bruits de ceinture que l'on ouvrait et refermait. Des documents furent redistribués. L'atmosphère avait changé du tout au tout. Il faisait subitement plus frais et le soleil se couchait plus tôt – ce qui annonçait à Peter la fin du bel été radieux qu'avaient été pour lui les quelques heures précédentes. Il allait falloir se dire au revoir.

Le moment était venu de s'enquérir du nom de famille de Holly, de son adresse et de son numéro de téléphone, puis de lui demander s'il pouvait l'appeler un de ces jours. Cela faisait beaucoup. Il trouvait si peu naturel – et si gênant, et horrible, et discordant – d'introduire cet aspect « rendez-vous » dans leur douce communion d'esprit. « Je peux vous appeler ? » Horreur. Ils étaient faits l'un pour l'autre comme un océan et un rivage, mais donner à Holly l'image d'un type qui voulait l'inviter à dîner dans un restaurant mexicain réduirait en miettes l'état de grâce qu'ils avaient miraculeusement atteint. Pourtant il n'y avait pas moyen d'y échapper, il devait dire quelque chose. Il tenta d'assembler les mots dans sa tête et, pour finir, arrêta son choix sur une formule.

— On va bientôt atterrir, déclara-t-il après s'être éclairci la gorge. Je me demandais si... quand vous reviendrez dans le coin...

— Non, écoutez. Combien de temps allez-vous rester ici ?

— Euh... quoi ?

— Combien de temps allez-vous rester à Los Angeles ?

— Oh... eh bien, jusqu'à la fin de la semaine.

— Vous pensez avoir une soirée de libre d'ici là ?

— Je crois, oui.

— Dans ce cas, aimeriez-vous venir dîner chez mon père ?

Peter détecta de la vulnérabilité dans son regard, et aussi un léger tremblement dans sa voix. Sa propre nervosité céda aussitôt la place à un désir de la rassurer.

— Ce serait super ! J'adorerais !

— Génial.

— Comment...

— Si vous m'appeliez pour me dire quelle date vous arrangerait ? Je vous promets que, quel que soit le jour, nous n'aurons rien de prévu.

— D'accord, très bien. (Il chercha de quoi noter.) Oh, mon carnet... il est dans mon attaché-case. Là-haut, dans le casier...

— Tenez. Donnez-moi votre stylo.

Peter s'exécuta. Elle ouvrit son livre et griffonna quelque chose sur la page de faux-titre, qu'elle arracha ensuite.

— Voilà. C'est mon numéro.

Il baissa les yeux. Sous le titre était écrit « Holly », suivi d'une série de chiffres.

— Merci, dit-il en pliant la feuille et en la glissant dans sa poche de chemise.

— Vous pouvez téléphoner quand vous voulez. Mon père se lève à cinq heures, mais Alex et moi sommes des oiseaux de nuit, et si on ajoute le bébé...

— D'accord. Je risque d'être pris demain soir, alors pourquoi pas le suivant ? Je ne sais pas jusqu'à quelle heure je devrai travailler, mais je suis presque sûr de n'avoir rien...

— Parfait.

— De toute façon, je vous appelle.

Ils échangèrent quelques regards charmeurs pleins d'impatience.

Lorsque l'avion eut atterri, tous deux rassemblèrent leurs affaires avant de s'engager ensemble dans l'allée. « S'engager ensemble », pensa Peter. Un jour, il lui en parlerait. Ils passèrent devant les snack-bars et les boutiques de cravates pour rejoindre la zone de récupération des bagages. Peu après, les grandes écailles du tapis roulant se mirent en branle, et les valises souvent tristes des passagers défilèrent devant eux. En tissu synthétique noir et rouge, avec des petites roues, des poignées en plastique et de larges plaques argentées affichant des noms de marque, elles étaient certainement remplies, imaginait Peter, de possessions aussi atrocement banales que des sous-vêtements aux élastiques distendus. Surgit soudain une valise carrée en cuir couleur caramel.

— C'est la mienne ! s'exclama Holly.

Peter l'attrapa pour elle.

— Vous voyez la vôtre ? s'enquit-elle.

Scrutant le tapis roulant, il l'aperçut un peu plus loin. Son approche inéluctable le déprima. Lorsqu'il l'aurait récupérée, Holly et lui se sépareraient.

— La voilà, dit-il en la saisissant.

Tous deux se firent face une nouvelle fois. Peter savait que dès l'instant où cette femme disparaîtrait de sa vue, le monde se refermerait derrière elle, de la même façon qu'une mare se referme sur un galet jeté en son centre. Il la perdrait alors, et sans doute commencerait-il à se demander si elle avait jamais existé.

— Je ferais bien d'aller chercher ma voiture de location, déclara-t-il.

— Mon père m'a envoyé un chauffeur. Il doit m'attendre dehors.

Ils se dévisagèrent tandis que le tapis roulant continuait à tourner. A une ou deux reprises, ils esquissèrent un geste

27

pour s'embrasser, avant de se retenir. Puis Holly appuya les doigts contre la poche de poitrine de son costume, laquelle se trouvait juste au-dessus de la poche de poitrine de sa chemise, laquelle se trouvait juste au-dessus de son cœur.

— Appelez-moi pour ce dîner. Mon père vous préparera sa spécialité. J'espère que vous aimez la chèvre.

— Oh oui ! Enfin, je suis sûr que j'aimerai ça une fois que j'y aurai goûté.

Holly laissa retomber sa main. Il l'attrapa dans la sienne, la retint un bref instant, puis la lâcha.

Au revoir, dit-il. A bientôt, répondit-elle. Elle prit ensuite sa valise, s'éloigna de quelques pas, et après s'être retournée pour lui sourire, s'évanouit dans la foule.

Peter inspira profondément, les yeux fermés, en essayant de reconstituer mentalement le visage de la jeune femme. Il palpa l'intérieur de sa poche de chemise afin de sentir la page qu'elle avait arrachée à son livre, tapota sa veste par-dessus et, pour finir, resta un moment immobile. Il devait rassembler ses esprits à présent. Il vérifia qu'il avait bien toutes ses affaires. Son ordinateur portable, son attaché-case, sa valise. Le premier en bandoulière sur son épaule et les deux autres à la main – tenue de combat classique pour tout homme d'affaires en voyage –, il chercha les agences de location de voitures. Le chemin était mal indiqué, si bien qu'il tourna en rond un bon moment avant de les trouver. Là, il consulta sa montre et songea qu'il avait intérêt à appeler son bureau de New York et celui de Los Angeles pour écouter ses messages. Posant ses sacs par terre, il sortit son vieux téléphone portable. L'horaire d'une réunion avait été modifié. L'un de ses collègues à New York avait besoin de certains chiffres. Une décision s'imposait : joindre cette personne depuis l'aéroport lui ferait perdre du temps, mais cela renverrait aussi de lui l'image d'un homme réactif. C'est donc ce qu'il fit. Peter passa encore deux appels à l'utilité tout aussi discutable, puis attrapa un petit carnet dans son attaché-case afin d'y noter deux ou trois choses à ne pas oublier – sans songer que Holly s'était servie du même stylo que lui quelques instants plus tôt. Son esprit était comme un décor qui aurait été détruit et entièrement reconstruit pour une nouvelle scène. Il ne pouvait penser à Holly dès lors qu'il avait en tête tout ce qu'il avait à faire. D'abord, il fallait régler la question logistique consistant à rejoindre son hôtel, ce qui n'était pas une partie de plaisir dans cette ville. Ensuite, il y avait son planning pour les jours à venir : il l'avait consigné à différents endroits, mais ne put s'empêcher de le vérifier encore et encore en réfléchissant de nouveau à la manière de se rendre d'une réunion à une autre sans arriver en retard, en se préparant au fait qu'un client lui poserait peut-être une question, en refaisant ses calculs, etc. Toutes ses cogitations masquaient en réalité son inquiétude face à deux ou trois points qu'il avait conscience d'avoir trop vite éludés. Et s'il se projetait plus avant encore, il devait aussi envisager les résultats de son voyage à son retour à New York. Sans compter les dossiers censés porter leurs fruits dans les prochains mois. Au terme de toutes ces considérations, et alors qu'il faisait la queue dans l'agence de location, ses pensées firent un bond jusqu'à la fin de sa carrière et de sa vie.

Au guichet, l'employée lui expliqua qu'il y avait un problème avec sa réservation. Il accepta de prendre une plus grosse voiture pour le même prix, signa tous les formulaires et, avant de partir, vérifia une nouvelle fois qu'il ne lui manquait rien : valise, ordinateur portable, attaché-case, portefeuille, carte de crédit, contrat de location, carte routière de l'agence. Le trajet jusqu'à Los Angeles se fit tant bien que mal. Coincé dans les embouteillages, il se rappela une autre chose qu'il avait à faire et l'inscrivit maladroitement sur la carte. Il dut alors traverser plusieurs voies en catastrophe pour prendre la bonne sortie d'autoroute et tomba sur d'énormes intersections qui lui occasionnèrent un certain stress. Il dépassa son hôtel dans un sens puis dans l'autre sans le voir. Enfin, il arriva à bon port.

A l'hôtel, le réceptionniste lui remit une grande enveloppe avec des documents et des classeurs envoyés par son bureau de Los Angeles. Ensuite, observant un rituel parfaitement rodé, il lui décrivit les services de l'établissement et ce qu'on pouvait lui proposer pour son petit déjeuner.

— J'espère que vous apprécierez votre séjour chez nous, conclut-il.

Dans sa chambre, Peter s'assit sur le lit pour passer plusieurs coups de fil. Puis il s'allongea, inspira à fond, ferma les yeux. C'est alors que, comme si une jolie musique avait joué durant tout ce temps sans qu'il y prête attention, l'image de Holly s'imposa à lui. Un sentiment tout simple le submergea. Ses soucis s'estompèrent, et il se représenta la jeune femme debout sur une colline broussailleuse et poussiéreuse de Californie, le visage caressé par les rayons du soleil couchant. Elle lui souriait. Peut-être... Etait-elle déjà chez elle ? Et s'il l'appelait là, maintenant ?

Etendu sur le dos, les yeux rivés au plafond, Peter visualisa le côté gauche de sa poitrine, juste sous sa poche de chemise. Il sentait encore la pression des doigts de Holly à cet endroit. Il se demanda... Le poids d'une feuille pliée dans une poche de chemise était-il perceptible ? Bien sûr que non. Immobile, il songea à la page arrachée à *La Montagne magique*, la page de faux-titre, celle sur laquelle elle avait écrit « Holly » et le numéro de téléphone de son père. Il était prêt à la sortir, mais il attendit un peu. Et encore un peu.

Enfin, il glissa deux doigts dans sa poche. Le tissu amidonné lui parut étonnamment rêche au toucher. Il chercha, ne rencontra rien. Il recommença, avant de laisser retomber sa main à côté de lui. Toujours sur le dos, les yeux au plafond, il inspira profondément à plusieurs reprises. Son sang se glaçait dans ses veines. Le papier n'était plus là.

Bientôt, son cœur se mettrait à battre à toute vitesse et ses nerfs menaceraient de le lâcher. Mais pour l'heure, il éprouvait l'étrange sérénité abasourdie d'un condamné. Il fouilla de nouveau sa poche de chemise, à deux mains cette fois. Alla jusqu'à la retourner. La feuille était perdue, il n'y avait pas le moindre doute possible.

Peter savait qu'il entamerait certainement une recherche frénétique. Comme un ivrogne désespérant de rassembler suffisamment de monnaie pour s'acheter à boire, il inspecterait les poches de tous ses habits et n'y trouverait que les papiers qu'il y avait accumulés. TICKET NON VALIDE POUR LE TRANSPORT. Il éplucherait un par un les papiers de son attaché-case, avec une patience et une volonté de fer. Il passerait la main dans les différents soufflets de la mallette de son ordinateur portable et en ressortirait des crayons errants et des cartes de visite. Il retracerait ses pas jusqu'à la réception, puis jusqu'à sa voiture, où il déplierait, replierait, et redéplierait son contrat de location. Ensuite, de retour dans sa chambre, un dernier accès de frénésie lui ferait déballer toutes ses affaires afin de fouiller chaque poche, chaque pli, chaque revers. Il se pencherait même sur les chemises encore protégées par le plastique du teinturier. Les magiciens réalisaient bien des tours similaires, après tout. N'étaient-ils pas capables de faire réapparaître la carte qu'on leur avait désignée au milieu d'un autre jeu scellé ?

Tout cela serait complètement inutile, bien sûr, mais il le ferait tout de même. Fermant les yeux, Peter revit clairement les mots imprimés sur la page, ainsi que les chiffres griffonnés par Holly, leur allure générale, l'espace qu'ils occupaient. Rien ne lui revint en mémoire cependant, à part ce nom : Holly.

Holly.

1

Durant toute son histoire, la société Beeche & Co, dont les origines remontaient à La Nouvelle-Amsterdam, ne s'était livrée qu'à une seule activité : le négoce. Jamais elle n'avait cultivé, exploité ou produit quoi que ce soit. Préférant faire office de marchands, de mandataires, de courtiers et de financiers, ses dirigeants avaient commencé par importer des haches, qu'ils avaient ensuite cédées contre les colliers servant de monnaie aux Indiens, qu'ils avaient ensuite troqués contre des peaux de castor, qu'ils avaient ensuite exportées. Plus tard, ils avaient acheté du maïs et du blé aux fermiers du Nord et envoyé des bateaux chargés de cette cargaison vers les Caraïbes, où les céréales étaient échangées contre du sucre, du rhum, de la mélasse et de l'indigo, le tout étant pour finir expédié à l'étranger. Parfois, après une première escale en Grande-Bretagne ou en France, les navires partis vers l'est descendaient les côtes africaines et retraversaient l'Atlantique avec une cargaison humaine. La firme avait été parmi les premières à New York à se lancer dans les effets de commerce et les effets publics, avant d'ajouter au fil des ans les titres bancaires, puis ferroviaires, puis manufacturiers à son portefeuille. Le temps que s'achève le XIXᵉ siècle, elle était devenue une grande société financière comptant des milliers d'employés, des filiales partout dans le monde, et une douzaine de divisions. Son activité de base demeurait toutefois inchangée : faire du négoce pour son propre profit et servir d'intermédiaire dans les affaires commerciales des

33

autres. Aucun Beeche n'avait jamais touché une charrue ou un marteau durant des siècles – ni même employé personne qui le fît.

Contrairement à ses concurrents, Beeche & Co appartenait toujours à la famille de son fondateur. La maison ne possédait aucun associé et n'avait jamais vendu aucune de ses parts. De plus, elle avait été transmise de génération en génération plus ou moins par ordre de primogéniture (des femmes l'avaient dirigée à plusieurs reprises, notamment Dorothea Beeche, célèbre pour avoir réalisé d'énormes profits lors de la panique économique de 1819), de sorte qu'elle n'avait pas été morcelée au fil des héritages. La société étant privée, aucune personne extérieure ne pouvait en évaluer la valeur, mais elle comptait parmi les grands assureurs du pays et sa capacité à faire de gros paris financiers et à refuser de tout liquider lorsque les marchés se détournaient (temporairement) était si légendaire que l'on supposait son capital très important.

La firme ne constituait évidemment pas la seule richesse de la famille. Les Beeche n'avaient cessé d'acquérir des terrains sans jamais en revendre un seul, disait-on, mais là encore le montant de leurs possessions restait un mystère, d'autant qu'ils se gardaient depuis longtemps d'acheter en leur nom propre. Et puis il y avait les collections d'antiquités, les tableaux, les sculptures, les meubles, les manuscrits, les tapisseries, les livres. Mécènes depuis toujours des ébénistes et des forgerons américains, les Beeche avaient également fait quelques belles virées shopping en Europe, devançant ainsi de plusieurs générations leurs compatriotes. L'un d'eux avait pris l'habitude de fournir des liquidités à des maharadjahs en difficulté en leur achetant leurs bijoux. Dans les années 1940 et 1950, un autre avait accepté que des artistes sur la paille lui paient en tableaux le loyer des appartements qu'ils occupaient dans ses immeubles, à Manhattan. De même, il était impossible de dire combien d'argent les Beeche avaient dispensé autour d'eux. Depuis l'hôpital pour handicapés financé par les premiers membres de la dynastie aux logements du Lower

East Side et aux récents programmes d'éradication de la malaria, ils avaient fait œuvre de philanthropie parallèlement à leurs affaires, sans jamais mêler les deux.

Malgré l'absence de chiffres précis, on pouvait donc affirmer sans grand risque d'erreur que la fortune des Beeche était colossale.

Son dépositaire en date se prénommait Arthur (comme la plupart de ses prédécesseurs). Il était entré en possession de son héritage et de tout ce que celui-ci impliquait en termes de pouvoir et de devoirs à l'âge de quarante ans. Il en avait à présent cinquante-trois, et par ce matin pluvieux de juin, il se rendait au siège général de Beeche & Co, sur Gold Street. Fidèle à ses habitudes, il avait quitté son appartement de la Cinquième Avenue à quatre heures et quart, ce qui lui permettait d'effectuer le trajet en dix minutes à peine tant la circulation était encore fluide à ce moment de la journée. Rory, le chauffeur, servait Arthur depuis l'enfance, et grâce à sa ruse, ainsi qu'à la générosité et aux bons conseils de son patron, il avait amassé sa propre petite fortune. Ainsi qu'il l'expliqua à Arthur en cours de route, il misait pour l'heure sur l'instabilité des marchés financiers. Lorsqu'ils arrivèrent devant l'immeuble de la société – un énorme édifice moderne au revêtement en ardoise sur lequel la pluie laissait des taches et des traînées noires –, il ouvrit la portière de son employeur et courut lui tenir la porte du bâtiment. Arthur s'avança dans une sorte de halo miroitant. Malgré sa grande taille, il donnait l'impression de se déplacer en lévitation, comme si une force invisible l'avait maintenu à un doigt au-dessus du sol.

— Bonjour, monsieur Beeche, le salua l'un des vigiles.

— Bonjour, Ignazio, répondit-il en souriant.

Il flotta vers son ascenseur privé, qu'Ignazio appela pour lui. Les portes coulissèrent instantanément.

— Comment va votre petit garçon ? demanda Arthur. Celui qui vient de rentrer à l'école primaire.

— Oh ! bien, monsieur Beeche. Très bien.

— Il a enfin des lunettes ?

— Oui, monsieur. Ça va beaucoup mieux avec.

— Formidable. Et les autres enfants, ils ne se moquent pas trop de lui au moins ?

— Oh, non ! Enfin, peut-être un petit peu, mais ce n'est rien.

— Je suis ravi d'entendre un rapport aussi positif, dit Arthur en s'engageant dans la cabine de l'ascenseur. A demain, Ignazio. Bonne journée.

— Merci, monsieur. Vous aussi, monsieur. Et ne vous battez pas avec le scotch !

Sa dernière remarque fit rire Arthur. C'était une petite blague récurrente entre eux.

— J'essaierai ! répliqua-t-il.

Lorsqu'il parvint au soixante-seizième étage, une jeune femme à la mise très soignée, Mlle Harrison, l'attendait déjà avec une chemise remplie de courrier. Tout en lui emboîtant le pas, Arthur discuta tranquillement avec elle du niveau auquel les bourses asiatiques avaient clôturé. Ils passèrent à côté de bureaux vides et traversèrent un vestibule bien meublé avant de pénétrer enfin dans l'antre d'Arthur. Très vaste, et décorée dans le style masculin au luxe sobre des salons que comptaient ses diverses maisons, la pièce s'ornait de trois grands tableaux et de plusieurs autres, plus petits. Arthur changeait régulièrement ces derniers pour savourer le plaisir de les étudier durant ses longues heures de travail.

Il s'installa dans son fauteuil tandis que sa secrétaire plaçait la chemise devant lui en attirant son attention sur plusieurs points avant de se retirer.

D'une stature imposante – il mesurait un mètre quatre-vingt-sept –, Arthur Beeche avait une grosse tête, un front plat et des cheveux bruns très fins qu'il peignait en arrière et qui suffisaient tout juste à recouvrir son crâne. L'aspect le plus frappant chez lui était peut-être sa bouche, évocatrice d'une sensibilité mal assortie à sa mâchoire puissante et ses pommettes marquées. Il portait ce jour-là un costume gris coupé à la mode anglaise, avec de fins carreaux rouge pâle, et depuis l'instant où il l'avait enfilé une seule et même pensée le hantait : son tailleur venait de mourir. Cette perte l'attristait

36

et le préoccupait. Il se demandait certes où trouver quelqu'un qui lui confectionnerait ses habits avec autant d'adresse, mais pas seulement. Cette annonce l'avait aussi beaucoup affecté dans la mesure où son tailleur avait été un ami très cher à ses yeux.

Sam Harrison – nom donné par un employé des services d'immigration à Ellis Island à son père, un Juif russe, rien à voir avec l'assistante d'Arthur – était devenu communiste dans les années 1930 et l'était resté. La plus grande tragédie du XXe siècle, selon lui, avait été le débarquement en Normandie. Il n'en avait jamais démordu : le temps que les Alliés ouvrent un deuxième front, même Staline s'était persuadé que les Soviets pouvaient vaincre Hitler seuls – ce qui aurait permis à toute l'Europe de l'Ouest de passer sous la dictature du prolétariat. Les hommes d'affaires nantis de sa clientèle étaient toujours ravis lorsqu'il se lançait dans ses diatribes contre le capitalisme. Se faire insulter par un tailleur communiste extrêmement riche, voilà une situation dont l'ironie et l'humour leur semblaient délectables.

Tel n'était pas le cas d'Arthur. A l'inverse de ses congénères ploutocrates, qui traitaient Sam avec une patience amusée et condescendante, il avait des conversations franches et sérieuses avec lui. L'incongruité de payer quelqu'un prêt en théorie à l'envoyer à la guillotine ne l'enchantait pas. Il ne raisonnait pas ainsi et préférait exprimer sans ambages son désaccord en prenant les opinions de Sam au pied de la lettre. Parce que celui-ci lui témoignait tout autant de respect, une amitié solide s'était nouée entre eux au fil des ans et de leurs débats. Ce n'était pourtant pas tant la politique qui les avait rapprochés que leurs discussions sur un sujet qui tenait encore plus à cœur à Sam : sa femme, Miriam. Il l'avait épousée à vingt ans, alors qu'elle-même n'en avait que dix-sept, et il voyait toujours en elle la plus belle femme du monde. Il avait eu avec elle trois fils et deux filles, une foule de petits-enfants et même quelques arrière-petits-enfants, qu'il aimait tous et qui avaient tous fait sa fierté.

Arthur lui aussi avait adoré sa femme. Ils étaient tombés amoureux lorsqu'il avait vingt ans et elle dix-sept, comme les Harrison, mais contrairement à eux ils ne s'étaient mariés que plusieurs années plus tard. Ce jour-là avait été sans conteste le plus beau de sa vie. Au moment d'échanger les vœux, sa voix s'était brisée et il avait pleuré. Maria (avec l'accent sur le « i ») et lui avaient vécu seize années ensemble. Il l'avait aimée durant tout ce temps et l'aimait encore à présent. Mais elle était morte d'un cancer à quarante ans, au sommet de sa beauté. De même qu'il avait été ivre de joie le jour de ses noces, la mort de sa femme avait laissé Arthur ivre de désespoir. Le soleil se serait consumé et les océans asséchés qu'il n'aurait été que légèrement ennuyé. La perte de Maria, en revanche, l'avait anéanti.

La personne qui le comprenait le mieux était Sam Harrison.

« C'est moche, ce qui t'arrive, lui avait-il déclaré à cette occasion.

— Tu sais, avait répondu Arthur, je me déplace souvent pour le boulot. Le plus dur, ça a toujours été d'abandonner Maria derrière moi, mais je le faisais parce que le bonheur que j'éprouvais à la retrouver en valait la peine. »

Incapable de poursuivre, il s'était tu un instant.

« Maintenant, je ne la retrouverai plus jamais. »

Levant la tête vers Sam, il avait vu trembler la peau distendue sous son menton et larmoyer ses yeux ponctués chacun d'un grain de beauté sur la paupière inférieure.

« *Yitgadal véyitqadacche chémé rabba* », avait murmuré son ami en lui prenant le bras.

Sans saisir le message – ni même savoir vraiment quel sens donner à la prière d'un marxiste athée –, Arthur avait apprécié l'intention.

Sam et lui avaient toujours parlé de leurs femmes respectives, et la mort de Maria n'y avait rien changé. Des années plus tard, Arthur continuait à demander régulièrement des nouvelles de Miriam. Sam lui répondait avec un grand sourire : « Eh bien, l'autre jour… », avant de s'interrompre et de le regarder en face : « Tu penses toujours à elle. » Arthur répondait par l'affirmative et enchaînait en lui racontant un souvenir qui lui était récemment revenu en mémoire.

Maria était morte sans lui avoir donné d'enfants. Arthur lui-même était fils unique. Son père était décédé, et c'était à présent au tour de Sam de le quitter. Il se leva et s'approcha de la fenêtre. Le soleil pointant à l'horizon jetait une lumière terne sur les nuages chargés de pluie. La circulation s'était intensifiée. Dans un immeuble de bureaux, même lorsqu'on se trouvait à une telle hauteur, on entendait parfaitement le bruit des voitures, en particulier le chuintement des pneus sur l'asphalte mouillé. Les jours de tempête, les hurlements du vent résonnaient à faire froid dans le dos, et le bâtiment oscillait même un peu. Le bureau d'Arthur était toutefois différent. On n'y entendait ni le trafic ni le vent, et on n'y ressentait aucun balancement. Le calme et le silence y régnaient en maîtres. De là où il était, Arthur avait vue sur une douzaine d'autres immeubles, et il songea à tous les gens qui allaient bientôt arriver à leur travail. Ils constituaient un énorme réservoir d'énergie, d'activité et d'argent. Un énorme réservoir de vie aussi. Arthur ne se demandait pas à quoi servait tout cela. La réponse lui paraissait évidente ou, plus exactement, la question ne s'était jamais posée à lui. Il menait une existence bien remplie. Il avait de bons amis. Sa mère était encore en vie et tous deux étaient proches. Pourtant, malgré tout, il se sentait seul et abattu.

Quelques heures plus tard, ce même matin, une réunion eut lieu au cinquante-huitième étage, dans une petite salle de conférences dépourvue de fenêtres. L'un des participants, et l'objet de tous les regards, était un jeune homme du nom de Peter Russell. Peter avait trente-deux ans. Il travaillait pour Beeche & Co depuis la fin de ses études et avait gravi les échelons depuis. En dépit des doutes qu'il nourrissait parfois sur la valeur de son travail, il y prenait plaisir et appréciait autant son succès professionnel que le gros salaire qui allait avec.

Ce matin-là, pourtant, il n'avait guère de raisons de se réjouir. En fait, il vivait même ses pires instants au sein de Beeche & Co. Cette réunion, à laquelle il s'était rendu avec enthousiasme, s'était transformée en un spectacle grotesque et cruel dans lequel il jouait le rôle de la victime. Ses bourreaux lui avaient versé du métal en fusion dans la gorge et tranché ses parties intimes avant de les lui fourrer dans la bouche. A présent, profitant de ce qu'il était toujours en vie, ils s'employaient à attacher ses membres à quatre chevaux afin de l'écarteler. Peter s'était composé une mine intéressée et ironique tandis que ses collègues s'exprimaient, mais il savait que son détachement ne trompait personne. Son visage avait viré à l'écarlate et il sentait des gouttes de transpiration couler sous ses aisselles.

Tout était arrivé de la façon suivante. Quelques semaines plus tôt, après que plusieurs de ses supérieurs eurent été mutés dans différentes filiales à l'étranger, Peter s'était retrouvé sous les ordres d'un homme qu'il connaissait mal. Les échos concernant Gregg Thropp n'étaient guère encourageants. Petit et trapu, il présentait tous les traits de caractère généralement associés à un tel physique, à savoir l'ambition et la suffisance. Quand il marchait, ses jambes courtes et épaisses se mouvaient si vite que même les personnes plus grandes que lui devaient presser le pas pour le suivre. Peter avait été mis en garde contre le caractère fourbe et menteur de son nouveau patron ; lui-même avait pu constater combien ce dernier se montrait insultant et grossier envers ses subalternes.

Thropp ne s'était pourtant pas si mal comporté envers lui, bien au contraire. Il l'avait traité avec courtoisie. Il lui avait témoigné du respect en réunion. Il avait reconnu son mérite lorsque cela s'imposait. Il l'avait encouragé, félicité et même appelé « champion ». Certes, il ne mâchait pas toujours ses mots, mais cela ne justifiait pas tous les reproches à son encontre. Peter en était ainsi venu à lui accorder sa confiance, au point d'être entré un jour dans son bureau pour lui faire partager une nouvelle qui l'avait empli de fierté. Ayant joué un rôle important dans quelques transactions particulièrement rentables réalisées sous la direction de Thropp, mais initiées avant l'arrivée de celui-ci, il avait découvert une petite enveloppe carrée dans son courrier interne. A l'intérieur se trouvait un mot rédigé par Arthur Beeche en personne !

Cher monsieur Russell,
Toutes mes félicitations pour votre travail dans les dossiers de la réassurance et des obligations italiennes. Bien joué !
Cordialement,

Arthur Beeche

P-S : J'espère vous voir à l'une de nos prochaines soirées.

Comme on l'imagine, Peter était resté abasourdi. Un message personnel d'Arthur Beeche ! Qui plus est, un message laissant entendre qu'il serait bientôt convié à dîner chez lui ! Arthur organisait fréquemment des réceptions réputées pour la qualité des mets et des boissons servis, ainsi que pour le glamour des invités. En général, quelques membres de la firme y étaient présents, et recevoir une invitation constituait un grand honneur. Peter aurait dû accueillir la nouvelle avec nonchalance, mais sa stupéfaction et son ravissement avaient été tels qu'il était allé montrer le mot à Thropp.

« Eh bien, eh bien ! avait commenté son supérieur. Notre champion a marqué un point ! »

Puis il avait levé et baissé les bras à plusieurs reprises devant lui – un mouvement ridicule pour quelqu'un d'aussi petit.

« Allez ! Faites la vague ! Faites la vague ! »

Thropp avait continué jusqu'à ce qu'un fou rire irrépressible l'oblige à s'arrêter. Une fois calmé, il avait fixé Peter avec gravité.

41

« Je suis fier de vous, Peter. Vraiment. S'il y a bien une qualité qu'il faut reconnaître à Arthur Beeche, c'est sa capacité à repérer les talents. Vous avez fait du bon boulot et vous méritez d'être distingué. Félicitations. »

Il lui avait ensuite serré la main avant de poursuivre :

« Quand je serai sous vos ordres – et j'ai l'impression que ça ne saurait tarder –, vous n'essaierez pas de me baiser, hein ? »

Tous deux avaient éclaté de rire.

Non, franchement, ce type n'était pas un monstre !

Quelques jours plus tard, Thropp était entré dans le bureau de Peter, pensif.

« Dites-moi, votre idée de titriser les valeurs immobilières... J'aimerais bien qu'on organise une réunion à ce sujet.

— Vous êtes sûr ? Mais c'est un truc si énorme, et je n'ai pas du tout creusé la question. Je ne pense pas qu'une réunion se justifie à ce stade.

— Oh, ce ne serait pas grand-chose. Juste Huang, Kelly, Matt... enfin, vous voyez. Des gens comme eux.

— Mais...

— J'y ai bien réfléchi et cette histoire ouvre pas mal de possibilités. Parlons-en tous ensemble. Ça fera du bien à l'équipe, de toute façon. Ça la boostera. »

Une date avait donc été fixée afin que Peter expose son projet plus en détail. Et c'était cette réunion qui s'était transformée en cruelle séance de mise à mort.

Peter avait éprouvé un choc dès son entrée dans la salle de conférences. Tout d'abord, celle-ci était pleine, ce qui lui avait paru suspect. Puis il avait remarqué l'absence de Huang, Matt, Kelly et de tous ses autres amis. Peter connaissait à peine les personnes présentes, certaines n'appartenant pas à son service. Plus inquiétant encore, un homme et une femme venus des étages supérieurs étaient assis dans un coin, à l'écart. Le premier, un quadragénaire noir à l'aspect soigné, portait une veste alors même que tout le monde était en chemise. Sa voisine, la cinquantaine, affichait une expression autoritaire et des signes avant-coureurs d'ennui. Bien qu'il ne les eût jamais rencontrés, Peter devinait de qui il s'agissait, et c'est les mains tremblantes qu'il avait allumé son ordinateur.

Thropp prit la parole en premier.

— Bienvenue à tous ! Rich, Andrea, merci d'avoir pris le temps de nous rejoindre, dit-il à l'intention des deux personnes en retrait. Nous sommes ici pour écouter Peter nous parler de sa nouvelle idée. Il a entretenu le mystère à ce sujet en refusant de dévoiler quoi que ce soit, si bien que je ne peux vous dire exactement ce qu'il nous a concocté. D'après lui, c'est un projet avec un énorme potentiel. En temps normal, j'aurais préféré en discuter avec lui avant d'organiser une réunion comme celle-ci, mais il a tellement insisté que j'ai cédé, simplement pour ne plus l'avoir sur le dos !

Quelques rires accueillirent sa plaisanterie.

Thropp se tourna alors vers Peter en souriant pour l'inviter à commencer.

— Allez-y. C'est votre réunion.

Ça ne va pas du tout, pensa Peter, le cœur battant.

— Merci, Gregg, dit-il d'une voix mal assurée.

Son projet n'était encore qu'une ébauche, expliqua-t-il, si bien qu'il avait peu de documents à montrer. Puis il se lança : quelle était la plus grande source de richesse du pays ? La part que les individus détenaient en propre dans leur logement. Au cours des vingt années écoulées, la dette immobilière avait été titrisée, permettant ainsi aux emprunteurs et aux investisseurs – sans oublier les sociétés intermédiaires – de réaliser un bénéfice important. Selon lui, le marché des hypothèques était fragile. Y avait-il un moyen de titriser aussi le capital ? Un propriétaire pourrait par exemple revendre quarante-neuf pour cent de la part qu'il détenait dans sa maison, de façon à en rester maître. Des transactions individuelles s'ensuivraient – après tout, chaque emprunt était individuel – et tous ces titres seraient regroupés, à l'image de ce qui se faisait sur le marché des valeurs garanties par hypothèque. Les avantages n'étaient pas négligeables : les emprunteurs auraient une autre solution que l'endettement et les propriétaires

43

pourraient rembourser leur dette et profiter de la hausse de l'immobilier sans avoir à vendre leur maison ou à emprunter davantage. Ils auraient aussi la possibilité de diversifier leurs investissements en acquérant des parts dans des logements situés ailleurs que dans leur ville. Bien sûr, cela créerait de nouveaux besoins en termes d'assurance : les gens pourraient vendre leur propre maison à découvert si l'on se retrouvait dans une bulle financière, et tout un tas de produits dérivés en découleraient. Non seulement les risques seraient répartis, mais le marché deviendrait plus efficace. L'argent à gagner en étant les premiers sur ce créneau serait considérable !

Peter aimait son idée, si utopique fût-elle à ce stade, et il ne put s'empêcher de s'enthousiasmer davantage en la présentant. Cet emballement le disputa à l'anxiété et le plongea dans un profond tumulte intérieur tandis qu'il se prenait à espérer que son auditoire partageait ses vues.

Il se trompait. Lorsqu'il conclut en rappelant bien qu'il ne s'agissait là que d'une ébauche de projet, le silence tomba sur la salle. Il y eut un toussotement. Un bruit de feuilles froissées. Quelques tapotements de crayon sur la table. Un autre toussotement.

— Vos réactions ? demanda Thropp. Rajandran ?

Peter connaissait peu cet homme, qui comptait parmi les affidés de Thropp. Tout juste avait-il déjà noté que Rajandran s'exprimait avec une grande précision en polissant chaque phonème.

— Ma foi, nous conviendrons certainement que Peter a des idées intéressantes, déclara-t-il avec un sourire qui dévoila des dents d'une blancheur stupéfiante. Mais il me semble qu'il est totalement à côté de la plaque sur ce coup-là.

Et il enchaîna en énumérant longuement les diverses raisons qui rendaient absurde le propos de Peter : l'hypothèse de départ était ridicule. Les difficultés soulevées par l'application d'un tel projet seraient un cauchemar. Peter ne comprenait rien au marché, la première étude venue le prouverait d'emblée. Etc., etc. Quelqu'un l'avait visiblement briefé sur le sujet de la réunion et prié de préparer une réfutation argumentée. Peter jeta un coup d'œil à Thropp, qui se balançait sur sa chaise en tentant de réprimer un rictus. Il crut même l'entendre fredonner.

Dès que Rajandran eut terminé, un autre lui succéda sans même laisser à Peter le temps de placer un mot.

— Vous savez bien sûr qu'un marché des contrats à terme dans le domaine immobilier a été testé à Londres et que cela a été un échec total.

Encore un qui avait bien étudié la question...

— Oui, se défendit Peter, mais il y avait un réel problème de marketing.

— Un problème de marketing ! Vous voulez que Beeche & Co investisse des millions de dollars dans l'économie immobilière et vous croyez que quelques pubs feront la différence ?

— Et le bilan du propriétaire, que devient-il dans tout ça ? l'interrogea un troisième suppôt.

Les critiques du trio se succédèrent sans répit :

— Regardez comment a été accueilli le produit lancé par la bourse des marchandises de Chicago !

— Est-ce que l'assurance ne serait pas plus logique ?

— Est-ce que c'est stochastique ?

Peter tenta de faire face. Il s'agissait d'une réunion préliminaire, il faudrait se pencher sur la question, je ne suis pas sûr, euh, voyons... Pour finir, il resta assis sans rien dire, en s'efforçant de paraître impassible malgré son visage rouge et la sueur qui dégoulinait sous ses bras.

— D'autres remarques ? demanda Thropp lorsque ses acolytes eurent étanché leur soif de sang. (Devant le silence de l'assemblée, il se tourna vers Peter.) Eh bien, champion, on peut dire qu'il vous manque une case, à vous.

Après avoir échangé quelques mots à voix basse, les deux représentants de la direction se levèrent et partirent en saluant Thropp d'un signe de tête.

— Rich, Andrea, on essaiera de vous offrir un meilleur show la prochaine fois, s'excusa-t-il.

Le sang battait aux tempes de Peter. Empli de rage et de honte, il comprit qu'il était en train de se putréfier aux yeux de tous. Une odeur nauséabonde commençait à émaner de lui – celle de l'échec. A compter de cet instant, les gens presseraient le pas en le croisant dans les couloirs. Ils ne répondraient à ses messages téléphoniques et ses mails que de la manière la plus lapidaire qui soit. Ils s'écarteraient quand ils se retrouveraient dans la même pièce que lui. Et même si certains d'entre eux le savaient victime d'un coup monté, ils le traiteraient comme un pestiféré. Il avait suffi pour cela qu'un de ses supérieurs lui tende un piège et qu'il tombe dedans.

— Très bien, conclut Thropp. Ce sera tout pour aujourd'hui.

Il foudroya ensuite Peter du regard.

— Dans mon bureau. Tout de suite.

Lorsque Peter se présenta devant Thropp, celui-ci se balançait dans son fauteuil, les mains croisées sur le ventre. Peter nota ses boutons de manchette en or de la taille d'une pièce de monnaie.

— Ah, Russell ! Entrez !

Peter s'avança jusqu'au bureau, mais Thropp ne l'invita pas à s'asseoir.

— C'était une réunion très intéressante. Très, très intéressante même. Dites-moi, Russell, vous aimez les noix ?

Un gros bol de noix était posé sur son bureau, mais cette question absurde dérouta Peter, qui haussa les épaules.

— Allez-y, servez-vous.

Il en attrapa deux avec indifférence.

— Examinez-les bien.

Il s'exécuta.

— Maintenant, donnez-les-moi.

Peter les lui tendit. Thropp les observa avant de les rouler dans sa main droite.

— Vous savez ce que c'est ?

Peter secoua la tête.

— Ce sont vos couilles, Russell ! brailla Thropp en pressant les noix si fort que les jointures de ses doigts blanchirent. Et je les tiens dans ma main !

Puis il s'adossa à son fauteuil et éclata de rire.

— Oh, quel bonheur c'était ! Titriser les capitaux immobiliers ! Titriser les capitaux immobiliers !

Il écarta le pouce et l'auriculaire pour faire mine de parler dans un téléphone.

— Allô, déclara-t-il d'une voix grave, j'aimerais acheter cent actions du 487, Maple Drive.

Il rit et rit encore, jusqu'à en avoir les larmes aux yeux.

— Et la tête que vous faisiez pendant que Raj vous dégommait ! Oh, bon Dieu c'était magnifique ! Magnifique !

— Je suis ravi de vous avoir autant amusé, déclara Peter lorsque Thropp se fut enfin calmé, mais puis-je vous demander pourquoi vous avez fait ça ?

— Pourquoi ? Pourquoi ? répliqua Thropp en plissant les yeux et en affichant une mine cruelle. Parce que je vous méprise ! Peter Russell, le beau, le brillant Peter Russell – tout le monde n'a que ces mots-là à la bouche ! Un type si travailleur, si gentil ! Le top du top ! Tout lui réussit ! Ça me donne envie de vomir. Quand j'en aurai terminé avec vous, les gens penseront que vous ne valez même pas votre pesant de merde ! Non mais, vous m'avez vraiment cru quand j'ai joué l'extase devant vous ? Réfléchissez : vous venez me voir et vous me dites (Là, Thropp adopta une voix efféminée) : « Oh, Gregg, youhou ! Regardez, j'ai reçu un petit mot d'Arthur Beeche ! »

Il battit des cils et agita les mains, avant de poursuivre avec une joie mauvaise :

— Je vais vous briser, Russell. Je vais vous briser !

Peter prit son temps pour lui répondre.

— D'accord, dit-il patiemment. Si je comprends bien, vous me méprisez, c'est ça ?

— Yep.

— Et vous espérez me briser ?

— Oh oui !

— Je vois. Je vois.

Le front barré d'un pli soucieux, il réfléchit encore.

— Gregg, peut-être que mes compétences ne correspondent pas à ce que vous recherchez. Sans doute est-ce là le vrai problème, d'ailleurs. Dans de telles circonstances, je me demande – mais ce n'est qu'une supposition – s'il ne serait pas plus logique que je sois affecté à un autre poste. Ici, dans l'équipe.

— Vous n'irez nulle part. J'attends ce moment depuis trop longtemps.

— A mon avis, Gregg, il y a d'autres personnes dans la société qui...

— Personne ne vous sauvera la mise, Russell. Furlanetto, vous lui avez ramoné la cheminée, hein ? Eh bien, elle est en Suisse pour deux ans. Quant à Mulvahey, il a quitté le navire.

Cette nouvelle prit Peter au dépourvu.

— Vous n'étiez pas au courant, hein ? Eh oui, ça ne sera officiel que demain ou après-demain. Alors quand vous voudrez aller pleurer auprès de papa ou maman, il n'y aura plus personne. Pauvre petit Peter Russell ! Vous êtes une grosse merde et je vais vous bouffer.

Sa dernière réplique n'ayant pas sonné aussi bien qu'il le voulait, Thropp marqua une pause avant de reprendre :

— Maintenant, voilà la situation : je ne peux pas me débarrasser de vous tout de suite parce que je dois d'abord assurer mes arrières. Les avocats exigeront de sérieuses justifications, aussi dois-je vous faire passer pour un type si demeuré que les gens s'étonneront que je ne vous aie pas viré plus tôt. Ça prendra un peu de temps, mais voyons le bon côté des choses : j'aurai le plaisir d'assister à votre calvaire. (Thropp observa un silence théâtral.) J'ai un petit plan qui, je dois bien l'avouer, est tout simplement génial. Je vais vous confier une nouvelle tâche. (Il se tut de nouveau en souriant avec malveillance.) Vous allez désormais travailler pour Mac McClernand.

Ravi, il guetta l'effet produit par cette annonce.

Mac McClernand. Oh non. Pas lui.

McClernand était un type usé dont la présence au sein de Beeche & Co demeurait un mystère. Travailler pour lui sonnait le glas de votre carrière professionnelle : soit vous finissiez perdu à jamais dans l'un de ses projets labyrinthiques, soit votre collaboration avec lui entachait tellement votre réputation que vous étiez forcé de partir.

— Je ne vous demande pas votre avis, dit Thropp lorsque Peter voulut protester. J'ai déjà envoyé mon rapport. Mac vous attend dès aujourd'hui. Il est aux anges. C'est exactement l'expression qu'il a employée : « Je suis aux anges ! » Oh, je sens que cela va être très drôle...

— Félicitations, Gregg, commenta Peter après l'avoir laissé rire un instant. C'est un plan si diaboliquement génial que vous seul pouvez l'avoir conçu. Votre plan est habile, très habile. Hélas pour vous, il comporte une faille.

— Ah oui ? Laquelle ?

— Je ne l'ai pas encore trouvée, mais cela ne saurait tarder.

Thropp éclata d'un rire encore plus hystérique.

— Ce sera tout ? s'enquit Peter.

— Non. Attendez.

Thropp attrapa deux noix et les brandit à la manière d'un magicien, en les tenant entre le pouce et l'index. Puis il les posa sur le bureau et, après s'être frotté les mains, en reprit une qu'il coinça entre ses paumes. Il pressa alors celles-ci pour la casser.

— Vous aimez ça ? dit-il, hilare, en mordant dans le fruit, tandis que des morceaux de coquille restaient collés à son menton.

Peter fit demi-tour et se dirigea vers la sortie.

— Hé ! Je n'ai pas encore brisé la deuxième ! cria Thropp.

Ses ricanements résonnèrent jusque dans le couloir. En proie à des émotions contradictoires, Peter parcourut le long chemin menant à son propre bureau. Il irait s'expliquer devant l'un des supérieurs de Thropp. Mais qui ? Il réduirait ce connard en miettes. Mais comment ? Il démissionnerait. Mais il avait un contrat d'embauche et, de plus, il ne souhaitait pas travailler ailleurs que chez Beeche & Co. Et il devait se marier dans deux semaines !

Dans son bureau, des chiffres clignotaient sur un grand écran, marquant les variations de différents indices et taux à travers le monde. Son ordinateur indiquait qu'il avait reçu une douzaine de mails. Il cliqua sur une icône pour les faire apparaître, avant de remarquer le gros losange noir sur la bande d'affichage de son téléphone : plusieurs messages l'attendaient là aussi. Peter jeta un coup d'œil à sa montre. Il était presque dix heures, et il fallait impérativement qu'il soit en ligne avec Francfort à neuf heures cinquante-huit.

Le téléphona sonna au même instant. C'était sa fiancée, Charlotte Montague.

— Salut.

— Salut, Peter ! Comment ça va ?

— Oh, euh... pas trop mal.

Il n'avait aucune envie de parler de sa réunion, et de toute façon, il soupçonnait déjà Charlotte de l'appeler pour un problème ayant trait à leur mariage. Le moment était mal choisi pour se confier.

— Et toi, comment vas-tu ? demanda-t-il.

— Bien. Mais ma mère refuse d'entendre raison en ce qui concerne le fromage. Les Français ne comprendront pas qu'on le serve avant le dîner...

Le fromage. L'affaire était sérieuse, en effet. Peter s'en moquait, mais il savait ce qu'impliquait le rôle de fiancé : écouter patiemment, témoigner de l'intérêt, réagir avec empathie, acquiescer. L'imminence du mariage mettait Charlotte à cran – tout comme sa mère évidemment – et elle se lança dans un monologue si interminable que l'esprit de Peter se mit à vagabonder. Il se remémora la réunion et son entrevue avec Thropp, observa les lignes sautiller sur l'écran devant lui et, chose inévitable, imagina ce que ce serait d'épouser la femme dont il rêvait vraiment.

Charlotte continuait pendant ce temps à déblatérer. « Noix de Saint-Jacques... Bartók » Bartók ? Peter devina à la voix de sa fiancée qu'elle en aurait bientôt terminé et qu'il serait temps de faire des commentaires. L'expérience lui ayant appris qu'il valait mieux garder quelques neurones attentifs dans ce genre de situation même si on avait la tête ailleurs, il rassembla rapidement les informations captées par ces petits rapporteurs, et c'est ainsi qu'il put répondre :

— Mon Dieu, Charlotte, oui, évidemment, tu as tout à fait raison au sujet du fromage. Enfin, je n'y connais rien, mais je te fais plus confiance à toi qu'à ta mère ! De toute façon... oh, tu ne crois pas que les saint-jacques, ça fait trop recherché ? Et j'aime beaucoup le programme musical. Je suis d'accord avec toi, on devrait s'en tenir à ce qu'on a choisi. Je suis certain que le morceau est magnifique, mais...

— Oh, super ! Je savais que tu serais de cet avis.

En calibrant ses remarques avec soin, Peter espérait lui montrer qu'il avait bien réfléchi à chaque question et qu'il ne se contentait pas d'approuver pour lui faire plaisir. Bartók faisait naître en lui une réelle inquiétude : Charlotte était influençable, et si l'un de ses amis mélomanes suggérait ce compositeur pour l'église, ce qui semblait avoir été le cas, Peter savait qu'il risquait de ne pas y échapper.

— Il faut que je file, dit Charlotte. Désolée de ne pas pouvoir être avec vous ce soir.

— Moi aussi, je suis désolé que tu ne puisses pas venir.

— Le devoir m'appelle.

— Je sais. Ne t'inquiète pas, on comprend tous.

— J'enrage surtout de rater la lecture de Jonathan.

Le meilleur ami de Peter, Jonathan Speedwell, était écrivain et donnait ce soir-là une lecture de son dernier recueil de nouvelles. Peter et Charlotte avaient prévu de s'y rendre et de dîner ensuite avec sa femme et lui, mais une soirée professionnelle avait contraint Charlotte à se désister. Elle le regrettait d'autant plus qu'elle aimait beaucoup Jonathan et flirtait avec lui avec des manières de petite fille et une liberté qu'on ne lui voyait en aucune autre occasion.

— Tu as vu la critique dans le journal d'aujourd'hui ?

Comme s'il avait le temps de lire les suppléments littéraires...

— Non. Il y avait un article ?

— Et comment ! Tiens, je l'ai sous les yeux. Attends...

— Charlotte...

Charlotte, j'ai un coup de fil à passer, s'apprêtait-il à dire. Les numéros dansaient sur son écran. Il devait appeler Francfort. Mais il était trop tard.

— Voyons... reprit Charlotte. Ça y est, je l'ai. « Avec *Intaglio*, son dernier recueil de nouvelles, Jonathan Speedwell démontre avec éclat qu'il est l'une des jeunes voix littéraires les plus fortes du moment. Sa prose lumineuse dépeint habilement la lutte d'hommes et de femmes désespérés pour garder une prise sur la vie... »

« Habilement », songea Peter. Avec Jonathan, c'était toujours ce mot-là qui revenait.

— « Mais s'il y a bien une qualité qui fait de M. Speedwell un grand écrivain, poursuivit Charlotte, c'est sa profonde compassion pour ses personnages. »

Merde, encore cette rengaine. Peter ne comprenait pas pourquoi il était si remarquable qu'un auteur éprouve de la compassion pour ses personnages. Et les vraies gens, alors ?

— « Dans ce qui est peut-être sa nouvelle la plus finement ciselée, *Le Taillis*... » Enfin, je ne vais pas te lire tout, mais c'est génial, hein ?

— Oui.

— Il doit être ravi. Tu le féliciteras pour moi ?

— Bien sûr.

Charlotte était une femme très sérieuse, à l'attitude le plus souvent empreinte de gravité. Peter l'imagina complimenter Jonathan avec grâce, les yeux plissés, souriante.

— Charlotte...

— Oh-oh, j'ai un double appel. Désolée, il vaut mieux que je réponde. Merci pour ton aide, et amuse-toi bien ce soir. Tu me passes un coup de fil, hein ?

— Oui, compte sur moi. Salut.

Durant toute cette conversation, les autres lignes de Peter n'avaient cessé de biper en silence. Le losange noir de son téléphone semblait s'alourdir de minute en minute sous le poids des messages qui s'accumulaient dans sa boîte vocale. Sur ses écrans, des mails arrivaient à la queue leu leu, les chiffres clignotaient et les courbes tressautaient. Comme d'habitude, l'horloge dans le coin droit supérieur paraissait toujours indiquer la même heure lorsqu'il la fixait, mais il suffisait qu'il s'en détourne un instant pour qu'elle fasse un bond en avant. Pourtant, Peter n'en voulut pas à Charlotte de l'avoir dérangé à un moment aussi stressant de la journée. C'était là le genre d'appel qu'une fiancée passe deux semaines avant son mariage et qu'un fiancé tolérait. Cela faisait partie de la vie. De même, supposait-il, cela faisait partie de la vie de se faire avoir de temps à autre dans son travail. Cela faisait partie de la vie de voir son meilleur ami jouir d'un succès immérité. Et cela faisait aussi partie de la vie de ne pas épouser la femme de ses rêves.

Peter joignit Francfort de justesse.

Pourquoi Peter épousait-il Charlotte ? Pourquoi Charlotte épousait-elle Peter ? Elle travaillait pour le bureau new-yorkais de l'Alliance générale et spécifique des pays francophones. L'AGSPF encourageait les échanges économiques et culturels entre les francophones du monde entier et tentait de promouvoir la langue française et la civilisation francophone partout où leur absence se faisait cruellement sentir. Peter n'avait jamais vraiment saisi en quoi consistait la tâche de sa fiancée. Persévérante, intelligente, très au fait de la vie politique du Tchad et de la diplomatie du Laos, elle semblait constamment plongée dans la rédaction d'un rapport surchargé de graphiques sur le commerce entre les pays francophones. En plus de tout ce travail intellectuel, elle participait aux nombreuses mondanités organisées par l'AGSPF. Aucun poète algérien, si mineur fût-il, ne pouvait mettre un pied à New York sans avoir droit à une réception. Ce soir-là, Charlotte devait assister à un dîner en l'honneur d'un économiste belge arrivé inopinément en ville.

Charlotte avait sept ans lorsque son père était parti travailler dans les bureaux parisiens d'un cabinet juridique new-yorkais, emmenant avec lui toute sa famille. Neuf ans plus tard, après avoir divorcé, il avait acheté une petite propriété à la campagne pour y passer ses étés avec sa nouvelle femme, ainsi qu'avec Charlotte lorsqu'elle leur rendait visite. Avec de telles références, celle-ci avait pu légitimement faire de la langue française sa spécialité, et ce d'autant plus que, une fois diplômée en littérature française, elle était restée encore deux années à Paris.

Là, elle avait vécu une grande histoire d'amour avec un Français – histoire ponctuée de nombreuses crises de larmes, comme il se doit. Maximilien-François-Marie-Isidore avait trente-sept ans, un âge quasi préhistorique pour Charlotte, qui n'en avait que vingt-deux à l'époque. Aujourd'hui encore, il se tenait toujours embusqué à distance, peut-être dans l'espoir de l'enlever et de la ramener définitivement à Paris. Cela ne semblait pourtant pas près d'arriver, même si ses amis fumeurs à favoris noirs – Héli, Valéry, Claude, Hilaire-Germain, Alexandre-César-Léopold, Gilles – venaient régulièrement à New York. Ils emmenaient Charlotte et Peter dans des clubs de rock obscurs et discutaient sans fin de groupes, de films et d'auteurs américains inconnus de Peter. Bien sûr, tous maîtrisaient parfaitement l'anglais, et lorsque de temps à autre l'un d'eux engageait la conversation avec lui, c'était en lui faisant bien sentir qu'il n'agissait ainsi que par pure politesse.

Le travail de Charlotte exigeait qu'elle soit bilingue, ce qui était le cas – elle possédait même tout un vocabulaire argotique –, mais chaque fois qu'elle parlait français, elle donnait l'impression d'être en représentation, comme si elle était incapable de s'exprimer normalement. Elle ne pouvait se rendre dans un restaurant français sans bavarder avec les serveurs, toujours ravis de lui répondre. Peter, lui, ne comprenait presque rien malgré les cours de langue qu'il avait suivis au lycée. Il se contentait donc de sourire jusqu'à ce que le maître d'hôtel s'aperçoive enfin de sa présence et se tourne vers lui avec une mine engageante.

— Euh... disait-il alors. *Pour commencer, je voudrais prendre aussi les moules* [1].

A peine avait-il perçu son accent prononcé que l'employé se raidissait et affichait des manières empreintes d'une froide courtoisie, le tout pendant que Peter passait le reste de sa commande en se perdant dans des méandres grammaticaux.

— Très bien, monsieur. Et pour le vin, souhaitez-vous que je vous laisse réfléchir ? demandait ensuite le maître d'hôtel en anglais.

Bon, d'accord, son français n'était pas terrible. La belle affaire. En fait, cela convenait très bien à Peter, dont la fibre celtique et anglo-saxonne estimait qu'un homme, un vrai, ne parlait de toute façon pas cette langue.

Le travail de Charlotte exigeait aussi qu'elle s'habille bien malgré son maigre salaire. Elle se pliait donc à la règle, si tant est que « s'habiller bien » signifiât porter des habits hors de prix. Certes, ils étaient élégants et de très bonne qualité, mais elle ne s'habillait pas « bien ». Il y avait toujours trop de plis, de fronces, de couches, de bandes superposées. A croire qu'elle cherchait à produire un effet sans y arriver, ou sans que cela en vaille la peine, ou bien encore sans que cela la mette en valeur. Lorsque Peter y songeait, c'était toujours l'image de Julia, la belle-mère de Charlotte, qui lui venait à l'esprit. Elle avait dix ans de plus que sa belle-fille, portait presque tous les jours une jupe, un gilet et un collier de perles, et cela ne l'empêchait pas d'être l'élégance même. Charlotte l'ayant toujours considérée comme une référence, il aurait été logique qu'elle copie son style vestimentaire, mais, dépourvue d'instinct pour ces choses-là, elle demeurait aveugle au modèle qu'elle avait sous les yeux.

Il en allait de même pour sa coiffure, toujours un peu ratée. Ses cheveux, tantôt coupés trop sévèrement, tantôt trop vaporeux, étaient animés d'une vie propre qui résistait à tous les

---

1. En français dans le texte.

brossages, si vigoureux fussent-ils. Son rouge à lèvres était un poil trop fauve. Elle se rongeait les ongles alors que Julia, elle, mettait du vernis transparent et les limait en amande. Peter se disait que ces petits travers n'auraient pas dû le contrarier autant. Pour des raisons inexplicables, certaines personnes paraissaient chic en toutes circonstances, tandis que d'autres n'y parvenaient que plus ou moins. Et alors ? Face à quelqu'un doté d'un bon cœur, comment pouvait-on s'arrêter à ce genre de détails ? Peter, hélas, y accordait de l'importance. Plus grave encore, le physique de Charlotte le dérangeait aussi. Ce n'était pas une question de beauté : elle était agréable à regarder, assurément. Elle avait un long visage quelque peu concave, de grands yeux, un nez et un menton proéminents. Il n'aurait pas été inexact, ni déplaisant pour elle, de dire qu'elle avait un profil préraphaélite. Oui, Charlotte était jolie.

Et pourtant. Quand ils étaient chez elle le soir et que Peter levait les yeux de son ordinateur, il n'éprouvait pas la bouffée de plaisir espérée. Il y avait des tableaux, des paysages, des bâtiments, des personnes et des enfants qui lui procuraient un frisson esthétique et émotionnel chaque fois qu'il les contemplait. Mais la vue de Charlotte après une demi-heure de lecture ne suscitait presque rien chez lui. Il avait connu des femmes qui, sans être aussi belles, le charmaient davantage. Si leur nez n'était pas vraiment droit, leurs yeux et leur bouche compensaient ce défaut. Ou si leur figure dans son ensemble était trop petite, un large sourire affiché sans prévenir vous faisait tout oublier. Avec Charlotte, rien de tel.

A vrai dire, il en avait toujours été ainsi. Ils s'étaient rencontrés deux ans plus tôt lors d'une soirée donnée par un couple d'amis qui se plaisaient à jouer les entremetteurs. Il s'agissait plus ou un moins d'un coup monté, en somme. Ils avaient discuté de la partie hollandaise de l'île Saint-Martin, vraiment horrible comparée à la partie française. Bien entendu, ils avaient aussi parlé de la France. Le courant passait bien entre eux. Peter sentait que Charlotte l'appréciait, ce qui était réciproque, et à mesure qu'il apprenait à la connaître, quelque chose chez elle l'avait sincèrement ému. Elle était généreuse, et sa détermination cachait une vulnérabilité touchante.

Ainsi, ils s'entendaient bien, une sorte de lien émotionnel les unissait et leur couple faisait sens. A une époque où les mariages n'étaient plus arrangés et où les pères n'osaient plus interdire à leur fille d'épouser qui que ce soit, la notion d'union convenable aurait dû être archaïque. Mais même s'il n'existait plus de conventions sociales manifestes pour séparer les amants (et pour inspirer les romanciers), Peter était frappé de voir que les gens ne sortaient souvent pas d'un milieu assez restreint pour choisir leur compagne ou leur compagnon. Et au sein même de ce milieu, ils s'imposaient des restrictions plus grandes encore. Hommes et femmes tendaient à privilégier les mêmes profils sélectionnés sur une échelle de talents, de revenus financiers, d'attentes, de raffinement, de traits de personnalité et d'intelligence. Leurs calculs et leurs spéculations étaient bien moins cyniques que ceux des mères durant la saison londonienne au XIXᵉ siècle, mais Peter trouvait une certaine similitude entre les deux époques. Les mêmes règles restaient en vigueur, et beaucoup de gens épousaient encore les personnes qu'ils étaient censés épouser, malgré tous les beaux discours faits sur l'amour depuis des siècles.

Peter était un homme séduisant, présentable, avec une bonne situation et une famille tout ce qu'il y a de correct. Charlotte, de son côté, était elle aussi séduisante. Elle occupait le genre de poste que l'on pouvait attendre de la future femme de Peter, et n'avait pas à rougir de ses parents et de ses amis. Tous deux faisaient bon ménage. Tous deux étaient des gens bien. Ces données, entrées à plusieurs reprises dans leurs superordinateurs respectifs, avaient toujours affiché le même résultat : mariage. Peter avait conscience de ne pas être amoureux, et il l'acceptait. Mais pas parce que l'amour le laissait indifférent. Bien au contraire. La raison pour laquelle il s'accommodait de cette union sans passion était qu'il était beaucoup trop sensible à l'amour, justement. Il était capable d'aimer profondément, douloureusement, éperdument. En fait, à cet instant même, il aimait quelqu'un de la sorte. Cette personne n'était pas Charlotte, voilà tout. Et elle vivait avec un autre. C'est ainsi qu'il avait renoncé à l'amour.

Il lui avait fallu du temps pour s'y résoudre. Peter était en effet amoureux de la femme de Jonathan Speedwell. Avant le mariage de son ami, il avait observé le couple avec attention en quête de la plus petite lueur d'espoir. Mais jour après jour, mois après mois, celui-ci s'était soudé davantage. Avait-il jamais noté le moindre problème ? Jonathan avait-il par exemple oublié un jour d'appeler sa femme ? Mais Jonathan n'oubliait jamais de passer un coup de fil, et, l'eût-il fait, sa femme n'était pas du genre à s'en formaliser. Jonathan avait-il vexé la famille de son épouse ? Non. Le charme entre eux deux avait-il été rompu ? Encore non.

La femme de Jonathan était très jolie, douce, intelligente, drôle, et bien trop bonne pour son mari, un personnage pour le moins méprisable. Peter et elle s'appréciaient tout particulièrement. C'était déjà le cas avant qu'elle ne se marie, mais il y avait des règles sur la manière de se comporter avec la fiancée de son meilleur ami : l'honneur interdisait de jouer les briseurs de ménage et, même en cas de rupture, il fallait laisser s'écouler un laps de temps décent avant de tenter une approche. Ces beaux principes seuls n'expliquaient cependant pas l'attitude de Peter. Sa peur d'être rejeté entrait aussi en ligne de compte, et ce d'autant plus qu'il l'estimait fondée. Quelle que fût l'affection de la femme de Jonathan à son égard, il savait que, sur le plan amoureux, cela ne signifiait rien du tout. Elle et lui avaient noué le type de relation fraternelle qui surgit souvent entre l'épouse d'un homme et le meilleur ami de ce dernier, certes en un peu plus fort peut-être. Elle s'intéressait à Peter et à sa vie sentimentale comme le font les femmes mariées – ou virtuellement mariées – avec les copains célibataires de leur compagnon, du moins ceux qu'elles aiment bien. Cette « intimité » avait été possible parce qu'elle était dénuée de toute connotation sexuelle ou romantique. Peter se doutait qu'il n'aurait suscité que le choc, le dégoût, la pitié, le rire et la dérision s'il avait tenté de donner une autre tournure à leur relation. Il aurait perdu son ami, la sympathie de la femme de son ami, et sa propre fierté. Autant dire qu'il n'aurait plus eu qu'à se tuer.

Il avait été le témoin de Jonathan à son mariage et, à compter de ce jour, avait renoncé à épouser quelqu'un dont il aurait été profondément, douloureusement et éperdument amoureux. Puis Charlotte était entrée dans sa vie. Ils s'entendaient bien. Avec le temps, il s'était attaché à elle. Elle l'émouvait. Elle l'attirait parfois. C'était le genre de femme qui convenait à un homme comme lui, et elle voulait l'épouser. L'amour, allons donc. Combien de personnes étaient vraiment amoureuses au moment de dire oui ? Et si elles l'étaient, combien l'étaient encore deux ans plus tard ?

Ayant laissé la situation aller aussi loin, Peter ne pouvait guère reculer. Il y avait quelque chose chez Charlotte, une sorte de lueur craintive dans son regard, qui rendait très pénible la perspective de la blesser. Sa panique à l'idée de rester célibataire pouvait paraître excessive au vu de son âge, mais dans son milieu, tout le monde avait l'air de croire que si l'on passait le cap des trente ans sans être casé, on risquait fort de voir la quarantaine arriver en un clin d'œil et de se retrouver franchement désespéré. Peter n'avait pas une si haute opinion de lui-même, ni une si mauvaise de Charlotte, pour supposer qu'elle ne serait jamais heureuse s'il l'abandonnait. Mais elle comptait sur lui. Et elle aspirait tant à se marier. Très vite – trop vite –, elle l'avait traité en futur mari en l'emmenant avec elle lorsqu'elle sortait avec sa famille ou ses amis, ou en lui demandant de l'accompagner à des soirées professionnelles auxquelles on ne se rend d'ordinaire qu'avec son conjoint. Elle lui avait confié des tâches conjugales, comme aller chercher sa mère à l'aéroport. Elle avait commencé à dire « nous ». Il n'avait pas fallu longtemps à Peter pour se sentir en territoire étranger, sans papiers pour franchir la frontière en sens inverse. Puis, comme tous les jeunes couples de notre époque, ils avaient eu une discussion initiée par la femme pour déterminer s'ils avaient un avenir en commun. Ils se fréquentaient alors depuis un an, et tous deux étaient convenus que c'était le cas.

Peter ne cessait de s'interroger : était-il vraiment juste qu'il épouse Charlotte sans en être amoureux ? La responsable d'une rubrique « courrier du cœur » aurait répondu non sans hésitation, et il souhaitait parfois pouvoir être d'accord. Mais il vivait dans le monde réel. Bien sûr que Charlotte avait plus de chances d'être heureuse s'il l'épousait. A moins que cet argument ne fût qu'une manière de masquer sa lâcheté ? Pas du tout. Sa décision était un acte généreux. Quant à lui... Marié ou pas, il manquait de veine de toute façon. Il devait s'unir à Charlotte, et sans doute seraient-ils heureux l'un et l'autre. Tout irait bien.

Et Charlotte, pourquoi souhaitait-elle épouser Peter ? Elle qui aimait se présenter comme une femme du monde toujours entourée de gens intéressants et pleine de mépris pour la bourgeoisie était au fond prudente et conventionnelle. Elle ne l'aurait jamais admis, mais l'idée de finir vieille fille ou mariée à un homme excentrique, laid, pauvre, ou qui aurait contraint ses parents et ses grand-mères à frayer avec une autre classe que la leur la terrifiait. Peter la sauvait d'un tel sort. Qui plus est, elle l'aimait. Elle se sentait bien dans ses bras. Il avait un parfum rassurant et sec, semblable à celui du liège. Il était gentil aussi, chose que son père à elle, malgré son charme et son élégance, n'avait jamais été. Un jour qu'elle avait treize ans et qu'elle s'apprêtait à partir à une soirée vêtue de sa première robe d'adulte, elle s'était précipitée dans le salon pour la lui montrer. « Ah ! avait-il dit, un verre à la main. Voici la coquette. » Sa remarque lui avait fait l'effet d'une gifle, sans qu'elle puisse s'expliquer pourquoi. En grandissant, elle avait appris grâce à ses thérapeutes, à ses amis et aux thérapeutes de ses amis qu'elle risquait plus tard d'épouser quelqu'un de cruel avec qui elle reproduirait cette relation. Elle avait donc tenté de l'éviter. Peut-être avait-elle forcé un peu les choses. Peut-être n'était-elle pas amoureuse amoureuse de Peter et qu'elle devait faire un effort pour se persuader du contraire. Au fond d'elle-même, elle soupçonnait Peter de ne pas être amoureux amoureux, lui non plus, mais cela ne la troublait pas outre mesure. Le problème du mariage serait enfin réglé en ce qui la concernait, et elle savait qu'elle pouvait faire confiance à Peter et qu'il la traiterait bien.

C'est ainsi qu'un soir, au début du printemps, Peter s'était présenté chez elle avec l'intention de lui demander sa main. Elle habitait un deux-pièces dans un immeuble en grès brun situé dans un coin chic, entre Park Avenue et Madison Avenue. Sortant du métro après son travail, il était passé devant le marché coréen et avait soudain pensé à acheter des fleurs – des marguerites à la simplicité engageante qui dégageaient un parfum de terre et d'herbe. On venait de passer à l'heure d'été, et la lumière, encore étonnante en cette fin de journée, lui donnait l'impression qu'un couvercle avait été ôté au-dessus du quartier. La couleur de l'immeuble de Charlotte paraissait plus douce et l'air, plus chaud à présent, l'emplissait d'entrain.

Aucun jeune homme porteur d'un bouquet de fleurs par un soir de printemps et marchant dans une belle rue avec l'intention de demander une femme en mariage ne peut demeurer insensible au côté romantique de la situation. De fait, Peter se sentait bel et bien d'humeur romantique, et aussi nerveux et impatient. La poche de sa veste contenait un petit écrin en velours abritant une bague dont le diamant, sans être ostentatoire, était de belle taille.

Charlotte avait des habits plus clairs que d'habitude ce jour-là, et elle s'était fait couper les cheveux, ce qui la rajeunissait. Pressentant peut-être que quelque chose allait se produire, elle l'avait embrassé plus longuement et plus tendrement que d'habitude.

— Qu'elles sont jolies ! Attends, je vais les mettre dans un vase, dit-elle en lui prenant les marguerites.

Ils s'assirent sur le canapé. Pour la énième fois, Peter regarda les gravures encadrées, tirées d'un manuel de danse français du XVIIIᵉ siècle, puis le tableau sur le manteau de la cheminée – cadeau du père et de la belle-mère de Charlotte pour ses vingt et un ans – et il décida d'être joyeux, ainsi que l'exigeait l'occasion.

— Buvons du champagne, dit-il, sachant que Charlotte en gardait une bouteille dans son frigo.

— Du champagne ? Qu'y a-t-il à fêter ?

— Oh, je ne sais pas. Les journées qui rallongent ? Ta coupe de cheveux ?

Laissant échapper un petit « hum », Charlotte se dirigea vers la cuisine. Elle parut peu sûre d'elle en s'éloignant, comme si elle se sentait observée – à juste titre d'ailleurs – et Peter nota de nouveau avec une pointe de désir qu'elle avait une belle nuque. Elle revint avec une bouteille et deux coupes.

— Tiens. Tu sais comment faire.

C'était une blague entre eux, car le père de Charlotte avait un jour infligé une démonstration pédante à Peter sur la manière d'ouvrir du champagne. Il poussa donc délicatement le bouchon avec ses pouces tout en tournant la bouteille, ainsi qu'on le lui avait dit, et le bouchon, au lieu de sauter avec force, tomba avec un petit bruit sec et creux accompagné d'une fine fumée. Ce cérémonial achevé, il remplit à moitié leurs coupes.

Ils bavardèrent un peu.

— Des représentants de l'agriculture marocaine viennent la semaine prochaine, raconta Charlotte. Ils doivent rencontrer des Québécois qui ont effectué des recherches intéressantes sur l'orge. Cette céréale, c'est environ trois pour cent de leurs exportations. (Son expression se fit perplexe.) Ce qui m'étonne, c'est qu'ils ont demandé quantité de renseignements sur les cours de golf de la région. Je ne crois pourtant pas qu'il y ait des membres du ministère du Tourisme parmi eux.

La fenêtre laissa entrer une brise et, avec elle, une odeur de goudron montant de la rue. Le silence s'installa. Peter resservit du champagne. Ce faisant, l'image de la femme de Jonathan s'imposa à lui, et il eut le sentiment qu'une trappe s'ouvrait sous ses pieds. Il tenta de ne pas trembler en versant le champagne. Le silence se prolongea. Peter sirota son champagne en observant Charlotte par-dessus sa coupe. Elle détourna le regard, nerveuse, et cela l'attendrit.

— Charlotte... commença-t-il en lui prenant la main. Il y a quelque chose que je voulais te dire, ou plutôt te demander. Euh... Tu sais, on en a déjà parlé, et du coup j'ai pensé... Enfin, j'aimerais savoir si... Veux-tu m'épouser ?

Charlotte n'avait jamais reçu de demande en mariage, ni de son amant français ni même de ses petits camarades à la maternelle. L'homme qui lui faisait cette proposition était un homme à son goût. De joie, elle éclata en sanglots, soudain libérée d'une tension qui semblait avoir grandi en elle depuis l'heure de sa naissance.

— Je sais que tout ça est assez soudain, dit Peter.

Elle rit et inspira à fond.

— Oui... Désolée... Attends une minute.

Elle se tapota les yeux avec un mouchoir et essaya de reprendre son souffle. Alors, elle posa sur Peter ses yeux gris brillants d'amour et de larmes.

— La réponse à ta question est oui, déclara-t-elle.

— Oui ?

— Oui. Oui. Mille fois oui.

Ils s'embrassèrent, et leur baiser dura un long moment. Peter éprouva sur le coup une légère irritation. Charlotte ne tendait pas assez ses lèvres, peut-être. Il songea alors qu'il venait de commettre une terrible erreur et chercha désespérément un moyen de retirer ses paroles, avant de finir par se dire : tout ira bien. Ça va bien se passer. J'aime Charlotte. Vraiment. Il sentit qu'elle appuyait une main sur sa nuque pour l'attirer vers elle, ce qui fit naître en lui une bouffée de désir. Mais ensuite... Ensuite, il songea à la femme de Jonathan, Mme Speedwell. Il l'appelait souvent ainsi depuis son mariage. « Bonjour, madame Speedwell. » « Bien sûr, madame Speedwell. » Son moral flancha aussitôt jusqu'à ce que, de nouveau, il se reprenne. Tout ira bien, se répéta-t-il. Charlotte ne sera pas malheureuse et moi non plus. Du reste, malgré sa déception, il éprouvait aussi une certaine excitation. Il avait fait une demande en mariage et il avait tenu cette femme nue dans ses bras un nombre incalculable de fois. Il connaissait les défauts de son corps, ses hanches osseuses. Cette accumulation de détails intimes fit son effet. Souriant, il se détacha d'elle.

— Hé, dit-il en glissant la main dans sa poche. Il y a quelque chose qui va avec tout ça.

Peter acheva son entretien avec son interlocuteur de Francfort. Déjà, son travail l'avait emporté loin de sa promise et de son souvenir, mais comme d'habitude au cours de son périple journalier, il revit de temps à autre la plus belle des sirènes au loin, qui se dorait sur un rocher ou plongeait dans la mer pour en resurgir peu après. Son visage se découpait comme une ombre chinoise contre le soleil, et force était de reconnaître qu'elle ne ressemblait pas à Charlotte, et qu'elle n'avait rien non plus d'une créature mythique. Même à distance, Peter savait qui elle était. Il allait la voir ce soir-là en compagnie de son méprisable meilleur ami, l'écrivain Jonathan Speedwell.

2

Peter arriva tard à la librairie – une librairie plus grande et plus commerciale que celles dans lesquelles Jonathan avait fait ses lectures par le passé. La foule était plus compacte aussi, même si là encore elle se composait pour l'essentiel de femmes diplômées, élancées et aux cheveux bruns vaguement ramenés en arrière. Quelques-unes peut-être avaient fait un effort en mettant de nouvelles sandales et en se maquillant un peu. On était en juin, de sorte qu'elles étaient vêtues de jupes légères ou de jupes-shorts avec des tops qui révélaient leurs bras fins et duveteux. Celles qui avaient opté pour des jeans les portaient très bien, et elles aussi arboraient des tops à bretelles. Il y avait également des femmes plus âgées habillées à la mode (mais avec les cheveux gris, toute coloration relevant de l'anathème à leurs yeux), qui se tenaient au courant des dernières parutions littéraires. Des jeunes gens maigres, débraillés et non rasés traînaient au fond de la librairie, leur mine maussade laissant transparaître à la fois leur envie et leur dégoût. Plus tard, assis dans un bar, ils se répandraient en railleries sur Speedwell. Il n'y avait aucun homme d'âge mûr dans les parages, et Peter était le seul à être venu en costume.

A première vue, Jonathan Speedwell se distinguait peu de ses rivaux. Ses boucles brunes indisciplinées lui tombaient dans la nuque et lui aussi avait une barbe de trois jours et une chemise à carreaux par-dessus son tee-shirt. Mais on notait tout de même quelques différences. Alors qu'il était plutôt grand et d'une minceur toute romantique, sa silhouette semblait avoir été dessinée avec une plume plus épaisse que celle des autres. Contrairement à eux, en effet, il s'offrait des raviolis au homard au restaurant et faisait plusieurs heures de musculation chaque semaine. Ses cheveux, quoique décoiffés, étaient propres, de même que son jean, ses mains et ses ongles. Sans doute était-il la seule personne dans la salle à s'être jamais payé une manucure. Ses chaussures noires, à l'aspect peu remarquable, étaient en réalité des derbys sur mesure, qu'il ne portait bien sûr jamais deux jours d'affilée.

Mais ce qui différenciait surtout Jonathan des jeunes hommes de l'assemblée, c'était sa beauté éclatante et le doux halo de lumière qui l'entourait. Debout devant son public, il avait l'air d'un être totalement innocent descendu du ciel pour honorer ce bas monde de sa présence. Ses boucles, ses yeux bleus et son teint pâle où affleurait le rose suggéraient une créature pleine de bonté. Aucun ricanement ne franchissait jamais ces lèvres carmin si délicates. Et le plus incroyable était qu'il ne semblait même pas se rendre compte de son charme. Libre et ingénu ! Dans ces conditions, qu'il était douloureux de voir son œuvre dépeindre avec tant de précision la dureté dont souvent nous payons l'amour de retour et les cruelles déceptions qui attendent les âmes trop confiantes ! Jonathan Speedwell devait en avoir profondément conscience, pensaient ses lecteurs. Et pourtant, pourtant, que d'humour et de force dans ses livres ! Et dans l'homme lui-même !

Lorsque Peter arriva, Jonathan terminait la lecture d'une de ses nouvelles :

Il faisait froid, le ciel était dégagé. Des chiens grondaient et aboyaient. Le voisin en gardait trois attachés. Une brise venue du sud soufflait à présent, charriant une légère odeur âcre en provenance de l'usine. La structure rouillée d'un portique ayant perdu sa balançoire se détachait près de la barrière. C'était Jake tout craché, ça. Dénicher un portique mais pas la balançoire. A cette époque de l'année, on avait peine à croire que des fleurs sauvages pousseraient tout autour dans quelques mois. Dana essaya de se les représenter

et de se souvenir de leur nom : pieds-de-chat, campanules,
lampourdes. Le soleil s'éleva dans l'azur éclatant. Soudain, Dana
vit les cristaux du givre étinceler sur l'herbe et se parer de reflets
rouges, pourpres et jaunes. Comme si le jardin entier avait été
jonché de pierres précieuses.

Elle frissonna. S'alluma une cigarette. Sur le canapé, dans le
mobile home, Jen dormait encore. Il fallait que Dana la réveille.
« Maman, tu as fumé ? » lui demanderait sa fille. Dana atten-
drait. Elle finirait sa cigarette et attendrait un peu. Jen n'avait
pas besoin d'être au courant. Il y avait déjà tant de choses qu'elle
savait déjà.

Jonathan se tut. Il fixa le livre ouvert sur le pupitre, puis il
pinça les lèvres et leva les yeux avec une expression distraite et
vulnérable. L'intérieur de ses sourcils pointait vers le haut,
créant une ride en forme de croix ansée sur son front. Quand
les premiers applaudissements éclatèrent, il courba la tête,
l'air surpris, ravi, humble, gêné. Il adressa ensuite un signe
de remerciement à son auditoire tandis qu'une femme aux
cheveux gris montait sur l'estrade.

— Merci, Jonathan. Merci. C'était merveilleux.

Après un nouveau crescendo, les applaudissements
s'estompèrent.

— Je suis sûre que beaucoup d'entre vous ont des questions à poser, mais mon Dieu ! l'heure touche déjà à sa fin,
n'est-ce pas ? Si Jonathan est d'accord, je suis d'avis que nous
commencions tout de suite.

— Certainement, Martha. Merci.

Une jeune femme élancée – mais enfin, elles l'étaient
toutes – agita la main.

— Oui ?

— Bonjour, Jonathan. Merci. J'aimerais connaître votre
opinion sur les grands problèmes environnementaux.

Un tel sujet, aussi vaste qu'inepte, n'embarrassait pas le
moins du monde Jonathan.

— C'est fondamental, répliqua-t-il d'un ton solennel. Je
suis furieux quand je pense au mal que nous faisons à notre

planète, et je regrette que mon éditeur n'utilise pas du papier recyclé. Rien ne justifie qu'un arbre meure pour ça, ajouta-t-il en brandissant son livre.

Sa remarque provoqua quelques rires bienveillants.

— Ma foi, il paraît que les arbres sont une ressource renouvelable. Je fais de mon mieux. Mais ce que je trouve très important, c'est... l'attention... l'attention que nous portons à notre monde. Vous savez, il y a des poètes réputés pour être des poètes de la nature, seulement il me semble que tous les écrivains le sont. Ils ont par conséquent l'envie, ainsi que le devoir, de défendre la nature.

Nouveaux applaudissements.

D'autres questions se succédèrent.

— Dans votre premier roman, quand Sam meurt noyé lors du concours du plus gros buveur d'alcool, vous êtes-vous inspiré d'un fait réel ?

— Où puisez-vous le nom de vos personnages ?

Jonathan fit signe à une nouvelle admiratrice à la peau foncée, vêtue d'une fine blouse paysanne.

— Bonjour. Vous parlez des femmes en transcrivant si bien leur point de vue que je me demandais si vous pouviez nous expliquer comment vous faites.

— Oh, merci, c'est très gentil, répondit Jonathan en souriant. Voyons, laissez-moi réfléchir. Je ne sais vraiment pas quoi dire...

En fait, il avait eu droit à cette question lors de toutes ses lectures et de toutes ses interviews précédentes.

— Si j'arrive à entrer dans l'esprit des femmes, je suppose que c'est parce qu'elles m'ont toujours paru bien plus intéressantes que les hommes. Elles sont plus fortes, et étant donné que les notions de force et de pouvoir me passionnent, je les ai peut-être observées avec plus d'attention.

Jonathan marqua une pause, comme s'il était soudain trop ému pour poursuivre.

— Et... je crois qu'il y a aussi une explication toute simple. Je n'aime pas l'évoquer en général, mais ce soir...

Les têtes de l'assistance se penchèrent en avant.

— Vous voyez... ma mère est morte quand j'étais très jeune. Je la revois encore un jour que nous jouions dans les vagues sur une plage. Elle me serrait contre elle. C'est mon dernier souvenir d'elle.

Il se tut, et un silence total plana sur la salle. L'eau salée, le soleil, le parfum de la crème solaire de sa mère, le contact de son corps contre le sien, les vagues – chacun partageait les sensations évoquées par Jonathan.

— Evidemment, j'ai passé toute ma vie à tenter de la faire revivre, et beaucoup de temps aussi à étudier les femmes, à essayer de me rapprocher d'elles et de les comprendre. (Il éclata de rire.) Et de m'en faire aimer !

Le public rit à son tour, avant de soupirer et d'applaudir.

Jonathan se plia ensuite à une séance de dédicaces en échangeant quelques mots avec les personnes présentes. La plupart lui dirent des choses qu'elles avaient visiblement beaucoup répétées.

— Merci de votre sincérité.

— Je vous en prie, non... protestait Jonathan. Merci beaucoup.

Peter resta à l'écart du flot des admiratrices. Enfin, Jonathan se fendit d'un dernier sourire modeste – celui d'un servant indigne du compliment de sa maîtresse. Apercevant Peter, il en afficha un autre, tout différent cette fois, et fit signe à son ami de s'approcher pour lui serrer la main.

— Salut, mon vieux. Merci d'être venu.

Peter le dévisagea un instant.

— Depuis quand es-tu si écolo ?

— Moi ? dit Jonathan. Mais je l'ai toujours été ! Rappelle-toi, j'ai même conduit la voiture hybride d'un type un jour.

Il ricana avec suffisance et enchaîna :

— Tu as aimé le passage sur ma mère ?

— Je l'ai trouvé stupide.

Jonathan s'amusa de sa remarque.

— Ta mère vit sur un terrain de golf en Caroline du Sud, insista Peter.

— Arrête ! Personne n'ira écrire une thèse là-dessus. De toute façon, si jamais je deviens assez célèbre un jour pour que quelqu'un s'en soucie, on me reprochera juste d'avoir mythifié mon passé. Ça fera de la bonne presse. Peut-être même que je m'inventerai une petite sœur défunte la prochaine fois. « La personne la plus courageuse que j'aie jamais connue... » Oh, merde ! Attends deux secondes.

Deux femmes s'avançaient vers eux, l'une d'une quarantaine d'années, l'autre d'une vingtaine. Jonathan alla les saluer.

— Sasha ! Allison ! s'exclama-t-il en les serrant dans ses bras. Merci d'être venues. Je ne sais pas comment je me sortirais de ce genre d'épreuve sans vous.

Elles l'assurèrent qu'il avait été génial et que tout s'était déroulé à merveille. Jonathan fit alors les présentations.

— Sasha Petrof, Allison Meeker, voici Peter Russell, l'un de mes meilleurs amis. Peter, Sasha est mon éditrice, celle qui m'a presque persuadé de partager ses illusions sur mon talent d'écrivain. Allison est son assistante et, pour tout dire, la personne sur laquelle je me repose dans tous les domaines.

Les deux femmes étaient très belles : grande, mince et chic en ce qui concernait Sasha, plus petite et plus plantureuse dans le cas d'Allison, qui semblait en être gênée et s'habillait davantage comme une gamine, mais avec des habits hors de prix. L'une et l'autre avaient le même sac à main coûteux (Sasha était mariée à un financier de Wall Street, et Allison était la fille d'un financier de Wall Street). Peter leur serra la main. Les doigts de la première étaient si fins qu'il en sentit les os et les articulations. Quant à la peau, bien que très soignée, elle lui parut légèrement rêche – tout l'inverse de celle d'Allison, qui lui donna l'impression de presser une prune mûre. Peter nota par ailleurs que chacune des deux femmes s'adressait à Jonathan avec un petit air secret, destiné à n'être compris que de lui seul.

— Allison et moi ne savions pas du tout que Jonathan avait perdu sa mère quand il était petit, lui dit Sasha. Il vous en avait déjà parlé ?

— Non. Jamais.

— Vous étiez au courant ?

— Si vous m'aviez posé la question, je vous aurais répondu que sa mère était encore vivante.

— Vraiment ? Jonathan, tu es si réservé que même tes amis... ?

Jonathan jeta un coup d'œil à Peter.

— Non, le cancer... c'est un sujet que j'évite. Je te raconterai tout plus tard, Sasha. Je ne sais pas pourquoi j'ai eu besoin de déballer ça ce soir.

Ils discutèrent ensuite de son agenda publicitaire jusqu'à ce que l'éditrice pousse un cri d'exclamation. Comment avait-elle pu oublier ! La critique dans le journal ! Elle avait essayé d'appeler Jonathan, mais sans réussir à le joindre.

— Oh, ça, répliqua-t-il timidement. Je suppose que le papier n'était pas trop mauvais.

— Il était sensationnel ! Avec des remarques magnifiques, très intelligentes !

— Du moment qu'il y en a une qui fait vendre, déclara Jonathan, tel un ingénu qui aurait joué les cyniques.

— Oh, oui, il y en avait ! confirma Sasha en riant.

Les lèvres humides, Allison rayonnait d'admiration.

— On doit dîner en ville, s'excusa Jonathan après avoir échangé encore quelques mots avec elles. Il faut que je file, maintenant.

— Oui, et moi je ferais bien de rentrer chez moi, dit Sasha. Tu as été super, Jonathan. Vraiment super. On parlera plus la prochaine fois.

Elle l'embrassa et, avant de se détacher de lui, le serra contre elle de manière presque imperceptible.

— Au revoir, Jonathan, dit Allison. Tu as été génial.

Et elle aussi l'embrassa en le serrant discrètement contre elle.

Dans le taxi qui les emmenait en ville, Jonathan appuya la tête contre la banquette arrière et poussa un soupir épuisé.

— Tu imagines la galère que c'est de coucher à la fois avec une éditrice et son assistante ? Quel casse-tête ! Allison... Nom d'un chien, Allison. Elle a une manière de lever les jambes et d'appuyer ses talons contre mon dos, comme si elle me massait. Le truc avec elle... Nom d'un chien. Elle est jeune, et pas si expérimentée que ça, mais le truc, c'est son enthousiasme. Son énergie. Elle aime le sexe. Et entre les mains d'un maître en la matière... C'est encore une gamine, pas très sûre d'elle, et j'adore ça, tu comprends ?

Peter ne comprenait pas, non.

— Mais quand Sasha se comporte en femme d'affaires intraitable, ça aussi ça m'excite. « Non, Tom, je refuse de lui signer un contrat pour deux romans ! » Je me souviens d'une fois où on était, comment dire, en conférence. Il fallait qu'elle se dépêche et en deux minutes à peine, elle était rhabillée et recoiffée. Elle ne pensait plus qu'au boulot. Moi, ça me donnait envie de l'attraper pour remettre ça. Le contact rugueux de ses mains me fait un effet dingue.

Le taxi longea Park Avenue South et ses places de parking si étroites qu'elles en étaient inquiétantes.

— Mais, tu sais, j'ai eu chaud plusieurs fois. Sans compter que je dois me rappeler tout ce que je leur dis et que, quand les deux sont avec moi, je cours toujours le risque que quelqu'un commette une bévue. D'habitude, je suis soit avec l'une, soit avec l'autre, mais les deux ensemble, tu te rends compte ! Et puis, quand je téléphone à Sasha et qu'Allison décroche, il faut que je sorte le compliment habituel. « Bon Dieu, Allison, tu es tellement belle. » Après, elle me passe Sasha, et c'est reparti pour un tour : « Bon Dieu, Sasha, je n'arrête pas de penser à toi, ça doit être l'arrière de tes genoux qui me met dans cet état... » (Le regard de Jonathan se fit lubrique.) Tout ça, je l'ai vraiment dit, précisa-t-il. Ensuite, Allison me reprend en ligne et je lui fixe un rendez-vous en espérant juste qu'elle ne sera pas trop déconcentrée au moment où Sasha lui apportera un truc à faire. (Il secoua la tête avec lassitude.) Oh non, ce n'est pas facile. Surtout qu'il y a Mags, aussi. Tu sais, la serveuse du bar à soupes branché ?

Maggie Mae. Les cathos, je te jure... Les voir avec leur crucifix qui oscille autour du cou, il n'y a pas mieux. Parfois, Maggie le coince entre ses dents.

Durant tout le temps que durèrent ces confidences, Peter fixa une déchirure au dos du siège avant recouverte d'adhésif. Le taxi, avançant par à-coups, le ballottait en tous sens, mais il gardait les yeux rivés sur cette cicatrice, la mine fermée. Ce qu'il entendait ne lui inspirait rien ou, pour être plus exact, lui inspirait une myriade de pensées qui se fondaient dans son esprit en un nuage menaçant. Les mœurs de Jonathan lui semblaient écœurantes et insupportables sans pour autant qu'il soit puritain en la matière. Au fil des ans, il avait souvent eu droit à de tels récits et, même s'ils le dégoûtaient, il n'avait pu s'empêcher de s'en amuser, de s'y intéresser, et d'admirer son ami de la façon que tous les hommes, en vérité, admirent les exploits sexuels d'un autre. Simplement, il se montrait plus critique depuis quelque temps.

— Je suppose qu'être marié n'arrange pas tes affaires, finit-il par dire.

Jonathan resta d'abord silencieux, avant de lui jeter un regard amical et condescendant.

— Ah, Peter. Quand tu seras plus vieux, tu comprendras.

Peter continua à fixer la déchirure mal rafistolée en face de lui.

— Ne t'en fais pas, déclara Jonathan en posant une main sur son épaule. Il n'arrivera rien de grave. Personne ne sera blessé. (Il éclata de rire.) J'irai juste en enfer, c'est tout !

Peter et Jonathan entrèrent dans le petit restaurant bondé, au décor austère et aux larges baies vitrées.

— Vous êtes les premiers, leur annonça le maître d'hôtel. Souhaitez-vous attendre au bar ou préférez-vous que je vous conduise à votre table ?

Ils optèrent pour la seconde solution et commandèrent des boissons – une bière pour Peter, un martini pour Jonathan. Pendant que celui-ci étudiait la carte des vins en la

73

commentant, Peter sirota son verre, en proie aux changements physiologiques qu'il expérimentait toujours lorsqu'il anticipait l'arrivée de la femme de son ami : son cœur battait soudain plus fort, le sang pulsait dans ses veines, son estomac se livrait à des acrobaties. Il songea qu'il aurait probablement ressenti la même chose s'il avait été sur le point de sauter en parachute. Le plus ridicule, c'était qu'il s'était déjà retrouvé de nombreuses fois dans cette situation et qu'une telle réaction ne se justifiait plus du tout.

— Incroyable, marmonna Jonathan. Deux cents dollars pour une piquette pareille.

Dans ce genre de restaurants, il commandait en général le vin le moins cher et observait ensuite avec suffisance le choix des pigeons autour de lui. Peter, lui, ne quittait pas des yeux l'entrée de l'établissement. Il aperçut le dos du maître d'hôtel, partiellement masqué, et le quart supérieur de la porte qui s'ouvrait, révélant une masse de cheveux blonds. Son cœur fit un bond. Elle était là. Le maître d'hôtel se pencha vers elle, opina du chef, puis la guida vers leur table.

— Voilà, mademoiselle, dit-il en s'écartant. Messieurs, votre amie est arrivée.

Elle portait une petite robe dont le vert pâle faisait ressortir celui de ses yeux. Ses bras bronzés étaient nus et ses cheveux attachés dévoilaient son cou gracile. Sans être forcément la femme la plus renversante du restaurant – elle n'aurait pas fait se retourner toutes les têtes sur son passage –, elle était vraiment très belle, avec de longs cheveux blond-roux qui frisottaient légèrement en cette journée moite, de grands yeux très écartés, une mâchoire à la courbe délicate, un nez légèrement renflé à l'extrémité, de belles épaules rondes et douces, et une jolie silhouette élancée sans être trop fine.

Elle souriait, les joues rouges de s'être dépêchée et les yeux brillants de plaisir à leur vue.

— Salut, les gars !

Jonathan et Peter se levèrent.

— Salut, chérie, dit le premier en l'embrassant amoureusement.

— Salut, Holly ! dit le second.

Elle posa un petit baiser sur sa joue et Peter dut appuyer les mains sur ses épaules nues pour faire de même.

Tandis qu'ils prenaient place, Holly s'excusa de les avoir fait attendre – « J'ai mis plus de temps à me préparer que prévu. » Jonathan et elle échangèrent des regards conjugaux, faussement embarrassés pour elle, faussement exaspérés pour lui, puis elle se tourna vers Peter pour lui dire qu'elle était ravie qu'il soit là et désolée que Charlotte n'ait pu se joindre à eux.

— Elle aussi était désolée.

— Tu la salueras de ma part, n'est-ce pas ? demanda Holly.

Elle commanda un verre de vin, et reprit aussitôt :

— Au fait, tu n'avais pas une réunion importante aujourd'hui ?

— Je t'ai raconté ça ?

— Oui. Quand on a planifié ce repas, il me semble. Tu as dit que tu avais hâte d'être à ce soir parce que tu en aurais terminé avec cette corvée.

— Oh.

— Alors, ça s'est bien passé ?

— J'ai fait un malheur.

— Vraiment ? C'est génial !

— Ce n'était pas grand-chose.

— Je suis ravie pour toi. Jonathan, tu as entendu ? Peter a fait un malheur.

— Oui, oui. Félicitations, Peter. De quoi s'agissait-il ? D'obligations ?

Le simple fait de prononcer ce mot, « obligations », paraissait l'amuser.

— Oh, rien qui vaille la peine qu'on en parle.

— Comme tu voudras, dit Holly, qui le fixa néanmoins avec un air légèrement soucieux.

— Et ta pièce, ça s'est bien passé aussi ? demanda Peter.

Holly enseignait les lettres classiques dans un collège privé pour filles et elle avait aidé ses élèves à monter une pièce de théâtre dont la représentation avait eu lieu ce soir-là.

— Magnifique ! Les filles étaient super. Et drôles ! Comme les garçons. Je peux vous assurer qu'il n'y a pas plus intense qu'une Hermia de treize ans réellement amoureuse de son Lysandre.

Ses élèves avaient préparé *Le Songe d'une nuit d'été* avec des étudiants d'une école de garçons et, à mesure que les répétitions avançaient, des intrigues sentimentales compliquées avaient surgi au sein de la distribution.

— Et comment va notre Anton Pavlovitch ici présent ? lança Holly à Jonathan. Tu as lu les critiques ?

— Oh, Seigneur ! grogna Peter. Charlotte ne m'a lu qu'une partie de l'article. Ne me dis pas que le journaliste a fait cette comparaison !

— Si. Je vis avec Tchekhov.

— S'il vous plaît, protesta Jonathan. Vous me connaissez. Si indigne que je sois de telles louanges, je les accepte avec humilité et gratitude.

Holly les interrogea sur la lecture.

— Nous avons donc quelque chose à fêter, conclut-elle lorsqu'ils lui eurent expliqué que tout s'était déroulé sans problème.

Ils discutèrent encore jusqu'à ce que le serveur arrive pour leur détailler les plats du jour ingrédient par ingrédient. Alors qu'il en était au troisième hors-d'œuvre, l'esprit de Peter se mit à vagabonder. Il revint en arrière... bien en arrière... à cette soirée fatidique, trois ans plus tôt...

A sa sortie de l'université, Jonathan vivait dans un deux-pièces loin du centre-ville. Son beau-père mourut à cette époque (comme le père de Jonathan avant lui), et sa mère hérita d'un appartement dans un hôtel de l'Upper East Side. Son mari et elle ne l'avaient habité que lors de leurs visites à New York, mais elle décida de le garder – ou plus exactement se laissa persuader de le garder – en tant qu'investissement. Et pendant que sa valeur augmentait, il semblait logique que quelqu'un l'occupe, alors pourquoi pas Jonathan ? Parce qu'il n'avait pas les moyens de payer les charges mensuelles de l'immeuble, sa mère les régla à sa place, tout comme les notes de room service que l'hôtel lui envoyait directement. L'appartement comprenait une chambre, une bibliothèque, une salle à manger, un salon et une cuisine (qui servait très peu). Dans le même temps, Jonathan conserva son ancien deux-pièces pour en faire un bureau, partant du principe qu'une certaine diversité géographique ne nuirait pas à sa vie sociale.

Un jour, Jonathan appela Peter pour lui dire qu'il avait invité quelques personnes à dîner et qu'il comptait sur sa présence. Peter accepta volontiers. Les convives de son ami étaient en général des femmes très séduisantes. En plus d'être jolies, elles étaient intelligentes, ou mélodramatiques, ou riches, ou géniales dans un domaine quelconque – quand elles ne cumulaient pas toutes ces qualités. De superbes artistes au talent reconnu ayant hérité d'une fortune dans leur enfance lorsque leurs parents étaient morts assassinés : telles étaient les fréquentations types de Jonathan. Et puis, un parfum de romance flottait toujours chez lui, alors ma foi, qui sait ?

— Parfait, répondit-il. A quelle heure ?

— Vers vingt-deux heures, ou quand tu veux.

— Qu'est-ce que j'apporte ?

— Ta fascinante personnalité, ce sera très bien.

Peter lui demanda qui serait là et Jonathan lui cita quelques noms.

— Ah, ajouta-t-il. Et il y aura cette fille que j'ai rencontrée sur le campus de l'université où je vais passer un trimestre en résidence. On est beaucoup sortis ensemble là-bas.

— Han-han.

Jonathan hésita avant de continuer.

— Je dois avouer qu'elle est... assez fantastique, en fait.

— Ah oui ?

— Oui.

— Comment s'appelle-t-elle ?

— Holly.

Holly.

Peter sursauta. Les battements de son cœur s'accélérèrent et il rougit. Quelles étaient les chances pour que la Holly de Jonathan et la sienne ne soient qu'une seule et même personne ? Il songea à demander plus de détails à son ami, avant de se raviser. C'était insensé. Il existait certainement des milliers de Holly à travers le monde.

L'appartement de Jonathan était bondé lorsqu'il arriva. Tout le monde avait toujours l'air sorti d'un magazine en papier glacé lors de ces soirées, et Peter s'étonna comme souvent devant le bruit assourdissant des conversations. Il alla se chercher un verre et discuta avec deux ou trois personnes, puis se mit en quête de Jonathan, qu'il retrouva facilement sur le canapé du salon, assis à côté d'une jeune femme qu'il tenait par la main. C'était elle que Peter avait rencontrée sur le vol New York-Los Angeles. Hormis ses cheveux, un peu plus courts, elle n'avait pratiquement pas changé, et sa vue lui fit l'effet d'un coup de poing en plein ventre.

Il avait besoin d'un moment pour se ressaisir, mais déjà, Jonathan lui faisait signe de s'approcher. Suivirent les présentations. Les exclamations. On s'est déjà rencontrés ! Vraiment ? Oui, il y a quelques années, à bord d'un avion. C'est incroyable ! Ravie, Holly se montrait très amicale envers lui, mais Peter était au désespoir car rien chez elle n'indiquait qu'elle avait passé chaque instant depuis ce jour-là à penser à lui. Elle portait un chemisier échancré en soie et un pantalon noir très moulant à fines rayures blanches. Elle était superbe.

Ils racontèrent leur histoire à Jonathan. Ils avaient lié connaissance autour d'un livre de Thomas Mann, c'était dingue, non ? Puis leur récit se tarit.

— Et vous ne vous êtes jamais appelés après ça ? s'enquit Jonathan.

Peter prit sa question comme un défi. Evidemment, n'importe quel mâle un tant soit peu intelligent assis dans un avion à côté d'une femme pareille aurait réussi à obtenir son numéro de téléphone. Il eut soudain envie de faire valoir ses droits sur elle, de prouver qu'il avait été à la hauteur de la situation, et aussi d'apprendre à Holly pourquoi il ne l'avait pas rappelée même si elle s'en moquait. Et tant pis s'il se ridiculisait. Ce n'était pas trop cher payé.

— En fait, dit-il, on devait se revoir. Holly m'a noté son numéro sur un bout de papier pour qu'on s'organise un dîner ensemble.

Peter décida de ne pas révéler la nature du papier en question. Il ne tenait pas à divulguer un détail trop intime à son ami.

— Mais… euh… bafouilla-t-il. Je l'ai perdu.

— Tu l'as perdu ? s'exclama Holly en posant une main sur son bras. Tu l'as *perdu* ! J'ai toujours cru que tu m'avais oubliée !

— Oh non !

Trop préoccupé par sa propre infortune, Peter n'avait jamais songé que Holly avait peut-être été vexée.

— Je l'ai bel et bien perdu. Je sais, ce n'était pas malin. Arrivé à l'hôtel, je me suis rendu compte que je ne l'avais plus sur moi. Je l'ai cherché partout mais il avait disparu.

— Quel dommage, compatit Holly avec une spontanéité qui lui avait jusqu'alors fait défaut.

— Je suis bien d'accord !

— Je n'en doute pas, commenta Jonathan.

Tous trois laissèrent échapper un petit rire.

Jonathan, qui les avait bien observés, leur sourit avec affection.

— Je l'ai échappé belle ! Si les choses s'étaient passées différemment, ma foi, qui sait ce que cela aurait donné ? On serait peut-être assis là tous les trois ce soir, mais… ce ne serait pas tout à fait pareil, dit-il d'une voix empreinte de douceur, d'humour et d'une pointe de vulnérabilité. J'ai de la chance que Peter ait choisi ce moment pour être étourdi. C'est dur à croire, Holly, mais un tel comportement ne lui ressemble pas du tout.

Elle rit et lui pressa la main. Beau joueur, Peter rit également. Holly et lui échangèrent un regard, puis d'autres invités s'approchèrent et la soirée les emporta dans son tourbillon. Jusqu'au bout, Peter chercha à s'isoler avec Holly, sans succès.

Peu de temps après, il en apprit davantage sur l'attitude de la jeune femme vis-à-vis de ce fameux numéro perdu. Elle était sortie et, en attendant d'aller dîner, Peter suivait un match de hockey à la télévision chez Jonathan pendant que celui-ci relisait des épreuves.

— Hé, déclara Jonathan sans lever le nez de sa page. Tu sais que Holly a flashé sur toi le jour où vous vous êtes retrouvés côte à côte dans votre avion ?

Sans quitter des yeux le match des Devils, Peter avala une gorgée de bière en essayant de rester aussi calme que possible.

— Ah oui ?

— Ouais, répondit Jonathan. On en a discuté et c'est ce qu'elle m'a avoué. Evidemment, je me suis inquiété et je lui ai demandé : « Et maintenant ? » Elle a éclaté de rire. « Tu es jaloux d'un type à côté de qui j'ai été assise dans un avion il y a des années ? Tu es fou ? » m'a-t-elle répondu. Je suppose que j'avais l'air stupide, en effet. Oh, merde ! (Jonathan joua du tambour avec son crayon sur sa feuille avant de raturer un passage.) Enfin bon, elle m'a dit de ne pas me faire de souci : « Tu sais comment c'est quand on rencontre quelqu'un dans un lieu clos. Ça crée une intimité forcée, on s'imagine que l'instant est magique, et deux jours plus tard on a tout oublié. » C'est intéressant, et très exact aussi – tu ne trouves pas ? (Il lut une phrase à voix basse et effectua une correction.) Selon elle, tu es quelqu'un de bien et elle est persuadée que tu t'en es voulu de ne pas pouvoir la rappeler, mais en réalité, ça l'a soulagée que tu ne le fasses pas. Elle a été tellement prise avec le bébé, tu comprends, et il y avait les tensions entre son père et sa sœur, sans compter sa mère qui devait les rejoindre. Elle ne sait pas ce qu'elle aurait fait si tu lui avais téléphoné. (Il raya quelques mots.) Enfin, ouf ! Je n'aurais pas aimé avoir à te descendre, conclut-il en mordillant son crayon et en levant sa feuille devant lui, la mine concentrée.

Son compte rendu avait l'accent indubitable de la vérité, même si Peter essayait désespérément de se convaincre que Jonathan avait tout inventé. Mais pourquoi se serait-il donné cette peine ? Il avait déjà Holly. De plus, il ne lui avait jamais menti. Jonathan avait son propre code de l'honneur et il ne mentait en général ni à ses amis ni aux femmes avec qui il couchait. C'était presque un principe chez lui, et il considérait que cela faisait partie du jeu de jongler avec ses conquêtes sans recourir à des histoires cousues de fil blanc.

Holly avait éclaté de rire. Rien de ce qu'il venait d'entendre ne surprenait vraiment Peter, mais il se sentit tout de même abattu. A la télé, l'attaque timorée des Devils réussit à marquer un but, juste avant que l'adversaire ne revienne au score. Il avala une nouvelle gorgée en regardant fixement l'écran.

— Ouais, dit-il. C'était sympa de discuter avec elle durant le vol. Holly est une fille super.

Peter vit très peu Jonathan et Holly au cours des mois suivants. La jeune femme préparait une maîtrise de lettres classiques à l'université où Jonathan était en résidence, et tous deux vivaient pratiquement ensemble quand elle obtint son diplôme. Lorsqu'ils étaient de passage à New York, Jonathan n'invitait pas Peter à se joindre à leurs sorties. Fait inhabituel, il venait rarement seul en ville désormais et semblait consacrer tout son temps à Holly (enfin, dans la limite du raisonnable). Autant dire qu'il ne prenait pas le sujet à la légère cette fois. De son côté, Holly avait un projet de thèse qui la passionnait (Horace et « l'autorité »), mais elle doutait aussi : voulait-elle vraiment d'une carrière à l'université ? Jonathan la pressant d'emménager à New York, elle finit par poser sa candidature dans une école de filles réputée où un poste venait de se libérer. Jonathan et elle partirent ensuite en voyage durant tout un été avant de s'installer dans l'appartement de l'Upper East Side. Peter n'avait donc pas eu beaucoup d'occasions de lui parler durant cette période, et encore moins de revenir avec elle sur leur première rencontre. De toute façon, plus le temps passait et plus il estimait que cela aurait paru bizarre et maladroit.

Jonathan et Holly finirent par se marier après avoir vécu quelque temps ensemble. Peter et Holly étaient devenus bons amis dans l'intervalle, mais jamais plus ils ne discutèrent de leur vol New York-Los Angeles. Peter avait attendu, aux aguets, tout en étant conscient de sa stupidité. Et puis il avait abandonné.

Il avait avalé son entrée distraitement et aurait été incapable de dire ce qu'il avait choisi.

— Peter ?

La voix de Holly interrompit le cours de ses pensées. Elle lui avait posé une question et s'étonnait de son silence.

— Oh, désolé. Tu disais ?

— Tu as l'air dans la lune. Tu rêves au grand jour ? demanda-t-elle avec un sourire indulgent.

— Euh, non. Je devrais pourtant. Une crise a éclaté autour de la question du fromage.

— Mince ! Quelle horreur. Je suppose que Charlotte et sa mère réagissent comme s'il s'agissait de la guerre d'Algérie.

— Gagné. Avec torture et meurtres à la clé.

— J'ai eu de la chance, moi. Ma mère est restée assise en observant les préparatifs de très loin. Tout ce qu'elle m'a dit, c'est : « Ça me paraît très bien, ma chérie. » Le problème était qu'elle aurait pu oublier la date du mariage et partir acheter une collection de papillons le jour venu, ou faire n'importe quoi d'autre qu'elle aurait soudain jugé nécessaire.

— Elle était superbe, en tout cas.

— Elle n'a pas pu s'en empêcher. (Holly dévisagea Peter avec compassion.) J'espère que tes nerfs tiendront bon durant les prochaines semaines.

— Moi aussi.

Elle se tourna vers Jonathan.

— Et toi, tu sais ce que tu as à faire, n'est-ce pas ? La même chose que Peter le jour de ton mariage : tu veilles à ce qu'il soit là.

— Ne t'inquiète pas, répondit Jonathan. Il sera là. Même si je dois le menacer d'un fusil pour ça.

Le lendemain matin, la secrétaire de Mac McClernand appela Peter pour lui annoncer que son nouveau supérieur désirait le voir « sans plus attendre ». Après avoir raccroché, Peter contempla son téléphone. Peut-être aurait-il dû démissionner. Il était certain de trouver un poste ailleurs sans difficulté ! Mais... mais... c'était chez Beeche & Co qu'il avait envie de travailler, il avait déjà fait du chemin dans cette société, et partir signerait la victoire de Thropp. Peter s'était confié à son père, qui avait éclaté de rire. « Avoir un patron qui est un fils de pute, un vrai de vrai ! Bienvenue au club ! » Lui avait commencé sa carrière chez un fabricant de tuyaux et il était monté assez haut au sein de la compagnie qui avait acheté la société qui avait acheté le fabricant. Prudent et réfléchi en matière de conflits hiérarchiques, il conseilla à Peter de ne pas démissionner et de ne pas s'en prendre à Thropp, mais plutôt de déterminer pour qui il voulait rouler et de faire le maximum afin de convaincre cette personne qu'il lui était indispensable et qu'elle devait donc le subtiliser à Thropp. A part ça, il avait tout intérêt à se tenir à carreau. Certains employeurs accordaient de l'importance à la loyauté et si tel était le cas chez Beeche, cette histoire finirait un jour. Un tel raisonnement faisait sens, pensait Peter, mais ne reflétait-il pas aussi une mentalité démodée mal adaptée au caractère entreprenant et sans cesse en mouvement des sociétés de placement, où patience et loyauté ne duraient que le temps nécessaire à une prime pour être virée sur un compte ? Pourtant, ces valeurs étaient souvent récompensées chez Beeche, et la maison décourageait les intrigues de pouvoir – même s'il y avait tout de même quelques Thropps en son giron. C'était un mode de fonctionnement, comme les gens aimaient à dire. De toute façon, il avait relevé d'autres défis, il lui suffisait de tenir bon, de supporter ce moment difficile et d'en tirer les leçons.

D'accord ! Très bien ! Allons-y ! Armé d'une assurance et d'un optimisme renforcés par cette mise en jambes intellectuelle, Peter se dirigea vers le bureau de McClernand. Y parvenir se révéla plus difficile que prévu, même en prenant en considération la taille des locaux. Il dut emprunter les ascenseurs à plusieurs reprises avant d'atteindre l'aile et l'étage qu'il pensait être les bons. Sortant de la cabine, il découvrit ensuite qu'il n'y avait ni garde ni réceptionniste, mais juste des portes en verre à l'extrémité d'un vestibule. A côté, le système d'identification des cartes d'employés était recouvert d'un écriteau jauni rédigé à la main : HORS SERVICE. APPELEZ LA SÉCURITÉ SVP. L'une des portes, à la serrure et à la poignée cassées, était entrebâillée. Peter la poussa et longea un couloir qui le fit passer devant une pièce où des tables et des chaises étaient empilées, et une autre au sol jonché d'ordinateurs.

Il suivit les numéros de porte jusqu'à ce qu'il trouve celle qu'il cherchait. Elle était ouverte et, par l'embrasure, il aperçut une femme courbée sur son bureau. Elle redressa la tête lorsqu'il frappa.

— Oh, c'est vous ! Nous vous attendions. Entrez !

Elle se leva vivement pour l'accueillir. La cinquantaine bien en chair, avec des cheveux roux, des sourcils bruns et une dent de devant jaunie, elle s'exprimait avec un enthousiasme permanent.

— Vous êtes monsieur Russell, n'est-ce pas ?

— Oui.

— Je suis Sheila, la secrétaire de M. McClernand !

— Enchanté, Sheila.

Ils échangèrent une poignée de main.

— Je suis ravie de vous rencontrer ! Je suis tellement contente ! Asseyez-vous, je préviens M. McClernand !

Peter prit place sur une chaise. En entrant, il avait remarqué que Sheila faisait des mots croisés et il nota à cet instant les piles de grilles et de rébus qui recouvraient son bureau.

— Monsieur McClernand ?! M. Russell est là ! (Pause.)
Oui, monsieur ! Je vais le lui dire ! (Elle raccrocha.) Il arrive !

Elle lui décocha un grand sourire, comme si elle venait de
lui dévoiler un scoop, puis reprit ses mots croisés.

Peter attendit. Seuls le grattement occasionnel du crayon
de Sheila et le bourdonnement du climatiseur troublaient le
silence. Le temps passa, sans que personne ne surgisse pour
échanger quelques mots avec McClernand. Le téléphone ne
sonna pas non plus, et aucune lumière ne brillait sur l'appareil pour indiquer qu'une ligne était occupée. Le crayon de
Sheila crissait sur le papier, tel un petit serpent rampant à
toute vitesse sur le sable. Enfin, après ce qui parut une éternité à Peter, la porte du bureau adjacent s'ouvrit avec un
grand bruit. Précédé d'un parfum très « masculin », Mac
McClernand fit son apparition.

— Eh bien ! dit-il en souriant largement. Peter Russell !
Désolé de vous avoir fait attendre. J'avais quelques affaires à
régler. (Il pointa le plafond du menton avec un air suffisant.)
Le soixante-sept. Vous savez ce que c'est.

Le soixante-sept était l'étage où quelques-uns des hauts
cadres de la société avaient leur bureau.

Peter se leva pour lui serrer la main.

— Comment allez-vous ?

— Bien, bien. Accordez-moi encore juste une minute.
(McClernand s'adressa alors à Sheila.) On a bien expédié le
colis ?

Mais sa secrétaire n'écoutait pas.

— Sheila, on a bien expédié le colis ?

Elle l'entendit cette fois et prit une mine ahurie.

— Le colis… ? Le colis… Oh, oui ! Oui, monsieur ! Il a été
envoyé !

— Parfait. Et vous n'avez pas oublié de reporter mon
déjeuner avec Erlanger à mercredi ?

— Non, monsieur ! Je m'en suis occupée !

— Très bien. Peter, je vous en prie, entrez donc.

McClernand le guidait vers la porte en appuyant une main
dans son dos lorsqu'il se retourna vers Sheila.

— Déplacez mon rendez-vous de dix-sept heures à dix-sept heures trente. Et prenez mes appels aussi.

Agé d'une soixantaine d'années, Mac McClernand avait une silhouette en forme d'œuf, si bien que son pantalon, tenu par des bretelles, s'élargissait jusqu'à la circonférence maximale de sa personne. Des taches de rousseur recouvraient ses mains et son visage, sa peau avait une teinte taupe et ses cheveux semblables à des ajoncs donnaient l'impression de flotter au-dessus de sa tête, sans que Peter puisse déterminer s'ils faisaient cela naturellement, parce que McClernand s'était laissé pousser une longue mèche pour cacher son crâne, ou parce qu'il s'agissait d'un postiche.

Lorsqu'ils se furent assis, McClernand s'enfonça dans son fauteuil et fixa Peter en baissant le menton de telle sorte que celui-ci disparut en même temps que sa mâchoire dans les replis de sa chair. Il avait croisé les doigts, à l'exception de ses index, tendus l'un contre l'autre. Tout en étudiant Peter, il se tapota la bouche avec leur extrémité.

— Bien, dit-il au bout d'un moment. Je crois que nous allons travailler ensemble.

— Oui, monsieur.

— J'ai eu de bons échos à votre sujet. Vous vous êtes déjà fait un nom.

— Merci, monsieur.

— Evidemment, on ne m'envoie que les meilleurs.

McClernand éclata d'un rire qui découvrit ses dents grisâtres et qui se transforma en une quinte de toux glaireuse, sifflante, déchirante. Il se couvrit la bouche avec un mouchoir et se plia en deux en toussant si longtemps et si fort que son visage vira au rouge et que ses yeux larmoyèrent.

— Vous ne vous sentez pas bien ? s'inquiéta Peter en se levant à demi de son siège.

— Non, non, murmura McClernand d'un ton théâtral.

Quelques instants plus tard, ayant réussi à maîtriser ses éructations, il avala une gorgée d'eau et s'essuya le front et les yeux.

— Ar-hum. Arrrrr-hum. Rmm. Saletés d'allergies. Où en étions-nous ? Oh, oui. Oui, j'ai eu de très, très bons échos à votre sujet.

— J'en suis ravi.

McClernand esquissa un sourire diabolique.

— Mais... j'imagine que vous avez connu un sérieux revers avec votre fameuse idée.

— Ce n'était qu'un vague projet.

— Oh, je sais, je sais. C'était quelque chose de très préliminaire, un sujet à creuser. Bien sûr. (Il ricana.) Mais enfin, ils ont dû penser que cela ne vous ferait pas de mal de sympathiser avec un vieux salaud qui a déjà bien roulé sa bosse, hein ?

— Oui.

L'expression de McClernand s'adoucit et devint presque paternelle. Il hocha lentement la tête.

— Vous savez, vous me faites penser à moi à mes débuts.

Oh non ! se retint de crier Peter.

— Vraiment ?

— Oui, dit McClernand, la mine ravie, en se frottant les mains. Bon, au travail maintenant.

Il fit pivoter son fauteuil vers une étagère et attrapa avec précaution un objet qu'il posa doucement sur son bureau, bien parallèle au bord, avant de s'écarter lentement comme s'il avait craint de le faire tomber. Durant tout ce temps, il ne cessa de se racler la gorge. Une fois adossé à son fauteuil cependant, il se reprit et soupira.

— Peter, dit-il en montrant l'objet. Que voyez-vous ?

C'était une boîte de céréales.

Peter réfléchit, mais le choix était limité.

— Une boîte de céréales ?

— Ha ! Ce n'est pas une mauvaise réponse, mais ce n'est pas la bonne non plus. Regardez encore. Dites-moi ce que vous voyez.

Peter ne voyait toujours qu'une boîte de céréales.

— Je... je ne sais pas, avoua-t-il en souriant pour montrer qu'il n'était pas mauvais perdant. J'abandonne !

McClernand hocha la tête.

— Je vais vous dire ce que c'est. (Il se pencha en avant, les yeux rivés sur lui.) C'est de l'argent.

Puis il se carra de nouveau dans son fauteuil, sans le lâcher du regard, avec le même sourire diabolique qu'au début de leur entretien.

De l'argent. Certes. Il n'y avait rien d'autre à faire à part entrer dans son jeu.

— De l'argent ? Comment ça ?

— Prenez cette boîte et lisez-moi ce qui est écrit au sommet.

— « Peut prévenir les maladies cardio-vasculaires. »

— Non ! Pas ça ! Plus loin.

— Il y a un truc, là qui dit que la marque s'engage à reverser à votre école dix cents pour chaque coupon détaché et retourné.

— Très bien, répliqua McClernand en se levant pour faire les cent pas derrière son bureau. Corrigez-moi si je me trompe mais, le plus souvent, quand on renvoie ce genre de coupon, le fabricant de céréales vous offre un jouet en échange, n'est-ce pas ?

— Oui.

— Excellent. Peter, réfléchissez un peu. Ce coupon n'est qu'un morceau de papier, non ? Maintenant...

— De carton, en fait.

— Oui, de carton, convint McClernand avec contrariété. Maintenant, que se passe-t-il quand vous l'envoyez au fabricant ? Il vous remet quelque chose qui a une certaine valeur pour vous, ou, dans certains cas, il le remet à un tiers que vous désignez. Vous me suivez ?

— Oui.

— Bien. Dites-moi, ce morceau de papier – ou de carton, plutôt –, a-t-il une valeur intrinsèque ?

— Non.

— Et pourtant, il représente un droit sur un actif, n'est-ce pas ?

— Oui.

— Cela ne vous rappelle rien ? demanda McClernand, qui prenait un plaisir manifeste à appliquer la méthode socratique.

— Une action, une obligation. N'importe quel type de titre, en fait.

— Bingo ! Imaginez, Peter. Il y a des millions de boîtes de céréales qui dorment dans des placards de cuisine à l'instant où je vous parle, chacune avec un coupon qui ne sert à rien parce que personne ne se donne la peine de les renvoyer. Les gens ne veulent pas du jouet ou bien ne se soucient pas assez de leur école.

« Seulement, que se passerait-il si ces mêmes coupons pouvaient être échangés contre de l'argent ? Hein ? Vous voyez où je veux en venir ? Si quelqu'un pouvait vendre cinq cents un coupon qui en vaut dix, et si une école pouvait se porter acquéreur pour procéder à l'échange, est-ce que tout le monde ne se bougerait pas cette fois ? Et si vous aviez besoin de douze coupons pour obtenir un jouet, vous pourriez les acheter cash au lieu de dépenser votre argent dans des boîtes de céréales à n'en plus finir. Vous comprenez ?

« Mais d'abord, il faut un marché des coupons, et pour le créer, quelqu'un doit agir comme intermédiaire. Devinez qui ? Beeche & Co ! Ensuite, quand l'affaire tournera, les coupons circuleront tout seuls et serviront pour les investissements ou les opérations spéculatives. Pensez au volume de transactions que cela représentera ! En prenant une petite marge des deux côtés, la société réalisera des profits phénoménaux !

« Bien sûr, il y a toutes sortes de défis et d'incertitudes à affronter, dont les taxes ou les réglementations. Il faut tenir compte aussi du fait que les boîtes de céréales ont une date de péremption. Etc., etc. Mais c'est là que vous intervenez, mon garçon.

McClernand sourit à Peter avec fierté et affection. Lentement, une fièvre mystique semblait s'emparer de lui.

— Voilà l'idée. Mais nous n'allons pas nous arrêter là. Oh non ! Pas question.

Ça, Peter l'avait déjà compris. Le pire dans cette histoire, pensa-t-il, était qu'il avait dû renvoyer la même image que McClernand durant la réunion organisée par Thropp. Peut-être qu'ils allaient bien ensemble finalement.

— Bientôt, poursuivit McClernand, les banques accepteront les coupons des boîtes de céréales en dépôt et elles accorderont des prêts en conséquence. Les sociétés de placement autoriseront les gens à signer des chèques à partir des coupons qu'ils détiendront. Les mêmes personnes qui utilisaient autrefois du papier dévalué en guise de monnaie y auront recours. Vous savez ce qui se produira après ? Le gouvernement refusera de rester à la traîne et de perdre son contrôle sur la masse monétaire du pays. Il voudra s'en mêler.

McClernand eut un nouveau sourire, tremblotant celui-là.

— Ce n'est qu'une question de temps avant que le dollar ne vaille plus rien, reprit-il en chuchotant presque. L'euro ? C'est de la merde. Vous voyez ? Vous voyez ? Le monde aura besoin d'une nouvelle monnaie de réserve. L'or ? (Il éclata d'un rire sonore.) L'or ! Ce serait pathétique ! Non, non ! Place aux coupons des boîtes de céréales ! (Sa voix s'adoucit soudain et se fit plus intense.) Pendant ce temps, pendant que nous créerons ce marché, nous amasserons des tonnes et des tonnes de coupons, et qui en détiendra un stock encore plus grand que celui du gouvernement des Etats-Unis ? Nous, Peter ! Nous ! Beeche & Co !

McClernand ferma les yeux un instant.

— Joli scénario, n'est-ce pas ?

— Oui, monsieur, répondit Peter.

3

Après avoir appuyé de toutes ses forces sur les touches et les pédales appropriées, l'organiste les relâcha soudainement, et son instrument se tut. Le dernier accord fortissimo du prélude enfla et résonna dans tout l'édifice, ses échos se chevauchant les uns les autres, jusqu'à ce que, enfin, il s'abîme dans le silence, un silence si profond qu'il donnait l'impression que ce formidable coup de tonnerre avait banni à jamais tout son de l'église. Mais pour Peter, debout dans le transept, ce silence réverbérait une note basse qui était le bruit de chaque existence. Le bruit d'un bois où ne souffle nul vent.

Dans quelques secondes, la musique reprendrait, les demoiselles et les garçons d'honneur entameraient leur lente procession, suivis des petites filles portant des bouquets de fleurs, et enfin de la mariée et de son père. D'un pas mal cadencé, tous viendraient se poster de part et d'autre de l'autel. Le père de Charlotte confierait sa fille à Peter. La cérémonie commencerait. Et puis ce serait fini. Peter s'apprêtait à prendre l'engagement le plus important de sa vie, et tandis que la famille de Charlotte, la sienne et leurs amis réunis formaient une masse floue à la périphérie de son champ de vision, il tenta de sourire en supposant que c'était ce qu'on attendait de lui.

La cérémonie avait lieu sur la côte nord de Long Island. Il faisait lourd et humide, la chaleur dans l'église était suffocante. Avec sa jaquette, son pantalon, son gilet, sa cravate et ses chaussures de location, Peter se sentait mal à l'aise. Ce costume était ridicule, pensa-t-il. Loué, il relevait pour ainsi dire du déguisement. Des chaussures de location ! Il vivait cette journée si importante pour lui avec des chaussures de location aux pieds ! De plus, les manches de sa chemise étaient trop courtes. Du point de vue de la tenue et de la dignité, il n'arrivait pas à la cheville de l'officiant à sa droite. Le révérend Micklethwaite avait en effet fière allure avec son surplis et son étole brodée d'or. C'était un bel homme robuste d'une soixantaine d'années doté d'une masse abondante de cheveux gris acier et de mains calleuses. D'après ce que Peter avait pu saisir durant les séances de préparation à la vie conjugale, le révérend avait passé bien plus de temps à s'intéresser au spinnaker de son voilier qu'à la doctrine de la transsubstantiation. La mine joyeuse, il rayonnait de vitalité et d'optimisme.

A la gauche de Peter se trouvait Jonathan, vêtu d'une queue-de-pie bien à lui et d'un gilet de costume frôlant le criard que, selon ses dires, il avait acheté pour se rendre aux nombreux mariages auxquels il avait été convié en Angleterre. Peter aurait eu l'air stupide avec, mais l'effet produit sur Jonathan était tout l'inverse. Le gilet habillait parfaitement sa silhouette longiligne. En fait, il paraissait à la fois plus élégant et moins coincé que Peter. Conjugué à ses longues boucles brunes brossées, mais toujours un brin désordonnées, son costume lui donnait des allures de héros romantique du XIXᵉ siècle.

Bien qu'il eût les yeux rivés sur l'allée centrale, Peter avait conscience d'une tache floue sur sa gauche. Un peu plus tôt, il avait noté la place de Holly, au troisième rang, et il l'avait observée tout en prétendant survoler l'assistance du regard. Mais il ne recommencerait pas. Oh non ! Surtout pas maintenant. Bien sûr, sa résolution ne fit pas long feu. C'était plus fort que lui, il lui jeta un dernier coup d'œil. Elle lui souriait, aussi radieuse que mille et un soleils. Il y avait de l'affection dans ce sourire, ainsi qu'une feinte compassion. Peter ne pouvait s'empêcher de penser que de toutes les personnes réunies dans cette église, y compris les membres de la Sainte-Trinité, les deux êtres les plus en communion étaient Holly et lui. Elle avait relevé ses cheveux et s'était plus fardée qu'à l'ordinaire – son rouge à lèvres était plus sombre et appliqué en couche plus épaisse, comme le voulait l'événement. Avec les couleurs que l'intensité dramatique du moment donnait à ses joues et le décor majestueux qui lui seyait à ravir, elle était particulièrement belle. Cela n'était pourtant rien comparé à la beauté de son âme. Posée, gracieuse, drôle et gentille. Si le Père, le Fils et le Saint-Esprit existaient réellement, Peter ne doutait pas qu'ils soupiraient d'approbation à cet instant en la voyant. Il aimait cette femme. Il l'aimait. Mais elle ne serait jamais sienne.

L'orgue retentit. Peter sentit la main de Jonathan dans son dos.

— C'est l'heure, murmura son ami. Quoi que tu fasses, surtout ne ris pas.

A ces mots, bien sûr, Peter éclata de rire.

La procession des demoiselles et des garçons d'honneur s'ébranla, les premières marchant d'un pas lourd, les seconds traînant les pieds comme des zombies. Vinrent ensuite les petites filles chargées de fleurs dont elles essaimaient les pétales avec solennité. Peter sourit à leur vue. Derrière les enfants, la mariée s'avançait au bras de son père, resplendissante. Elle avait opté pour une robe toute simple ornée de quelques perles brodées. Visiblement très, très heureuse, elle renvoyait l'image typique d'une femme le jour de son mariage. Peter la trouva magnifique. Le père de Charlotte lâcha ensuite sa fille et recula. Elle leva vers Peter des yeux emplis d'excitation, de joie, d'amour et de... de quoi ? De confiance, car elle se sentait en sécurité. Peter lui sourit avec amour. Tout irait bien.

— Nous sommes rassemblés ici devant le Seigneur... commença le révérend Micklethwaite de sa voix profonde de baryton.

Tout irait bien.

Tout en remontant l'allée centrale avec sa fille, Dick Montague songeait qu'il avait de quoi être content de lui – même s'il n'avait jamais vraiment eu besoin de motifs pour ça. Il s'était commandé un nouveau costume qui mettait en valeur son mètre quatre-vingts, son teint rubicond d'homme prospère et en bonne santé, et son épaisse chevelure châtain clair qu'il coiffait comme un fanion. C'était lui qui payait la noce et tout avait été fait à la perfection, sans ostentation, bien qu'avec des moyens évidents. En réalité, il ne s'était occupé de rien à l'exception du choix des vins – son ex-épouse avait supervisé tout le reste –, mais le succès de la journée rejaillirait sur lui.

Le repas serait meilleur que celui donné la veille au soir par les parents du marié. Ces derniers avaient loué un restaurant, assez sympathique au demeurant, mais outre que les serveurs s'y étaient montrés trop généreux avec les carafes d'eau, ils avaient raclé la nourriture dans les assiettes en débarrassant. Dick avait trouvé les plats moyens et les vins à la limite de l'infect. A leur décharge évidemment, les Russell partaient avec un handicap, comme à chaque fois que les parents d'un marié ne sont pas originaires de la même ville que la mariée. C'étaient des gens sympathiques, mais quelconques. Le père occupait un poste important dans une grosse compagnie dont il avait oublié le nom. Sans être particulièrement âgé, il se dégarnissait et son visage était strié de rides. La mère, elle, lui avait paru très agréable. Dick s'était bien tiré de son toast, mieux que les autres à vrai dire (en remerciant les Russell pour ce dîner, il avait même réussi à citer ses propres ancêtres). Sa femme Julia et lui étaient ensuite rentrés dormir en ville et étaient retournés à Long Island cet après-midi-là pour la noce.

Cette décision avait provoqué quelques frictions avec la mère de Charlotte, Janet, contrariée que son ex-mari ne soit pas « à portée de main ». Il l'aperçut de loin, assise à quelques centimètres de sa seconde épouse. Sa robe bleu pâle la faisait paraître large d'épaules, même si la vue de sa nuque excitait toujours Dick. La question de l'attribution des places sur les bancs s'était réglée très vite. Julia ne se formalisait jamais de ce genre de détails et Janet avait trop de fierté pour faire toute une histoire. Pour autant, il se doutait que devoir côtoyer Julia lui était particulièrement pénible. Il était toujours difficile de traiter avec une ex-femme, et ce mariage – le premier de leur progéniture – les avait obligés à rafistoler tant bien que mal la famille. Résultat, la tension était palpable. Le divorce avait été douloureux pour tout le monde, du moins Dick s'en était-il persuadé, bien que lui n'en eût pas du tout souffert, ni à l'époque ni plus tard. Julia avait joué un rôle instrumental dans sa rupture avec Janet.

Malgré la gêne qu'il éprouvait parfois lorsqu'il devait s'entretenir avec son ex-femme, la voir ou simplement entendre parler d'elle, Dick en ressortait en général empli d'autosatisfaction. Dès qu'elle tentait d'avoir le dernier mot, de défendre sa position ou sa dignité, il jubilait secrètement. Il en allait de même lorsque quelqu'un lui racontait la vie de divorcée de Janet, son travail de décoratrice d'intérieur et ses voyages avec ses amis (dans les fjords, ou à Saint-Pétersbourg par exemple). De gros objets verts en forme de feuilles décoraient sa maison de femme séparée. De quoi avaient-ils l'air ? De champignons après une tempête ? Et puis il y avait les « petits amis » occasionnels. Comme il était pathétique pour une femme d'âge mûr d'avoir des « petits amis » et de s'inquiéter lorsque le téléphone ne sonnait pas. Elle avait pris quelques faux départs dans la voie du remariage, et tous s'étaient soldés pour elle par une légère humiliation. C'était simple : Dick avait gagné.

Quant à ses enfants, il les avait vaincus eux aussi. En plus de Charlotte, il y avait David et Deirdre, tous deux présents parmi les garçons et demoiselles d'honneur. Dick ne les avait pas broyés totalement, mais il était entendu qu'il en avait le pouvoir. Chacun se sentait telle une souris piégée dans son poing et, au fond de lui, il devait reconnaître qu'il aimait ça. Charlotte, son aînée, l'ennuyait un peu. En fait, elle l'ennuyait même à mourir. C'était le genre de personne à vouloir gagner l'affection de sa belle-mère au lieu de se dire :

« Cette garce a détruit ma famille (ce qui était le cas), je la méprise, si jamais je la croise je lui crache à la figure. » Non, Charlotte pensait qu'elle devait réagir en femme du monde en prenant tout ça de haut et en devenant « amie » avec Julia. Elle l'invitait donc à déjeuner et Julia, bonne fille, la conviait à son tour de temps en temps. Elles discutaient fringues, mais Charlotte en parlait de façon si sérieuse et méthodique que, de l'avis même de sa belle-mère, elle donnait l'impression de préparer une épreuve du baccalauréat.

Venait ensuite le fils, David. Le drogué. La terreur et le travail qui en découlaient reposaient presque entièrement sur les épaules de Janet, ainsi que les angoisses devant les coups de fil en pleine nuit, les visites aux urgences, les mensonges et les scènes dans la cuisine. Comme elle chérissait son fils, pourtant ! Comme il avait le don de la faire rire, et comme sa compagnie était plus agréable que celle de Charlotte et Deirdre ! Son garçon ne s'était jamais distingué par un talent ou une passion quelconque. Indolent, rêveur, nerveux, il aimait les livres et plaisait aux filles, mais affichait de piètres qualités d'athlète. Et s'il avait aujourd'hui trouvé le carburant de son existence, il n'en demeurait pas moins une loque dépourvue d'utilité, ce dont Dick se flattait inconsciemment : là encore, il avait gagné. C'était bien beau d'entendre des hommes dire qu'ils souhaitaient que leurs fils se fassent un nom, que cela comptait plus pour eux que leur propre réussite, qu'ils aimaient l'idée de les voir rejoindre un jour l'entreprise paternelle. Foutaises. Les femmes et les fils ne faisaient rien que comploter contre vous, soit chacun de leur côté, soit ensemble, perfidement – et si tel était le cas, il fallait les écraser, avec cruauté si besoin, sans laisser le moindre survivant.

Enfin, il y avait Deirdre. Le visage rond couvert de taches de rousseur, elle était plutôt jolie (mais pas autant que David, le plus beau des trois). Deirdre avait toujours eu des difficultés d'apprentissage à l'école en raison de sa dyslexie. Les spécialistes les avaient rassurés en leur expliquant que cela n'avait rien à voir avec l'intelligence et que beaucoup d'enfants dyslexiques étaient même brillants, mais Dick n'avait de cesse de s'étonner de son ignorance. L'esprit de sa fille lui évoquait une carte avec de vastes zones vides. « Pearl Harbor, ça remonte à la Première Guerre mondiale, hein ? » Elle adorait les animaux et se faisait obéir des chevaux et des chiens, ce qui, espéraient ses parents, la mènerait peut-être quelque part. Dick l'aimait un peu plus que ses deux aînés, voire beaucoup plus. Contrairement à Charlotte, elle n'invitait pas des Parisiens assommants à venir chez lui, dans sa maison de campagne, et elle ne parlait pas un français idiomatique et pédant en essayant en permanence de se faire passer pour une adulte. Elle n'était pas non plus comparable à David avec ses sarcasmes et ses problèmes. Avec elle, il avait droit à des « Salut, p'pa ! » – rien à voir avec Charlotte qui l'appelait « Père » ou « Papa » en accentuant la deuxième syllabe, ou avec David qui, lui, ne disait rien du tout.

Dick était remarié à une femme de dix-neuf ans sa cadette, bien plus jolie que ne l'avait jamais été sa première épouse, et très avisée sur... sur tout, en fait, mais en particulier sur les questions vestimentaires, d'ameublement, d'argenterie, etc. Elle le rendait heureux. Ce matin-là, il s'en était fallu de peu qu'ils ne fassent l'amour mais, pressés par le temps, ils avaient dû filer en ville pour déjeuner avec des amis. Après un bon repas – Dick avait encore en bouche le goût du vin et des artichauts croquants –, ils avaient rejoint la suite qui leur était réservée dans le club où devait se tenir la réception. Là, pris de fringale, il s'était commandé un croque-monsieur, du café et des chocolats. En robe de chambre, il avait avalé cet en-cas, bu une partie de sa tasse et mangé quelques chocolats. Sa femme s'était contentée pour sa part d'un café et d'un chocolat. Elle portait une combinaison et, songeant combien il serait agréable de caresser ses cuisses, Dick l'avait attrapée par le bras pour l'attirer vers lui. Une fois encore, cependant, le temps leur avait fait défaut. Il fallait qu'elle aille se coiffer.

Voilà à quoi pensait Dick Montague en remontant l'allée centrale de l'église, sa fille à son bras : aux coquelicots d'un tableau sur lequel il travaillait. A une jeune femme à Londres dont la bouche avait enfourné son organe copulateur ces dernières semaines. A la meilleure amie de son épouse, Anna, une belle blonde obsédée sexuelle, à la carrure athlétique et à l'ossature marquée – tout le contraire de Julia, si brune, si fine et si élégante. Dick adorait s'asseoir sur la terrasse de sa maison de campagne, en France, pour les observer discuter de choses intimes et pour voir Anna, le chemisier ouvert sur sa poitrine parsemée de taches de rousseur, lécher une trace de saumure sur ses lèvres (elle flirtait avec lui et le taquinait en l'appelant « *cher maître* »). Une possible faille dans un contrat très complexe sur le point d'être signé ne cessait également de le tourmenter. Sans oublier les fichues fenêtres de son appartement. Et aussi ce problème d'argent qui le plongeait dans une situation embarrassante.

Enfin, quoi de plus naturel, il pensait à l'événement qui se déroulait sous ses yeux. Il était content pour Charlotte. Elle avait bonne mine et semblait tout excitée. La veille, à la fin du dîner (et pendant que Julia patientait à l'écart), il avait pris ses mains entre les siennes.

« Demain, c'est le grand jour, avait-il déclaré. Ma petite fille ne sera plus à moi. Il n'y a pourtant pas si longtemps, tu galopais encore sur ton poney, Châtaigne...

— Noisette.

— Oui, Noisette. Et regarde-toi maintenant. Je sais que tu seras magnifique demain. Peter est un homme bien. Je suis très fier de toi. Tu m'as l'air comblée, et c'est tout ce que j'ai toujours souhaité. Et je sais aussi que Peter et toi vivrez heureux ensemble.

— Oh, papa ! »

Elle s'était jetée à son cou et blottie contre lui, mouillant sa cravate de ses larmes.

Dick l'avait sentie trembler.

« Oh, papa, oui, je suis comblée. Merci pour tout. »

Durant toute cette scène, songeait Dick, il aurait dû lui dire « je t'aime », mais le moment ne s'y était jamais prêté et il avait conscience de faire attendre Julia. Il avait donc jugé préférable d'en finir avec Charlotte – cela tombait bien : il en avait justement envie. Il l'avait embrassée sur le front puis, presque imperceptiblement, il s'était écarté et l'avait repoussée en douceur en la tenant par les mains.

« Laisse-moi te regarder encore. »

Incapable d'affronter son visage brillant d'espoir, il l'avait fixée sans la voir, en souriant.

« Ma jolie fille. »

Il l'avait alors embrassée une dernière fois, rapidement, avant de se dégager avec un minimum de violence.

Il avait ensuite rejoint sa femme d'un pas trop rapide, trahissant ainsi son sentiment de prendre la fuite.

A présent qu'il menait Charlotte vers son futur époux, Dick rayonnait de fierté paternelle et personnelle. Tous ces gens qui les observaient en souriant semblaient l'admirer autant que sa fille. Quoi de plus normal ? Il était bel homme, bien qu'il eût pris du ventre ces derniers temps. Il allait devoir se surveiller et faire davantage de sport. Mais le souvenir du bordeaux, des artichauts frits, du croque-monsieur et des chocolats qu'il avait savourés ce jour-là le fit presque ronronner. Il revit sa femme, dans sa combinaison de satin qui dénudait ses épaules et le doux creux entre ses seins. Un coup d'œil jeté au bout de l'allée lui fit entrevoir Julia, impeccable dans son tailleur. Ses cheveux, relevés et maintenus par des épingles, paraissaient aussi nets et serrés qu'un bourgeon, tout en dégageant quelque chose de vibrant qui la rendait particulièrement désirable. Il eut envie de déchirer ses habits comme le papier et le ruban d'un cadeau d'anniversaire bien enveloppé. Plus tard ce soir-là, quand tout ça serait terminé et qu'ils se retrouveraient dans leur chambre, il commanderait un cognac...

Charlotte et lui approchaient de leur destination. Sa fille souriait, les yeux emplis de larmes, à son bras. Devant eux se tenait l'homme qu'elle s'apprêtait à épouser. Un type bien, à première vue. Selon les critères de Dick, il incarnait même le gendre idéal. Le seul vrai danger que l'on encourait avec les filles, c'était qu'elles se marient avec un homme à la réussite éclatante qui ne vous témoignait aucun respect. Or Dick n'avait vraiment pas besoin d'un jeune freluquet au salaire mirobolant, qui l'aurait appelé ironiquement « monsieur », et pourvu d'un deuxième service foudroyant au tennis. Dans le même temps, il voulait des gendres convenables, et Charlotte avait fait un choix exemplaire si l'on prenait en compte toutes ces considérations. Ce jeune homme, Peter, était tout à fait présentable. Il travaillait pour Beeche & Co, la boîte financière, où il... En réalité, Dick n'aurait pas pu dire ce qu'il faisait là-bas. Tout juste savait-il que Peter avait un bon travail bien payé dans une société réputée. On était loin du Français que Charlotte avait fréquenté à un moment donné – un bohémien ténébreux du genre je-sais-tout, bien plus âgé qu'elle et issu d'une vieille famille. Sa nervosité rendait sa présence envahissante et sa manière de corriger Dick sur des questions historiques ou politiques était franchement impolie. Heureusement, il avait disparu du paysage. Peter, lui, ne lui ressemblait pas du tout. Il se montrait plein de déférence envers Dick, et quand il l'appelait « monsieur », c'était toujours avec la plus grande courtoisie.

Dick aperçut la rangée de demoiselles d'honneur. Il parvint vaguement à mettre un nom sur certaines, nota que l'une d'elles était une vraie bombe. A côté, Deirdre lui parut trop grosse dans sa robe. Il ne l'avait jamais vue aussi maquillée et cela ne lui allait pas du tout. Son regard se posa ensuite sur le révérend – il avait bien connu ces hommes d'Eglise virils, si foutrement sûrs d'eux-mêmes –, puis sur le futur marié. Le teint cireux, Peter souriait avec bravoure. Ah, le pauvre. Il serait modérément malheureux durant les quarante prochaines années, mais il s'en sortirait. Près de lui se tenait son témoin, un écrivain. Julia, sa voisine de table la veille au soir, le jugeait « très intéressant ». Dick lui trouva une tête de fruit. Enfin, s'étirant sur sa droite, il y avait la rangée des garçons d'honneur qui, dans l'ensemble, ne constituaient pas un échantillon trop grotesque de jeunes. David figurait parmi eux, squelettique. Au moins s'était-il lavé et rasé, ne serait-ce que partiellement.

L'heure était venue de confier sa fille à Peter. Dick pressa la main de Charlotte. Elle fit de même sans cesser de trembler. Puis il recula de quelques pas et attendit le moment où il devrait répondre au révérend : « Sa mère et moi consentons à ce mariage », après quoi il irait s'asseoir sur le premier banc entre ses deux femmes. Janet lui sourirait, comme pour lui signifier avec condescendance qu'il avait bien fait son travail. Il y aurait de la haine dans ce sourire. Parce qu'elle était à la fois la mère de la mariée, l'ex-femme de Dick et l'hôtesse de la grande réception qui suivrait la cérémonie religieuse, il émanerait d'elle, malgré son calme de façade, un nuage invisible et tourmenté d'angoisse, de nostalgie, d'émotion, d'amertume, de joie et d'envie féminines. Durant trois quarts d'heure, il serait soumis à ces ondes, et chaque fois que Janet bougerait, les grattements produits par le tulle de sa tenue ou par un des fichus accessoires qu'elle portait lui taperaient sur les nerfs. Il essaierait de puiser du réconfort dans la présence digne et sereine de Julia qui, il le savait, se conduirait parfaitement durant cette... cette épreuve. Vivement que tout ça soit terminé, pensa-t-il. Il avait hâte de se retrouver seul avec elle et de la décoiffer. Quel bonheur qu'elle lui appartienne.

— Oh, Peter, vous étiez si séduisant à l'église, et Charlotte est une fille si charmante. Nous sommes très heureux pour vous.

— Merci, madame Matthews. Charlotte et moi sommes ravis que vous ayez pu venir.

— Alors, Peter, c'est parti pour une vie sans liberté conditionnelle !

— Oh, Dan !

— Ce n'est pas si terrible, fiston. La nourriture est correcte, et on te laisse parfois sortir une heure, histoire de te dérouiller les jambes dans la cour de la prison.

— Oh, Dan !

Peter rit poliment.

— C'est agréable de vous voir, monsieur Matthews.

Les Matthews étaient des amis de ses parents. Ils avaient un fils avec qui Peter fumait autrefois des joints et qui dirigeait à présent une société d'aménagement paysager. Mme Matthews était petite et fine, son mari petit, courtaud et rougeaud. Sa poigne était si forte que Peter en avait mal à la main.

Tout s'était bien passé. Ils avaient eu droit à une lecture de l'épître de saint Paul aux Colossiens, ainsi qu'à un bref sermon. (« Je dis toujours aux mariés de ne pas se donner la peine d'écouter, avait plaisanté le révérend Micklethwaite, parce qu'ils ne retiennent jamais rien. ») Ils s'étaient juré amour et fidélité, non sans une fêlure dans la voix lorsque le tour de Charlotte était venu. Jonathan avait présenté l'alliance au bon moment et Peter l'avait glissée au doigt de celle qui était désormais sa femme. Ils s'étaient embrassés. Ils avaient descendu l'allée centrale sous les accords retentissants de l'orgue. Rouges de joie, ils s'étaient fait conduire jusqu'à la réception. Ils avaient échangé de longs baisers à l'arrière de la limousine. Le photographe, un petit homme à la peau sombre, avait rapidement expédié la photo de groupe en dirigeant tout le monde à la manière d'un maître de danse sadique. A présent, ils devaient accueillir leurs invités.

Tout s'était bien passé. Leurs proches se mêlaient sans façon et leurs parents se comportaient comme il seyait à des gens raisonnables et sociables. Ceux de Peter ne se distinguaient guère des autres membres de sa famille, mais si ces derniers ne brillaient pas autant en société que les invités de Charlotte, ils savaient se tenir. Aucune ombre n'entachait donc cette journée. Tout juste avait-on frôlé une légère entorse au protocole lorsque l'une des demoiselles d'honneur, Isabella, une Chilienne à la beauté renversante, s'était pratiquement jointe à eux pour accueillir les convives. Seuls la première demoiselle d'honneur et le témoin du marié étaient censés les assister. Mais Jonathan lui parlait sans relâche, et ils discutaient encore lorsqu'il prit place à côté des mariés, si bien que chacun voulait lui serrer la main à elle aussi. Grande, brune, la peau très pâle, elle baissait la tête en le fixant par-dessous ses longs cils quand elle riait à l'une de ses plaisanteries. Par chance, elle finit par s'éloigner, ce qui permit à Jonathan de veiller un peu plus à ses devoirs.

Plus tard, Peter entendit son ami échanger quelques mots avec la grand-tante de Charlotte, une femme joviale et enrobée.

— Vous savez, madame LeMenthe, ce n'est vraiment pas sympa d'éclipser ainsi la mariée. Vous êtes superbe !

Au même moment, ses yeux se posèrent de nouveau sur la Chilienne, en grande conversation avec un invité. Elle s'en aperçut et lui coula un regard en coin. Peter soupira. Qui sait où cela allait les mener ? Jonathan ne perdait jamais de temps, et sans doute y avait-il des festivals du livre à Santiago du Chili en février, à l'époque où il faisait beau là-bas. Il n'aurait plus qu'à prendre un billet première classe. Peter songea que la fille ressemblait à la flûte de champagne qu'elle était en train de porter à ses lèvres. Grande, fine, délicate. Ces considérations l'absorbèrent tant qu'il ne remarqua pas tout de suite la personne qui arrivait devant lui après avoir bavardé avec Charlotte.

— Oh, Holly ! Bonjour !

— Salut !

— Je t'ai vue à l'église.

— Moi aussi, je t'ai vu.

— Tout va bien ? Tu as pris une coupe de champagne ? Des amuse-gueule ? Il y a ces petits machins au jambon…

— J'ai tout ce que je peux souhaiter. C'est parfait.

— Bien. Bien. Et, euh… J'étais comment ?

— Impeccable.

— Et Jonathan ? Sa manière de présenter l'alliance, c'était remarquable, hein ?

— Pas mal. J'aurais aimé plus de vivacité, mais bon.

Ils se dévisagèrent en silence, et Peter sentit son désir pour elle le submerger. C'était le moment où jamais de la prendre dans ses bras et de l'enlever.

— J'espère que tu seras très heureux, Peter, dit alors Holly en pressant sa main entre les siennes. Je sais que tu le seras et ça me rend moi-même très heureuse. (Les larmes lui montèrent aux yeux, et elle dut sortir un mouchoir pour les essuyer.) Quelle idiote je fais ! Je peux embrasser le marié, n'est-ce pas ?

— Bien sûr.

Ils s'embrassèrent sur la joue.

— Bon voyage de noces, conclut-elle. Envoie-nous une carte et appelle-nous dès que vous serez rentrés.

Nous.

Tout était fini. Peter devait renoncer à son espoir, à son rêve, à son fantasme – peu importait le nom. Il s'était marié, érigeant ainsi une ultime barrière entre eux deux. A cet instant encore, alors que l'une des cousines de Charlotte lui expliquait combien elle aimait les motifs de leur vaisselle, Peter sentait la pression des mains de Holly sur la sienne.

Ah, autant oublier ça. Il était évident que Holly ne comptait pas briser le cœur de Jonathan pour se jeter dans ses bras. Combien de fois pourtant avait-il envisagé de passer à l'action. Il aurait pu lui avouer ses sentiments. Après tout, elle avait un jour éprouvé de l'attirance pour lui, même si cela n'avait pas duré longtemps. Mais combien de fois aussi avait-il imaginé sa réaction... Elle l'assurerait avec la plus grande gentillesse qu'ils étaient amis et qu'elle souhaitait qu'ils le restent. Pour elle, il serait à jamais Peter, ce brave garçon. Bien sûr, il aurait pu lui révéler le vrai visage de Jonathan, mais on ne faisait pas ça à un ami, et à elle encore moins. De toute façon, l'effet produit serait si dévastateur que lui, le porteur de la nouvelle, pourrait difficilement prétendre succéder à Jonathan. Et celui-ci trouverait à tous les coups un moyen de retourner la situation à son avantage (« Mon amour pour toi est si grand que j'ai eu peur »). Au terme de ce mélodrame, Holly lui accorderait une seconde chance, et tous deux finiraient plus proches qu'ils ne l'avaient jamais été et unis par un même dégoût envers le sale mouchard qui s'était immiscé entre eux. Il s'était donc contenté d'attendre, sans résultat. Holly ne serait jamais libre. Jamais. Il était temps d'abandonner, de la chasser de ses pensées. Il se sentait comme un homme qui aurait rejoint la Légion étrangère pour fuir la femme mariée dont il était tombé amoureux. Adieu, *chère amie* (« amie » était un mot si ambigu en français). Chère amie, adieu.

Le club où Charlotte et Peter avaient choisi d'organiser la réception était un grand bâtiment aux murs de bardeaux datant des années 1900. Les portes-fenêtres de la salle de bal donnaient sur une terrasse gazonnée d'où l'on dominait des étendues d'herbe, un ancien terrain de polo et un terrain de golf. Très bien entretenu, celui-ci ne présentait pas de difficultés majeures. Le premier trou, en particulier, juste en face et peu éloigné, visait à rendre les joueurs optimistes en début de partie. Cette nuit-là – une nuit moite, sans étoiles et sans lune –, l'herbe paraissait noire et le sable blanc des bunkers, qui par temps clair luisait dans l'obscurité, ressemblait à de la cendre. Pour atteindre le premier tee, il fallait marcher jusqu'à l'extrémité de la terrasse, puis descendre un petit chemin, traverser un rough qui s'étendait sur environ trente mètres au-delà de l'aire de départ des dames. On arrivait alors au fairway, une allée en ligne droite où l'herbe tondue à ras et bien arrosée formait un doux tapis.

Un promeneur qui se serait aventuré jusqu'à cette allée ce soir-là et qui l'aurait longée sur une centaine de mètres aurait été stupéfait d'apercevoir une masse grise et ronde qui se mouvait d'étrange manière. Il aurait entendu un bruit d'herbe arrachée et de drôles de grognements qui auraient pu lui faire croire qu'un ours s'employait à retourner la terre sans raison apparente. Si, écartant une telle hypothèse, il s'était approché, il aurait vu une créature avec un nombre déconcertant de membres, et peut-être même deux têtes. Son cerveau aurait ensuite donné un sens à cette image, stoppant net sa promenade et le contraignant à faire demi-tour.

Jonathan et sa compagne étaient allongés sur le dos. Elle roula vers lui, l'embrassa et prit son sexe dans sa main.

— Pauvre bonhomme. Il est si petit...

— *Maintenant !* Tu veux dire qu'il l'est maintenant.

— Bien sûr. Maintenant. (Elle le chatouilla légèrement à cet endroit.) Mais je me demande pourquoi ils font tous ça. On croirait un escargot qui rentre dans sa coquille.

— Il rassemble ses forces, c'est tout.

Jonathan sourit et contempla la silhouette à ses côtés : dans l'ombre, ses épaules lui apparaissaient d'un gris plus foncé que celui de ses seins. Son ventre l'était également davantage que son bassin, à l'exception de la toison noire au milieu. Lorsqu'il l'avait vue pour la première fois ce jour-là et qu'il avait noté le chemisier crème qui la dissimulait à son regard, c'était à peine s'il avait pu se contenir. A présent, elle était devant lui, nue. Il caressa les courbes de sa poitrine, aussi convaincu que n'importe quel fanatique religieux d'avoir découvert le sens de la vie : faire l'amour avec Julia Montague.

Ils s'étaient rencontrés la veille au soir au cours du dîner donné par les parents du marié. Durant le cocktail, elle s'était retrouvée seule, un peu perdue au milieu de tous ces gens qu'elle ne connaissait pas. Non loin de là, Jonathan tenait compagnie à deux vieilles dames. Il s'était tourné vers elle et, avec un sourire éclatant, lui avait lancé :

« Nous nous demandons si Peter et Charlotte resteront en ville ou s'ils déménageront en banlieue. »

Prononcée sur le ton de la conspiration, sa remarque avait laissé filtrer un appel au secours : Sauvez-moi de ces vieilles biques ! Julia s'était jointe au groupe, les présentations avaient été faites, et ils discutaient encore lorsqu'on les avait appelés pour le dîner.

Il s'avéra qu'on les avait placés côte à côte. Durant le repas, Jonathan veilla scrupuleusement à se partager entre ses deux voisines, la seconde étant l'épouse du révérend, une femme très en forme, aux yeux d'un bleu étonnant et aux cheveux d'un blanc crémeux, qui lui avait inspiré toutes sortes de

pensées... Une sexagénaire séduisante, était-ce possible ?
Mais dès qu'il parlait à Julia, il redevenait attentif.

— Voyons, Julia Montague... lui dit-il avec perplexité.
J'ignorais que Charlotte avait deux sœurs.

La flatterie était évidente, et destinée à amuser Julia. Elle
éclata de rire.

— Vous êtes très gentil, mais non, je ne suis pas sa sœur. Je
suis sa belle-mère.

— Oh, oui, évidemment ! Je me souviens maintenant.
Enchanté de faire votre connaissance, madame Montague.

— Oh, s'il vous plaît ! Appelez-moi Julia.

— Charlotte m'a toujours dit le plus grand bien de vous,
tout comme Peter.

— Elle est adorable. Tout le monde ne se montrerait pas
aussi clément avec sa belle-mère.

— C'est pourtant le cas. Pour être honnête, je crois qu'elle
vous idolâtre.

— Cela m'étonnerait. Mais je l'apprécie beaucoup.

— Je n'exagère pas. Quant à Peter, je ne devrais probablement pas vous le dire, mais j'ai toujours pensé qu'il était un
peu amoureux de vous.

— C'est ridicule, protesta-t-elle en riant.

— Pas du tout. Ça se voit. (Jonathan lui sourit en haussant
les épaules.) Après tout, pourquoi ne le serait-il pas ?

Un serveur les interrompit. Ils mangèrent et s'entretinrent
un moment avec leurs autres compagnons de table. Lorsqu'ils
reprirent leur conversation, tous deux avaient bu un ou deux
verres de trop, et ils se fixèrent cette fois droit dans les yeux.

— J'ai lu l'un de vos livres, vous savez, dit Julia.

— Lequel ?

— *Tant que tarde encor l'aube*[1].

A ces mots, Jonathan se cacha derrière ses mains.

---

1. En anglais, *Longer Light's Delay*, extrait d'un poème de Gerard Manley
Hopkins, « I wake and feel the fell of dark ». In *Poèmes et proses*. Traduction
de Pierre Leyris. Points Seuil, Paris, 2007. (*N.d.T.*)

— J'ai écrit très exactement deux romans, et il fallait que vous choisissiez le mauvais !

— Oh, non ! s'écria Julia en lui effleurant le bras d'un geste irréfléchi. Je l'ai trouvé génial. Vraiment.

Mais Jonathan secoua la tête.

— C'était très émouvant, insista-t-elle. Cette scène où ils découvrent que la mère s'est enfuie et où la petite fille se précipite dans la cuisine pour voir si elle a emporté ses photos, ce qu'elle n'a pas fait bien sûr... Je vous assure, j'étais en larmes !

— J'ai volé cette histoire en fait. Elle est réellement arrivée à quelqu'un.

— D'accord, mais quand même. Et puis c'est autorisé, non ?

— Je suppose. Enfin, merci beaucoup.

Ils continuèrent à parler littérature, plaisir auquel Julia n'avait pas souvent l'occasion de s'adonner dans la mesure où les livres ennuyaient Dick à mourir et où ses propres amis n'étaient pas de grands lecteurs. Elle en revanche lisait beaucoup de romans contemporains et, chaque semaine, se plongeait dans la nouvelle publiée par l'un des magazines qu'elle recevait chez elle. *Tant que tarde encor l'aube* l'avait sincèrement marquée, et elle s'était même surprise à l'époque à examiner la photo de l'auteur avec intérêt.

Jonathan mentionna ensuite les tensions familiales engendrées parfois par les mariages, avant de demander à Julia comment les choses se passaient justement de ce côté-là. Il l'interrogea également sur son enfance, ses parents, l'endroit où elle avait été élevée et le type d'éducation qu'elle avait reçue. Fait inhabituel, elle devint de plus en plus volubile en sa compagnie. Elle découvrit qu'il connaissait les jeunes frères et sœurs de certains de ses amis, et quelques autres coïncidences tout aussi étonnantes. De plus, tous deux adoraient skier, et Jonathan l'épata en lui faisant le récit de ses exploits.

— Mais je ne dis pas ça pour vous impressionner !

Il lui confia enfin qu'il avait ressenti une énorme pression au moment de rédiger son toast aux futurs jeunes mariés et que l'idée de le réciter le rendait très nerveux. Julia le rassura. Tout irait bien. Ce fut d'ailleurs le cas : drôle, charmant, sincère, son discours fut comme une arabesque dont les lignes se seraient rejointes pour finir sur une note touchante et pleine d'esprit. Tous ses compliments visèrent Charlotte, et les gens l'applaudirent debout lorsqu'il les invita à boire à sa santé.

— C'était comment ? demanda-t-il à Julia après s'est rassis.

Les yeux brillants de larmes, elle l'embrassa sur la joue.

— Oh, Jonathan, c'était merveilleux !

— Merci, dit-il en posant sa main sur la sienne. Merci.

Plus tard, lorsque le dîner s'acheva, il la retrouva près de la porte, où elle attendait que Dick ait fini de parler à sa fille.

— Bonne nuit, Julia. J'espère que vous avez passé une bonne soirée.

— Une très bonne soirée, même. Merci. Je suis si heureuse pour Charlotte. Quel dîner sympathique ! Mon autre voisin, l'oncle de Peter, est quelqu'un de fascinant. Vous saviez que sa femme et lui étaient allés en Afrique il n'y a pas long-temps ? A l'occasion, vous devriez le questionner à ce sujet. (Elle marqua une pause et lui sourit.) Et j'ai bien sûr apprécié de faire votre connaissance.

— Je suis ravi moi aussi d'avoir pu discuter avec vous.

— Oui, c'était très agréable.

Leurs regards se croisèrent une dernière fois, puis ils restè-rent silencieux en observant Dick et Charlotte.

— Ma foi, dit Jonathan, je ferais mieux d'aller voir si je peux me rendre utile à quelqu'un. Bonne nuit.

Ils se serrèrent la main.

— Bonne nuit, Jonathan. A demain !

— Oh oui ! A demain !

La soirée était déjà bien avancée lorsqu'ils se retrouvèrent le jour suivant. Ils s'étaient aperçus plus tôt, pourtant. A l'église, debout près de l'autel, Jonathan avait senti un frisson le parcourir à l'arrivée de Julia. Il avait même dû faire un effort pour ne pas la dévisager durant la cérémonie. Mais leurs chemins ne s'étaient plus croisés par la suite, du moins jusqu'à ce qu'il la voie franchir l'une des portes-fenêtres donnant sur la terrasse. Elle fumait une cigarette, le coude droit appuyé sur sa main gauche. A cet instant, elle se retourna et soutint son regard.

Il la rejoignit en prétextant une envie de prendre l'air. Ils bavardèrent. Jonathan fit des gestes destinés à persuader quiconque les aurait épiés du caractère innocent de leur conversation. *Oh, vous souhaitez marcher un peu ? Bien sûr, je serais ravi de me joindre à vous. Vous connaissez bien le club ? Non ? Alors vous n'avez jamais admiré son cèdre géant ?* Ils s'éloignèrent à pas lents. Jonathan continua à gesticuler et Julia hocha la tête comme si elle avait prêté une oreille charitable à un raseur du club déterminé à lui raconter toute l'histoire de ce dernier.

Ils descendirent le chemin menant au premier tee et poursuivirent jusqu'à l'allée. Là, ils échangèrent leur premier baiser, avant de parcourir encore une centaine de mètres.

Jonathan étendit sa veste par terre, et Julia empila ses vêtements dessus après les avoir ôtés avec soin. Lui ne se posait pas tant de questions : au fil du temps, il avait mis au point une technique consistant à n'enlever qu'une chaussure afin de pouvoir libérer une jambe de son pantalon et de son caleçon et, ainsi, jouir d'une liberté de mouvement suffisante sans avoir à se déshabiller complètement. Chacun étant très attiré par l'autre et sachant parfaitement comment donner et prendre du plaisir, ils passèrent un très bon moment.

Ils s'attardèrent ensuite en discutant allongés par terre. Ils n'avaient pas froid car le temps était lourd et humide, et l'herbe douce. En appui sur un coude, Jonathan effleura la joue et la tempe de sa compagne, trop avisé pour se risquer à la décoiffer.

— Julia, viens avec moi. Partons ce soir ! On ira là où les gens savent vivre et où on pourra être à jamais.

Elle éclata de rire. C'était une plaisanterie mais, quelque part, Jonathan semblait sérieux – et il l'était en partie, en fait. Elle lui caressa le dos d'une main et enfouit l'autre dans ses cheveux pour l'attirer vers elle et le serrer contre sa poitrine sans dire un mot.

— Bon, reprit-il, puisque tu ne veux pas tout plaquer pour vivre avec moi loin d'ici, est-ce qu'on peut au moins déjeuner ensemble ?

Elle réfléchit un instant.

— D'accord.

— Bien. Lundi chez Poquelin ?

— Ce n'est pas fermé ce jour-là ?

— Tu inventes des obstacles !

— Non, je crois que je ne me trompe pas.

— OK. Mardi, alors. Treize heures, ça ira ?

— Oui.

Jonathan se tut et l'observa.

— Merci, dit-il doucement, avant d'ajouter : C'est pratique pour moi parce que mon bureau est à côté.

— Je vois.

Julia se réjouissait. Renouveler cette expérience dans des conditions plus confortables n'était pas pour lui déplaire. Elle attendrait même ce mardi avec impatience, en comptant les jours qui la séparaient de leurs retrouvailles.

Ils s'embrassèrent et se caressèrent encore.

— Je ne sais jamais quoi ressentir pendant les mariages, déclara-t-elle au bout d'un moment. De la joie pour le couple ? De la crainte ? J'aime beaucoup Peter, et quant à Charlotte... Je l'aime bien, elle aussi, même si... même si...

— Elle est parfois casse-pieds ?

— Oui, reconnut Julia en riant. C'est juste que... enfin, je sais qu'aucun homme n'a vraiment envie de se marier et qu'il faut peut-être aussi prendre en compte le facteur nervosité, mais Peter m'a paru tellement éteint.

— Ce pauvre vieux Peter.

— Pourquoi tu dis ça ?

— C'est un secret.

— Allez ! Vu les circonstances, j'estime que tu ne peux plus me cacher quoi que ce soit.

— Je recevrai quoi en contrepartie ?

— On trouvera bien quelque chose.

— D'accord, je te fais confiance. (Il attendit afin de ménager son effet.) Peter n'est pas amoureux de Charlotte.

— Oh non ! Je m'en doutais, pour être honnête, mais quel dommage.

— Et ce n'est pas tout. La vérité vraie, c'est qu'il est amoureux de quelqu'un d'autre.

— Ah oui ? De qui ?

— De ma femme. Holly.

— Ta femme ?

— Oui.

— Tu es sûr ? Cela dure depuis combien de temps ?

— Des années et des années.

— Waouh ! Pauvre Peter. Aimer la femme de son meilleur ami. Je suppose que ça arrive souvent.

— Oui.

Jonathan laissa flotter cette remarque entre eux et en profita pour faire courir ses doigts sur le cou de Julia, puis sur son épaule avant de lui caresser le bras.

— Et tu veux que je te dise ce qu'il y a de plus étonnant encore ?

— Quoi ?

— Holly est amoureuse de lui.

— Non !

Jonathan haussa les épaules.

— Je t'assure. Mais aucun des deux n'est au courant des sentiments de l'autre.

— Et toi, si ?

— Le cœur humain, chérie, c'est ma spécialité.

— Mais... tu le savais avant d'épouser Holly ?

— Oui.

— Et tu t'es marié quand même ?

Jonathan déposa un baiser sur son nez.

— Oui. Tu vois, Holly est une fille super. On n'en croise pas beaucoup, des mieux qu'elle. Alors je me suis dit : « Qui la mérite le plus, Peter ou moi ? » Et le plus drôle, c'est que la réponse la plus évidente au final était la deuxième.

— Mais si tu connaissais son amour pour Peter, que fais-tu de son bonheur ?

— Je manque sans doute d'imagination, mais j'ai du mal à croire qu'une femme puisse être plus heureuse avec Peter qu'avec moi. Enfin, j'adore ce type, mais soyons réalistes. Je suis certain que Holly a plus à gagner à s'appeler Mme Speedwell. Tu vois, moi, je la guettais.

— Et Peter ?

— Bah, j'ai fait un coup de pute à mon meilleur ami, mais je ne culpabilise pas trop. (Jonathan soupira.) Je suis tout sauf quelqu'un de bien.

Une main dans ses cheveux, Julia lui coinça quelques mèches derrière l'oreille.

— Ma foi, moi aussi, répondit-elle.

Une pensée lui vint alors à l'esprit.

— Tu m'as parlé de ce qu'éprouvaient Peter et Holly, mais toi, tu es amoureux de ta femme ?

Jonathan détourna les yeux un bref instant avant de la regarder bien en face avec attendrissement.

— Le plus stupéfiant dans toute cette histoire, chuchota-t-il d'une voix douce, c'est que je suis profondément, passion-nément, follement amoureux de toi.

Jonathan et Julia avaient conscience qu'il était grand temps pour eux de regagner la réception. De plus, le vent soufflait depuis peu en rafales glaciales, et de sombres nuages fonçaient sur eux telle une avalanche noire. Quelques gouttes de pluie tombèrent, qui se muèrent bientôt en une forte averse accompagnée de roulements de tonnerre.

— Merde, pesta Jonathan.

Julia s'était déjà partiellement rhabillée et avait rassemblé avec soin le restant de ses affaires.

— Viens ! lui cria-t-il. Par là !

Derrière la bande de rough qui s'étirait le long de l'allée se trouvait un bois avec, juste à sa lisière, une remise au toit en auvent. A demi vêtus, les bras chargés d'habits, ils s'y

113

précipitèrent. L'herbe rêche blessa les pieds nus de Julia. A peine se furent-ils réfugiés à l'abri qu'un éclair zébra le ciel. Le tonnerre gronda de nouveau et des trombes d'eau s'abattirent. Ils enfilèrent leurs habits nerveusement, à la hâte, en s'arrêtant juste un moment pour se tenir par la main et observer le déluge qui balayait le terrain de golf. L'air était devenu plus frais, plus léger. L'eau qui dégoulinait du toit de la remise formait un tel rideau qu'elle leur donnait l'impression d'être postés derrière une cascade. Ils échangèrent un baiser mouillé, se fixèrent intensément, puis se concentrèrent sur leurs boutons et leurs fermetures éclair.

Jonathan avait presque fini lorsqu'il se mit à chercher quelque chose par terre.

— Merde, jura-t-il. C'est pas possible !

— Qu'y a-t-il ?

— Ma chaussure. J'ai dû la laisser là-bas.

En quoi il ne se trompait pas. Ils ne pouvaient la distinguer, mais sa chaussure droite gisait bien dans l'allée.

— Je ferais mieux d'aller la récupérer.

— Tu vas te faire tremper.

— Je sais, mais ce sera plus facile à expliquer qu'une chaussure manquante. De toute façon, l'orage semble se calmer, non ? (Il prit Julia dans ses bras.) Rentre, dit-il en l'embrassant encore. On se verra mardi.

— D'accord. Mardi à treize heures.

Après un dernier baiser passionné, Jonathan releva le col de sa veste, hésita un instant, puis s'élança sous la pluie.

Julia, qui ne trouvait pas du tout que l'orage se calmait, préféra rester à l'abri. Qui pourrait bien remarquer son absence ? Elle n'aurait qu'à dire qu'elle avait décidé de se promener autour du club parce qu'elle s'ennuyait et qu'elle s'était fait surprendre par l'averse. Le spectacle offert par Jonathan était de toute façon irrésistible : un pied nu, il courait en boitillant et en maintenant serrés contre lui les pans de sa veste, dont la queue battait ses jambes. On aurait dit un personnage comique dans un film muet. Et pendant ce temps, la pluie tombait plus dru que jamais. Le pauvre, pensa-t-elle, il sera bientôt bon à essorer.

Parvenu à l'endroit où ils s'étaient allongés, Jonathan chercha sa chaussure en sautillant, l'air encore plus ridicule. Enfin, il la ramassa, l'examina et la secoua pour en vider l'eau.

Au même instant, un éclair fendit le ciel et le frappa de plein fouet. Julia poussa un cri en voyant son amant s'écrouler. Le grondement du tonnerre fut si fort qu'elle en eut mal aux oreilles, mais son esprit ne retint que l'image de cet éclair. L'herbe et les arbres lui avaient soudain fait l'effet de silhouettes fantomatiques, comme sur un négatif ou une radio. Semblable à une bâche mouillée roulée en boule, Jonathan ne bougeait plus. La pluie ne faiblissait toujours pas, et Julia demeura paralysée, sans savoir quoi faire. Puis elle entendit des cris et des appels en espagnol. Deux employés de cuisine vêtus de blouses blanches accoururent. L'un d'eux s'agenouilla près de Jonathan et adressa quelques mots à l'autre, qui fit aussitôt demi-tour et hurla pour attirer l'attention des gens présents sur la terrasse. D'autres cris retentirent, portant l'agitation à son comble. Un groupe de personnes mêlant invités et membres du personnel s'élança vers Jonathan. Un moment plus tard, Julia vit l'un des garçons d'honneur arriver en compagnie d'un autre homme, plus petit et plus gros, qui peinait à le suivre.

— S'il vous plaît, écartez-vous ! C'est un médecin ! entendit-elle.

Une foule s'était entre-temps massée sur la terrasse, où les projecteurs avaient été allumés. Un groupe plus important descendit le chemin menant à l'allée. Clouée sur place, Julia observa la scène à travers l'écran d'eau qui dégoulinait du toit de la remise.

Lorsque Peter apprit qu'un problème se posait, il se trouvait au bord de la piste de danse avec deux amies de sa mère.

— Il me semble que la banque où j'ai mon compte courant a été rachetée par eux, disait l'une. Ce compte, je l'ai ouvert il y a des lustres et je me souviens qu'autrefois on appelait ma mère quand elle était à découvert. Vous ne pourriez pas faire ça pour moi, Peter ?

— Malheureusement, madame Whelan, je ne crois pas qu'il s'agisse de la société pour laquelle je travaille.

— Qu'est-ce que vous faites là-bas ? lui demanda l'autre femme.

— En ce moment, je suis dans un département où nous mettons au point... comment dire... de nouveaux produits. (Cette partie était toujours la plus difficile à expliquer.) Nous aidons des entreprises à se couvrir, c'est-à-dire à diminuer leurs risques de pertes, quand elles possèdent des choses ou qu'elles se lancent dans des projets, en veillant à ce qu'elles possèdent, encore que posséder ne soit pas forcément nécessaire, d'autres choses sans corrélation avec les premières.

— Oh, fit la première dame d'une petite voix. Et c'est intéressant ?

— Oui, très.

Peter s'apprêtait à leur tenir le discours enthousiaste exigé par les circonstances lorsqu'il entendit des clameurs en provenance de l'autre bout de la salle de bal. Il se retourna et constata un mouvement de foule vers la terrasse. « Oh non ! » cria quelqu'un. Les danseurs s'immobilisèrent. L'orchestre cessa de jouer. Le brouhaha enfla.

— Mon Dieu ! s'étonna Mme Whelan. Pourquoi toute cette agitation ?

— Je ferais mieux d'aller voir, répondit Peter.

En chemin, il interrogea un invité.

— J'ai cru comprendre que quelqu'un avait été frappé par la foudre, l'informa la personne.

— Oh non ! Un homme ou une femme ?

— Un homme, apparemment.

— Il est grièvement blessé ?

— Je ne sais pas. Les secours ont été appelés, je crois.

Peter se fraya un passage à travers la foule et sortit sur la terrasse, à présent pleine de monde. Les gens étaient trempés et leurs chaussures s'enfonçaient dans le sol spongieux.

— Peter ! Peter ! cria l'un des garçons d'honneur en se précipitant vers lui.

— Qu'y a-t-il ?

— Quelqu'un a été foudroyé. Là-bas...

Les projecteurs du club permirent à Peter de distinguer un petit groupe sur l'allée du terrain de golf. Autour de lui, les conversations allaient bon train.

Peter traversa la terrasse au moment où apparaissaient les lumières rouges et blanches d'une ambulance. Fouettée par la pluie, celle-ci avançait tant bien que mal le long d'une route étroite menant du parking au premier tee. Peter bifurqua vers elle et la suivit. Le véhicule descendit la bande de rough en cahotant de manière inquiétante, puis laboura l'allée lorsque le chauffeur accéléra en faisant retentir sa sirène afin d'inciter les gens à s'écarter. Peu après, un homme et une femme portant des gants en latex et des ceintures chargées d'instruments sortirent et foncèrent vers la victime, rejoints au même instant par Peter. Le gyrophare continuait de tourner et les feux de l'ambulance étaient si nombreux et si aveuglants qu'il était difficile de voir quoi que ce soit. Présent sur place, l'un des amis de Janet, le Dr Smythe, expliqua la situation aux secouristes d'une voix forte mais indistincte tandis qu'ils s'agenouillaient près du corps. Il recula ensuite pour les laisser travailler. Avec des gestes rapides parfaitement réglés, le duo déchira des sachets et arracha des bandes velcro tout en vociférant des termes techniques qui se mêlaient aux grésillements et aux voix s'échappant de leurs radios. L'un des secouristes cria quelque chose en direction de l'ambulance. Aussitôt, un deuxième homme émergea par l'arrière. Il abaissa un chariot sur lequel se trouvait un boîtier avec des câbles et le poussa vivement vers ses collègues. Quelques instants plus tard, la femme appliqua deux larges patchs sur la poitrine de la victime, qui fut secouée par un spasme. Les invités poussèrent des cris d'exclamation en faisant un pas en arrière. L'opération fut renouvelée une deuxième et une troisième fois. A chaque décharge, le corps se tordait tel un poisson frétillant.

Pour finir, les secouristes se regroupèrent autour de lui et mesurèrent ses signes vitaux. Leurs épaules semblèrent alors s'affaisser, comme si toute la tension qui pesait sur eux s'était dissipée, et ils se relevèrent sans hâte. Autour d'eux, les gens ne pipaient mot. L'un des membres de l'équipe médicale appela le Dr Smythe, qui vint s'agenouiller près de la victime et l'examina. Il adressa ensuite un signe aux secouristes. Avec des gestes toujours aussi précis et efficaces, mais nettement moins précipités, ces derniers allèrent chercher un brancard dans l'ambulance. Ils hissèrent le corps dessus avec soin, étendirent des couvertures sur lui, l'attachèrent solidement. Puis ils lui couvrirent la tête. Voyant cela, les gens laissèrent échapper des gémissements et des cris. Les secouristes transportèrent le défunt dans l'ambulance et s'entretinrent un moment avec le Dr Smythe dans la lumière aveuglante des feux et du gyrophare. Le médecin scruta la foule. Apercevant Peter, il le leur montra du doigt.

— Peter !

Celui-ci les rejoignit.

— Je suis désolé. C'est le témoin.

Peter pensait bien avoir reconnu le gilet de Jonathan, mais cette annonce le pétrifia au point qu'il fixa son interlocuteur sans le voir.

— J'ignore son nom, reprit le Dr Smythe. Je suis désolé. C'était ton témoin. Ton témoin.

— Jonathan ? articula Peter d'une voix désincarnée. Vous voulez dire que c'est Jonathan ?

— Je suis désolé.

— Oh, mon Dieu. Jonathan.

Le médecin attendit qu'il assimile la nouvelle avant de poursuivre :

— Je vais me rendre à l'hôpital, bien sûr. Y a-t-il quelqu'un d'autre… ?

Peter inspira plusieurs fois.

— Oui. Sa femme est là.

— Ah. (Le Dr Smythe réfléchit un instant.) Peter, quelqu'un doit accompagner le défunt dans l'ambulance. Si tu veux bien t'en charger, je vais aller trouver sa femme pour... lui expliquer. On te suivra ensuite.

L'idée parut sage à Peter.

— Très bien, dit-il. Mais vous ne la connaissez pas. Elle s'appelle Holly. Une fille assez grande, avec des cheveux blond-roux...

— Oh, c'est elle ? Je vois de qui il s'agit.

Peter regarda cet homme massif, au visage irrégulier, strié de multiples rides plus ou moins profondes, et aux habits mouillés et salis. Rien de spécifique n'émanait de sa personne. C'était l'une de ces figures anonymes à ranger parmi les gens que les parents se sentent obligés d'inviter aux mariages. Peter se rappela l'avoir aperçu sur la piste de danse un peu plus tôt. Sur le coup, il n'avait vu en lui qu'un médecin éméché, ami de sa belle-mère, mais ce même médecin lui semblait désormais paré des traits les plus nobles qui soient.

Peter se hissa à l'arrière de l'ambulance. La femme de l'équipe médicale y avait déjà pris place, et l'un des hommes monta après lui en refermant les lourdes portières. Une lumière verte baignait l'espace confiné. Au centre reposait le brancard, encadré par des bancs, et tout autour se déployait un impressionnant équipement – masques en plastique, tubes, bouteilles d'oxygène, moniteurs. Le véhicule démarra avec une embardée, effectua un large demi-tour et remonta lentement l'allée.

— Etait-il... Est-ce qu'il y a eu... dit Peter au bout de quelques minutes.

— Le cœur ne battait plus quand nous sommes arrivés, déclara la femme. Nous avons fait ce que nous avons pu. (Elle observa un silence.) Je suis désolée pour votre ami.

— Moi aussi, monsieur, ajouta son collègue.

C'est ainsi que, vêtu d'une jaquette, de chaussures en cuir boueuses et d'une cravate argentée mouillée – le tout de

119

location –, Peter partit en ambulance avec le cadavre de Jonathan juste après avoir épousé Charlotte.

Lorsqu'ils arrivèrent aux urgences, les secouristes le dirigèrent vers la salle d'attente. Les chaises moulées en plastique et le linoléum y reluisaient de propreté, et malgré l'orage et le fait qu'on était un samedi soir, le service n'était pas débordé. Seules une demi-douzaine de personnes attendaient leur tour, et leur cas ne devait pas être très grave car Peter ne pouvait distinguer les patients de ceux qui les accompagnaient. Un téléviseur marchait dans un coin. Tout cela contrastait de manière déstabilisante avec le tumulte de son esprit. Pourquoi n'entendait-on pas de sirènes ? Pourquoi ne voyait-on pas d'aides-soignants franchir précipitamment des portes battantes en poussant des blessés sur des brancards ? Une telle agitation aurait davantage fait écho à ses émotions.

Un aide-infirmier l'envoya alors vers un guichet ouvert.

— On s'occupera de vous là-bas.

La femme derrière la paroi vitrée lui tendit un stylo-bille et une tablette avec un formulaire. Elle marqua un vague intérêt devant sa tenue – mais un vague intérêt seulement.

— Asseyez-vous et remplissez ça.

Peter s'exécuta. La feuille demandait le nom du patient, son adresse, sa date de naissance, votre nom si vous n'étiez pas le patient, votre lien de parenté avec lui, le nom de son assurance, la nature de ses blessures, ses précédentes hospitalisations, ses éventuels traitements médicamenteux et allergies. Peter posa la tablette et le stylo sur le siège à côté de lui. Les allergies. Cette question-là, il pouvait y répondre. Jonathan avait été allergique aux crevettes. A la fac, ils avaient mangé un jour dans un restaurant chinois avec une fille que son ami draguait – une beauté renversante, très fine mouche. L'un des plats contenait des crevettes, ce qu'ils ignoraient, et Jonathan en avait avalé quelques-unes. Presque aussitôt, il était devenu tout rouge et avait commencé à enfler, si bien qu'ils avaient dû filer en taxi aux urgences. L'endroit, sale et rempli de pauvres gens gémissants, n'était en rien comparable à celui où il se trouvait aujourd'hui. Peter avait repensé à la fille au fil des ans. Jonathan et elle avaient eu une liaison qui n'avait pas duré longtemps. Quand Peter et elle se croisaient, elle se montrait amicale envers lui, mais il était évident qu'il la mettait mal à l'aise.

Quant à la question sur les hospitalisations, là aussi il pouvait répondre. Jonathan avait été opéré de l'appendicite. A part ça, il ne fumait pas et ne souffrait ni de dépression ni de troubles nerveux. Il n'avait jamais eu de cancer, ne prenait qu'un seul médicament (contre le cholestérol) et avait un léger souffle au cœur.

Peter savait tout cela au sujet de son ami. En fait, il en savait probablement plus sur lui que n'importe qui. Il savait par exemple la terreur éprouvée par Jonathan lorsque, enfant, il avait été oublié dans un train. Il savait sa passion secrète pour un chanteur-compositeur à la guimauve. Et bien que Jonathan ne parlât jamais de son travail, Peter savait aussi l'idée qu'il avait eue pour son prochain roman. « C'est un roman d'éducation, lui avait-il confié. J'ai pratiquement toute la trame, et je pense que ce sera très émouvant. Ça racontera l'éveil sexuel de Peter Randall, un garçon sur le point de devenir un homme. Il tombe amoureux de son assistante et ils ont une relation physique et sentimentale passionnelle. Au début, il ne s'agit que d'une sorte de romance innocente et joyeuse : ils se promènent sur la plage, s'allongent par les chaudes nuits d'été pour écouter les engoulevents. Puis le désir les submerge, un désir si intense qu'il en devient presque effrayant. Mais ils doivent se voir en cachette, car leur amour est de ceux que l'on interdit. Oh, c'est très douloureux. »

Peter tenta de déterminer l'ampleur de sa propre douleur. Etant donné son état de choc et la lumière éblouissante de cette salle d'attente aseptisée, il lui était difficile de ressentir quoi que ce soit. Certes, Jonathan n'avait jamais renvoyé l'image d'un être humain bien solide, lesté d'organes et de soucis. C'était comme si on avait pu passer une main à travers lui. Voletant d'un groupe à un autre, d'une femme à une autre, il ne paraissait pas avoir d'amarres sur terre. En fait, il ne s'était jamais embourbé dans aucun domaine. Il n'avait pas de problèmes d'argent. Il écrivait facilement. Il se faisait vite des amis. A sa façon, il était tombé amoureux, mais sans que jamais ses relations ne s'achèvent dans les cris et les larmes. Il s'était toujours bien remis de ses désillusions et, si inconstant qu'il ait pu être, les femmes dont il avait brisé le cœur lui manifestaient encore une indulgence et une affection remarquables – ou tout du moins de la tolérance. Aucune ne l'avait jamais harcelé. Contrairement aux autres, des forces telles que la gravité ou les frottements semblaient n'avoir aucune prise sur lui.

Et maintenant, cet être scintillant n'était plus. Pourquoi sa disparition affectait-elle autant Peter ? Pourquoi bouleversait-elle l'ordre du monde ? Ce n'était pourtant pas comme si Jonathan et lui avaient été très intimes. En imaginant que lui, Peter, se soit retrouvé à l'hôpital avec un cancer, Jonathan lui aurait peut-être rendu visite tous les jours, mais il ne l'aurait pas serré dans ses bras en criant : « Je t'aime, mon vieux, je t'aime ! » Et s'ils ne s'étaient jamais disputés, c'était peut-être parce qu'ils n'avaient jamais discuté de sujets très importants. Peter n'avait aucune preuve de l'existence d'une affection particulière entre eux, et toute affirmation contraire n'aurait pas tenu face à un examen poussé. En fait, il désapprouvait un grand nombre de choses chez son ami. Il le méprisait et lui en voulait d'être infidèle à Holly. A cet instant, conclut-il, il aurait dû penser : bon débarras. Ce salaud avait eu ce qu'il méritait.

Et pourtant... oh, merde... Il n'allait pas se mettre à pleurer, si ? Il y avait eu des périodes où Jonathan lui téléphonait tous les jours pour lui demander de ses nouvelles et l'encourager à se reposer. Puis Jonathan enchaînait sur la lecture de tel article dans tel journal, lui racontait les derniers ragots, ou encore lui rappelait un souvenir partagé. Quel que soit le sujet, Peter finissait par tendre l'oreille, pour découvrir ensuite qu'il avait perdu vingt minutes à parler à Jonathan alors même qu'il était débordé de travail. Il devait alors lui répéter qu'il ne pouvait rester plus longtemps au téléphone, à quoi Jonathan répliquait : « D'accord, d'accord, mais tu fais quoi ce soir ? – Je ne sais pas trop, j'ai pas mal de choses à régler ici. – Allez, tu peux bien sortir. » Et Jonathan l'emmenait à une soirée où, selon l'occasion, on trouvait les femmes de lettres, les artistes, les millionnaires, les bobos, les actrices, les danseuses ou les musiciennes les plus jolies qui soient.

Peter ne se souvenait pas que Jonathan eût jamais rien fait de particulièrement généreux ou significatif à son égard. Son ami ne lui avait apporté que de l'affection, de l'intelligence, de l'énergie, de la beauté, du plaisir – de la vie. La vie. Les larmes lui montèrent aux yeux. Jonathan avait été un sale égoïste, vraiment. Et pourtant, Peter pleurait.

Puis il entendit des pas et leva les yeux. C'était Holly.

4

Holly arriva avec les cheveux mouillés, emmêlés, et les habits en désordre. Elle était pâle – mais d'une pâleur lunaire magnifique, très différente du teint hâlé qu'on lui voyait d'habitude, songea Peter. Le Dr Smythe l'accompagnait, des mèches plaquées sur son crâne dégarni. Visiblement, il s'était occupé d'elle avec professionnalisme et bienveillance. Les larmes de Peter redoublèrent lorsqu'il s'approcha d'elle pour l'étreindre, et ils pleurèrent dans les bras l'un de l'autre un moment.

— Oh, Peter, il t'aimait tant !

— Holly...

Au bout de quelques instants, le médecin s'excusa :

— Je vais voir où ils en sont.

Holly et Peter s'accrochèrent l'un à l'autre, sanglotant et soupirant presque à l'unisson. Leurs corps se touchaient sur toute la longueur. Les yeux fermés, Peter eut l'impression de sombrer dans un gouffre, ou bien de s'élever dans les airs avec Holly dans ses bras – il ne savait plus. Sa seule certitude était qu'ils ne faisaient plus qu'un, car de même qu'il ne pouvait dire où ils allaient, il ne pouvait dire où s'arrêtait son corps et où commençait celui de Holly.

— Ça va aller, ça va aller, souffla-t-elle en lui caressant la nuque.

A l'entendre murmurer ainsi à son oreille et à respirer l'odeur de feuilles mouillées et de laine humide de ses cheveux, Peter se sentit encore plus perdu en elle. Lorsqu'il rouvrit les yeux, il fut choqué de voir la salle d'attente proprette, avec ses chaises bleues, son linoléum antibruit, ses notes d'information encadrées et ses reproductions, dont quelques-unes représentant des athlètes. Holly et lui se détachèrent doucement l'un de l'autre et se tinrent par le bras en se dévisageant. Elle avait quelques mèches de cheveux collées au front, les yeux rouges et les traits tirés. Jamais elle n'avait paru aussi éthérée, ni son teint aussi transparent.

— Mon Dieu, Holly. Je suis tellement désolé. C'est horrible. Je ne peux pas m'empêcher de penser que... si ç'avait été un autre soir... Je suis tellement désolé. Il était... il était...

Mais aucun mot ne lui vint pour décrire Jonathan.

— Je suis sous le choc, dit Holly. Tu l'as vu ?

Peter hocha la tête.

— Oh, quelle horreur ! Est-ce que je devrai le faire moi aussi ? J'en ai envie. Vraiment. Il le faut. Mais j'ai tellement peur...

Elle se remit à pleurer.

— Asseyons-nous.

Ils s'installèrent sur des chaises et Holly recouvra peu à peu son calme.

— J'étais dans l'un des salons avec la grand-tante de Charlotte, commença-t-elle. Une femme avec un drôle de nom. Mme LeMenthe. Elle me racontait son propre mariage et me disait qu'elle était allée de catastrophe en catastrophe ce jour-là, mais que tout le monde s'était bien amusé. Je lui ai parlé du mien aussi. On pensait chacune que notre mari était le plus bel homme sur terre et cela nous a fait rire. Après, quand on a vu les gens s'agiter, on a compris qu'il s'était produit quelque chose, mais on n'avait aucune idée de ce que c'était. Et puis le Dr Smythe est venu... (Holly inspira et poursuivit à voix basse.) Il m'a expliqué ce qui s'était passé.

Quelques instants lui furent nécessaires pour trouver la force de continuer : le Dr Smythe l'entraînait hors du club quand ils étaient tombés sur Charlotte. Celle-ci s'était jetée sur elle, en larmes, et n'avait plus voulu la lâcher – il avait fallu que son père et son frère la tirent en arrière. David Montague les avait ensuite conduits à l'hôpital, le médecin et elle.

— Je suis contente que tu sois là, avoua-t-elle à Peter, le menton tremblant.

Ils restèrent main dans la main, en silence, jusqu'à ce que le Dr Smythe les rejoigne en compagnie d'une doctoresse en tenue de bloc opératoire. Celle-ci leur dit que Jonathan avait été déclaré mort à son arrivée à l'hôpital et que rien n'indiquait qu'il avait souffert. Elle ajouta que quelqu'un devait identifier le corps. Peter se porta volontaire, mais Holly insista pour voir Jonathan elle aussi. Ils furent donc emmenés dans une pièce à l'éclairage verdâtre, où un cadavre recouvert d'un drap gisait sur un brancard. Une femme aux bajoues repoussantes demanda à Holly son nom, son adresse et son lien de parenté avec le défunt, avant de faire signe à son assistant, qui abaissa le drap de manière à dévoiler la tête et les épaules de Jonathan. Sa peau, semblable à du mastic, était brûlée par endroits, de même que ses cheveux.

— Oh mon Dieu ! s'écria Holly en se blottissant contre Peter.

Elle parvint néanmoins à se reprendre.

— Ça va, le rassura-t-elle.

— Reconnaissez-vous Jonathan Selway Speedwell, habitant le comté de New York, Etat de New York ?

— Oui, répondit-elle doucement.

— Merci. Signez ici, s'il vous plaît. Il y a plusieurs copies, alors appuyez bien avec le stylo.

Holly obéit et, lorsque la femme fut sortie de la pièce, retint l'assistant au moment où il remontait le drap sur Jonathan.

— Pas tout de suite.

Elle s'approcha du brancard. D'une main timide, elle caressa la joue de son mari, puis se pencha pour l'embrasser.

Malgré les reproches de sa conscience, Peter n'éprouva aucune honte à noter combien elle était belle ainsi, avec ses cheveux emmêlés qui tombaient devant elle.

Holly se redressa et posa une main sur la poitrine de Jonathan.

— Au revoir, murmura-t-elle.

Elle se retourna, tremblante, le visage marqué, mais les yeux secs. Sans doute supposait-elle que lui aussi voulait regarder Jonathan une dernière fois, songea Peter. Il s'avança donc à son tour et l'étreignit brièvement avant de la laisser reculer vers le Dr Smythe. Tous deux l'observaient en attendant un geste de sa part. Seul problème, il n'avait jamais touché Jonathan, sauf peut-être pour lui serrer la main. Maintenant que son ami était étendu mort devant lui, brûlé et la peau froide, il aurait fallu l'embrasser ? Oui, il était choqué et désespéré, et il éprouvait un réel désir de dire ou de faire quelque chose de significatif. Mais comment agir d'une manière aussi contraire à la nature de leur amitié ? Peter ne pouvait s'empêcher de penser que s'il se montrait trop sentimental, même dans cette situation, Jonathan se moquerait de lui. Dans le même temps, il sentait les yeux de Holly et du Dr Smythe rivés sur lui. Il ne voulait pas la décevoir, elle, pas plus que le médecin, qu'il en était venu à respecter à un point probablement excessif.

Il pressa l'épaule de Jonathan puis, lentement, approcha sa main de ses cheveux et les caressa là où ils n'étaient pas brûlés. Il fut surpris de les découvrir aussi doux et épais. C'est alors que, obéissant à une vague impulsion, il se pencha et embrassa son ami sur le front. Et si son geste fut destiné à un public, il n'en demeura pas moins sincère.

Le Dr Smythe insista pour que Holly et lui partent ensemble pendant qu'il s'occupait de faire venir les pompes funèbres. Peter n'aurait pas été étonné en sortant des urgences de voir que David les avait abandonnés pour aller faire un tour en ville, mais non, le frère de Charlotte se trouvait toujours dans le parking, appuyé contre la somptueuse voiture de son père. Le jeune homme leur prodigua de maladroites paroles de réconfort avant de les ramener au club, où ils comptaient rassembler les affaires de Holly et, de là, se rendre chez Janet. La pluie avait cessé et la chaussée luisait

127

sous les réverbères enveloppés d'un halo orange. Ailleurs, le long des bandes sombres de tarmac, des flaques noires apparaissaient aussi lisses et denses que du pétrole. Les arbres agitaient stupidement leurs feuilles et leurs branches dans le vent. A l'arrière de la voiture, Holly regardait par la vitre. A côté d'elle, Peter l'observait. Elle avait repris sa main lorsqu'ils avaient démarré, et elle ne la lâcha pas durant tout le trajet.

Le club leur parut désert à leur arrivée. En entrant dans la pièce principale, à présent faiblement éclairée, Peter et Holly furent étonnés de voir la grand-tante de Charlotte qui attendait sur une chaise près de la porte. Elle se leva dès qu'elle les aperçut.

— Mme LeMenthe ! dit Peter. Que... Pourquoi êtes-vous encore là ? Je peux faire quelque chose pour vous ?

Ignorant sa question, elle se dirigea vers Holly et la serra dans ses bras, les yeux fermés, sans rien dire.

Ensuite seulement, elle s'adressa à lui :

— Je vais conduire Holly chez moi pour cette nuit. Et elle y restera aussi longtemps qu'elle le voudra. Venez, je suis garée le long du trottoir.

— Mais, madame LeMenthe, nous avions prévu de l'emmener chez la mère de Charlotte. Holly ne peut pas dormir ici, bien sûr, et c'est là que nous pensions...

— Non, le coupa-t-elle en abandonnant soudain ses manières de vieille tante pas très futée. Il n'en est pas question. Je refuse que Holly soit entourée de ces femmes assommantes. Charlotte a complètement craqué ce soir et elle était encore hystérique quand on l'a mise dans une voiture. Sa mère et elle ne sont pas en état d'apporter à Holly la tranquillité et l'attention dont elle a besoin. Leur maison est le dernier endroit sur terre où je la laisserai aller ! (Sa voix se fit plus douce.) Elle sera bien mieux chez moi. Ce n'est pas très grand, mais c'est confortable. Surtout la chambre d'amis. Je viens d'y mettre des rideaux neufs. Et puis je sais cuisiner, faire du thé et me taire.

Peter et Holly se consultèrent en silence, se tournèrent vers Mme LeMenthe, se consultèrent de nouveau. Holly, qui s'était montrée relativement calme jusqu'à cet instant, se mit à bafouiller, avant de se jeter au cou de la vieille dame et d'éclater en sanglots sur son épaule.

— Là, là, ma chère... murmura Mme LeMenthe d'un ton apaisant dénué de toute condescendance. On pleurera ensemble... Holly, dites-moi, vous aviez des amis présents au mariage ? Des gens que vous aimeriez avoir auprès de vous ?

— Non, répondit Holly. Personne. Simplement le marié ! ajouta-t-elle en riant et pleurant à la fois.

— Très bien. Dans ce cas, vous venez aussi, Peter. J'ai un lit de camp au sous-sol. A moins que vous ne dormiez sur le canapé-lit de la chambre d'amis. Comme ça, Holly aura une présence réconfortante auprès d'elle.

— Mais, madame LeMenthe, protesta Peter. Enfin... il y a Charlotte... Il faut que j'aille voir comment elle va et, euh, que je reste avec elle ce soir...

— J'imagine, répliqua-t-elle avec détermination, que Charlotte et vous aviez prévu de passer la nuit en ville dans un bel hôtel et de partir demain en voyage de noces en Italie ou dans un pays comparable.

— Ma foi... Oui.

— Vous comptez maintenir votre programme ?

— Non, plus maintenant. Du moins pas avant quelques jours. On verra quand on pourra reporter le voyage.

— Parfait. Vous pouvez bien reporter votre nuit de noces aussi, alors. De toute façon, épuisée comme elle doit l'être après avoir autant pleuré et gémi, je parie que Charlotte dort déjà. Sa mère, elle, doit être en train de faire les cent pas en buvant des tasses de déca et en s'inquiétant sans raison au sujet de tout un tas de choses. Quant à Deirdre, elle regarde sûrement la télévision. Aller là-bas ne servirait à rien. (Mme LeMenthe saisit la main de Holly et poursuivit dans un murmure :) Cette jeune femme a subi un terrible choc. *Un terrible choc.* Ma compagnie ou celle d'un étranger, si bien intentionnée soit-elle, ne l'aidera pas beaucoup. Il lui faut un ami auprès d'elle. Un ami proche. Un ami cher. Quelqu'un qui la connaît et qui se soucie d'elle, ce qui est votre cas j'ai l'impression.

La question était réglée.

Peter alla prévenir David et appela Janet, qui lui apprit que Charlotte s'était en effet endormie. Après lui avoir expliqué la situation de son mieux, il monta dans la chambre de Holly et Jonathan et rassembla quelques-unes des affaires de la jeune femme. Dès qu'il l'eut rejointe auprès de Mme LeMenthe, tous trois partirent dans la petite voiture de la vieille dame.

Dick observa les secouristes s'affairer, puis Peter parler au Dr Smythe et grimper dans l'ambulance. Lorsque celle-ci s'éloigna, il s'approcha du médecin, qui l'informa que la victime était le témoin du marié et qu'il semblait avoir été tué sur le coup. Merde ! pensa-t-il en retournant au club avertir Janet et Charlotte. Sa fille devint hystérique à cette annonce. Janet et lui tombèrent d'accord pour annuler la fête, et il alla trouver le manager adjoint chargé de superviser la soirée. Entre-temps, la nouvelle s'était répandue et les invités, désemparés, s'interrogeaient sur la conduite à tenir. Dick circula parmi eux en leur expliquant calmement que la réception s'arrêtait là. Alors qu'il essayait de mettre la main sur le chef d'orchestre, il tomba sur Julia. Assise seule dans un coin, un verre de bourbon à la main et une cigarette dans l'autre, elle avait les cheveux trempés et les habits fripés. Dick lui lança quelques mots qu'elle n'entendit d'abord pas. « Julia », répéta-t-il. Cette fois, elle leva lentement la tête vers lui. Jamais il ne lui avait vu une telle expression. C'était étrange. On aurait dit… on aurait dit qu'elle le haïssait. Visiblement, elle était bouleversée. Il lui demanda ce qui lui était arrivé et où elle était passée durant tout ce temps. La soirée l'avait ennuyée, raconta-t-elle. Elle était sortie marcher et fumer une cigarette quand l'orage avait éclaté. Là, des gens s'étaient mis à crier et à courir dans tous les sens. Alors elle était allée voir la cause de ce raffut. Elle avait été assise à côté du témoin la veille et elle avait beaucoup discuté avec lui. Et maintenant, maintenant...

— Oui, bien sûr, c'est dramatique, répondit Dick. Un jeune type comme lui. C'est vraiment dramatique.

Devant son absence de réaction, il voulut savoir si elle se sentait bien.

— Oui, oui.

— Tu es sûre ?

— Oui. S'il te plaît... Va faire ce que tu as à faire.

La suite ne fut pas une partie de plaisir. Tout le monde l'assaillait de questions et, malgré ses efforts, il fallut du temps aux invités pour se résoudre à partir. Il devait les rassurer en permanence, comme s'il avait été le capitaine d'un paquebot en train de couler. Il tenta aussi de consoler Charlotte, mais la nouvelle l'avait anéantie et elle pleurait sans discontinuer. Quel terrible coup du sort ! Le jour de son mariage, en plus. Elle n'allait pas s'en remettre de sitôt. Tout s'était pourtant déroulé à la perfection jusqu'à cet accident. Enfin, il fallait quand même reconnaître qu'une profonde lassitude s'était abattue sur lui juste avant le drame. Il ne voyait autour de lui que des connaissances datant de l'époque où Janet et lui vivaient encore ensemble, ainsi bien sûr que les invités du marié. Dans ces conditions, le moment arrivait forcément où cela devenait insupportable. Puis l'image de Julia avait surgi dans son esprit. Elle était particulièrement belle ce jour-là dans son tailleur en soie. Elle avait des jambes superbes, avec des chevilles si fines. Et le galbe de ses mollets... Dick avait ressenti un picotement familier dans les reins rien que d'y penser, et il s'était rappelé son programme pour cette nuit-là, quand tout serait terminé et que Julia et lui pourraient se réfugier dans leur chambre, à l'étage. Et puis la soirée avait sombré dans le chaos. Le témoin gisait mort, foudroyé, tout le monde courait dans tous les sens et Charlotte faisait une crise de nerfs.

Une fois le club vide, il avait accepté de faire un saut chez Janet le lendemain matin pour l'« aider » (mais qu'allait-il bien pouvoir faire ?), puis était retourné chercher Julia. Il la trouva dans leur suite, lovée en robe de chambre dans un fauteuil, les cheveux brossés, le visage démaquillé et le teint pâle. Son peignoir l'enveloppait étroitement, si bien que Dick ne voyait d'elle que sa tête, ses mains et ses longs pieds.

— Salut, chérie. Tu étais donc là.

— Oui, dit-elle d'une voix neutre en lui jetant un bref coup d'œil.

Elle ne bougea pas lorsqu'il se pencha vers elle, si bien qu'il l'embrassa sur le front. Il ôta ensuite sa veste.

— Nom d'un chien, quelle soirée !

Julia ne répondit pas, se contentant de fixer l'âtre vide de la cheminée. Allant et venant dans la pièce, Dick déboutonna son gilet, défit sa cravate et s'attaqua à ses boutons de manchette. Il avait envie de parler et de parler *avec elle*.

— ... et là, le chef d'orchestre m'a demandé s'il devait jouer quelque chose. Enfin, quoi, qu'est-ce qu'il s'imaginait ? Qu'il aurait dû entonner *Plus près de toi, mon Dieu* ? Si les musiciens ne s'étaient pas arrêtés, je mets ma main à couper que les amis de Janet auraient dansé le fox-trot.

Non, ça n'allait pas. La soirée l'avait surexcité, tout comme la vue de Julia. Il n'était plus lui-même.

— C'est une tragédie, déclara-t-il après un long silence. Une tragédie.

Il s'était exprimé d'une voix calme, grave, appropriée. Quelques instants s'écoulèrent. Enfin, Julia se tourna vers lui, mais avec la même expression haineuse qu'un peu plus tôt. Dick en fut désarçonné.

— Oui, c'est très triste, dit-elle avant de l'ignorer à nouveau.

Vraisemblablement, il n'avait pas intérêt à tenter quoi que ce soit, le message était clair. Mieux valait se sortir cette idée de la tête. Mais son désir contrarié lui laissait un goût de cendre dans la bouche. Ayant veillé à ce qu'il y ait du cognac dans leur chambre, il alla se servir et s'installa dans le fauteuil en face de Julia, de l'autre côté de la table basse.

Il essaya une autre approche.

— Ça ne va pas, chérie ? Cette histoire a l'air de t'avoir éprouvée.

— Si, ça va. Ce qui est arrivé est affreux, voilà tout. Je suis épuisée.

— Je le vois bien.

Elle ne répliqua pas.

— Qu'est-ce que tu as là ? s'enquit-il en montrant le verre d'eau posé à côté d'elle. Tu ne préfères pas un cognac ? Je suis à cran moi aussi, et je ne connais pas de meilleur remède.

— Non, merci.

De la compassion. De la douleur. Il fallait creuser ce sillon.

— Je m'inquiète pour Charlotte, poursuivit-il. Elle a très mal pris la nouvelle. Très mal. Evidemment, c'était le jour de son mariage, alors avec toutes ces émotions... Le bonheur qui vire soudain à... à la tragédie, quoi. Et il y a cette pauvre fille, aussi, la femme de Jonathan. Tu la connais ?

— Non.

— Ma foi, elle est très jolie. Comment elle va s'en sortir, ça, je me le demande. Enfin, je suppose qu'elle y arrivera. Les gens n'ont pas le choix dans ces cas-là. Bon Dieu ! Ils avaient des enfants ?

Aucune réponse.

— Et Peter, reprit-il. Il vient de perdre son meilleur ami. Quelle horreur. (Il décida de jouer la carte de la générosité à présent. Celle de l'homme au grand cœur.) Je l'ai accompagné jusqu'à l'ambulance. Ça a dû être dur pour lui.

— Peter est un type bien et plein de ressources, déclara Julia. Je suis sûre qu'il fera face.

Pour ce qu'en savait Dick, Julia n'avait jamais accordé d'attention à la personnalité de son futur gendre, aussi fut-il surpris de l'entendre exprimer un jugement aussi affirmatif et respectueux. Il contempla son cognac en attendant qu'elle ajoute quelque chose comme « Oh, et toi, chéri ? Tu t'es occupé de tout ce soir ! Personne n'aurait pu gérer aussi bien une telle situation. Tu m'as épatée. » Il aurait balayé ces compliments d'un geste de la main. Mais elle ne dit rien.

Le silence se prolongea. Dick songeait aux événements de la journée, à ce qui l'attendait le lendemain, à son voyage à Londres le jeudi suivant. Malgré toutes ces distractions, le désir continuait à le tenailler. Dick observa Julia. Il nota le triangle de peau blanche formé sous son cou par le col de sa robe de chambre. Celle-ci, épaisse et confortable, était toute tire-bouchonnée en raison de sa position sur le fauteuil, et il ne trouva nulle part où poser les yeux avant d'avoir atteint ses pieds. Julia les avait repliés sous elle, coinçant ainsi le tissu éponge. Aucune entrée de ce côté-là.

Il analysait ces données lorsque Julia se redressa soudain. Sa robe de chambre s'entrouvrit, révélant une fine chemise de nuit en coton qui laissait deviner les contours et les ombres de son corps. Après avoir encaissé toutes les tuiles que lui avait réservées cette journée interminable, cauchemardesque et hors de prix, après avoir contenu son désir si longtemps, et supporté la froideur de Julia, ce simple aperçu suffit à provoquer un séisme en lui. Ne serait-ce pas normal qu'ils fassent l'amour ce soir ? Tant d'émotions n'étaient-elles pas censées les pousser l'un vers l'autre ?

Julia referma les pans de son peignoir et serra la ceinture.

— Je tombe de fatigue, dit-elle. Je vais me coucher.

D'une main, elle ramassa un mouchoir en papier froissé sur la table, l'emballage d'un paquet de cigarettes, la collerette de la bouteille de cognac et l'étui en carton et en plastique des nouveaux lacets de Dick. Elle versa le tout dans le cendrier, prit ce dernier en même temps que son verre et s'éloigna.

— Hé, tu ne m'embrasses pas ?

— Oh, bien sûr, chéri. Désolée. Tu comprends, tout ça est si affreux...

— Oui, c'est terrible.

Il se leva et l'attira contre lui. Dans la fraction de seconde qui suivit, il tempéra ses envies et choisit l'option « extra dose d'affection », à savoir une étreinte solide, un doux baiser léger, puis une nouvelle étreinte, longue et ferme. L'option plus suggestive – mais si peu ! – aurait compris pour sa part une étreinte plus serrée, une main appuyée plus bas dans le dos, et un baiser un tantinet plus prolongé. Durant tout ce temps, Julia garda les bras écartés sans lâcher ce qu'elle tenait.

Lorsque Dick s'éloigna, elle lui sourit, puis alla vider le cendrier dans la poubelle avant de le poser avec son verre sur un buffet bas, à côté d'autres verres et d'une bouteille d'eau vide.

— Bonne nuit, lança-t-elle en entrant dans la chambre.

— Je te rejoins tout de suite !

De dos, l'épaisse robe de chambre serrée à la taille accentuait la courbe de ses hanches.

Dick retourna s'asseoir et se mit à l'aise. Ce qu'il y avait de bien avec Julia, c'était qu'elle le comprenait et l'aimait vraiment. Elle était très intelligente et, parfois, ils s'amusaient plus en discutant qu'en faisant quoi que ce soit d'autre. La passion des débuts s'était atténuée, bien sûr, mais elle était toujours là. Quatorze ans de mariage. Au bout de la même durée avec Janet, il ne supportait plus son odeur depuis longtemps – et pourtant il l'avait aimée un jour. Ses pensées dérivèrent à ce qui l'attendait le lendemain chez Janet. Ce qui s'était produit était un drame terrible, tragique, mais qu'était-il censé faire ? Rester là à poireauter, la mine abattue, en faisant semblant d'être utile ? En plus, il détestait la maison de son ex-femme. Question de propreté. Il y avait toujours une brosse oubliée dans la cuisine ou ailleurs, avec tellement de cheveux dessus qu'on ne voyait plus les piquants. Tant pis, il n'y avait pas moyen d'y échapper.

Il revint à des pensées plus agréables en imaginant Julia allongée dans leur lit. Il avait été fou, après ce qu'ils venaient de vivre, de croire qu'il pourrait... Il était normal qu'elle soit bouleversée. Mais tout à l'heure, en allant se coucher, il la prendrait dans ses bras. Et quand ils se réveilleraient, l'esprit embrumé...

Dick se resservit du cognac et s'approcha du buffet. Il devait y avoir une barre chocolatée quelque part. Gagné. Il se rassit et étira ses jambes. Le cognac était bon, cette petite douceur aussi, et il savait où en trouver une autre.

135

Julia referma la porte de la chambre et s'y adossa en poussant un long soupir. Rester assise dans la même pièce que Dick avait été un supplice, mais il fallait bien qu'elle soit là pour l'accueillir à son retour. Seigneur. Cet homme...

Elle alla pendre sa robe de chambre dans la salle de bains, se brossa les dents avec énergie et avala deux grands verres d'eau. Elle avait bu bien plus que d'habitude ce soir-là. Même si elle ne se sentait pas ivre, elle avançait d'un pas mal assuré et avait la nausée. Elle n'avait pas fumé autant depuis longtemps, non plus. Le goût du bourbon et des cigarettes émergea sous celui du dentifrice, lequel rendit leur mélange encore plus écœurant. Julia se rinça la bouche et cracha. Puis elle se dévisagea dans le miroir.

Elle se savait belle, mais elle n'était pas vaine et, contrairement aux beautés névrosées, ne craignait pas les outrages du temps. Pour autant, elle aurait volontiers stoppé ses effets et se demandait parfois ce qu'elle accepterait de donner pour y parvenir. Un million de dollars ? Dix millions ? Deux orteils ? Un œil ? Tout ça pour être belle à jamais ? En réalité, elle espérait secrètement le rester et, relativement parlant, le devenir même encore plus en vieillissant. A quatre-vingts ans, s'imaginait-elle, elle serait une belle vieille dame vivant en France. Les gens la jugeraient extraordinaire. Vraiment, cette perspective lui plaisait beaucoup. Mais alors que Julia continuait à s'examiner dans la glace, son regard changea et, comme d'habitude, la même question surgit : qui est cette personne ?

Elle contempla son reflet un moment encore, puis pressa un tube pour en faire sortir une noisette de crème hydratante qu'elle étala sur la peau de ses mains. Elle ramassa ensuite une boule de coton dont elle s'était servie pour se démaquiller et la jeta dans la poubelle. Après quoi, elle éteignit la lumière, ferma la porte et se coucha.

Allongée dans son lit, elle fixa le plafond. Adolescente, elle avait lu que rester couché sur le côté donnait des rides, aussi avait-elle décidé de ne plus dormir que sur le dos et, depuis, s'était remarquablement tenue à sa résolution. Au-dehors, une lampe brillait et projetait sur les stores l'ombre d'une branche dont les feuilles gonflaient et se rétractaient au gré du vent. Julia demeura immobile, les bras plaqués le long du corps, sur les draps. Boire autant qu'elle l'avait fait n'était pas agréable, d'autant que cela ne l'avait même pas rendue ivre. Sous peu, lui semblait-il, un rouage quelconque allait se débloquer et le plafond se mettrait à tourner. Au moins avait-elle réussi à échapper à Dick aussi vite que possible. Elle l'avait attendu – il n'aurait pas compris, sinon – et elle avait même essayé de puiser en elle la force de l'interroger avec gravité afin qu'il puisse tout lui raconter en s'octroyant le beau rôle. Mais l'effort était trop grand. Et ce regard lubrique qu'il avait tenté de dissimuler... Il avait certainement espéré que, bouleversée par l'atmosphère tragique de la soirée, elle se jetterait dans ses bras et qu'il n'aurait plus alors qu'à l'embrasser pour la réconforter avant de lui faire l'amour.

Une larme glissa sur sa joue et mouilla l'oreiller. Puis une autre. Et encore une autre. Elle les essuya avant de plaquer ses mains sur ses yeux. L'image qui s'imposait à elle était celle de Jonathan la première fois qu'il lui avait parlé, lors du dîner organisé par les parents du marié.

Dieu, qu'il était beau ! Mais ce n'était pas seulement ça. Ils avaient discuté durant le repas, et quelque chose s'était produit entre eux. Le roman de Jonathan l'avait vraiment marquée, tout comme l'une de ses nouvelles, qu'elle avait lue peu de temps avant dans un magazine.

C'était absurde, ridicule, pathétique, mais Julia ne pouvait s'empêcher de songer qu'elle était tombée amoureuse de lui. Elle avait déjà eu quelques aventures similaires (ce que Jonathan avait tout de suite senti), et elle y avait pris plaisir. Bien sûr, celle-là ne différait pas des autres. En aucun cas. Il y avait juste ce dénouement tragique, horrible. Julia avait conscience d'avoir trop bu et d'être sur les nerfs. Mais une fois reposée, elle retrouverait le sens de la mesure. Mon Dieu ! que n'aurait-elle donné pour se réveiller avec Jonathan près d'elle. A cette pensée, elle se mit à pleurer en silence et roula en boule sur le côté. Se réveiller avec Jonathan à côté d'elle, sentir la douceur et la chaleur de son corps, rester au lit avec lui presque toute la journée. Non, non, non, non ! Il était mort. Mort. Comment était-ce possible ? Il était mort sous ses yeux. Elle était avec lui et elle avait tout vu. Ses sanglots redoublèrent, et elle tenta de les réprimer pour ne pas que Dick l'entende et se serve de ce prétexte afin de la rejoindre.

Plus tard, lorsqu'elle put de nouveau réfléchir calmement, elle comprit qu'elle n'était pas tombée amoureuse de Jonathan. Compte tenu du côté dangereux, excitant et enivrant de leur acte, puis de la tournure violente et terrifiante prise par les événements, n'importe qui aurait perdu la tête. On ne pouvait pas se fier à ses émotions, et tout ce qu'elle avait à faire à présent consistait à évacuer les siennes. Mais si jamais la mort de Jonathan n'était qu'un cauchemar et qu'il l'appelait le lendemain ? Elle aurait vendu son âme au diable pour pouvoir le toucher et entendre encore sa voix.

Non, Jonathan était mort. Enfin, pas tout à fait. Prise d'un frisson, Julia pressentit soudain qu'une partie de lui vivait encore en elle, comme la lumière d'une étoile qui, longtemps après que celle-ci s'est éteinte, atteint tout de même la Terre. Elle posa une main sur son ventre. Si seulement cela avait pu être celle de Jonathan.

Mme LeMenthe longea des routes désertes bordées de vastes propriétés, avant de s'engager dans l'allée obscure menant à sa petite maison de brique. L'intérieur était désordonné, mais accueillant et d'une propreté impeccable. Pendant que la vieille dame leur préparait du thé, Holly prit un bain et Peter s'installa dans le bureau pour s'acquitter d'une tâche difficile : joindre la sœur aînée de Jonathan, Emma, et lui annoncer ce qui était arrivé. Anéantie, Emma lui passa aussitôt son mari. Jonathan avait évoqué devant Peter le côté prudent et ennuyeux de ce dernier : « Si tu veux connaître le meilleur itinéraire pour éviter un péage et si tu es prêt à écouter quelqu'un pendant une heure, Alan est l'homme qu'il te faut. » De fait, Alan encaissa la nouvelle avec stoïcisme.

Une fois Holly redescendue de la salle de bains, ils burent un thé, discutèrent, pleurèrent, se consolèrent. Mme LeMenthe parla peu, mais avec ses deux chiens – de vieilles bêtes toutes flasques et affectueuses –, elle emplissait la pièce d'une chaleur maternelle. Quand Holly exprima le désir d'aller essayer de dormir, il fut décidé que le lit de camp du sous-sol serait bien trop distant pour la tranquillité d'esprit de chacun. Mme LeMenthe déplia donc le canapé-lit de la chambre d'amis, et ce fut là que Peter se retrouva bientôt, vêtu d'un pyjama ayant appartenu au défunt mari de son hôtesse.

Mais comment aurait-il pu fermer l'œil, alors qu'il passait sa nuit de noces dans une chambre avec Holly ? Combien de fois avait-il rêvé de ça ? En proie à un profond tumulte intérieur, il tenta de raisonner le plus froidement possible et d'analyser les événements de la soirée de façon rationnelle en les replaçant dans leur contexte.

D'abord, il y avait ce fait, irréfutable : Jonathan était mort. C'était tragique, et il avait pleuré la perte de son meilleur ami. Mais, son chagrin mis à part, cette triste disparition n'entraînait-elle pas certaines conséquences ? En particulier cette conclusion des plus évidentes : Jonathan n'était plus le mari de Holly. Mieux, il n'était plus une personne, du moins une personne *vivante*, qu'elle pouvait aimer, si bien que rien désormais n'empêchait Holly de tomber amoureuse de quelqu'un d'autre. Ce que Peter avait toujours souhaité lui apparaissait soudain à portée de main. La brise qui caressait ses bras nus tandis qu'il serrait la jeune femme contre lui. Le soleil couchant baignant le visage de Holly d'une lumière rosée. La cambrure de son pied niché contre le sien.

Oh, évidemment, tout n'était pas gagné d'avance. Holly n'était pas amoureuse de lui, pour commencer. Elle l'« aimait », mais comme on peut aimer le meilleur ami de son mari. Quand elle cesserait de pleurer Jonathan et qu'elle reprendrait le dessus, elle se ferait draguer par des types que, contrairement à lui, elle n'aurait pas déjà classés dans la catégorie « relation platonique exclusivement ». Pire, elle le consulterait sans doute au sujet de sa vie sentimentale en lui demandant d'interpréter le comportement déroutant de tel ou tel homme. C'était si agréable d'avoir un ami du sexe opposé !

Mais parce qu'il était celui vers qui elle se tournerait dans les premiers temps, il bénéficiait aussi de quelques atouts. A condition d'attendre le bon moment et de lui prodiguer de subtils encouragements, il pourrait susciter tant d'affection chez Holly qu'elle se réveillerait un matin en comprenant qu'elle l'aimait vraiment. Il suffisait de bien manœuvrer pour amener la jeune veuve vulnérable à cet état d'esprit. Peter ignorait quelles étaient ses chances de succès, mais il les estimait correctes. Enfin, elles l'auraient été s'il n'y avait eu d'autres facteurs à prendre en compte, dont le premier, et non des moindres, était qu'il s'était marié le jour même. Et pour séduire Holly, cela représentait un obstacle évident.

Un obstacle... ou une opportunité ? Personne ne restait marié à quelqu'un sans en avoir envie, non ? Ce n'était pas si grave ? Pas du tout, aucun problème. Il n'aurait qu'à plaquer Charlotte dans un an et personne n'y trouverait à redire. Quand on se lançait dans la quête de l'amour, blesser quelqu'un au passage vous auréolait de gloire, en fait. Cela montrait que vous aviez la force de tout mettre en œuvre pour parvenir à votre but ultime – votre épanouissement personnel. Respectait-on un chef de guerre qui s'apitoyait devant les victimes civiles, ou un homme qui hésitait à séduire celle qu'il aimait de peur d'en faire souffrir une autre ? Dans les deux cas, agir sans pitié était tout à votre honneur. Combien de gens, se demanda Peter, avaient déjà été condamnés pour avoir abandonné leur femme ou leur mari au nom de l'amour véritable ? Il ne s'écoulait jamais longtemps avant que leurs amis, pourtant atterrés au départ, ne les invitent avec celui ou celle qui partageait désormais leur vie. Leur caractère intrépide et passionné rendait même leur compagnie attrayante, tandis que le conjoint délaissé paraissait pour sa part pathétique et ennuyeux.

Peter se rappela l'expression émouvante de Charlotte à l'église. C'était le plus beau jour de sa vie et elle rayonnait de joie. Elle l'aimait, il le voyait bien. Mais il avait lu aussi un autre message sur son visage : je sais que tu seras gentil avec moi, Peter, et je compte sur toi. Peter était gentil, en effet, et il avait toujours eu l'impression que Charlotte se flattait d'avoir choisi quelqu'un qui ne se montrerait jamais cruel et odieux envers elle.

Cela ne le dérangeait pas. Bien qu'il eût du mal à y voir des avantages au quotidien, Peter se félicitait d'être naturellement gentil. Si la fragilité et les expériences douloureuses de Charlotte l'avaient conduite à être attirée par une telle qualité, qu'avait-il à y redire ? Et qu'importe si cela ressemblait moins à de l'« amour » qu'à de la dépendance, ou toute autre notion avancée par les spécialistes en la matière. Charlotte avait jeté l'ancre dans un port qu'elle croyait tranquille. Pouvait-il se permettre de la surprendre en y introduisant des récifs non répertoriés sur les cartes et en l'exposant à de grosses tempêtes ? Abandonnée, elle se sentirait humiliée, avilie. Son anxiété la pousserait à fournir des efforts dans tous les domaines où elle pensait avoir à en faire, et elle finirait par perdre pied. Résultat prévisible, elle deviendrait moins attirante, et de ce fait encore plus anxieuse. Peter imagina une Charlotte divorcée et vieillissante : une femme nerveuse, chichiteuse, avec son travail, ses affaires, ses « amis merveilleux », son penchant pour le bourgogne, ses bonnes places à l'opéra, ses voyages, ses relations privilégiées avec certains enfants. Elle ne connaîtrait jamais deux minutes de détente consécutives (sauf après avoir bu du vin, ce qui lui donnerait parfois le tournis et l'amènerait à flirter de manière inconsidérée). Cette bonne vieille Charlotte. Peter pouvait-il la condamner à un tel sort ?

Les serments échangés devant l'autel, chacun le savait, ne valaient même pas la salive qu'on usait pour les prononcer. Et pourtant, quelque chose en lui faisait qu'il ne s'imaginait pas les briser. S'enfuir avec Holly ? Ce serait sans espoir et ridicule, mais pas seulement. Ce serait mal. Et ça, Peter était incapable de s'en accommoder. Il lui semblait qu'une porte blindée se dressait entre lui et l'objet de son désir. Ce serait tout simplement mal. Peter ne tirait aucune fierté de sa vertu (si tel était le nom à lui donner), mais il ne pouvait ni revenir sur sa promesse, ni trahir Charlotte, ni la blesser. C'était impossible.

Un peu plus tôt ce jour-là, il avait décidé pour la énième fois d'accepter l'idée que Holly avait déjà quelqu'un dans sa vie. Et à présent qu'elle n'avait plus personne, voilà qu'il n'était pas libre. Lui qui croyait fermement que l'univers avait été conçu pour les réunir... Eh bien, c'était raté, n'est-ce pas ? Pourquoi, pourquoi, pourquoi ? Y avait-il eu une erreur de programmation quelque part ? Une panne de courant ? Ou peut-être existait-il une autre explication – cette histoire de libre arbitre. Dans ce cas, était-il encore en son pouvoir de trouver une solution ? Peter ressassa toutes les données dans sa tête en cherchant en vain une interprétation qui les réconcilierait avec ce qu'il souhaitait le plus.

Après s'être livré à cet exercice durant quelques heures, il fut soudain submergé par le dégoût. Où avait-il la tête ? Oser s'apitoyer sur lui-même, puis s'emballer en élaborant des scénarios absurdes alors qu'il n'aurait dû penser qu'à la douleur de Holly. La pauvre. Pauvre, pauvre Holly. La mort de Jonathan allait lui briser le cœur, et ça, plus que toute autre chose, le rendait malade. Il importait assez peu que Jonathan soit mort : il l'avait bien mérité. Il importait assez peu aussi que lui, Peter, ait perdu son meilleur ami : il s'en remettrait. Et il importait assez peu de savoir si Charlotte et lui seraient heureux : ils le seraient suffisamment. Mais Holly ? Elle allait souffrir comme cela n'était pas permis. Des larmes roulèrent sur les joues de Peter. Il fallait vraiment être amoureux pour être anéanti par la détresse de l'être aimé devant la disparition de votre rival, se dit-il. Il devrait aider Holly à l'avenir, sans autre dessein que de veiller à son

142

bien-être. Il devrait la réconforter. Il devrait apaiser sa souffrance de toutes les manières possibles.

Les stores luisaient et une lumière grise emplissait la pièce. Des oiseaux se mirent à pépier tandis qu'un souffle d'air chaud et humide laissait entrevoir le temps de la journée. Peter se leva et s'approcha du lit de Holly. Elle reposait nichée au creux des oreillers de Mme LeMenthe. Ses joues avaient retrouvé des couleurs, les rougeurs autour de ses yeux et de son nez s'étaient atténuées et son expression sereine était celle d'une femme sans le moindre souci. Peter caressa doucement ses cheveux. Puis il se pencha et l'embrassa sur le front.

Jonathan fut enterré trois jours plus tard à New York. Personne ne comprenait ce qu'il était allé faire sur le terrain de golf. S'il avait juste voulu prendre l'air et se dégourdir les jambes, pourquoi partir dans cette direction ? Isabella se serait éclipsée au même moment que Peter aurait bien eu quelques soupçons, mais elle était restée visible toute la soirée. Lui aussi était donc perplexe. Puis ce fut au tour du jardinier du club d'être confronté à une énigme lorsqu'il découvrit l'une des chaussures de Jonathan en réparant le gazon endommagé par l'ambulance. Il ne lui parut pas correct de la jeter et il la donna au manager adjoint afin qu'il la rende à la famille du défunt – en pure perte, car l'homme la mit à la poubelle.

5

Entre son voyage de noces, l'arrivée du mois d'août, période toujours très calme au travail, et les vacances de Mac McClernand en septembre, Peter avait réussi à éviter son nouveau supérieur durant plusieurs semaines. Thropp semblant l'ignorer désormais – sans doute s'était-il trouvé d'autres bêtes noires –, il en avait profité pour reprendre en sous-main quelques-uns de ses anciens projets et commençait presque à croire qu'il pourrait échapper à McClernand. Il se trompait cependant. Un matin, Mac le convoqua par téléphone.

— J'ai une surprise pour vous ! le prévint-il.

Lorsque Peter le rejoignit, McClernand ne tenait plus en place.

— Dépêchez-vous, à la fin ! Il ne faut pas trois heures pour descendre quelques étages !

Puis il se frotta les mains et l'entraîna vers son bureau, sur lequel était posée une masse recouverte d'un chiffon.

— Je parie que vous n'avez pas la moindre idée de ce que c'est.

Peter ayant répondu par la négative, McClernand ôta le chiffon d'un geste ample de prestidigitateur pour découvrir un étrange objet : deux panneaux de bois verticaux d'un mètre carré environ recouverts de grilles et de chiffres avaient été fixés sur les côtés adjacents d'une base en bois de même dimension affichant des inscriptions similaires. Un carré de

144

caoutchouc soutenu par des montants de diverses hauteurs était suspendu au milieu.

McClernand bomba le torse avec fierté.

— Que dites-vous de ça ? Allez-y, regardez de plus près.

Peter s'avança d'un pas.

— Prenez-le, lui ordonna McClernand, avant de hurler : Non, par le socle ! Là... C'est bien, mon garçon.

Peter retourna le bloc dans un sens et dans l'autre, avec cette fois une idée assez précise de ce dont il s'agissait.

— C'est un modèle en trois dimensions du marché des coupons de boîtes de céréales ! Quelle... ingéniosité ! Et quel bel ouvrage !

McClernand balaya ces compliments d'un haussement d'épaules.

— Oh, ce n'était rien. Un assemblage de quatre bois différents, voilà tout.

Il se pencha vers Peter et effleura du doigt l'arête à la jonction des panneaux.

— Mais notez quand même cette queue-d'aronde. Pas mal, hein ?

— Magnifique.

— Et la base !

— Je vois ça. Ma foi, je dois reconnaître que c'est très impressionnant.

McClernand s'expliqua après qu'ils se furent assis : des soirs durant, il avait décrit son projet à Manny, l'un des physiciens les plus excentriques de la société. Enthousiasmé (et n'ayant pas assez de travail pour occuper ses vingt-trois heures de présence quotidienne chez Beeche & Co), Manny s'était lancé dans une série d'algorithmes, de formules et de codes qui, une fois entrés dans un ordinateur, avaient produit un modèle en 3D. Partant de là, McClernand avait passé des semaines à fabriquer sa propre version en bois et en caoutchouc. Les panneaux mesuraient la volatilité implicite et la base figurait la date de validité des coupons. Le résultat l'enchantait.

Après un petit laïus sur sa détoureuse, McClernand s'appuya contre le dossier de son fauteuil et sourit.

— Bien. Et vous, que m'avez-vous apporté ?

— Pardon ?

— Qu'avez-vous fait de votre côté ? Vous avez bien progressé ? Montrez-moi. Les prévisions. Les chiffres. La vue d'ensemble. Les tendances. Les risques financiers et politiques. L'aspect juridique.

— Euh... Vous voulez dire... euh... Vous parlez du projet sur les coupons de boîtes de céréales ?

— Evidemment !

— Evidemment. (Peter s'éclaircit la gorge.) Eh bien, voyez-vous, Mac, je me suis senti un peu perdu en votre absence. Je n'étais pas sûr de la manière dont procéder et comme je n'avais plus aucune nouvelle de vous, je n'ai pas voulu avancer dans une direction donnée sans votre aval.

— Vous n'avez rien fait ?

— Rien, rien... Non, je ne dirais pas ça. Bien sûr, j'ai beaucoup réfléchi et j'ai... euh... vous savez, chaque fois que j'ai acheté des céréales, c'est vraiment fascinant, j'ai étudié et comparé les coupons avec attention, et...

McClernand vira au rouge.

— Bordel, Russell ! explosa-t-il. Vous croyez avoir affaire à qui ? Oh, je sais ce que vous pensez, vous et tous les petits cons prétentieux de cette boîte : « Mac McClernand, on n'entend plus beaucoup parler de lui. Mac McClernand, il est fini. Mac McClernand, on le connaît, il passe son temps à ergoter sur tout et n'importe quoi. » (Il défia Peter du regard.) Je n'ai pas raison ?

Peter garda le silence, et McClernand poussa un grognement.

— D'accord, le cours de l'action McClernand a peut-être baissé ces dernières années. Peut-être que le marché s'est corrigé. Peut-être que les titres ont été bradés. Mais laissez-moi vous dire une chose, jeune homme : je connais encore bien les grosses pointures de la maison, les Lou Budenz, Al Kreymbourg, Stone Blackwell. Et même Seth

Bernard – je lui ai appris deux ou trois trucs à l'époque où il n'était qu'un jeune prétentieux, lui aussi. Je pourrais vous faire virer rien qu'en claquant des doigts !

Il joignit le geste à la parole, sans vraiment y parvenir, et recommença deux ou trois fois, comme un homme qui aurait tenté d'allumer un briquet défectueux. Puis il se carra dans son fauteuil et examina Peter avec dégoût.

— Je suppose que la situation vous paraît différente maintenant, n'est-ce pas ?

— Oui, monsieur.

— Je suppose aussi que Mac McClernand ne correspond pas tout à fait à ce que vous pensiez ?

— Non, monsieur.

McClernand sembla se radoucir.

— Ah, merde. Je comprends, cela dit. Vous êtes jeune et vous imaginez en savoir plus long que tous les vieux croûtons de la maison réunis, hein ? Hein ?

— Oui, monsieur.

— Hé ! Qui sait ? Vous pourriez bien avoir de la chance et tirer profit de cette expérience. Bon, au travail maintenant. Harvey O'Connor est notre analyste dans le domaine des céréales. Je veux que vous preniez contact avec lui tout de suite. Ensuite, vous verrez Charlie Price. Son rayon, c'est les denrées comestibles. Discutez avec eux, faites-vous une idée de l'importance de ces industries, de leur évolution et de leurs prévisions. Quelques conversations préliminaires sur les questions de droit et de conformité s'imposent aussi. Parlez à quelques traders, déterminez quel genre de clients pourrait utiliser nos produits d'entrée de jeu. Mais ne montrez pas pourquoi cela vous intéresse.

« Ce que Manny et moi avons fait était purement théorique. On a traité un coupon comme une option. Pour étoffer tout ça, il va falloir collecter des données – en évaluant la taille du marché, ses flux et les nouveaux titres qui s'échangent en ce moment, si vous voyez ce que je veux dire – et ensuite extrapoler en passant au potentiel d'un marché secondaire. Nous avons besoin du nombre de boîtes de céréales vendues aux Etats-Unis et dans le monde entier chaque année, ainsi que du nombre de coupons qui ont été retournés, disons, durant les cinquante dernières années.

McClernand continua longuement ainsi.

— Simulons quelques récessions pour voir ce que valent les coupons comparés aux valeurs titres... Bons du trésor... Cours à terme des produits extraits du lait... Europe... Australie... Extrême-Orient... Variation mensuelle des emplois privés dans le secteur non agricole...

Enfin, il conclut avec éclat :

— On va y arriver ! On va y arriver ! Et ce n'est qu'un début !

Son regard halluciné se perdit dans le vide, mais il se ressaisit bientôt.

— Ne restez pas planté là ! aboya-t-il. Bougez-vous !

— Oui, monsieur.

Peter se leva et se dirigea vers la sortie.

— Attendez !

Il se retourna. McClernand affichait un grand sourire.

— Emportez ça, dit-il en montrant le modèle en 3D. Vous pouvez le garder un moment.

— Oui, monsieur.

— Par le socle !

Peter longea des couloirs et emprunta les ascenseurs de Beeche & Co avec dans les bras ce trophée peu commun qui lui valut plus d'un coup d'œil perplexe. Parvenu dans son bureau, il le posa devant lui. Il le contemplait depuis quelques minutes lorsque son téléphone sonna.

C'était McClernand.

— Hé, Pete. Juste après votre départ, j'ai pensé à une chose : puisque l'affaire est lancée maintenant, on devrait mettre Gregg Thropp au courant. Il n'est jamais trop tôt pour avoir quelqu'un comme lui dans notre équipe. Je viens de l'appeler et je m'apprêtais à tout lui expliquer quand je me suis dit : « Non, attends une minute, c'est l'occasion pour Pete de se faire remarquer par son boss. » Donc je lui ai juste donné quelques indices, mais en précisant bien que si ça l'intéressait, il n'avait qu'à s'adresser à vous. Et il était justement *très* intéressé. Il vous attend tout de suite dans son bureau.

Peter était dans un état second.

— Pete ? Pete ? Vous êtes toujours là ?

— Hein... Euh... Oui, Mac. Bien. Je m'occupe d'expliquer tout ça à Gregg.

— Vous voyez, je me soucie de vous, mon garçon !

— Oui, Mac. J'apprécie beaucoup.

Peter fixa son téléphone un moment, puis se résolut à aller parler à Thropp. Il trouva ce dernier confortablement installé dans son fauteuil, les pieds sur son bureau et les mains croisées derrière la tête, comme s'il avait été en train de prendre un bain de soleil.

— Ah, voilà notre champion ! Je vous en prie, asseyez-vous.

Thropp dévisagea Peter avec un grand sourire. Puis il soupira, s'étira et reposa les pieds par terre.

— Peter, dit-il d'un ton à la fois sérieux et sincère, je vous dois des excuses.

— Vraiment ?

— Oui. Vous vous souvenez que je vous avais promis il y a quelque temps de vous briser ?

— Vaguement.

— Eh bien, dit Thropp avec une feinte consternation, j'ai honte de l'avouer, mais je n'ai pas donné suite à cette promesse. Chaque lundi, pourtant, en établissant la liste de mes priorités pour la semaine à venir, je note : « Briser Peter Russell. » J'ai bien peur de ne pas avoir été à la hauteur. C'est impardonnable.

— S'il vous plaît, Gregg. Ne vous mettez pas martel en tête pour moi.

— Non, non. Une promesse est une promesse. (Thropp sourit de nouveau.) Enfin, je viens d'avoir Mac McClernand au téléphone et il a mentionné un projet sur lequel vous travaillez tous les deux en ce moment. Je ne suis pas sûr d'avoir tout suivi. De quoi s'agit-il, déjà ?

Peter s'agita sur son siège, avant de marmonner :

— Des coupons qu'on trouve sur les boîtes de céréales.

Thropp mit une main en cornet derrière son oreille.

— Quoi ? Je ne vous ai pas entendu.

— Les coupons des boîtes de céréales, répéta Peter.

— Mon Dieu, je dois devenir sourd. Parlez plus fort, s'il vous plaît.

— Les coupons des boîtes de céréales !

— Oh, oui ! C'est ça. Les coupons des boîtes de céréales. Il me semblait bien que Mac les avait évoqués, mais j'avais un doute. (Il observa Peter avec grand intérêt.) Que compte-t-il faire avec ?

La bouche sèche, Peter s'agita un peu plus.

— Il... Il pense que... Il veut que Beeche & Co crée un marché secondaire à partir de ces coupons afin que les gens puissent les échanger. Comme ça, une fois qu'ils auront acquis un véritable statut de valeurs mobilières, ils commenceront à faire office de monnaie. Toujours selon Mac, le dollar, le yen et l'euro présentent plein de défauts et l'or est une plaisanterie. Il considère donc que les coupons sont la future monnaie de réserve de la planète. Tout en les utilisant pour nos transactions, nous en achèterons pour notre propre compte, de sorte que, quand on abandonnera le dollar, nous disposerons de la plus grosse réserve d'argent qui existe et nous pourrons... dominer le monde. Quelque chose dans ce goût-là, quoi.

Thropp l'avait écouté en lui prodiguant régulièrement des hochements de tête compatissants et des « Mmmm, je vois ». A la fin, il ne put se contenir plus longtemps. Il pouffa, gloussa, puis éclata d'un rire tonitruant, jusqu'à ce que son corps tout entier soit secoué de spasmes. Nul son ne sortit de sa bouche grande ouverte lorsqu'il voulut souffler. Son visage devint rouge vif et les larmes lui montèrent aux yeux. Retrouvant partiellement l'usage de la parole, il parvint tout juste à bafouiller : « C-c-c-c-coupons ! », avant de se remettre à hurler de rire. A trois ou quatre reprises, Peter crut que la crise était passée. Thropp s'essuyait les yeux et soupirait. « Oh, mon

Dieu ! Parfait. Parfait. » Mais il suffisait qu'il prononce le mot « coupon » pour que tout recommence. Peter en fut réduit à patienter sans dire un mot, en essayant d'afficher un air aussi digne que possible.

Enfin, Thropp recouvra plus ou moins son calme.

— Champion, je suis ravi pour vous ! Je vous assure. C'est pour vous une magnifique occasion... de vous faire descendre en flammes ! (Son regard se teinta de dégoût.) Russell, mettez-vous bien ça dans le crâne : vous êtes la pute de McClernand. Même dans mes rêves les plus fous, je n'avais pas imaginé ça. Oh, vous allez morfler ! Et vous êtes le genre de type que j'adore voir morfler. Vous êtes le chrétien qu'un lion avale pour son repas, et moi l'empereur. Vous êtes l'espion, et moi le tortionnaire qui fixe des électrodes sur vos couilles... Sortez d'ici, maintenant.

— Très bien, Gregg, déclara Peter en se levant. Je m'en vais. Mais avant, j'ai une remarque à vous faire.

— Ah oui ? Laquelle ?

— Vous. Etes. Incroyablement. Petit.

— Dehors !

De retour dans son bureau, Peter se livra à une autopsie de son entretien avec Thropp. Il était toujours utile de chercher les aspects positifs de telles épreuves. Et les leçons à en tirer. Le plus important était d'apprendre. Mais au bout de quelques minutes, il dut reconnaître que les aspects positifs lui échappaient. Sans doute manquait-il encore de recul. Quant aux leçons, oui, il y en avait une qui s'imposait : il se trouvait dans une situation totalement, absolument, terriblement, fondamentalement désastreuse.

D'accord, d'accord, tu fais face à un « défi » professionnel. Cela arrive de temps en temps, c'est inévitable. Travaille et tu t'en sortiras. Vois ça comme une opportunité. De toute façon, tu as une vie familiale merveilleuse. Encore que...

Charlotte. Ses quatre mois de mariage avec Charlotte avaient correspondu en tout point à ce à quoi il s'attendait – en plus désagréable.

Ils étaient allés en Italie pour leur voyage de noces, et Peter y avait pris beaucoup de plaisir. Ils avaient mangé des *gelati* le soir en marchant le long de rues donnant sur la Méditerranée. Sur le plan culinaire, ils s'étaient régalés. Peter avait également aimé les paysages, où les cyprès constituaient les seuls éléments droits et réguliers, et Charlotte et lui avaient passé des moments romantiques à se montrer leurs rues préférées dans les villes qu'ils avaient visitées avant leur rencontre. Seul petit bémol, Charlotte l'avait agacé presque dès le début des vacances. Cela ne tenait pas qu'à sa manie de prononcer chaque mot italien en marquant exagérément l'accent (Pi-AZ-za San MARRRco). Ça, ce n'était pas nouveau, et il avait fini par s'y habituer. Non, ce qui l'exaspérait, c'était que, comme tant de femmes fraîchement mariées, elle semblait s'être donné pour mission de le civiliser. Ainsi, chaque fois qu'il exprimait le désir de faire quelque chose que tous les touristes voulaient faire – aller admirer un paysage ou une ruine notoire –, elle fronçait les sourcils et répliquait : « Oh, tu n'en as pas vraiment envie, si ? Tu ne m'as pas dit que tu l'avais déjà vu il y a longtemps ? » Pour Peter, contempler le coucher du soleil sur la Méditerranée depuis une corniche idéalement située ou se promener sur un site vieux de deux mille ans une fois par décennie n'avait rien d'excessif. Mais Charlotte préférait visiter un ancien quartier des abattoirs qui, partiellement rénové par un couple d'architectes danois quelques années plus tôt, attirait un mélange intéressant de touristes venus des quatre coins de l'Europe. Bien sûr, elle n'aurait jamais reproché à aucun lieu d'être « trop touristique », car il aurait été évident alors qu'elle cherchait à se distinguer du commun des vacanciers. A la place, elle se comportait comme si elle était quasiment née dans la région et, en tant que (quasi) native, ne prêtait évidemment aucune attention aux principales attractions. Peter ne lui en aurait pas voulu si cela leur avait au moins permis de passer dans un agréable quartier résidentiel et d'aller visiter quelques églises et musées. Mais non. Charlotte le traînait vers le vieux quartier des abattoirs ou vers la rive « encore inexplorée » d'une crique où, certes, on ne croisait pas des touristes de base, mais où on en côtoyait d'autres qui leur ressemblaient beaucoup à tous les deux. « Tu n'as pas vraiment envie d'aller là-bas, si ? » « Tu n'as pas vraiment envie de manger ça, quand même ? » « Tu n'as pas vraiment envie de voir ces tableaux, n'est-ce pas ? Cette période est si vulgaire. »

Mais baste. Charlotte était heureuse, et quand elle ne se montrait pas suffisante, c'était une fille agréable. Etre débarrassée de son obsession du mariage la rendait même légèrement euphorique. Moins anxieuse, elle devint plus libre et plus passionnée sur le plan sexuel – ce qui inspirait des sentiments mitigés à Peter. Quand ils étaient au lit, elle commençait par exemple par appuyer les doigts sur son pyjama en coton. Plus tard, elle les reposait sur son torse nu, moites et parsemés de poils courts cette fois, puis suivait avec l'un d'eux la ligne de son profil. « Oh, quel beau garçon », susurrait-elle. Peter lui retournait le compliment, en ajoutait quelques autres, tout en flottant dans un no man's land d'incertitude : une partie de lui croyait ce qu'il disait, une autre voulait y croire, et une autre encore n'y croyait pas du tout. Parfois, alors qu'ils étaient assis dans leur salon, tout habillés et toutes lampes allumées, Charlotte se livrait à des confidences intimes en le caressant. Elle plaçait sa main sur sa joue et l'attirait si près d'elle qu'il voyait son nez et ses yeux se dédoubler. « Oh, Peter, murmurait-elle d'une voix chaude et rauque. Je t'aime tant. Je ne sais pas ce que je ferais sans toi. Je te désire en tant qu'homme et j'espère que tu me désires en tant que femme. » De telles paroles embarrassaient Peter, chose qu'il se reprochait. Comment pouvait-il être si coincé ! Si effrayé par l'intimité ! Rongé de remords, pétrifié, gêné, il faisait la seule chose envisageable dans sa position : il serrait Charlotte contre lui. Suivait un long baiser, yeux fermés. Puis Charlotte souriait et pressait son front contre le sien, avant de s'éloigner d'un pas léger vers la cuisine en lui jetant un regard malicieux par-dessus son épaule. Peter, lui, ne pouvait s'empêcher de noter la raideur de sa démarche, mais le désir de Charlotte de renvoyer l'image d'une femme sensuelle était si flagrant que cela lui fendait le cœur.

Ces derniers temps, le problème se faisait moins sentir tant elle avait de soucis au travail. L'AGSPF s'apprêtait à tenir un important symposium à Paris et l'essentiel de l'organisation reposait sur ses épaules. Depuis plusieurs semaines déjà, elle rentrait tard le soir, épuisée et tendue. Elle se contentait d'un léger repas et s'installait par terre dans le salon avec son ordinateur et des documents étalés autour d'elle. Tout en buvant du thé vert, elle s'interrogeait sur la nécessité de veiller tard dans la soirée pour pouvoir appeler Hanoi. Peter avait droit quotidiennement à un rapport détaillé de ses derniers ennuis : « Ibrahim Soulaiyman al Sherif al Muhammad Bin al Hashem refuse de venir à l'assemblée du matin ! C'est incroyable. Il était censé prononcer l'un des discours ! Tout ça, c'est parce que Jacques Becqx doit prendre la parole lui aussi. Il y a quelques années, lors d'un congrès, il semblerait que M. Becqx ait fait livrer une douzaine de pizzas dans la chambre d'hôtel de M. Soulaiyman al Sherif. Enfin, c'est ce que M. Soulaiyman al Sherif prétend. M. Becqx a affirmé qu'il n'avait rien à voir là-dedans et il a menacé de faire intervenir son gouvernement. Bref, on dirait qu'ils sont encore furieux. » Soupir. Quelques instants de réflexion. « On pourrait peut-être tenter notre chance auprès de Muhammad Ibrahim al Sherif al Bin Soulaiyman-Hashem. » Il y avait aussi le haut fonctionnaire mauricien qui voulait qu'une traductrice l'accompagne, et ce aux frais de l'AGSPF. Charlotte avait dû lui expliquer que l'agence refuserait de financer le déplacement d'une traductrice à un symposium réunissant des personnes parlant toutes la même langue. Dernier rebondissement en date, le haut fonctionnaire avait renvoyé des documents dans lesquels la même femme était cette fois désignée sous le titre d'« hydrologue ».

Peter s'efforçait de se montrer patient et utile pendant ce temps-là. D'une certaine manière, c'était mieux ainsi.

Charlotte le maintenait à distance lorsqu'elle était débordée. Cela pouvait marcher, pensait-il. Il pouvait rester avec elle en lui offrant son soutien. Il pouvait l'écouter. L'aider. Oui, c'était possible. Durant toute une vie ? Cela dépendait de vos attentes.

Dans l'intervalle, il avait vu Holly régulièrement. Elle était venue dîner chez eux. Elle les avait accompagnés au cinéma. Elle les avait invités à se rendre à des soirées avec elle. Parfois, Peter et elle se promenaient seuls le dimanche après-midi pendant que Charlotte travaillait avec Frau Schimmelfennig, son professeur d'allemand. Ils se baladaient au hasard des rues en faisant des recherches pour le beau livre qu'ils espéraient publier un jour, *Les Corniches de Yorkville*. Parfois aussi, ils allaient au musée et déambulaient sans but précis dans les salles, passant des Etrusques aux habitants des îles du Pacifique Sud, puis aux Nordistes américains. De temps à autre, Holly lui disait : « Allez, viens. On va voir ta comtesse, celle avec les beaux gants » – faisant référence au portrait d'une Anglaise que Peter admirait beaucoup. D'autres fois, ils allaient simplement à Central Park. Ils en repartaient au crépuscule, à l'heure où l'endroit était presque désert, en froissant les feuilles mortes sous leurs pieds. Les rochers semblaient alors sortir de terre telles des baleines oblongues et lisses, et le visage de Holly reflétait la lumière du couchant, illuminant la pénombre environnante. Comme il aimait ces sorties !

Encore vexé par son entretien avec Thropp, Peter ruminait ainsi son existence en fixant le modèle de McClernand. Le souvenir de Holly le fit toutefois sourire. Il devait justement la revoir le samedi suivant. Elle avait proposé de venir cuisiner chez eux afin que Charlotte, qui devait s'envoler le lendemain pour la France, puisse se concentrer sur les derniers préparatifs de son voyage. Son enthousiasme excédait ses compétences culinaires, mais c'était un repas que Peter attendait avec impatience.

Charlotte était assise dans son salon – qui était aussi celui de Peter à présent. Après le mariage, il avait quitté le quartier de l'East River pour emménager chez elle le temps qu'ils achètent quelque chose. La décision s'était imposée d'elle-même : l'appartement de Charlotte était bien plus joli, et Peter pouvait se dépouiller de sa coquille beaucoup plus facilement tant elle était légère. Il n'avait jamais eu guère plus qu'un lit, un canapé et quelques chaises. Ses livres, ses CD, ses raquettes de squash et ses crosses de hockey lui faisaient office de décoration.

Le cas de Charlotte était différent. Son appartement faisait partie de son identité. Elle occupait tout le rez-de-chaussée surélevé d'un immeuble en grès – le loyer était exorbitant, mais son père l'aidait – et quiconque y entrait pour la première fois avait droit à un exposé digne d'un maître de conférences sur les portes coulissantes, le manteau de la cheminée, les moulures et divers autres détails. En cours de route, après la partie sur les coutumes sociales des classes moyennes new-yorkaises au XIXᵉ siècle et la place qu'elles accordaient au salon, elle lançait : « Et vous savez quoi ? » Son visiteur, qui à ce stade commençait peut-être à ne plus avoir les yeux bien en face des trous, était soudain réveillé par son ton tranchant et se redressait comme un ressort. « Et vous savez quoi ? (Pause théâtrale.) J'ai des gargouilles. » A l'évidence, cette annonce constituait le point d'orgue de la représentation, et elle lui valait toujours des cris d'exclamation : « Vraiment ! » Ou parfois : « Non, vraiment ! » Et même, de temps en temps : « Non, vraiment ! Je n'y crois pas ! »

Charlotte avait acquis beaucoup d'objets, qui tous avaient une histoire. A Londres, elle était tombée sur un traité français du XVIIIᵉ siècle consacré à la danse. Parce que l'une de ses connaissances étudiait l'histoire de cette discipline, elle l'avait acheté pour elle. Hélas, il s'agissait d'une édition bon marché d'un ouvrage assez rare que possédait déjà la bibliothèque fréquentée par son amie. Celle-ci n'en ayant aucune utilité, Charlotte avait découpé quelques-unes des gravures reproduites à l'intérieur pour les faire encadrer (justement, il y avait cet encadreur dont elle appréciait *tant* le travail...). Le résultat lui semblait très réussi. « Et cette petite série de gravures, là, est signée d'un ami italien. Regardez donc cette aquarelle. N'est-ce pas qu'elle est belle ? Je l'ai achetée il y a des années, à l'époque où je participais à un programme universitaire dans le Devon... Et voilà un masque ghanéen. Quelle expression féroce, n'est-ce pas ? Il était porté pour... Oh, attendez, qu'est-ce que c'est que ça ? Oh, mais oui, c'est une sorte de calebasse. On y mettait une boisson fermentée... Le petit cheval d'Espagne... Les figurines, espagnoles elles aussi... Le buste turc du IVe siècle. Un prix dérisoire... » Et ainsi de suite jusqu'à ce que son interlocuteur ait eu droit à un inventaire de tous ses bibelots.

Invariablement, la visite guidée de l'appartement se terminait par le clou de sa collection : sur le manteau de la cheminée était accroché un tableau de taille moyenne, d'un style postimpressionniste, représentant un paysage du sud de la France. Le cadre devait déjà être démodé du temps de l'artiste et celui-ci était peut-être mineur, mais la toile n'en demeurait pas moins très belle. Et même si cela n'avait pas beaucoup d'importance pour Charlotte, elle valait plusieurs dizaines de milliers de dollars. C'était un vrai tableau, exécuté par quelqu'un qui connaissait son affaire, qui possédait un goût très sûr et qui avait mis dans son œuvre quelque chose de précieux et de personnel. Comme il fallait s'y attendre, il faisait la fierté et la joie de Charlotte, qui ne manquait jamais de raconter son histoire : son père et sa belle-mère le lui avaient offert pour son vingt et unième anniversaire. Avant d'entamer ses études de droit, Dick Montague avait vécu un an à Paris, et il avait acheté à l'époque un premier tableau de ce peintre – une toute petite nature morte, « bien au-dessus de mes moyens ». Quelques semaines plus tard, il avait reçu un message de la fille de l'artiste l'invitant à venir prendre le thé chez elle. Elle avait eu vent de son acquisition par le vendeur et était très curieuse de rencontrer ce jeune Américain qui s'intéressait à l'œuvre de son père. Dick Montague s'était donc déplacé en banlieue parisienne pour voir cette sexagénaire qui ne s'était jamais mariée, mais avait eu beaucoup d'amants, et qu'il avait jugée « tout à fait charmante ». Et si cultivée... Ils avaient pris le thé dans son jardin laissé à l'abandon. Quant à sa maison, si vous l'aviez vue ! Elle était sombre, moisie, désordonnée et remplie de tableaux peints par son père et ses amis (dont quelques-uns étaient connus). Dick s'était très bien entendu avec cette femme, et il avait continué à lui rendre visite et à lui acheter des tableaux. Il lui avait également présenté la mère de Charlotte, mais l'entrevue s'était mal passée. Julia en revanche était devenue très amie avec elle – elle aussi avait pu faire sa connaissance car la vieille dame était morte à plus de quatre-vingt-dix ans. Charlotte adorait cette histoire. Elle adorait la raconter. Elle adorait son père pour avoir une telle femme parmi ses connaissances et pour lui avoir fourni une telle anecdote. En fait, elle adorait tout cela bien plus que le tableau lui-même.

Ce soir-là, donc, pendant que Peter jouait au hockey, Charlotte travaillait assise par terre dans le salon avec des piles de papiers disposées en demi-cercle devant elle. Elle s'étira et regarda l'heure. Holly allait bientôt arriver. Devait-elle enlever ses lunettes et remettre ses lentilles ? Oui, décida-t-elle. Et elle en profiterait pour se recoiffer. Elle allait brosser ses cheveux et peut-être les attacher. Elle n'avait pas le temps de les laver – ça, c'était prévu pour plus tard dans la soirée.

Charlotte aimait bien Holly. Sincèrement. Le seul problème était qu'elle ne se sentait pas à l'aise en sa présence, au point presque de regretter sa venue. Peter et elle auraient très bien pu faire appel à un traiteur. Mais il lui avait été impossible de décliner l'offre. Charlotte savait que Holly était seule, qu'elle voulait se rendre utile et que son chagrin la mettait dans un tel état de nervosité qu'elle avait besoin d'évacuer ce trop-plein d'énergie. Elle savait aussi que Peter tenait à lui faire plaisir. Voilà pourquoi, en recevant son coup de fil, elle avait feint l'enthousiasme.

Les raisons de sa gêne devant Holly étaient variées. D'abord, deux femmes comme elles n'auraient jamais pu se lier spontanément d'amitié, quelles que soient les circonstances de leur rencontre. Leurs natures respectives les empêchaient de ressentir cette affinité immédiate qui surgit parfois entre des personnes ayant des amis communs. Pour autant, tout ne se résumait pas à une question d'incompatibilité. Le problème venait aussi du fait que Holly était jolie, ce qui perturbait Charlotte. Elle-même ne l'était pas autant et le qualificatif auquel elle pouvait prétendre offrait à ses yeux matière à débat. Face à une femme indéniablement belle, Charlotte remettait en cause son propre physique, et ses raisonnements pouvaient l'entraîner très loin. Dans le même temps, elle cherchait aussi comment « s'imposer », puisqu'elle partait du principe que la beauté éclipsait tout autour d'elle et qu'on ne pouvait pas l'esquiver. Dès qu'une belle femme surgissait quelque part, l'atmosphère changeait et Charlotte se faisait l'effet d'un oiseau subitement incapable de voler. A une ou deux reprises dans sa vie, alors qu'elle était particulièrement à son avantage, elle avait produit cet effet-là autour d'elle. C'était comme un film qui serait passé du noir et blanc à la couleur. Très souvent, elle s'était demandé ce que ce serait d'être le genre de personne à qui cela arrivait tous les jours.

Combien de fois s'était-elle examinée dans le miroir de sa salle de bains ! Elle levait le menton, le baissait, tournait la tête d'un côté puis de l'autre, s'aidait d'un deuxième miroir pour étudier son profil, testait divers angles en cherchant la réponse définitive à sa grande question : était-elle jolie ? Parfois, elle songeait que oui, bien sûr, et que seul son manque de confiance en elle l'empêchait de s'en rendre compte. Mais elle savait que ce n'était pas vrai. Sous un certain jour, son visage paraissait si étroit, son nez et son menton si pointés vers l'avant qu'on aurait presque dit une sorcière. Dans le meilleur des cas, elle avait l'un de ces visages pleins de caractère qui séduisent les gens même s'ils ne correspondent pas aux canons en vigueur. Mais ce n'était pas vrai non plus. Elle était mieux que ça. La question restait donc en suspens, au point qu'il lui arrivait de souhaiter d'être franchement laide pour en finir.

Seule avec une belle femme, sans aucun tiers pour entretenir la conversation, Charlotte aurait tout aussi bien pu être face à une femelle léopard : que disait-on dans ces cas-là ? Réduite au rôle de témoin, elle ne pouvait que contempler la plastique d'une autre qui ne vivait pas dans le même monde qu'elle. Holly n'était pas une pure beauté, mais elle s'en approchait, et la solution la plus naturelle aurait consisté à jouer la fille quelconque face à la fille jolie, en se montrant amicale, enjouée, voire reconnaissante d'une telle compagnie. Sauf que Charlotte avait trop d'orgueil pour ça, et qu'elle n'était pas quelconque à ce point.

Une deuxième chose encore la gênait chez Holly : elle était jalouse d'elle sur le plan sentimental. Jonathan avait ébloui Charlotte dès l'instant où elle l'avait rencontré. Elle avait toujours su qu'une relation avec lui était impossible et que, même si ni l'un ni l'autre n'avaient été en couple, elle n'aurait jamais pu ferrer un poisson aussi vif, mais dès qu'elle se trouvait en sa présence, elle avait l'impression de perdre le contrôle d'une voiture. Elle rougissait, sentait les battements de son cœur s'accélérer. A deux ou trois occasions elle l'avait soupçonné de flirter avec elle, et l'idée l'avait alors effleurée que... Non, inutile d'y penser. En attendant, tout cela expliquait la jalousie et l'embarras qu'elle éprouvait envers Holly – et que la disparition de Jonathan n'avait pas atténués, bien au contraire. C'était une situation si pénible pour deux personnes qui se connaissaient mal. Le drame rendait toute conversation futile encore plus difficile, et en discuter en long et en large ne semblait pas envisageable non plus. Charlotte était gênée par ce qui était arrivé, par le fait que son mariage avait été le théâtre d'un événement aussi terrible, et par sa propre réaction. Mais cela ne l'avait certainement pas rapprochée de Holly. En fait, elles étaient comme deux actrices demeurées sur scène après la mort de tous les personnages principaux pour parler de la pluie et du beau temps.

Holly n'allait plus tarder. Charlotte se demanda à quelle heure rentrerait Peter. Il était si gentil avec leur amie. Dieu savait combien elle avait eu besoin de lui ces derniers mois !

Et il était si bouleversé lui aussi que la réciproque ne faisait aucun doute. On ne pouvait pas leur reprocher le temps qu'ils passaient ensemble. Bientôt, de toute façon, Holly entamerait une nouvelle vie. Charlotte n'avait jamais supposé qu'il pût y avoir la moindre attirance entre ces deux-là. Peter, ce bon, ce brave Peter, n'était pas du genre à nourrir une passion inconvenante. Quant à Holly, la belle, la vive Holly, comment pourrait-elle languir pour un animal domestique comme Peter ?

Après un nouveau coup d'œil à l'horloge, Charlotte sauvegarda son fichier (un graphique sur la production calorique annuelle par hectare de la Guyane française) et referma son ordinateur. Elle avait une carte de son travail dans la tête, et parce que ses documents en constituaient le terrain, elle décida de les laisser étalés par terre. L'appartement aurait l'air en désordre, mais Holly ne s'en formaliserait pas. Elle alla ensuite remettre ses lentilles de contact, brossa ses cheveux, qu'elle garda finalement détachés, et évalua sa tenue, qu'elle jugea convenable. Lorsqu'on sonna à l'interphone, elle s'examina une dernière fois. Ce qu'elle vit dans son miroir ne lui déplut pas, mais ne la ravit pas non plus, et elle resta un instant figée là, démoralisée, en proie à une angoisse et à une irritation soudaines. Puis elle s'approcha de l'interphone.

— Holly, c'est toi ?

— Oui !

— Super ! Monte !

Elle pressa le bouton. Quelques secondes seulement la séparaient de l'arrivée de Holly, mais cela suffit pour qu'un tourbillon de pensées naisse dans son esprit. Elle réfléchit à toute vitesse : en quoi, en quoi, mais en quoi donc surpassait-elle Holly ? Qu'avait-elle de plus ? La beauté ? L'intelligence ? La réussite professionnelle ? Un mari ? La grâce ? Le charme ? Le bonheur ? Le statut social ? La richesse ? Le goût ? Elle recensa toutes ces catégories, telle une alpiniste qui aurait cherché désespérément une prise où s'agripper. Enseigner les lettres classiques dans une école privée pour filles n'avait rien d'un exploit. Charlotte se rappela ses professeurs, si insignifiants avec le recul. Son travail à elle avait une envergure internationale. Sans compter que Holly avait été frappée par un cruel coup du sort – un coup si public et si peu commun qu'elle était devenue l'objet d'une curiosité déplaisante.

Holly portait des sacs en papier brun avec d'épaisses ficelles en guise de poignées. Elle avait fait des courses dans l'un des magasins d'alimentation branchés du quartier, et le bout d'une baguette dépassait de l'un d'entre eux.

— Salut, Charlotte !

— Holly ! Bonjour ! Waouh, tu as dévalisé l'épicerie, ma parole. Tiens, laisse-moi te débarrasser.

— Merci. Tu sais, quand on entre dans ce genre d'endroit, on ne peut pas résister. J'ai sûrement pris trop de choses, mais bon, j'ai prévu tout le menu.

— Génial !

Holly suivit Charlotte dans la cuisine, une petite pièce aux plans de travail à peine assez grands pour y poser les provisions.

— Ça m'a l'air très bon, commenta Charlotte en déballant les sacs. C'est vraiment très sympa de nous préparer à dîner. Je suis au bord de la panique.

Elle avait eu l'intention de prononcer ces mots sur un ton sincèrement approbateur et amical, mais le résultat sonna primesautier et faux – ce qu'elle ne déplora finalement pas outre mesure. Holly, qui examinait un bocal, leva les yeux et sourit.

— Je suis ravie d'être là. Et de toute façon, tu sais que c'est toi qui me rends service. Je ne vois pas ce que j'aurais fait d'autre ce soir, sinon. Ça me réjouit d'avoir de la compagnie et d'être occupée.

Charlotte ne répondit pas.

— Le problème avec les recettes, ajouta Holly en regardant son bocal, c'est qu'elles demandent toujours deux cuillères à café de quelque chose. C'est comme ça qu'on se retrouve à acheter une bouteille entière d'huile de pépins de raisin qu'on n'aura plus jamais l'occasion d'utiliser, et qu'on garde dans un placard ou qu'on emporte avec soi dans tous ses déménagements.

— Oui. C'est vrai que... que... C'est vrai.

Holly sortit d'un sac la baguette, du beurre et des olives.

— J'espère que je vais m'en sortir, dit-elle. On ne peut pas rater une échine de porc, hein ?

— Holly, on a déjà très bien mangé chez toi !

— Tu es gentille. J'essaie de prendre des leçons auprès de mon père depuis quelques années, mais il faut encore que je l'appelle au milieu de chaque recette ou presque.

Elle prit un bouquet de persil et en ôta l'élastique.

— La plus grande révélation dans ma carrière de piètre cuisinière est que le persil se coupait et se mettait dans les plats. Quand j'étais petite, je n'en voyais jamais, sauf au restaurant, où il était placé à part à côté des steaks.

Charlotte se sentit obligée de faire un commentaire cette fois.

— Ils ne le servaient pas ainsi, dans les restaurants parisiens.

— J'imagine ! s'amusa Holly. La vie était différente à Chicago.

Aussitôt, Charlotte s'en voulut d'avoir mis en avant son enfance parisienne.

— Oh, Holly ! s'écria-t-elle. Je suis désolée, je ne t'ai rien proposé à boire.

— J'avais oublié... (Holly attrapa une bouteille.) Je vous ai apporté ça. C'est un de ces apéritifs que tu adores. Je ne sais pas si tu connais celui-là. Il est assez difficile à trouver, même en France.

Charlotte lut l'étiquette et fut surprise de ne pas reconnaître le nom.

— Je ne crois pas y avoir jamais goûté. Merci, Holly, c'est vraiment adorable. Si on l'ouvrait tout de suite ?

— Volontiers. J'en ai bien besoin pour calmer mes nerfs culinaires.

Charlotte mit des glaçons dans deux petits verres et versa par-dessus le liquide, dont la couleur évoquait celle du sherry, mais en plus doré. Et maintenant ? Elle éprouvait un trouble physique et psychologique à rester dans la cuisine, et elle ne voulait pas regarder par-dessus l'épaule de Holly pendant que celle-ci cuisinait – encore que la préparation du repas fournissait une distraction et permettait de s'occuper avec mille petits détails. Holly ne s'était pas posée une minute depuis son arrivée, et Charlotte se le reprocha. Elle n'était tout de même pas timide au point de reculer devant dix minutes de conversation en tête à tête ? Il fallait qu'elle se montre à l'aise et qu'elle se comporte comme une bonne hôtesse, décidat-elle.

— Puisque que tu as déjà tout prévu, si on allait s'asseoir un peu ?

Elles emportèrent leurs verres dans le salon, et Holly s'installa sur le canapé pendant que Charlotte prenait place dans un fauteuil.

— Mmm, dit-elle en dégustant sa liqueur. Délicieux.

— N'est-ce pas ?

Un moment passa durant lequel elles savourèrent leur apéritif. Charlotte s'aperçut qu'elle n'était pratiquement jamais restée seule avec Holly jusqu'alors. En fait, elle ne se rappelait pas avoir déjà eu une discussion digne de ce nom avec elle. Un frisson de panique la parcourut. De quoi allaient-elles bien pouvoir parler ?

— Mon Dieu, Charlotte, déclara alors Holly en montrant la peinture au-dessus de la cheminée. Que c'est joli !

Charlotte y jeta un coup d'œil et sourit par réflexe.

— Oh, oui. Merci.

— Je ne crois pas avoir déjà entendu toute l'histoire qui se rattache à ce tableau. Ton père te l'a offert pour tes vingt et un ans, non ?

— Oui. C'est un cadeau qu'il m'a fait avec Julia, ma bellemère.

— Il est superbe. Tu n'as pas dit un jour que l'artiste était de ses amis ? Mais non, ce n'est pas possible.

— Eh bien, commença Charlotte. En fait, avant d'entamer ses études de droit, mon père a vécu un an à Paris. Il avait fait

164

les Beaux-Arts et il se promenait souvent chez les galeristes et les antiquaires.

Charlotte déroula le récit qu'elle avait fait si souvent déjà. Mais, chose étonnante, Holly l'interrompit à plusieurs reprises. La vieille dame peignait-elle aussi ? Que s'était-il passé lorsqu'elle avait rencontré Janet ? Le peintre avait-il laissé des dessins ? Charlotte avait l'impression que personne n'avait jamais marqué un tel intérêt pour cette histoire et, en toute franchise, elle avait conscience du fossé qui se creusait systématiquement entre elle et ses interlocuteurs quand elle la racontait. Ce jour-là, la situation était toute différente. Holly lui demandait des précisions pertinentes qu'elle se fit un plaisir de lui donner. L'artiste avait été un dessinateur talentueux, et Dick Montague avait acquis un grand nombre de ses œuvres.

Tandis qu'elles bavardaient ainsi, Charlotte s'interrogea sur les raisons qui pouvaient bien pousser Holly à se montrer si gentille. Mais ses soupçons n'avaient aucun élément tangible auquel se raccrocher, et elle finit par les chasser pour apprécier l'instant présent.

Toutes deux s'étaient resservi un verre quand Holly avisa les documents étalés sur le sol.

— Ce congrès que tu es en train d'organiser, de quoi s'agit-il au juste ?

— Eh bien... Je n'organise pas tout moi-même, tu sais. Je ne suis qu'un maillon de la chaîne. C'est un événement qui a lieu presque chaque année et qui réunit des gens venus de partout. Il y a longtemps que Paris n'avait pas été la ville d'accueil, alors l'affaire prend des proportions énormes. Il y aura plein de manifestations. Par exemple... ça t'intéresse vraiment ?

Il était très inhabituel que Charlotte pose une telle question. En général, une fois lancée dans une tirade sur son sujet favori, elle parlait et parlait sans interruption, et ce pour deux raisons contradictoires. D'un côté, elle présumait que tout le monde partageait sa passion. De l'autre, elle craignait que quelqu'un n'exprime son ennui si jamais elle s'arrêtait.

— Bien sûr ! répondit Holly.

Charlotte entreprit de lui décrire le congrès et ses divers colloques, conférences, forums et comités. *Le Code Napoléon : perspectives pour le XXIᵉ siècle.* Informations techniques en français. *Le Jazz de la francophonie.* Elle avait beaucoup travaillé pour apprendre le nom des différents styles : le makossa, au Cameroun. L'ika-jazz, au Gabon. Le bembeya, en Guinée-Bissau. Et il y avait cette star vietnamienne, Trahn Vam... Oh, non. Elle avait oublié son nom ! Là encore, Holly la questionna et elles éclatèrent même de rire une ou deux fois. A la fin, Charlotte observa un silence.

— Tu veux savoir ce qui m'enthousiasme le plus ? dit-elle timidement, sans regarder Holly.

— Oui, évidemment.

— Eh bien, cette année, il se pourrait que... on n'a aucune certitude, alors ce serait dommage de se faire trop d'illusions, mais il se pourrait que le Maine décroche un statut d'observateur auprès de l'AGSPF.

— Le Maine. Notre Maine ?

— Oui. Le statut d'observateur correspond au rang le plus bas, mais ce serait merveilleux, non ? Tu vois, il y a des communautés francophones dans cet Etat depuis plusieurs générations, et leur langue connaît un réel renouveau aujourd'hui. Juste à côté de chez nous, le Nouveau-Brunswick est devenu un membre à part entière de l'AGSPF après avoir été associé pendant quelque temps. Ces dernières années, toutes sortes de complications nous ont empêchés d'en faire autant, mais là, on dirait que nous avons une chance. Je fais mon maximum pour que ça arrive, en tout cas.

— Tu vas donc t'arranger pour que des gens du Maine aillent à ce congrès et rencontrent des gens de Paris, de Genève, du Cambodge et, je ne sais pas moi, du Congo... ?

— Des deux Congo !

— Des deux Congo !

Holly éclata de rire.

— Ce serait fantastique ! J'espère que ça marchera. Tu pourras être si fière de toi alors !

166

Son ton sincère surprit Charlotte. Pourtant habituée à voir un sens caché derrière tout ce qu'on lui disait, sauf lorsqu'elle était avec Peter et quelques-uns de ses plus vieux amis, elle ne décelait là aucun sous-entendu, aucune remarque à double sens. L'effet produit sur elle était excessif du seul point de vue de la conversation, et elle-même ne put s'expliquer le sentiment d'aise qui la submergeait. Les propos de Holly semblaient lui parvenir par deux canaux : les mots, amicaux, mais sans rien d'extraordinaire, et la voix, qui réussissait à percer son armure. Quiconque les aurait écoutées parler serait resté perplexe devant ce qu'elle éprouvait. Holly n'avait rien dit de transcendant. Simplement, il émanait de sa voix une fermeté et une bienveillance rares.

Charlotte commençait à se sentir toute chose. Elle aimait beaucoup l'alcool que Holly lui avait apporté et elle se demanda si elle n'avait pas un tout petit peu trop bu. L'explication lui parut légère cependant. Tout en s'enfonçant dans son fauteuil, elle examina son salon. Il était comme baigné d'une douce lumière dorée, et l'air même de la pièce, pur, frais, quoique assez doux pour qu'on le remarque, donnait presque à croire qu'il avait été empaqueté par une belle journée de printemps et livré ensuite dans son appartement. Charlotte jeta un coup d'œil à Holly. Qu'elle était belle ! Et gracieuse ! Sa voix chantante lui évoquait la flûte d'un berger – bien qu'elle n'en eût jamais entendu. Cette pensée la fit rire, et quand Holly voulut savoir ce qu'il y avait de si drôle, elle ne put que répondre : « Rien, rien », avant de rire de plus belle. Merveilleuse Holly ! L'envie la démangeait de caresser ses cheveux, de serrer sa main, de l'embrasser sur les deux joues. Bien sûr, Charlotte avait déjà fait quelques fixations sur des femmes. Cela avait même débouché un jour sur un acte concret qui lui avait permis de cocher une nouvelle case dans la liste de ses expériences. Mais là, c'était différent. Qu'il y eût une infime tension sexuelle à l'œuvre n'y changeait rien : ce qu'elle ressentait vraiment était... quoi ? de l'amour ? Elle adorait Holly. Elle était bien avec elle. Etrange. Charlotte faisait en permanence des efforts. Pour accomplir quelque chose, pour satisfaire à des exigences imposées par le devoir ou par la mode, pour être quelqu'un de bien, même si personne ne s'en apercevait, y compris Peter. Mais pour des raisons qui lui échappaient, elle constata soudain qu'elle n'avait plus besoin d'en faire des tonnes. Dire que Holly l'avait toujours rendue nerveuse. Pour l'heure, elle avait l'impression d'être un chat qui aurait trouvé un coin chaud où se nicher.

Elles discutèrent encore de tout et de rien – de leur mère (celle de Holly était distraite mais aimante, ce qui amena Charlotte à louer en silence toutes les mères distraites mais aimantes), de leur belle-mère (elles en avaient une toutes les deux, bien que celle de Holly ne fût restée qu'un an), ou encore du supplice d'une amie de Charlotte dont les enfants étaient des monstres. Durant tout ce temps, le sentiment de bien-être de Charlotte ne fit que s'accentuer. Elle aurait serré Holly dans ses bras et lui aurait tapoté la tête si elle l'avait pu.

— Mon Dieu ! s'exclama soudain celle-ci en regardant sa montre. Tu as vu l'heure ! Il faut que je prépare le repas ou vous mourrez de faim avant qu'il ne soit prêt !

— Ne t'inquiète pas. Peter rentre toujours en retard du hockey.

— Peut-être, mais je n'ai même pas commencé ! protesta Holly en se levant.

Charlotte eut une bouffée d'angoisse à l'idée de se séparer d'elle. Heureusement, elle trouva une brillante solution à ce problème – du moins, de son point de vue.

— Bon, je vais t'aider alors. On ira plus vite à deux.

— Tu ne voulais pas boucler tes préparatifs ? s'étonna Holly en montrant les documents et les classeurs étalés par terre.

Charlotte balaya son objection d'un revers de main.

— Tu es sérieuse ? insista Holly.

— Oui, absolument.

— Euh... d'accord. (Holly la dévisagea d'un air quelque peu sceptique.) Ce serait chouette.

De retour dans la cuisine, elle lut sa recette à voix haute et indiqua à Charlotte ce qu'elle devait faire. La pièce était si petite qu'elles ne purent éviter de se toucher. Elles se tenaient hanche contre hanche, épaule contre épaule. Leurs corps se frôlaient lorsque l'une passait près de l'autre. Toutes deux avaient les doigts dégoulinant de jus et d'huile, la figure couverte de farine. Mais Charlotte était si heureuse ! Heureuse de cette nourriture, de ce désordre, de cette bouteille (qu'elles avaient bien sûr emportée avec elles) et de cette merveilleuse nouvelle amie. Elles allumèrent la radio, trouvèrent une station de musique latine et montèrent le son en continuant à bavarder. Au bout d'un moment, la conversation dévia sur les hommes. Charlotte aurait normalement éludé. En dehors d'une période au collège où elle était pendue au téléphone à parler des garçons, elle avait toujours été réticente à aborder ce sujet avec ses amies. Mais ce soir-là, elle discuta avec Holly de telle personne désespérément amoureuse, de telle autre qui avait beaucoup souffert – jusqu'à ce qu'elle prenne son courage à deux mains.

— Et toi, Holly ? Comment ça va ? Tu t'en sors, sans Jonathan ?

Occupée à émincer des oignons, Holly ne répondit d'abord pas.

— Je vais bien, dit-elle enfin. D'une certaine façon, j'ai l'impression que mes années avec lui étaient un rêve. Maintenant, c'est comme si j'avais rouvert les yeux et que tout était redevenu normal. C'est l'effet qu'il faisait, Jonathan. Et sa mort a été si soudaine. D'un seul coup, pouf, il a disparu. On n'avait pas d'enfants, on ne s'était pas vraiment posés puisqu'on vivait toujours dans sa garçonnière. On n'avait donc pas construit quelque chose qui serait aujourd'hui détruit, tu comprends. Mais bon, oui, il me manque. (Elle sourit et secoua la tête.) Jonathan n'était pas un mari modèle, mais il me manque. Sinon, à part ça, je vais bien.

Elles travaillèrent quelques instants en silence. Puis ce fut au tour de Holly d'interroger Charlotte.

— Et vous, les jeunes mariés, ça va ?

169

— Je crois, oui. Je suis heureuse et Peter l'est aussi à mon avis. Mais je sais que je suis celle des deux qui a fait la meilleure affaire.

— Charlotte...

— C'est vrai ! Le truc avec Peter, c'est qu'il est si fiable, si bon. Il n'a aucun complexe, aucun travers, il est patient et attentionné. Authentique, tu vois ? Je dirais même « normal », mais ça le ferait paraître ennuyeux et il ne l'est pas. Il est normal dans le meilleur sens du terme. Ça doit te sembler confus, non ?

Holly médita la question.

— Je pense que le terme approprié serait « idéal ».

— Exactement ! Tu as tout compris.

Charlotte leva la tête en prononçant ces mots et constata que Holly avait les larmes aux yeux.

— Oh, non ! s'écria-t-elle, bouleversée. Tu pleures ? Je suis désolée.

— Ne t'inquiète pas, dit Holly en riant. Ce sont les oignons.

Et elle fit glisser ces derniers dans une poêle où elle avait mis de l'huile à chauffer, faisant naître un bruit de friture.

Peter arriva peu après.

— On mange quoi ? s'enquit-il en jetant un œil dans la cuisine. A en juger par ce que je vois, on finira par appeler le traiteur indien, hein ?

— Peter ! protesta Charlotte. Comment oses-tu dire ça ! Grâce à Holly, nous allons avoir un excellent dîner.

— Grâce à ma talentueuse sous-chef aussi, précisa Holly.

— Désolé, je ne voulais pas... C'est juste que, à première vue, j'avais l'impression que le menu n'était pas tout à fait au point.

— « A première vue » ! Tu ne sais donc pas que, quand une cuisinière de la trempe de Holly est vraiment inspirée et pleine d'imagination, il s'ensuit quelques improvisations inévitables qui donnent à la cuisine un air de désordre créatif ? C'est sa manière de procéder. N'est-ce pas, Holly ?

— Euh... oui.

— Tout ira très bien. Donc, Peter chéri... (Charlotte le poussa du bout des doigts en déposant un baiser sur sa joue.) Si tu allais te servir un scotch ?

— On n'a pas de scotch.

— File.

Le dîner se révéla très bon. Holly avait préparé un délicieux gratin dauphinois et la discussion, animée, fut conduite par une Charlotte étonnamment en verve. Ils burent en quantité, et tous trois savouraient un gâteau au chocolat accompagné d'une nouvelle bouteille de vin lorsque Holly tapota sa fourchette contre son verre.

— Je voudrais porter un toast.

Peter et Charlotte la dévisagèrent.

— Je n'en ai pas eu l'occasion le jour de votre mariage, alors j'aimerais en porter un maintenant, expliqua Holly. A vous et à votre amour. (Elle prit une inspiration et se lança.) Comme vous le savez, plein de gens ont traité de l'amour dans leurs discours ou dans leurs écrits. Quelques-uns des auteurs que j'enseignerais à mes élèves si elles avaient le niveau nécessaire, ce qui n'est pas le cas, ont abordé le sujet avec éloquence, et parfois grossièreté. Il serait donc étonnant que je dise quoi que ce soit d'original, de profond, ou même de très cohérent, mais votre compagnie m'inspire assez pour que je prenne le risque.

« Hum... voyons... Tout d'abord, je précise que j'ai le plus grand respect pour la figure de Bouddha. Il a énoncé quatre vérités nobles, que je me permets de vous rappeler : toute existence est souffrance, la souffrance naît du désir, s'affranchir de la souffrance équivaut au nirvana, et on parvient au nirvana en suivant le chemin octuple de l'éthique, de la sagesse et de la discipline mentale. N'ayant pas fondé une religion embrassée par des millions de personnes, je ne suis pas en mesure de critiquer Bouddha, mais personnellement, je ne suis qu'en partie d'accord avec tout ça. Je doute que toute existence soit souffrance. La deuxième noble vérité en revanche me paraît tout à fait juste. La souffrance vient du désir, c'est un fait. Vérité numéro trois : là encore, je n'ai pas d'objections à formuler. Cesser d'être un être empli de désirs mène à la liberté. Quant à la dernière vérité, oui, je suis entièrement d'accord, à cent pour cent.

« Cependant – et encore une fois, qui suis-je pour en juger ? – je ne crois pas qu'il n'y ait qu'une seule voie possible pour accéder au nirvana. On peut aussi échapper à la souffrance grâce à l'amour. Quand on aime vraiment quelqu'un et que ce sentiment est partagé, on éprouve du désir, mais pas dans le sens où on a envie de posséder ce qu'on ne peut avoir ou ce qu'on ne devrait pas souhaiter. Quand on est dans les bras d'une personne qu'on aime, on oublie ce qui nous attend plus tard, ce qui nous tracasse ou ce qu'on voudrait d'autre. On n'aspire pas à aller ailleurs. On se contente d'*être*, à la manière d'un poème lyrique ou d'une œuvre d'art. Pour moi, ça s'apparente au nirvana et je dirais qu'on est alors vidé de soi-même. On veut rendre heureuse la personne à côté de soi et se donner à elle. Cette volonté n'est pas extérieure à l'amour et elle ne résulte pas d'une impression d'incomplétude. Elle fait partie intégrante de ce truc énorme dont je vous parle. Et servir celui ou celle qu'on aime n'est pas un acte réfléchi mais naturel, guidé par la même partie de votre cerveau qui contrôle les battements de votre cœur et vos... euh, vos reins ou que sais-je encore.

« Quand on aime quelqu'un, alors on éprouve tout ce que je viens de décrire. Et si on est aimé en retour et que l'on vit ensemble, on atteint le degré d'existence le plus noble et le plus heureux qui soit.

Holly était au bord des larmes. Elle rit avec embarras, puis leva les yeux vers Peter et Charlotte.

— Vous deux, vous êtes bien partis. A la vôtre ! ajouta-t-elle avec un nouveau rire mêlé d'un sanglot. Et rappelez-vous, vous n'avez pas le droit de boire quand on vous porte un toast.

Pendant que Holly buvait son verre, Charlotte contempla la courbe de son visage. Elle n'en avait jamais vu d'aussi belle.

Oh, Holly, pensa-t-elle. Que de beauté et de bonté il y a en toi. Et Peter... Il était si séduisant. Mais pas de manière voyante, comme Jonathan. Son charme à lui était discret, sain, bien fait. Oui, il était séduisant plutôt que beau.

Charlotte entreprit de débarrasser la table. Peter et Holly voulurent lui prêter main-forte, mais elle insista pour qu'ils restent assis le temps qu'elle prépare le café. Elle emporta les assiettes dans la cuisine, les déposa dans l'évier, puis dévissa la partie basse de sa cafetière italienne, brunie à force d'utilisation, et la remplit d'eau. Une délicieuse odeur monta vers elle lorsqu'elle ouvrit ensuite le porte-filtre. Elle y versa du café moulu, revissa la partie basse de la cafetière et mit celle-ci sur le feu. Malgré les protestations de Holly, elle avait sorti la vaisselle reçue en cadeau de mariage. Elle arrangea les tasses et les soucoupes bordées d'un filet d'or sur un plateau et, tout en y ajoutant le sucrier, jeta un coup d'œil vers la table du salon. Peter et Holly bavardaient tranquillement. Elle sourit et se concentra sur sa tâche. Lorsqu'elle eut fini, elle s'appuya contre le plan de travail en attendant que l'eau bouille. Son regard se porta de nouveau sur Peter et Holly. Elle était heureuse de les voir discuter. Le tableau qu'ils formaient la ravissait. La lumière, la composition de l'ensemble – avec la table en demi-lune et les rideaux ouverts derrière eux –, tout donnait l'impression qu'ils étaient enfermés dans un cercle. Au lieu de simples reflets, l'argenterie semblait produire des étincelles. A cet instant, Peter éclata de rire à une remarque de Holly, et Charlotte songea qu'elle ne le faisait jamais rire ainsi – ni personne d'autre, d'ailleurs. Holly le regardait en souriant, les yeux brillants d'enthousiasme. Légèrement penchés en avant, ils avaient chacun posé un bras sur la table, si bien que leurs mains étaient distantes d'une cinquantaine de centimètres. Illusion caractéristique de cette soirée, Charlotte crut voir une sorte de décharge électrique passer entre elles. Ce devait être un effet de l'éclairage public, dans la rue.

Quelque chose se produisit alors. Ce fut comme si elle avait été éblouie par une lumière fulgurante. En un éclair, elle comprit tout : Peter et Holly étaient amoureux l'un de l'autre.

Bien sûr ! C'était l'évidence même. Il fallait qu'elle soit vraiment idiote et aveugle pour ne s'être aperçue de rien ! La présence de Holly mettait toujours Peter de meilleure humeur. Il l'écoutait, l'observait avec attention, et d'infimes changements dans son expression montraient qu'il enregistrait le moindre de ses gestes, la moindre nuance de sa voix. Jamais il ne regardait Charlotte ainsi. A sa décharge, elle devait admettre que ces indices avaient été subtils. Peter ne sautait pas autour de Holly avec des airs de chien fou. Il ne faisait pas d'efforts de toilette lorsqu'ils se voyaient. Il ne soupirait pas à fendre l'âme. Il ne se comportait pas froidement ni avec un luxe de précautions suspectes. Au contraire, il semblait toujours parfaitement naturel, et quand ils allaient se promener ensemble, il prévenait toujours Charlotte d'un ton décontracté. Son attitude envers Holly était respectueuse et délicate. Parfaite, même. Trop parfaite ! Combien de fois déjà avait-on vu une veuve tomber amoureuse de l'homme qui la consolait et partageait son chagrin, à savoir le meilleur ami de son mari, et vice versa ? Mais Charlotte devinait que ces sentiments remontaient à beaucoup plus loin. Avec le recul, tout s'éclairait pour elle, comme si elle s'était soudain retrouvée équipée de lunettes à infrarouge lui permettant de voir ce qui jusqu'alors demeurait invisible à ses yeux.

Elle n'avait jamais envisagé cette hypothèse auparavant. Quand ils se réunissaient à quatre, ses pensées étaient tout occupées par son attirance pour Jonathan, sa jalousie pour Holly et sa gêne devant sa beauté. L'esprit trop encombré par de tels sujets, elle n'avait pas guetté des signes d'un attachement qui serait allé au-delà d'une amitié aujourd'hui renforcée par la tragédie.

Charlotte revint brutalement à la réalité. La cafetière crachait et sifflait, indiquant que toute l'eau de la partie inférieure s'était évaporée. Elle éteignit vivement le gaz, remplit les tasses et porta son plateau vers la table. Holly et Peter tournèrent la tête vers elle en même temps lorsqu'elle s'approcha, si bien qu'elle se fit l'effet d'une prêtresse officiant lors d'une cérémonie dont tous deux auraient été les protagonistes.

Holly insista pour laver la vaisselle.

— C'était le but de la soirée, dit-elle. Je devais m'occuper de tout pendant que tu finissais tes valises.

— Je vais t'aider, offrit Peter.

— Non. Tu vas tenir compagnie à Charlotte et lui filer un coup de main. Ce soir, c'est moi qui gère.

Après quelques minutes de discussion, Holly obtint gain de cause.

— J'imagine que tu as encore plein de choses à faire, dit Peter à Charlotte.

— Non, pas tant que ça. De toute façon, une fois sur deux, il faut revoir le programme à cause d'un délégué ou d'un orateur qui manque à l'appel, ou d'un problème quelconque. Et à quoi bon se donner tant de mal ? Quand on pense que dans certains de ces pays, les gens n'en finissent pas de se massacrer... Allons plutôt finir nos verres sur le canapé.

Une telle réponse ne lui ressemblait pas. En temps normal, Charlotte serait retournée à son ordinateur et à ses dossiers, mais là, elle s'assit et tapota le siège à côté d'elle en regardant Peter. Lorsqu'il l'eut rejointe, elle prit sa main et appuya la tête contre le dossier du canapé en fermant les yeux.

— Fatiguée ? demanda-t-il.

— Pas vraiment. Enfin, peut-être. Un peu. (Au bout d'un moment, elle rouvrit les yeux.) C'est sympa que Holly soit venue, hein ?

— Oui.

Silence.

— S'il te plaît, prends soin d'elle pendant que je serai partie. Elle doit encore beaucoup souffrir et je suis sûre qu'elle se sent seule.

175

— J'essaierai.

Charlotte effleura les cheveux de Peter et lui caressa la nuque.

— Cher Peter, dit-elle.

Puis elle referma les yeux.

Charlotte programmait toujours son réveil pour qu'il sonne à six heures dix – non que cela fût très utile, car elle se réveillait à six heures neuf tous les jours, week-end compris. Le lendemain du dîner toutefois, elle dormit bien plus tard et éprouva un certain désarroi lorsqu'elle se redressa dans son lit. Où se trouvait-elle ? Quel jour était-on ? Que s'était-il produit la veille au soir ? Parce qu'elle émergeait d'un sommeil très profond, il lui fallut un moment pour recouvrer ses esprits. Mais oui ! elle était chez elle. On était dimanche matin. Le pyjama rayé bleu de Peter reposait sur une chaise. Soudain, Charlotte paniqua. Elle partait dans l'après-midi et il lui restait encore des tonnes de choses à faire ! Qu'est-ce qui lui avait pris de perdre autant de temps la veille ? Holly était venue cuisiner pour lui permettre de travailler plus tranquillement, et à la place elle avait bu quelques verres, discuté durant des heures et aidé à préparer le repas, laissant de côté toutes ses priorités. Charlotte peinait à rendre cohérents ses souvenirs de la soirée, mais elle comprit qu'elle s'était passablement enivrée. Elle avait mal partout et quelqu'un semblait avoir secoué son cerveau dans tous les sens sans aucun ménagement. Au point qu'une sorte de brouillard traversé de lumières vives enveloppait ces quelques heures.

Elle se leva et se dirigea d'un pas incertain vers la cuisine. Aucune trace de Peter. Sans doute était-il allé courir. Après avoir avalé un verre d'eau, Charlotte eut les idées plus nettes. Holly. Oui, elle se rappelait à présent l'affection insensée qu'elle avait éprouvée pour Holly. Un sourire involontaire se dessina sur ses lèvres. Quelques traces demeuraient en elle de cette tendresse. Mais comment lui était-elle venue ? Charlotte attrapa la cafetière sur l'égouttoir. Lorsqu'elle ouvrit son pot à café, l'odeur des grains finement moulus l'assaillit, la poussant d'instinct à se tourner vers la table du salon. Une nappe la recouvrait toujours et la fenêtre derrière laissait passer une faible lueur. Charlotte contempla la table, la nappe, les rideaux, les chaises, qui avaient gardé leur disposition de la veille. Oh oui. Oh oui. Il y avait eu autre chose aussi. Elle ferma les yeux et soupira. Puis elle secoua la tête. Elle n'était pas bouleversée. En fait, elle se sentait très calme. C'est mon épiphanie, pensa-t-elle.

La valise de Charlotte attendait près de la porte. Elle-même était bien habillée, bien maquillée – bien apprêtée, songea Peter. Un vieil instinct l'incitait à faire un effort vestimentaire chaque fois qu'elle prenait un vol transatlantique. Elle avait relevé ses cheveux, pas tout à fait en chignon, mais presque, comme pour signifier : Je suis américaine et je sais qu'il serait présomptueux de ma part de me faire un chignon, mais je veux tout de même rendre hommage à cette coiffure.

Pour l'heure, Charlotte insérait quelques feuilles dans le classeur qui allait être durant une semaine son bien le plus précieux. Elle avait un jour veillé jusqu'à deux heures du matin pour en refaire tous les onglets et mettre en place un nouveau code couleur. Grâce à lui, elle pourrait déterminer sur-le-champ où était censé se trouver chaque délégué, mettre la main sur le numéro de portable d'un chauffeur ou fournir une statistique importante. Quelques semaines plus tôt, dans un geste à la fois spontané et mûrement réfléchi, Peter lui avait offert un attaché-case très chic en pensant qu'elle apprécierait de l'avoir pour ce symposium. Hélas, le classeur de Charlotte était trop grand pour y entrer, ce qui l'obligeait à le laisser à New York.

Charlotte triait maintenant des papiers sur la table du salon.

— Ça ne posera pas de problème que tu ailles voir Julia dans la maison de ton père ? s'enquit Peter, appuyé contre le mur à côté d'elle.

— Non, je ne crois pas.

Le mariage de Dick et Julia battait de l'aile depuis quelque temps, et ils avaient décidé de divorcer.

— Mon père est trop civilisé pour se vexer. Et même si c'était le cas, il prétendrait que tout va bien. Ça fait partie du personnage. (Elle marqua une pause.) J'aime bien Julia et je la considère comme une amie. J'ai hâte de la revoir.

— Moi aussi. Quel bazar, leur histoire.

— En effet, mais elle a l'air assez calme et satisfaite.

— Tant mieux. Embrasse-la pour moi.

— Je n'y manquerai pas. Elle t'apprécie beaucoup.

Charlotte glissa son classeur dans une large serviette qu'elle peina à refermer.

— Dis-moi, Peter, si on buvait une coupe de champagne avant que je parte ?

— Euh… oui, pourquoi pas, répondit-il, surpris par cette envie si inhabituelle chez elle. Je vais chercher une bouteille. Mais… sans vouloir jouer les rabat-joie, tu n'auras pas la tête qui tourne dans l'avion, ou bien mal au crâne ? Parce que, en général…

Charlotte haussa les épaules et sourit.

— Oh, je prends le risque pour une fois.

— D'accord.

Peter alla chercher deux flûtes (cadeau de mariage) et une bouteille de champagne qu'il ouvrit en réussissant à ne pas faire sauter le bouchon.

— Mon père… soupira Charlotte en sirotant une gorgée. Le seul moment où il s'est vraiment impliqué dans la préparation de notre mariage, c'est quand il a appris quels vins et quel champagne on comptait servir. Il en a tout de suite exigé de meilleurs.

Peter hocha la tête, intrigué. Charlotte ne parlait pratiquement jamais de son père en termes négatifs.

— Et le pire dans tout ça, reprit-elle, c'est qu'il avait raison.

— Oui, on ne peut pas dire le contraire.

— Si jamais tu as besoin de quelqu'un pour savoir quel champagne commander, comment ouvrir une bouteille...

— Ou comment plier un mouchoir et le mettre dans ta poche de poitrine... Ah, l'astuce du couteau. Ça a changé toute ma vie.

— Il suffit d'appeler Dick, compléta Charlotte.

Peter l'examina. Elle était particulièrement jolie ce jour-là, et elle ne se comportait pas du tout comme elle le faisait toujours en pareille occasion – c'est-à-dire en passant les derniers instants avant son départ à vérifier et revérifier le contenu de son bagage à main pour être sûre qu'elle n'avait pas oublié ses chaussons, sa vitamine C, sa vitamine E, ses lingettes antibactériennes pour les mains, sa crème hydratante et sa mélatonine. « Où est mon dictionnaire d'occitan ?! » pouvait-on l'entendre s'écrier dans ces cas-là d'une voix paniquée. Certes, la journée avait été bien remplie avec tous ces préparatifs, mais de là à ce qu'elle réclame du champagne à la dernière minute ! Déjà la veille au soir, elle s'était montrée bizarre.

— Charlotte, ça va ? demanda Peter en voyant qu'elle était au bord des larmes.

Elle serra fort sa main et le regarda en souriant, les yeux brillants, comme un verre qu'une simple goutte aurait suffi à faire déborder.

— Oh, Peter, tu es si gentil de poser la question. Tu es un amour. Il y a toute cette pression, et peut-être aussi le divorce de mon père...

— Mais tu pleures...

— Pleurer ? Tu vois quelqu'un pleurer, toi ?

Il lui tendit un mouchoir et elle s'essuya les yeux aussi discrètement que possible.

— Et puis tu vas me manquer, ajouta-t-elle.

— Toi aussi, tu vas me manquer. Mais même si tu es débordée, tu seras au moins à Paris et tu goûteras à la cuisine française, alors que moi, je serai ici tout seul, réduit à appeler un traiteur thaïlandais.

— Ne sois pas ridicule. Tu auras ton boulot, toi aussi, et tes collègues et toi arriverez bien à faire passer quelques bons repas en notes de frais.

— J'en doute. La société serre les cordons de la bourse maintenant.

— D'accord. Mais tu devrais sortir un peu. Ne te tue pas au travail. Holly doit venir tout à l'heure, n'est-ce pas ?

— Oui. On ira se promener quand tu seras partie.

— Très bien. J'adore cette fille et je crois que la seule chose qui lui a permis de tenir jusqu'à maintenant, c'est toi, Peter. Continue à l'épauler.

— Elle a beaucoup d'amis, et aussi sa sœur, ses parents...

— Bien sûr. Mais elle a de la chance de t'avoir.

Ne sachant que répondre, Peter haussa modestement les épaules.

— Encore une demi-coupe et je file, dit Charlotte. (Peter remplit leurs deux flûtes.) On a fait une folie en ouvrant cette bouteille. Il faudra que tu trouves une occasion pour la terminer avant que le champagne ne s'évente.

— On a un truc qui aspire l'air. Je la garderai au frais jusqu'à ton retour.

— Oh, parfait, répliqua-t-elle en baissant les yeux.

Peter eut soudain une prémonition. Charlotte allait lui dire : « Tu te souviens de la dernière fois qu'on a bu du champagne seuls ici ? », allusion au soir où il l'avait demandée en mariage.

— Tu te souviens... commença-t-elle timidement.

— De la dernière fois qu'on a bu du champagne seuls ici ? C'est marrant, j'y pensais justement. C'était avant qu'on aille au match des Rangers l'hiver dernier...

— Peter, il y avait deux de tes amis avec nous, et on n'a pas bu du champagne mais une bière brune bizarre ou un truc dans ce goût-là.

— Tu es sûre ? Attends... Tu as peut-être raison. Je sais ! Pour l'anniversaire de la prise de la Bastille.

— On n'a jamais fêté le 14 Juillet.

— La bataille de Crécy ?

— A Crécy, ce sont les Anglais qui ont gagné !

— Oups, désolé. Bon, laisse-moi réfléchir. Toi et moi. Ici. Une occasion spéciale. Du champagne.

Son expression se fit romantique et il fixa Charlotte droit dans les yeux en espérant qu'elle lirait dans son regard toute l'affection qu'il lui portait.

— C'était le soir où je t'ai demandée en mariage.

Charlotte acquiesça en silence. Puis tous deux se penchèrent l'un vers l'autre pour s'embrasser.

6

Lorsque les crocus fleurissent en octobre dans le sud-ouest de la France, leur couleur pourpre fait écho à celle de la ligne d'horizon juste après le coucher du soleil. Chaque soir, Julia assistait à ce spectacle avec ravissement depuis sa terrasse dallée. Elle adorait sa maison, surtout à cette époque de l'année, quand les arbres et les herbes s'apprêtaient à se parer d'or. Il faisait encore chaud le jour, bien que les soirées fussent humides et fraîches – a fortiori dans une vieille maison en pierre chauffée seulement par des cheminées. Les propriétaires précédents avaient refait la plomberie et l'électricité, et Dick et elle s'étaient souvent juré d'installer du chauffage dans quelques-unes des pièces au moins, mais parce qu'elle n'avait jamais été assez motivée pour s'en occuper, les choses étaient restées en l'état. Julia adorait cette maison. Elle adorait manger des truites, et des perches, et des noix, et des prunes. Elle adorait les amis qu'elle s'était faits dans la région. Elle adorait M. et Mme Gorotiaga, le couple qui travaillait pour elle. Elle adorait le paysage, avec ses affleurements de roche calcaire et ses rangées de peupliers. Elle adorait les châteaux voisins, les villages, les églises, les ruines, les dolmens et les grottes. Des civilisations s'étaient succédé en ces lieux durant des milliers d'années et, assise sur sa terrasse, face au soleil couchant, elle avait l'impression de faire partie de quelque chose de très ancien. Dans ces instants-là, elle éprouvait non seulement du plaisir, mais aussi une forme d'admiration respectueuse et d'exaltation.

Quand Julia séjournait dans sa maison en France, au mois d'octobre, ses journées se déroulaient souvent de la façon suivante : elle se réveillait vers six heures, au moment où trois rais de lumière filtraient entre les rideaux, et elle se prélassait un moment dans la chaleur de son lit – seule, le plus souvent, car Dick n'aimait pas venir à cette saison. Pour autant, elle n'aurait jamais envisagé de passer la nuit avec un autre. D'abord, M. et Mme Gorotiaga en auraient été scandalisés. Mais surtout, elle n'en avait aucune envie. Elle vivait là dans son royaume et, à l'image de la reine Elisabeth Iʳᵉ d'Angleterre, elle ne souhaitait pas salir son règne ni le compliquer en s'encombrant d'un homme envers qui elle aurait été redevable. Elle détestait l'idée que quelqu'un puisse se sentir son égal dans cette maison, ou se croie initié aux mystères des lieux en raison de ce qu'ils avaient vécu ensemble. Il aurait suffi qu'un homme se comporte comme s'il était chez lui – en laissant traîner ses affaires, en donnant des ordres à Mme Gorotiaga ou en se servant dans le frigo sans demander – pour qu'elle veuille l'étrangler. Elle refusait d'expérimenter dans cet endroit l'instabilité émotionnelle et la vulnérabilité propres à une liaison adultère. Elle préférait être Sa Très Sereine Majesté, calme, maîtresse d'elle-même et de son royaume. Elle aimait que des amis séjournent chez elle, mais un homme qui aurait occupé son lit en douce ? Pas question. Malgré tout, quand elle s'étirait et soupirait d'aise à son réveil en se félicitant de sa solitude, quelque chose en elle aspirait à tout le contraire. Ces pensées n'affleuraient qu'occasionnellement à la surface, mais elles n'en étaient pas moins bien présentes. Quel bonheur ce serait d'avoir à côté d'elle quelqu'un qu'elle aimerait, qui l'aimerait, et avec qui elle serait ravie de vivre là. Vu à travers le regard d'un tel homme, le plaisir qu'elle prenait devant chaque nuance de lumière, devant chaque pierre, chaque pétale, serait décuplé – et même plus encore. Qui était cet homme ? Et puis elle se rappelait soudain qu'il n'existait pas, et l'amour pas davantage.

Elle se levait alors et s'habillait le plus rapidement possible, même s'il y avait toujours un moment où, une fois sa chemise de nuit ôtée, elle frissonnait de partout. Les tapis disposés çà et là n'y changeaient rien car elle mettait immanquablement un pied sur le carrelage, lequel lui faisait l'effet d'une flaque glacée. Après une toilette vite expédiée, elle descendait au rez-de-chaussée et filait vers la cuisine et son fourneau brûlant. Mme Gorotiaga – une dame d'une soixantaine d'années, forte, à la peau couleur tabac – s'y affairait déjà en général. Mais en chemin, Julia passait devant des portes-fenêtres. Elle hésitait, puis sortait quelques minutes pour voir comment s'annonçait la journée, pour respirer l'air frais et se refroidir encore plus.

Mme Gorotiaga lui préparait du café au lait chaud qu'elle prenait très sucré, avec du pain, du beurre et de la confiture. Assise à la table en bois, elle prenait son petit déjeuner tout en écoutant son employée lui raconter les ragots de la ville – qui était malade, où avait déménagé le fils d'Untel, comment les gens considéraient le dernier couple d'Anglais arrivé dans la région, qui faisait la cour à une veuve. De son côté, Mme Gorotiaga interrogeait Julia sur les personnes qui lui avaient rendu visite, surtout la très jolie dame blonde qui venait si souvent. Il s'agissait d'Anna, la meilleure amie de Julia. Comment allait son fils ? Se remarierait-elle un jour ? «Elle ne trouve pas l'homme idéal», répondait Julia, à quoi Mme Gorotiaga lui rétorquait que si toutes les femmes devaient attendre de trouver l'homme idéal, aucune ne se marierait jamais.

La cuisine était sombre, mais à cette saison et à cette heure de la journée – et pour peu qu'il fasse beau –, le soleil déversait ses rayons par les deux fenêtres à droite de Julia. Elle adorait les textures révélées par cette clarté, le bois ancien, les tomettes usées, la rouille sur le fourneau, les mains et l'écharpe de laine de Mme Gorotiaga, le mur bosselé. La seule chose qui fût lisse dans cette pièce était une coupe en verre jaune avec une bande bleue, sur laquelle glissait la lumière.

Après le petit déjeuner, Julia s'occupait de diverses façons : elle se promenait longuement avec ses chiens, montait à cheval, jardinait, fréquentait les marchés, lisait, allait voir ses amis. Elle passait ainsi des jours entiers à faire elle ne savait trop quoi, jusqu'à ce que le soir arrive à une vitesse déconcertante. Elle admirait le coucher du soleil puis, après un dîner à base de cassoulet, de poulet rôti ou de poisson arrosé de l'une des sauces au beurre de Mme Gorotiaga, elle se couchait avec un roman et une bouillotte – parfois dès vingt et une heures. Elle faisait une petite flambée dans sa cheminée et lisait au lit en buvant un dernier verre de vin. Elle était bien sous ses couvertures, et le feu diffusait une chaleur qui contrastait agréablement avec la fraîcheur de la pièce. Parfois, le côté de son visage exposé aux flammes rougissait. Elle tournait alors la tête pour réchauffer l'autre et sentait celui-ci la picoter tandis que le premier se refroidissait. L'une de ses fenêtres, qui ne fermait pas tout à fait, laissait entrer un peu d'humidité et un air glacé accompagné d'une odeur de paille mouillée. Julia pensait même distinguer aussi celle des pierres froides.

Les draps avaient un parfum de soleil et de grand air. Après les avoir lavés, Mme Gorotiaga les mettait toujours à sécher dehors. Ils étaient épais, légèrement rêches et coûtaient une fortune mais, par chance, elle se flattait de très bien repasser, si bien que chaque soir, avant que Julia ne les froisse, ils retrouvaient l'aspect d'un précieux papier à lettres. Elle avait beau ne guère prêter attention au luxe (sauf en ce qui concernait les habits, bien sûr), Julia avait toujours rêvé d'une vie où elle pourrait dormir dans des draps de très bonne qualité. C'était un plaisir dont elle avait peu profité avant d'épouser Dick. Là, les murs de pierre lui donnaient l'impression d'être à la fois protégée et en pleine nature, et elle se satisfaisait pleinement de son vin, de son lit, de son feu, de son roman et de son souffle d'air froid. Elle s'endormait en songeant combien la température baisserait dans sa chambre une fois les flammes éteintes, et combien elle serait au chaud sous ses couvertures.

Tel était l'emploi du temps type de Julia par une journée type du mois d'octobre. Mais cette année-là, les choses changèrent.

Il ne faisait plus froid dans sa chambre quand elle se réveillait, par exemple, car M. Gorotiaga s'y faufilait avant l'aube pour allumer du feu. Le temps qu'elle ouvre un œil, la pièce s'était bien réchauffée. Et si elle prenait toujours le même petit déjeuner, elle ne descendait plus à la cuisine. Mme Gorotiaga le lui montait désormais sur un plateau.

En l'attendant, Julia assise dans son lit savourait son feu de cheminée, le sourire aux lèvres, ivre de joie. Elle était amoureuse ! Cette pensée la faisait éclater de rire, mais c'était la vérité vraie ! Elle caressait doucement son ventre. Sa grossesse était bien visible maintenant. Il serait impossible d'éviter les questions à l'avenir. Aucune importance. En fait, comme toute personne amoureuse, elle avait envie que la terre entière soit au courant. Puis le bébé lui donnait un coup, et encore un. « Oh-oh, je crois que quelqu'un est en train de se réveiller, n'est-ce pas ? » disait-elle d'une voix roucoulante qui la faisait rire aussi. Voyez-vous ça. Elle, une femme qui parlait couramment le français et à qui, durant des années, l'achat d'un sac à main avait procuré plus d'émotion que n'importe quel rapport humain, gâtifiait sans la moindre retenue. « Bonjour, bonjour, joli petit garçon. Ooooh ! Le joli petit garçon fait des loopings d'aviateur ! » Oui, elle se réveillait bien avec un homme ! Et un homme dont elle était amoureuse, qui plus est.

Elle était si heureuse. Mais, las, « dans le temple même de la jouissance, la Mélancolie voilée a son temple souverain[1] ». Après une séance extatique de babillage, Julia éprouvait en

---

1. John Keats. « Ode sur la Mélancolie » In : *Poèmes et poésies*. Traduction de Paul Gallimard. Gallimard, Paris, 1996. (*N.d.T.*)

général des sentiments plus moroses, comme lorsqu'on sent soudain un courant froid en nageant dans l'océan. Lentement d'abord, puis très rapidement, son humeur changeait et laissait place au découragement et au désarroi. Qu'avait-elle fait ? Elle allait mettre un petit être au monde uniquement pour se faire plaisir, pour donner un sens à son existence et pour guérir les blessures de son enfance. Non seulement le bébé n'aurait pas de père, mais sa mère, qui n'avait jamais vraiment aimé quiconque dans sa vie, était égoïste, vaine, gâtée – et fauchée. L'égocentrisme et le dégoût de soi le disputaient en elle. Combien de fois s'était-elle persuadée qu'elle connaissait Jonathan lorsqu'ils avaient fait l'amour ? Non seulement elle lui avait parlé, mais elle avait lu ses livres – enfin, un. Il y avait eu un lien entre eux. Cela comptait sûrement pour quelque chose, non ? En tout cas, elle le connaissait mieux qu'elle n'aurait connu un donneur de sperme. Sauf que... Même les donneurs de sperme espèrent qu'un bébé naîtra de leur geste. Et, visiblement, les femmes qui faisaient appel à eux nourrissaient la même attente. Coucher avec Jonathan, cet acte purement sexuel qui devait tout au hasard, ne voulait rien dire à côté. Elle avait été folle de ne pas avoir avorté dès l'instant où elle avait appris qu'elle était enceinte. Elle l'avait déjà fait après tout.

Mettre fin à sa grossesse ? Rayer le cher petit garçon qui grandissait dans son ventre ? Les deux fois précédentes, elle avait été jeune, naïve et innocente (malgré l'opinion qu'elle avait d'elle-même à l'époque), et surtout incapable d'autant d'amour et d'abnégation. La situation était différente à présent, n'est-ce pas ? Oui, oh oui. Le quotidien serait peut-être difficile à certains égards, mais il lui suffisait de penser à tous les avantages qu'ils auraient comparés à tant d'autres. Quoi qu'il advienne, elle savait qu'elle aimerait cet enfant. Elle le savait, et du moment qu'elle l'aimait, le reste n'avait aucune importance, si ? Mais cet amour durerait-il plus longtemps et serait-il plus profond qu'une simple passade ? Comment pouvait-elle en être sûre, elle qui n'avait jamais prodigué autant d'affection à quelqu'un auparavant ?

Les hauts et les bas se succédaient ainsi, quand ils ne se chevauchaient pas. Tout se mélangeait dans sa tête : l'échographie, son enfance, sa dernière discussion avec Dick, son unique amour (si on pouvait appeler ça comme ça), sa rencontre avec Dick, sa vie à New York avant Dick, l'argent – mon Dieu –, l'argent, l'argent, l'argent, sa mère, son père, son beau-père, ses belles-mères, le passé, le futur, le présent. Le bébé !

Comment en suis-je arrivée là ? se demandait-elle. Et où cela va-t-il me mener ? En quête de réponses à ses questions, elle constatait sans cesse qu'il lui fallait tout reprendre depuis le début.

Julia était fille unique, sans même une demi-sœur ou un demi-frère, malgré les nombreux remariages de ses parents. Sa mère, Clare, était une beauté qui avait quitté Saint Louis pour faire ses études sur la côte est, avant de s'établir à New York. Elle y avait rencontré le père de Julia, Billy Dyer, un agent de change ténébreux, taillé comme un taureau et très doué au golf, au backgammon et aux cartes. Julia avait la chance de tenir son physique de sa mère (même si, en tant que copie, elle lui était forcément inférieure). Billy Dyer avait en effet une grosse tête et un nez retroussé qui pouvaient conférer du charme et un côté dynamique à un homme, mais dont l'effet aurait été désastreux chez une fille. Enfant, Julia avait peur de lui à cause de sa voix forte, de sa présence imposante et de cette impression qu'il donnait de toujours montrer les dents, que ce soit pour rire ou pour crier. Quand il la prenait sur son dos ou quand il la balançait à bout de bras, il était trop brusque, trop rapide, et sa poigne lui faisait mal. Il conduisait trop vite aussi, ce qui la terrifiait.

Elle avait sept ans lorsque ses parents divorcèrent. Jusqu'alors, Billy et Clare avaient vécu dans un petit logement ravissant, quoique minuscule, dans un grand immeuble de Park Avenue. Une Ecossaise sans âge logeait avec eux, avec pour missions de s'occuper de Julia et de faire la cuisine.

La fillette passait beaucoup de temps dans la chambre de Margaret, au fond de l'appartement, et elle aimait regarder la télé avec elle en l'absence de ses parents. Margaret lui faisait prendre son bain, allait la chercher à l'école, la surveillait quand elle jouait dans le parc. L'un des plus anciens souvenirs de Julia était les cuillérées de thé blanc et sucré que lui donnait sa nourrice. Mais après le divorce, faute d'argent, Clare informa Margaret qu'elle devait se séparer d'elle – et ce malgré les protestations de l'Ecossaise, prête à travailler pour rien plutôt que d'abandonner l'enfant. Clare décida également de ne rien dire du départ de son employée jusqu'à ce qu'il soit effectif. C'est ainsi que Julia eut la surprise et le plaisir un après-midi de voir sa mère l'attendre à la sortie de l'école. Elles allèrent dans un petit restaurant à proximité, et Clare paya un milk-shake à sa fille pendant qu'elle-même prenait un thé. Ensuite, elle lui acheta une nouvelle paire de chaussures pour tous les jours, une autre pour les grandes occasions et des mocassins – les premiers de Julia, qui les garda aux pieds. Enfin, elle l'emmena dans une boutique qui vendait des meubles pour les maisons de poupées et elle lui offrit un petit lit à baldaquin. Mais à peine eut-elle ouvert la porte de l'appartement, en rentrant, que Julia se précipita dans la cuisine pour montrer tous ses cadeaux à Margaret...

Au bout d'un moment, toutes deux partirent s'installer plus à l'est, dans un immeuble beaucoup plus récent et plus luxueux à certains points de vue. Nul besoin d'un liftier cette fois, l'ascenseur fonctionnait avec des boutons. Le hall croulait sous les miroirs et les dorures. Leur appartement avait plein de fenêtres. Les robinets de la salle de bains avaient même l'air d'être en or ! Mais Julia regrettait ceux d'avant, avec leurs épaisses manettes en céramique. Déjà à son âge, elle sentait que cet endroit ne serait pas aussi agréable que l'ancien. Elle hésita à inviter des amis à la maison et, avec le temps, cette répugnance ne fit que s'accentuer. Clare, elle, semblait constamment préoccupée. Elle perdait vite patience avec sa fille et s'efforçait de maintenir entre elles la même distance qu'autrefois, lorsqu'elles menaient des vies plus séparées et que quelqu'un d'autre était là pour les aider. Elle n'aimait pas faire la discipline et s'agaçait quand Julia se levait la nuit. Cette situation dura jusqu'à ce que, quelques années plus tard, elle se remarie avec un chirurgien veuf bien plus âgé qu'elle. C'était un homme austère, imposant et sûr de lui qui intimidait Julia, mais rassurait Clare. Sur le plan matériel, leur existence s'améliora considérablement. Elles emménagèrent dans un nouvel appartement de Park Avenue, plus grand que le premier, et situé dans un immeuble plus petit et plus joli. Une cuisinière vivait de nouveau à demeure, et Clare pouvait désormais inviter des amis à dîner. Elle sortait déjeuner en ville et ne repoussait plus au maximum ses visites chez le coiffeur. A mesure qu'elle gagnait en confiance, en dignité et en sérénité, elle regarda sa fille de plus haut et la critiqua davantage. A treize ans, il n'était pas rare que Julia se dispute avec elle, chose que son beau-père ne tolérait pas. Tout le monde fut soulagé lorsqu'elle partit en internat.

Quant au père de Julia, il épousa en secondes noces une femme déjà mère de deux garçons et propriétaire d'une vaste demeure à Long Island. Elle traitait l'adolescente avec gentillesse, affirmant qu'elle avait toujours rêvé d'avoir une fille. Parfois, quand Julia passait le week-end chez eux et que Billy et ses beaux-fils suivaient un match de foot, toutes deux se réfugiaient dans une autre partie de la maison pour faire de la broderie, reprenant des pièces entamées des semaines plus tôt. Le dimanche soir, Billy ramenait sa fille à la gare. En l'espace d'un week-end, il avait très bien pu jouer au golf, s'adonner au tir aux pigeons, effectuer des kilomètres pour aller voir quelqu'un au sujet d'une voiture de sport, inviter des amis à venir boire un verre, se rendre à une soirée *et* faire la grasse matinée sans guère se préoccuper de sa fille. Mais quand le train arrivait, il s'attendrissait soudain et s'agenouillait devant Julia pour la serrer dans ses bras et l'embrasser. Elle se sentait alors toute petite et frêle contre son large torse.

« Salut, mon poussin, disait-il. Sois sage maintenant. On se revoit dans deux ou trois semaines. » Et il la serrait plus fort.

« Je t'aime. » Il y eut même quelques fois où elle sentit une larme sur sa joue.

Puis Billy avait divorcé une fois de plus, avant d'épouser une femme dotée d'un fort tempérament qui travaillait comme agent immobilier. Cette union permit à la nouvelle Mme Dyer de satisfaire ses deux grandes ambitions : d'une part, posséder une énorme berline flambant neuve, luxueuse et de marque étrangère, avec ses initiales sur les portières. D'autre part, entrer dans le club de loisirs de Billy. Leur mariage dura dix ans. Puis Billy rejoignit en Floride l'un de ses amis, qui venait de prendre la direction d'une société d'investissement. Six mois plus tard, il était déjà remarié. Il avait rencontré sa quatrième femme chez un concessionnaire automobile dont elle était la réceptionniste. Lori avait trente-huit ans, deux divorces à son actif et trois enfants. Lorsqu'elle la vit pour la première fois, Julia eut toutes les peines du monde à masquer sa stupéfaction devant son ample poitrine, laquelle était une injustice de la nature car elle empêchait souvent les gens de remarquer que Lori avait aussi de jolis traits et un teint parfait. « Hé, Julia, c'est ta belle-maman », annonçait-elle quand elle lui téléphonait. Suite à un problème professionnel, Billy prit sa retraite du jour au lendemain et le couple quitta les rives du lac pour habiter un pavillon de stuc, dans un quartier qui s'était développé au début du siècle et n'avait pas changé depuis. Sous les volets, des taches de rouille s'étendaient le long des murs extérieurs et les appareils à air conditionné accrochés aux fenêtres piquaient du nez.

Durant ses visites, Julia s'asseyait avec son père au bord de la piscine. Il n'y avait pas un souffle de vent et l'air lourd de la Floride semblait peser sur les palmiers. Allongé sur un transat, Billy fumait et buvait un verre avec une mine satisfaite. Il avait une peau brunie, douce et dépourvue de la moindre tache, qu'il exposait au soleil comme s'il défiait ce dernier de le brûler. La plupart du temps, mais surtout en présence de Lori, il faisait penser à un chat qui aurait avalé un canari. D'aussi loin qu'elle se souvînt, Julia l'avait toujours vu montrer ses belles dents carnassières quand il riait d'un incident ridicule survenu pendant un parcours de golf ou au bureau. En cela, il était resté le même. Il avait encore plein d'histoires à raconter, et tout un tas d'idées sur les actions les plus prometteuses, s'enthousiasmant pour de petites sociétés qui avaient inventé une machine à mouvement perpétuel, ou quelque chose de ce genre.

Le jardin de sa maison d'Hibiscus Street était bordé de haies, mais des antennes paraboliques se dressaient sur les toits alentour. La piscine en ciment, construite dans les années 1950, occupait un tiers du terrain. Des feuilles de palmiers jaunissantes flottaient au milieu, et c'était dans ce cadre qu'il prenait le soleil sur un transat. A le voir et à l'entendre pourtant, on aurait pu croire qu'il était assis au bord de son ancienne piscine au Cap-Ferrat.

Que s'était-il produit ? Où était passée la fortune familiale ? Julia se souvenait très bien de l'appartement de sa grand-mère dans lequel Billy avait grandi. C'était un duplex gigantesque avec un immense escalier et une multitude de pièces et de couloirs où Julia et ses cousins pouvaient jouer au chat et à la souris. Certaines des fenêtres étaient deux fois plus grandes que toutes celles qu'elle avait jamais vues. Elle était trop jeune à l'époque pour mesurer la valeur des vases, des guéridons, des fauteuils et des tableaux surveillés avec vigilance pour ne pas que les enfants s'en approchent, mais elle sentait bien l'aura de préciosité qui les entourait et son instinct lui soufflait qu'elle avait devant elle des objets magnifiques. Toute petite, elle aimait aller dans les musées où étaient reconstituées des pièces des maisons d'autrefois. Ces décors étaient si mystérieux. Quelques-uns des meubles paraissaient beaucoup plus luxueux que ceux de sa grand-mère, mais entrer dans le salon de Maminette, c'était comme franchir le cordon de sécurité d'une salle d'exposition. A une différence près : Maminette possédait en propre ses tableaux et ses meubles. Ils étaient à elle et chez elle, et le fait qu'il s'agisse d'objets courants laissait à croire que la vieille dame avait atteint ce niveau de vie relativement élevé sans effort.

Sans effort – tel était bien l'effet produit. Il émanait de cet appartement une impression de plénitude. Les richesses de Maminette n'étaient pas brandies sous le nez des visiteurs. Au contraire, elles se faisaient discrètes, sans rien d'ostentatoire. Une impression de solidité et de sécurité se dégageait de l'ensemble. Comme il y avait plus que le nécessaire, cela impliquait que la nécessité ne faisait pas force de loi dans ce royaume. D'ailleurs, ce n'étaient pas seulement l'appartement et la maison de campagne de Maminette qui étaient grands, mais tout ce qui y figurait. Le fourneau de la cuisine ressemblait au moteur d'un bateau à vapeur. Chaque fois que Julia attrapait une fourchette ou un couteau, leur poids la surprenait. Les cuisiniers et les femmes de chambre aussi étaient grands (et nombreux), le rosbif énorme, les serviettes pareilles à des voiles, les couvertures, les plaids et les draps immenses, les perles et les pierres précieuses de Maminette imposantes. Même les glaçons avaient la taille de gros cubes.

Puis Maminette était morte. Julia avait alors quinze ans et elle savait que lorsque les gens mouraient, leurs enfants héritaient de leurs biens. Elle ignorait comment exactement, mais elle s'attendait à ce que sa vie change et se rapproche un peu de celle de sa grand-mère. Rien ne se produisit cependant. Billy avait deux frères et deux sœurs, et après quelques discussions ponctuées de disputes, ils décidèrent assez vite de tout vendre, à l'exception de quelques babioles que la vieille dame avait léguées à des personnes spécifiques. Julia reçut ainsi des boucles d'oreilles en diamants et rubis qui devinrent son bien le plus précieux. A part ça, l'héritage entier fut dispersé : les maisons, les meubles, les tableaux, les tapis, les vases, les actions, le portefeuille bien garni de bons du Trésor. Mais il y avait des impôts à payer, et le marché immobilier était au plus bas cette année-là. Comme tout, du reste. L'argent récolté fut divisé en cinq parts. Avec la sienne, Billy acheta un petit appartement en ville, qu'il revendit quelques années plus tard.

Que s'était-il passé ? Où tout cela était-il allé ? Ce n'était pas tant la perte financière que la beauté disparue et la dignité évanouie qui faisaient parfois pleurer Julia. Même s'il lui fallait bien reconnaître que seul l'argent avait pu procurer cette beauté et cette dignité.

Quant à son éducation sentimentale, qu'en était-il ? Dans son école de New York, elle comptait parmi les élèves ayant acquis une popularité. Jolie, parfois cruelle, elle abandonna à douze ans l'adolescente quelconque et rondouillarde qui avait été sa meilleure amie et confidente depuis la maternelle, lui préférant la compagnie de filles plus populaires. Ensemble, elles commencèrent à fumer et à traîner avec les garçons, qui leur fournissaient de la bière et de l'herbe. Julia passait des heures au téléphone à parler d'eux avec ses copines. Elle reçut très tôt son premier baiser et perdit sa virginité à seize ans. Cet été-là, elle rencontra son premier amour : un grand garçon athlétique au nez retroussé, aux lèvres charnues et aux yeux bleus. Il promit de lui écrire après la rentrée – ce qu'il ne fit pas – et il tenta de reprendre les choses là où ils les avaient laissées lorsqu'ils se retrouvèrent l'année suivante – ce que Julia refusa.

A l'université, elle eut des petits amis séduisants et sûrs d'eux, des athlètes intelligents promis à de belles carrières. Plus tard, quand elle eut emménagé à New York, elle fréquenta une série de banquiers d'affaires séduisants et extrêmement sûrs d'eux, ainsi que quelques Européens. Quelques-uns de ses amants la demandèrent en mariage, mais elle ne put se résoudre à leur dire oui. Puis elle s'orienta vers le créneau des hommes en quête d'une seconde femme et ce fut l'époque où, chaque fois qu'elle sortait avec quelqu'un, elle avait l'impression de passer un entretien d'embauche.

Que cette vie lui répugnait ! Elle travaillait alors dans une agence de publicité. Elle appréciait beaucoup certains de ses collègues, les secrétaires et le vieil employé qui lui apportait son courrier et avec lequel elle ne manquait pas d'échanger quelques mots. Mais elle méprisait sa chef, une cadre supérieure plus âgée qu'elle, aux tenues parfaites, au dos toujours bien droit et aux manières décidées. Elle détestait son petit appartement sordide, de même qu'elle avait détesté celui, plus grand mais tout aussi sordide, qu'elle avait partagé un temps avec des colocataires qu'elle détestait également. Elle détestait sa vie sociale, ayant fréquemment l'impression d'être la cinquième roue du carrosse.

Puis Dick fit son apparition. Elle le rencontra lors d'un cocktail à Long Island, où elle était en visite chez des connaissances. Ils discutèrent sur la terrasse, au milieu de parterres de fleurs et d'étendues vertes, et sous un soleil qui donnait à l'air humide une teinte rosée. Leur conversation dévia sur les jardins et le travail de Julia, qu'elle évoqua en termes peu flatteurs. Dick, lui, n'était pas d'accord. « J'ai toujours regretté de ne pas avoir pu faire quelque chose de créatif », l'assura-t-il. Le lendemain, le hasard voulut qu'ils jouent au tennis sur des courts voisins. Tous deux se débrouillaient très bien et, après leur match, ils prirent un verre avec leurs partenaires. Julia et Dick bavardèrent de nouveau – qui avait gagné, comment ils avaient joué. Avec ses cheveux bruns, ses longues jambes, ses bras fins et sa silhouette joliment musclée, Julia comptait parmi ces femmes qu'une tenue de sport mettait en valeur. Lorsqu'ils se séparèrent, ils se serrèrent la main en échangeant un bref regard.

Le mercredi suivant, en écoutant sur son répondeur un message de Dick qui lui proposait un déjeuner, Julia devina la suite de l'histoire. En un instant, elle vit tout ce qui allait se produire – et tout ce qui se produisit effectivement. Ils déjeunèrent ensemble une première fois. Puis une deuxième. Et une troisième. Ensuite, ils dînèrent ensemble. Vint le jour où Julia invita Dick à monter boire un verre chez elle avant qu'ils ne partent au restaurant. Peu de temps après son arrivée, il l'embrassa. La fois suivante, ils firent l'amour. Ces rendez-vous continuèrent, le plus souvent l'après-midi et toujours chez elle, même si Julia trouvait incongru de voir Dick s'habiller dans une pièce aussi minuscule et aussi pouilleuse que sa chambre. Un homme comme lui, avec ses costumes satinés et ses chemises sur mesure, ne pouvait avoir atterri dans un tel cadre que pour des raisons illicites.

Julia n'était pas de ces femmes à œuvrer en sous-main pour que leur amant marié quitte leur femme et les épouse, aussi ne poussa-t-elle pas à la roue. Ce fut Dick qui insista pour qu'ils se marient, et Julia finit par accepter. Il était bel homme, jeune, riche, et il paraissait fou d'elle. Ils étaient amants et, de son point de vue à elle, leur relation comportait une certaine dimension amoureuse – assez en tout cas pour lui convenir, à elle qui doutait que l'amour existât réellement. Surtout, elle appréciait qu'ils aient déjà bien avancé dans l'existence. Les difficultés des jeunes couples, avec leurs querelles, leur linge sale et leurs marmots ne l'intéressaient pas. Ce qu'elle aimait chez Dick, c'était son côté fini, achevé, et le fait que leur vie à deux serait à cette image. Mais si tout s'était bien passé au début, aujourd'hui elle ne supportait plus son mari.

On n'était encore qu'au début de l'été lorsque Julia soupçonna qu'elle était enceinte. Des années plus tôt, son médecin avait insisté pour qu'elle arrête, sinon de fumer, au moins de prendre la pilule. Elle n'avait pas eu trop de mal à suivre ce conseil. Dick s'était fait faire une vasectomie et ses entorses à elle au contrat de mariage étaient rares. Cette fois, un test de grossesse et un médecin confirmèrent ses suppositions. Julia n'avait aucun doute sur ce qu'elle allait faire, mais elle ne cessa de différer l'acte. Elle eut des nausées matinales, pas trop insupportables, qu'elle tenta de cacher à Dick jusqu'à ce qu'elle comprenne que, bien qu'il fût père de trois enfants, il ignorait tout du comportement, de l'apparence ou de l'odeur d'une femme enceinte. Quand, enfin, il s'inquiéta, elle répondit qu'elle traînait une sorte de grippe intestinale dont elle ne parvenait pas à se débarrasser.

Mais il fallait être raisonnable. Il n'y avait rien, absolument rien de plus absurde que cette idée de mener sa grossesse à terme. Il en résulterait une pagaille impensable. Elle se retrouverait sur la paille. Le bébé n'aurait pas de père. De plus, elle n'aimait pas les enfants, quel que soit leur âge. Et puis elle perdrait sa liberté. Même mariée à Dick, elle jouissait d'une réelle indépendance (qui aurait pu facilement être plus grande encore). Non sans une certaine indignation, Julia se rappela son mépris vis-à-vis de ces femmes sans enfants qui décidaient sur le tard d'avoir un bébé en s'imaginant que cela résoudrait tous leurs soucis.

Elle consulta tout de même une obstétricienne, qui lui expliqua que tout allait bien. « Le fœtus doit avoir la taille d'un grain de haricot », précisa-t-elle en souriant. Elle détailla à Julia le planning de ses visites, les examens, les problèmes que risquait de poser son âge. Elle lui indiqua également la date du terme. Julia nota le rendez-vous suivant dans son agenda, avec la ferme intention de l'annuler. Dès qu'elle émergea en plein soleil dans la rue, au milieu du flot des piétons indifférents et des taxis, son entretien avec l'obstétricienne s'effaça de son esprit. Les cabinets médicaux implantés dans les rez-de-chaussée des immeubles new-yorkais étaient comme des grottes sur les rives d'un fleuve : ce qui s'y produisait s'oubliait vite une fois que vous en étiez sorti et que le courant vous emportait.

Elle se rendit néanmoins à la deuxième visite. Entre-temps, elle avait commencé à prendre des vitamines et du fer, et elle avait cessé de boire – chose que Dick ne manqua pas de remarquer.

Sur le plan légal, elle le savait, elle pouvait repousser sa décision finale jusqu'à la vingt-quatrième semaine, mais personne n'allait au-delà d'un trimestre et cette limite consti-tuait son point moral et psychologique de non-retour. La date fatidique approcha. La terreur et la joie s'affrontaient en elle, la plongeant tantôt dans l'état d'esprit d'une condamnée à mort qui aurait attendu son exécution, tantôt dans celui d'une fiancée à la veille de se marier. Plus que trois jours. Plus que deux. Plus qu'une journée.

Le dernier jour du premier trimestre, Julia se leva tôt, comme d'habitude. Elle prépara du café, ramassa les jour-naux devant la porte. Lorsqu'elle revint, elle entendit Dick s'affairer dans sa salle de bains. Il la rejoignit dans la cuisine et se laissa lourdement tomber sur une chaise.

— Bonjour, chérie, dit-il alors qu'elle lui donnait sa tasse de café. Merci. Ah… Voyons les dégâts causés par nos chers hommes politiques depuis hier.

Julia s'assit avec une tasse de café noir et une biscotte aux céréales et tira un journal devant elle.

— Nouveaux cas d'abus sexuels de la part de prêtres… marmonna Dick au bout de quelques minutes.

— Le… quoi ? Désolée…

— De nouveaux cas d'abus sexuels commis par des prêtres ont été signalés. « Les diocèses n'ayant pas participé à de précédentes études », etc., etc. Voyons… Ah, écoute : « Dans trente-quatre pour cent des cas, les prêtres ont imposé des fellations à leurs victimes. » Mais où va le monde ?

Et il avala une gorgée de café en reprenant sa lecture.

Julia avait envie de vomir. Les pulsions sexuelles des hommes lui paraissaient si dégoûtantes, et la manière dont ils répandaient leur semence si inconséquente. Toute cette débauche… Ces réflexions la plongèrent dans une mer houleuse d'anxiété dont les vagues la tiraient vers le bas, puis la soulevaient haut dans les airs avant de l'envoyer se briser contre les rochers. Et son bébé ? Il n'était que l'accidentel produit dérivé de son appétit sexuel.

Il était difficile de nourrir de telles pensées, bien plus lugubres et douloureuses ce jour-là qu'elles ne l'avaient jamais été, tout en restant assise en face de Dick dans leur cuisine lumineuse. Dick. Le matin, ses cheveux gris en bataille et les poches sous ses yeux le vieillissaient. Le haut de sa veste de pyjama était ouvert, et l'on entrevoyait son torse avachi. Il s'était toujours soucié de sa ligne et avait à peu près réussi à la garder, mais sa vigilance s'était relâchée dernièrement, si bien qu'il avait à présent la corpulence d'un homme d'âge bien mûr. Mais s'il paraissait vieilli au petit déjeuner, il lui suffisait de se doucher, de se raser et de s'habiller pour être transformé. En costume-cravate, il était plus beau que jamais. Et ses cheveux ! Leur masse épaisse évoquait un débordement de vigueur et de jeunesse.

La cuisine était dotée de puissants spots encastrés, de surfaces blanc laqué et gris acier et de chaises métalliques design. Ce matin-là, leur vue indisposa Julia. Elle se sentait vulnérable, surexposée, et aurait préféré être dans une pièce sombre, allongée sur des coussins. Dick avait reculé sa chaise et ses verres demi-lunes, qui avaient glissé sur son nez, lui donnaient une mine sévère tandis qu'il lisait son journal. Sans quitter sa page des yeux, il avala quelques gorgées de café et se gratta la cheville.

Il alla ensuite s'habiller et revint dans toute sa gloire.

— Au revoir, chéri, dit Julia. Amuse-toi bien.

— Ha ! Tu parles. Avec tout ce qui m'attend au boulot... (Il s'étudia une fois de plus dans le miroir de l'entrée.) Tu as prévu quoi aujourd'hui ?

— Ellen veut m'emmener voir des fauteuils qu'elle envisage d'acheter.

— C'est quoi, sa dernière marotte ?

— Le Second Empire.

— Ah oui ? Curieux. (Dick tapota sa cravate et se tourna vers Julia.) Eh bien, dit-il d'un ton léger, mais avec une pointe d'autorité, ne prends surtout pas ton carnet de chèques avec toi.

— Je sais.

Julia lui tendit sa joue à embrasser. Lorsqu'il se recula, il la jaugea du regard.

— Tu es incroyablement belle aujourd'hui.

— Merci.

— En fait, tu es incroyablement belle depuis quelque temps.

— Merci d'avoir autant attendu pour me le faire remarquer.

— Je plaide coupable. Enfin, oui, tu es superbe.

— Merci.

— Bon, à plus tard. (Dick avait déjà ouvert la porte lorsqu'il se figea avec embarras.) Oh, tu n'oublieras pas, ce soir...

— Je l'ai noté dans mon agenda.

Il faisait allusion à un dîner qui, ils le savaient tous les deux, ennuierait profondément Julia.

— Génial. Alors… Au revoir.

— Au revoir.

Dick lui fit un petit signe de la main en sortant. Après avoir fixé un moment la porte qu'il avait refermée derrière lui, Julia retourna dans sa chambre, où elle s'assit sur le lit pour pleurer en silence avant que la joie ne l'envahisse. Après son bain, elle se vêtit et se maquilla avec le soin qui lui était propre. Puis, ayant vérifié son allure dans une glace, elle alla se chercher un verre d'eau qu'elle emporta dans la bibliothèque. Là, les lumières et les couleurs étaient tamisées, le tissu des sièges doux au toucher. Elle s'installa dans le large fauteuil où elle lisait toujours et posa son verre sur une table basse, à côté de quelques livres. Où s'était-elle arrêtée… ? Oh, oui. Au moment où la facture de cet horrible Irlandais arrivait à échéance. Julia ne prit pas son livre pour autant. Ses mains restèrent lâchement jointes sur ses genoux, et elle observa une ombre passer sur les étagères en face d'elle. Les heures défilèrent. A seize heures, elle se prépara un thé et retourna dans la bibliothèque pour le boire. Elle attendit immobile dans la pénombre. Puis il fut l'heure de se préparer pour le dîner.

L'instant de vérité survint trois semaines plus tard. Elle l'avait différé aussi longtemps que possible, mais il lui fallait maintenant informer son entourage de son état. Elle fit asseoir Dick dans le salon et lui annonça qu'elle avait quelque chose à lui apprendre, quelque chose d'assez gênant.

Dick plissa les yeux.

— D'accord. Vas-y.

Julia inspira à fond.

— Je vais avoir un bébé.

Dick parut d'abord abasourdi et incapable de dire un mot. Ensuite, il éclata de rire.

— Tu plaisantes ? Toi, avoir un bébé ? Je n'ai jamais rien entendu de plus ridicule. Tu n'es pas sérieuse !

— Si, répondit-elle d'une voix à peu près neutre. Je suis enceinte et je veux garder l'enfant.

— Ma parole, tu as perdu la tête !

Elle ignora sa remarque.

— Dans ces cas-là, reprit-il, il me semble qu'il y a en général deux parties concernées. A moins que tu te sois fait inséminer ?

— Non.

— D'accord. Alors voudrais-tu avoir l'obligeance de me dire qui est le père ?

— Non.

— Non ? Non ? Ça signifie que c'est un secret ? Tout le monde finira par être au courant, pourtant. Est-ce que le papa n'a pas envie de « s'impliquer », de s'occuper de l'enfant, de changer ses couches, de jouer à faire coucou avec lui ? Où est-ce que c'était juste un type avec qui tu as couché sans même savoir comment il s'appelait ?

Julia s'était juré de ne pas pleurer. Mais les larmes affluèrent et lui brouillèrent la vue.

— Il est mort.

Dick leva les mains au ciel.

— Il est mort ! Comme le hasard fait bien les choses.

— Je ne dirais pas ça pour lui et ses proches. Tu ne crois pas que je mentirais à ce sujet, non ? Le fait est qu'il est mort. Tu ne le connaissais pas, ni toi ni aucun de tes amis. Il est mort.

— Et je suppose qu'il est mort pour toi. Il avait le cœur brisé, c'est ça ?

— Non. Il... il est tombé malade.

— Et toi ? C'était l'homme de tes rêves ? Tu avais des sentiments ô combien profonds pour lui ? ironisa Dick. La terre a tremblé ?

Julia baissa les yeux.

— Je... Oui. Oui, répéta-t-elle doucement. Je l'aimais.

A ces mots, elle éclata en sanglots.

Face à un tel aveu, et face à une femme enceinte, en larmes et éprouvée par la mort de son amour, Dick ne pouvait que garder le silence. Il se leva et alla se servir un bourbon qu'il but à petites gorgées tout en la dévisageant. Julia pleurait sans

201

bruit à présent. Un long moment s'écoula, jusqu'à ce que Dick vienne s'asseoir à côté d'elle sur le canapé et pose une main sur son épaule.

— Ecoute, déclara-t-il doucement, gentiment même. Tu imagines que c'est une nouvelle assez difficile à encaisser pour moi. Je ne sais pas quoi dire ni penser. Je n'ai jamais... je n'ai jamais vraiment cru que les gens ne devaient plus jamais tomber amoureux ni agir sur le coup du désir une fois qu'ils étaient mariés. J'allais dire « simplement parce qu'ils sont mariés », mais cela ne refléterait pas tout à fait mon respect pour cette institution. (Il eut un petit rire hésitant.) Enfin, je comprends bien comment ce genre de chose arrive. Surtout avec une belle femme comme toi, coincée avec un vieux croûton. Le cœur a... Bref, personne n'a jamais élucidé la question. On ne peut pas lutter contre ça, voilà tout. Regarde nous deux au début. Non, on ne peut pas lutter. Mais l'essentiel, c'est que je comprends que cela arrive. (Il attendit un peu.) Est-ce qu'il est trop tard pour... pour régler le problème ?

— Je ne veux pas ! répliqua Julia avec force, quoique d'une voix à peine audible.

— Oui, bien sûr. (Il attendit encore.) Tu en es à combien de mois ?

— Presque quatre.

— Tu as vu un médecin ?

— Oui, évidemment.

— Et tout...

— Tout va bien.

— Parfait, parfait. Tu sais si... Ils t'ont dit...

— C'est un garçon.

— Un garçon ! Ah, un garçon... (Il laissa sa phrase en suspens, puis secoua la tête et ouvrit ses mains devant lui.) Je suis désolé. C'est juste que... C'est dur pour moi. J'ai du mal à le croire. Qu'est-ce que tu comptes faire ?

Julia se ressaisit.

— D'abord, je vais aller chez Anna ce soir.

— Quoi ?

— Je vais m'installer chez elle pendant quelque temps.

— Chez Anna ! Elle a à peine assez d'espace pour elle et pour son cinglé de gamin !

— Ça ira. Je repasserai avec elle dans les prochains jours pour chercher mes affaires et d'ici deux ou trois semaines, je prendrai l'avion pour la France. Je reviendrai avant l'accouchement.

Dick la regarda avec attention.

— Tu as sûrement supposé que je te jetterais dehors.

— Non, non ! Mais j'ai pensé que la situation serait embarrassante – ce qui est un euphémisme. Il vaut donc mieux que je me prépare à partir très vite. Les hommes ont parfois de drôles de réactions quand ils apprennent que leur femme porte l'enfant d'un autre. Il me semblait préférable de prendre mes dispositions.

— Je vois.

Sourcils froncés, Dick se leva et fit quelques pas dans la pièce, son verre à la main.

— Et si ce n'était pas nécessaire ? demanda-t-il soudain. Je veux dire, de mon point de vue à moi ?

Sa question prit Julia au dépourvu.

— Je suis désolée... tu peux répéter ?

— Et si ton départ n'était pas nécessaire ?

Elle ne sut comment réagir. Dick, lui, se mit à rire.

— Quelle importance ? Aujourd'hui, chacun fait bien tout ce qu'il veut. On n'aura qu'à raconter que tu avais vraiment envie d'un enfant et que, comme je ne pouvais pas te fournir le matériel, tu t'es fait inséminer. On peut inventer n'importe quoi. Ou bien dire simplement la vérité. Les gens jaseront, et alors ? Qu'est-ce qu'on en a à faire ? Enfin, quoi ? (Son regard se perdit dans le vague.) Je sais qu'on en a déjà parlé et que ce n'est pas quelque chose qu'on souhaitait au départ. Mais ça pourrait être sympa d'avoir un bébé à la maison. Je n'ai pratiquement pas profité de mes gamins après leur naissance et je m'en veux. (Il soupira, puis sourit.) Là, avoir un petit bébé, un petit garçon, ce serait chouette. Carrément chouette même. Dans tous les cas, c'est ma proposition. Tu peux rester ici et... (Il s'interrompit.) Non, je reprends : c'est ma requête. Je te demande de rester.

Devant le silence de Julia, il poursuivit :

— Tu me manquerais. Je t'aime.

Julia avait essayé de se préparer à la réaction de Dick, mais elle n'avait pas du tout envisagé ça. Elle était désemparée. Peut-être cette solution marcherait-elle ? Les problèmes qu'elle ruminait en permanence seraient pour la plupart résolus ! Ils continueraient à vivre là, ou bien déménageraient dans un appartement plus grand. Son fils irait dans l'une des écoles du quartier. Dick avait raison. Le « scandale » ne durerait pas. S'ils avaient autre chose à faire ensemble qu'aller à des dîners – surtout une occupation pareille –, peut-être, *peut-être*, cela révélerait-il un autre pan de leur personnalité ? Peut-être seraient-ils plus heureux ? Peut-être que Dick apprécierait d'avoir cette seconde chance de jouer les pères gâteux ? Quelle solution ce serait ! Julia sentait bien qu'elle n'avait pas la trempe d'une mère célibataire héroïque, et elle ignorait de combien d'argent elle disposerait si elle quittait Dick. Seule avec un enfant, pouvait-elle sérieusement envisager de travailler comme vendeuse ou agent immobilier, et de renoncer à se payer des restaurants et de nouveaux vêtements, tout ça avec le sourire ? Anna y parvenait elle ne savait trop comment. Bien qu'elle n'eût jamais un sou en poche, son amie avait toujours une allure folle avec ses tenues bohèmes. Ce style lui allait à merveille et elle affichait un certain détachement vis-à-vis de son confort, mais, pour Julia, faire attention à ses dépenses relevait du cauchemar. Se mettre en quête d'un autre homme riche ? Cette perspective la terrifiait encore plus. Et voilà qu'après avoir tourné et retourné toutes ces questions dans sa tête, une solution se profilait soudain devant elle.

Mais que manigançait Dick, en réalité ? Lui faisait-il cette offre magnanime en sachant qu'elle la refuserait et qu'il s'assurerait ainsi la supériorité morale et psychologique ? Et à supposer qu'il fût sincère, sa générosité survivrait-elle à la matinée ? Mettrait-il son égoïsme en veilleuse pour laisser l'enfant exister par lui-même ? Julia le voyait venir : il serait le héros au grand cœur, celui qui s'était précipité au milieu des flammes pour sauver une mère et son petit et ne perdrait pas une occasion de le lui rappeler.

Julia aurait tout aussi bien pu se trouver au bord d'un précipice balayé par de grands vents. Si elle acceptait l'offre de Dick, elle ne partirait jamais. Et si elle le quittait, il ne lui ferait pas deux fois une telle proposition. Entre toutes ses émotions et ce revirement imprévu, il lui était difficile de réfléchir.

Dick patienta tandis qu'elle pesait le pour et le contre.

— Je suis... émue... par ce que tu viens de me dire, déclara-t-elle enfin. Ta générosité me touche beaucoup, Dick, et je t'en suis très reconnaissante.

Elle leva les yeux vers lui. Malgré sa frayeur et ses soupçons, elle ne put s'empêcher de le regarder avec affection.

— Mais je suis désolée. Il vaut mieux que nos chemins se séparent.

Il hocha la tête, vida son verre et s'assit. Quelques instants s'écoulèrent avant qu'il ne réponde, et lorsqu'il le fit, ce fut de son ton d'avocat.

— Très bien. Si ta décision est prise, nous allons agir en conséquence. Tu ne pensais pas que je ne m'étais jamais préparé à cette éventualité, j'espère ? Pas de contrat de mariage – l'idée était si touchante, si romantique. Voir ma jeune épouse s'en remettre à moi la larme à l'œil, que c'était attendrissant. Mais j'ai quand même pris mes précautions. Tu sais sûrement que les cabinets juridiques ont des moyens de protéger les intérêts de leurs associés quand des ex-femmes avides d'argent – ou même, de nos jours, des ex-maris – commencent à faire connaître leurs exigences ? De plus, le régime de la communauté universelle n'existe pas à New York, et les torts commis par les époux sont pris en compte au moment du divorce. Je me souviens très bien que la division des biens est en partie déterminée par « les fautes conjugales », l'adultère étant le principal exemple. Et vu qu'il n'y a pas d'enfants impliqués dans l'histoire – du moins, pas d'enfants qui seraient à nous –, tu ne pourras pas utiliser cet argument comme moyen de pression. Je peux rendre les choses très, très difficiles pour toi, aussi, je te conseille de ne pas me jouer de mauvais tours, me menacer ou m'envoyer des ultimatums.

— Oh, Dick ! Bravo, quelle intelligence. Essayer de me faire peur et de bluffer avant même que la procédure ne soit entamée !

— Je ne bluffe pas, dit-il d'un ton grave et dur.

En fait, il avait réellement effrayé Julia, mais elle était résolue à n'en rien montrer.

— Tu vois ? répliqua-t-elle en réussissant à rire. C'est la réponse typique des gens qui bluffent.

Il haussa les épaules. Il sentait l'odeur du sang, et cela le satisfaisait.

— Tu as dit qu'Anna et toi viendriez chercher tes affaires ?

— Oui.

— Quand ?

— Je ne sais pas.

— Arrange-toi pour que ce soit demain. Je te suggère de prendre tout ce que tu veux. Après, tu n'en auras plus jamais l'occasion, je te le garantis.

— Mais, Dick, il y a beaucoup...

— Engage des déménageurs. Après-demain, je ferai changer les serrures et je demanderai aux employés de l'immeuble de ne pas te laisser entrer.

— Très bien.

— Je suppose que tu as un avocat ?

— J'ai parlé à quelqu'un, mais de là à l'appeler mon avocat...

— En ce qui me concerne, je sais à qui je m'adresserai. Il te contactera. Ensuite, lui et la personne qui te représentera prendront le relais. Tout devrait être assez simple. (Il la jaugea sans aménité.) Cela ne me regarde pas, mais je dois avouer que j'avais une meilleure opinion de toi. Peu importe le mal que tu me fais. Je n'aurais jamais cru que tu te conduirais de manière aussi stupide et irresponsable.

Julia aurait aimé lui faire comprendre qu'elle était persuadée de bien agir.

— J'ai beaucoup réfléchi…

— Non, l'interrompit-il. Tu n'as pas à te justifier. Je te l'ai dit, cela ne me regarde pas. (Il l'examina encore, avec l'air d'un homme évaluant la valeur d'un objet. Puis il se leva.) J'imagine que tu as hâte de partir.

Julia se leva à son tour. Leurs regards se croisèrent, et une brève lueur, comme le souvenir d'une ancienne intimité, brilla dans leurs yeux. Etait-ce bien de la tendresse et de la douceur qu'elle avait entrevues derrière la mine péremptoire de Dick ? Une simple fierté blessée ? Ou les deux ?

— Je vais chercher mon sac, dit-elle tandis qu'ils se dirigeaient vers l'entrée.

— Je t'en prie, ne te dérange pas, offrit-il avec une galanterie narquoise.

— D'accord. Merci. Il est dans mon dressing.

Elle prit son manteau dans le placard, l'enfila et le boutonna avec la raideur d'un automate. Dick revint avec son sac, qu'il alla déposer sur le palier, près de l'ascenseur.

— Au revoir, Julia.

— Au revoir.

Il referma la porte tandis que Julia pressait le bouton d'appel. L'une des choses les plus bizarres quand on vivait dans un appartement, c'est qu'on pouvait sortir de la vie de quelqu'un mais être quand même obligé d'attendre l'ascenseur.

Quand Julia et Anna revinrent le lendemain, elles furent accueillies par un homme corpulent d'une cinquantaine d'années aux mains couvertes de plaques rouges. Plus ou moins associé au cabinet juridique auquel Dick avait fait appel, il leur expliqua poliment qu'il était là pour renseigner Julia sur les biens qu'elle pouvait légalement reprendre, comme ses habits, ses photos personnelles, ses souvenirs, et ceux qui, parce qu'ils constituaient un motif possible de dispute, devaient rester là. Il établirait également un inventaire de tout ce qu'elle récupérait et la prierait de bien vouloir être assez aimable pour le signer.

Tandis qu'elle empaquetait ses affaires, Julia constata que ses bijoux avaient disparu. Avec tous ses soucis, ils lui étaient complètement sortis de la tête, et elle n'avait pas songé un seul instant que Dick fouillerait son sac avant qu'elle ne parte. Quelle idiote. Elle, une femme avertie !

Tout le monde fut bientôt au courant de la situation. La mère de Julia ne cacha pas son mépris. Elle n'avait pas approuvé son mariage avec Dick et n'appréciait pas que sa fille se comporte maintenant comme la reine des imbéciles. Le père de Julia, lui, accueillit la nouvelle avec joie.

— Ah, ça a pris du temps, mais je vais enfin avoir un petit-fils !

Il confia à Julia qu'il n'avait jamais vraiment aimé Dick, de toute façon. Quant aux circonstances de cette grossesse...

— Ma foi, poussin (il ne l'avait pas appelée ainsi depuis qu'elle était petite), si tu as envie de garder le bébé, c'est que le père était un type bien.

Julia informa les enfants de Dick. Charlotte l'assura avec émotion que cela ne changerait rien à leur relation, quoi qu'il advienne entre son père et elle. Et si Julia avait besoin de parler à quelqu'un, elle ne devait surtout pas hésiter à lui téléphoner, quelle que soit l'heure.

Après Dick, la personne dont Julia redoutait le plus la réaction était Mme Gorotiaga. Elle se demandait si la Française serait horrifiée, si elle se répandrait en imprécations et partirait sur-le-champ avec son mari. Mais Mme Gorotiaga n'était pas de ce bois-là. Quand Julia lui expliqua ce qui s'était passé, elle afficha une mine soucieuse et voulut simplement savoir si elle buvait de la bière. La réponse étant négative, elle fit un bruit réprobateur avec sa langue.

— Ça ne va pas, ça, dit-elle.

A partir de cet instant, elle prit complètement en charge le régime et l'agenda de la future mère. Quand celle-ci protestait en faisant valoir tel ou tel conseil de son médecin,

Mme Gorotiaga grognait avec dédain. Julia parvint à avoir le dernier mot le jour où son employée lui reprocha d'être trop active.

— Vous avez sûrement raison. Vous-même, vous restiez bien allongée toute la journée quand vous étiez enceinte, n'est-ce pas ?

— Rester allongée toute la journée ! Non, madame ! Je faisais la cuisine et les lessives, je surveillais les autres enfants, je m'occupais du jardin...

Elle comprit alors qu'elle venait de se faire piéger par une Julia pas mécontente d'elle-même.

— Bah, oui mais moi, c'était différent. Je n'étais pas toute maigrichonne comme vous.

Dans cette histoire, en réalité, la personne à souffrir le plus était M. Gorotiaga. Sa femme, qui faisait deux fois sa corpulence, lui reprochait à tout bout de champ d'avoir oublié telle ou telle chose dont dépendaient l'avenir et le bonheur du bébé. Quand elle la voyait revenir auprès d'elle après l'une de ces tirades, Julia s'étonnait toujours que l'on puisse glisser aussi vite de l'état de harpie à celui de douce grand-mère.

Julia vivait sa grossesse dans l'endroit qu'elle préférait sur terre. On la dorlotait. Son petit garçon grandissait en elle. Tout était merveilleux. En d'autres termes, le présent s'avérait plutôt positif. Mais cela ne durerait pas, n'est-ce pas ? Si le passé la poussait vers l'avant, l'avenir lui apparaissait parfois comme une falaise dont elle se rapprochait inexorablement.

Avoir un enfant serait le premier acte dont elle devrait assumer toute sa vie les conséquences, et cela la terrifiait. Quoi qu'il advînt, même si elle abandonnait son bébé sur le seuil d'une maison, elle resterait sa mère. Même s'il quittait la maison à dix-huit ans et décidait de ne plus jamais lui parler, elle resterait sa mère. Elle le resterait jusqu'à la fin de ses jours, sans aucun moyen de revenir en arrière. Quel engagement avait-elle jamais pris qui puisse se comparer à celui-là en importance et en permanence ? Aucun, pas même son mariage. Là, elle devrait faire don d'elle-même à cet enfant durant une longue période et comme jamais auparavant, chaque jour, chaque heure même, dès sa naissance. Sa vie allait être bouleversée à tous égards, du plus important au plus trivial, et elle ne pouvait y couper. Etait-elle prête ? Pouvait-elle changer ? Se lasserait-elle ? Répéterait-elle les erreurs de ses parents ? Son fils regretterait-il d'être né ? Elle l'ignorait.

Parfois, lorsqu'elle cherchait des raisons d'être optimiste, elle pensait aux familles qu'elle avait connues au fil des ans. Mais c'était justement la chose à ne pas faire, car le résultat se révélait effrayant : les querelles, les peines, les déceptions étaient si nombreuses. Il y avait de quoi renoncer à se lancer dans une telle aventure. Les chances de réussir étaient si dérisoires. Pourquoi elle, plus que les autres, aurait-elle dû être une exception ?

Lorsque Julia arrivait à stopper le flux de ces pensées et à se laisser simplement porter par ses émotions, elle ne ressentait qu'un amour absolu pour son bébé, et une joie et un optimisme sans bornes devant la petite famille qu'ils formeraient. Il restait toutefois un sujet dont elle ne pouvait ni ignorer ni minimiser l'aspect menaçant. L'argent. Tout en ayant conscience d'être sans doute superficielle, elle demeurait convaincue qu'il valait mieux être riche que pauvre. La perspective de manquer d'argent la terrifiait et cette terreur-là, contrairement aux autres, était si directe et immédiate qu'elle en devenait presque insupportable. Gâtée et frivole comme elle l'était, Julia détestait l'idée de devoir vivre chichement, elle qui des années durant n'avait jamais hésité à dépenser une fortune pour un chemisier. Mais elle ne se souciait pas seulement de maintenir son train de vie. Elle ignorait du tout au tout ce que serait sa situation après le divorce et ne doutait pas de pouvoir se retrouver sur la paille, si irrationnelle que fût cette pensée. Elle n'aurait plus alors qu'à se ronger les sangs en se demandant si elle aurait les moyens de payer son prochain loyer ou d'offrir des cadeaux de Noël à son fils. Un facteur psychologique accentuait encore ses craintes : elle aimait avoir beaucoup d'argent, non pas tant pour ce qu'il permettait d'acheter, mais pour le sentiment de sécurité qu'il procurait. Le spectre de la pauvreté, quand bien même il ne serait que très relatif, faisait naître en elle une peur panique.

Ma foi, pensait-elle, elle avait quelques économies personnelles (si peu !) et elle pourrait peut-être obtenir un poste quelque part. Ses amis l'aideraient aussi. La principale inconnue était combien elle toucherait de la part de Dick. De ce côté-là, elle disposait d'un atout, mais elle ne savait pas si elle avait intérêt à le jouer.

A sa mort, le père de Dick avait légué à chacun de ses petits-enfants une grosse somme d'argent, à charge pour son fils de gérer ces fonds jusqu'à ce que Charlotte, Deirdre et David aient trente ans. Autorisé dans l'intervalle à puiser dedans pour financer leurs études, leurs soins médicaux et leur « entretien », Dick avait pris l'habitude de faire des achats et des « investissements » qui avaient repoussé l'acceptation donnée aux termes du contrat. Ses enfants n'auraient-ils pas envie de vivre plus tard dans la maison qu'il souhaitait acquérir, avec les tableaux ou les meubles qu'il avait repérés ? Ces derniers ne représentaient-ils pas de bons investissements ? Une maison de campagne n'était-elle pas un bon investissement elle aussi, et ses enfants ne bénéficiaient-ils pas plus que quiconque de cet achat, des améliorations et de l'extension réalisées ? De plus, Dick s'accordait des honoraires très élevés et revendiquait des frais qui témoignaient d'une posture assez agressive – parties de chasse avec des amis financiers ou pourcentage généreux qu'il s'était attribué sur l'entretien et le coût initial du bureau aménagé dans son appartement. Le tout sans oublier les prêts contractés.

Julia avait mis longtemps à le percer à jour. Au début, elle n'avait pas saisi toutes ses combines. Ensuite, elle avait traversé une phase de déni et, pour finir, elle était devenue une complice passive, corrompue par tout ce bel argent.

Ce n'était pas vraiment du vol puisque les enfants possédaient les biens achetés par leur père. La valeur de ceux-ci n'avait-elle pas augmenté au fil des ans ? Tout le monde était rémunéré pour ce genre de service rendu, après tout. Même les prêts constituaient un avoir. Le temps que Charlotte, Deirdre et David soient assez âgés pour que tout ça présente une quelconque importance, les affaires se seraient arrangées. Mais bien sûr, à mesure que les années passaient, le déséquilibre entre les dépenses justifiées et injustifiées n'avait fait que s'accentuer et, avec un désespoir lui aussi croissant, Julia s'était raccrochée à ses justifications douteuses.

A présent, elle se trouvait face à un dilemme moral, financier et légal. Le pire qui soit, en somme. Les enfants n'avaient jamais été mis au courant du legs de leur grand-père. Bien après que l'argument de leur jeunesse ait cessé d'être valable, l'inertie avait pris le relais. Par chance, au moment où ils approchaient de l'âge d'entrer en possession de leur bien, un autre argument était apparu : il serait dangereux pour David de savoir qu'il disposait d'une telle fortune étant donné ses problèmes de drogue. Pour l'heure, mieux valait donc ne pas informer ses deux sœurs non plus. Tout cela fournissait à Julia un moyen de pression sur Dick. A l'évidence, il était prêt à faire preuve d'une certaine décence à son endroit à condition qu'elle garde le silence. Si elle coopérait, si elle n'usait pas de « mauvais tours », de « menaces » et d'« ultimatums », peut-être pourrait-elle obtenir un peu plus d'argent, voire garder la maison. Le sous-entendu avait été clair. A l'inverse, si elle sifflait la fin de la partie, Dick n'aurait aucune raison de retenir ses coups et il engagerait contre elle une bataille sans merci. Il avait toujours supposé – sans doute fort justement – que ses enfants étaient trop faibles pour tenter quoi que ce soit s'ils venaient à découvrir ses agissements. Il n'empêche, la situation risquerait de devenir très déplaisante et coûteuse, avec en prime le procureur général de l'Etat de New York posté en embuscade.

Assise dans son lit, Julia s'absorbait parfois dans ces réflexions au point d'avaler le délicieux petit déjeuner de Mme Gorotiaga sans y prêter la moindre attention. L'argent, l'argent, l'argent, l'argent, l'argent. L'écho lancinant de ce mot dans sa tête la paralysait.

7

Quand Charlotte était à Paris et que la saison s'y prêtait, elle faisait souvent un saut dans la maison de son père et de sa belle-mère. Cette fois encore, elle avait prévu d'y passer après le congrès afin de rendre visite à Julia, perspective que celle-ci envisageait sans grand enthousiasme. Charlotte avait toujours eu tendance à l'exaspérer, et cela était encore plus vrai à présent qu'elle s'efforçait de lui montrer qu'elle la soutenait comme une amie et qu'elle n'était pas une sainte-nitouche étroite d'esprit. De plus, si assaillie qu'elle fût par ses soucis, Julia avait réussi à les oublier de temps en temps dans sa maison, loin du Pays de Dick. La présence de sa belle-fille ne ferait que mettre de l'huile sur le feu. Mais, bien évidemment, elle réagit avec bonne humeur à son coup de téléphone. Il ne s'agissait que de deux jours, après tout.

M. Gorotiaga alla chercher Charlotte à la gare. Elle était épuisée. En fait, elle ne l'avait jamais été autant. Avant même que Julia lui eût ouvert, ou presque, Charlotte s'était déjà répandue sur les crises qu'elle avait eu à gérer. Tandis qu'elle s'effondrait dans un confortable fauteuil du salon, Julia pria Mme Gorotiaga de leur apporter du thé.

— Cela me fera du bien, déclara Charlotte lorsque Mme Gorotiaga revint avec le plateau.

Et elle se redressa pour lui poser des tas de questions sur elle-même, son mari, ses enfants, le fils en Espagne, la fille avec tous ses bébés. Ce n'étaient là que des propos anodins, et Charlotte s'exprimait dans un excellent français, mais cela

213

mit Mme Gorotiaga mal à l'aise. Le dos raide, elle hocha la tête en répondant aussi succinctement que possible. Julia, elle, en profita pour examiner la tenue de Charlotte. Elle portait des bottes semblables à des saucisses et une sorte de robe de gitane avec plein de couches superposées. Elle avait les cheveux gras, aussi.

Après le thé, Charlotte se reposa. Puis vint le dîner, durant lequel elle se montra éteinte, nerveuse, préoccupée. Etonnamment muette, elle répondit aux questions de Julia par des monosyllabes, tout en lacérant la peau de son pouce avec l'ongle de son index et en descendant verre de vin sur verre de vin. Elle continua à boire lorsque Julia et elle passèrent dans le salon pour manger le fromage. Si elle avait été seule, Julia se serait assise près du feu et aurait glissé dans le doux état de torpeur d'une femme enceinte et repue. Ce soir-là, cependant, elle resta sur le qui-vive. Charlotte avait commencé à lui parler de sa vie personnelle, et si elle trouvait toujours difficile de se concentrer sur de tels monologues, celui-là se révéla d'un intérêt inhabituel.

— Eh bien, déclara sa belle-fille après qu'elles se furent installées, je crois que je t'ai tout dit sur la conférence.

Elle mordilla un petit lambeau de peau arraché à son pouce et avala encore un peu de vin.

— Julia, reprit-elle, il y a un truc dont j'aimerais discuter avec toi. Tu es la seule personne avec qui je peux vraiment le faire. Tu comprends ce genre de problème, toi. (Pause.) En fait, il m'est arrivé quelque chose. (Nouvelle gorgée de vin.) Tu te souviens de mon ancien petit ami français, Maximilien-François-Marie-Isidore ?

Julia fit signe que oui.

— Eh bien, quand je suis rentrée à mon hôtel le premier soir, il m'attendait à l'accueil. Tu te rappelles son côté obsessionnel, possessif ? Il voulait qu'on aille prendre un verre ensemble. Je lui ai dit qu'il était tard, que j'avais une grosse journée le lendemain. Il a insisté, et comme il était à deux doigts de faire une scène, j'ai accepté. On est allés dans un bar boire un coup. Plusieurs, pour être honnête. Je me suis même mise à fumer, moi qui ne l'avais pas fait depuis une éternité. Je ne te raconte pas l'état de ma gorge après... (Elle jeta un coup d'œil à Julia, puis parut essayer de mettre de l'ordre dans ses pensées tout en rassemblant son courage.) Bon, alors, euh... ensuite... Maximilien-François-Marie-Isidore est monté dans ma chambre. On a bavardé, fumé et bu des trucs du minibar. Après, il a passé la nuit avec moi. Je veux dire, on a couché ensemble. (Charlotte déversa cette information d'une traite et éclata en sanglots. Il lui fallut un moment pour se ressaisir, mais elle finit par s'essuyer les yeux avec un mouchoir en tentant d'afficher un sourire ironique.) Tu vois, j'ai un léger problème. Est-ce que... Est-ce que je peux me resservir ?

Julia remplit son verre. Charlotte but quelques gorgées et mâchonna un morceau de pain avec du fromage avant de continuer.

— Le lendemain, ça a été de la folie, comme d'habitude, et le dîner s'est prolongé très tard. Malgré tout, je n'ai attendu qu'une chose toute la journée : le revoir. On s'était mis d'accord pour qu'il revienne à l'hôtel ce soir-là. J'avais tellement envie de le retrouver ! On a passé la nuit ensemble, et la suivante aussi. Et... (Sa lèvre inférieure et son menton tremblotèrent.) Oh, Julia ! s'écria-t-elle en pleurant de plus belle dans son mouchoir.

Lorsqu'elle releva la tête, des plaques rouges parsemaient sa figure et des larmes ruisselaient sur ses joues.

— Je l'aime ! Je l'aime ! Et il m'aime !

Bien joué, Charlotte ! songea Julia. Aimer quelqu'un et en être aimé, n'était-ce pas ce que chacun souhaitait plus que tout ?

Quelques instants plus tard, Charlotte inspira à fond.

— Tu vois, Julia, c'est pour ça qu'il fallait que je te parle. Je savais que toi... (Elle lorgna son ventre.) Je savais que toi, tu comprendrais et que tu serais de bon conseil.

Elle renifla, défroissa son mouchoir, le replia, puis le froissa de nouveau en se tamponnant le nez.

— Pourquoi ton ami a-t-il surgi comme ça à l'hôtel ? Tu prétendais ne pas l'avoir vu depuis des années.

Sa question fut accueillie par une nouvelle crise lacrymale incontrôlable.

Julia contempla les fenêtres derrière sa belle-fille. Elles donnaient à l'est, et elle venait de rater l'une de ses vues préférées, quand des taches d'un jaune et d'un vert profonds émergeaient sur les collines, face au soleil couchant. La présence de Charlotte avait détourné son attention.

Examinant sa belle-fille, Julia se fit la réflexion que certaines femmes étaient très belles quand elles pleuraient. Leurs joues rouges, leurs yeux brillants de larmes, leurs lèvres gonflées, leur corps vibrant d'émotion – tout cela pouvait rendre un homme fou d'amour. A l'opposé, certaines voyaient alors leur visage se transformer en masque de tragédie grotesque. Et Charlotte entrait sans hésitation dans la deuxième catégorie de pleureuses.

— J'allais y venir, déclara Charlotte une fois qu'elle eut repris le contrôle de ses nerfs. En fait, je l'ai appelé.

Voilà qui était intéressant.

— Je lui ai téléphoné dès mon arrivée à Charles-de-Gaulle. Je ne savais pas si le numéro que j'avais était encore bon, ni même si Maximilien-François-Marie-Isidore serait à Paris, mais je suis finalement tombée sur son répondeur. J'ai réussi à articuler le nom de mon hôtel et à lui dire de me rappeler, tout ça en tremblant comme une feuille. J'y avais réfléchi dans l'avion et pourtant, quand j'ai pris mon téléphone, ça a été sur une impulsion. Je n'étais toujours pas sûre de ce que je désirais ni de ce qui arriverait si on se revoyait. (Charlotte soupira. Pour l'heure, sa détresse lui avait arraché toutes les larmes dont elle était capable.) Tu dois trouver bizarre que j'aie voulu le revoir, mais ça, c'est la deuxième partie de l'histoire. Oh, je ne sais plus quoi penser.

Elle se prit la tête entre les mains, soupira encore, puis se moucha.

— Tu n'as pas oublié le mariage et ce qui s'est produit ce soir-là, j'imagine. Tu te souviens de l'ami de Peter, Jonathan ? Celui qui est mort ?

Julia acquiesça.

— Alors voilà : tu as rencontré sa femme, Holly ?

— Oui, à l'enterrement.

— D'accord. Le fait est que Peter... (Charlotte inspira avant de se lancer.) Le fait est que Peter et Holly sont amoureux l'un de l'autre.

Elle dévisagea Julia en s'attendant visiblement à ce qu'elle soit choquée par une telle révélation.

— Oh, Charlotte ! Ma pauvre ! Que s'est-il passé ? L'un d'eux s'est confié à toi ? Ou bien as-tu découvert... Tu l'as appris d'une autre façon ?

— Non. Ils ne m'ont rien dit, je n'ai pas mis le doigt sur une preuve par hasard et je suis certaine qu'il n'y a rien eu entre eux.

— Mais alors... comment le sais-tu ? Ce n'est peut-être pas vrai.

Charlotte demeura silencieuse. Elle tordit son mouchoir et examina ses mains.

— Cela va te paraître insensé, Julia, et tu jugeras sûrement ridicule de fonder une décision qui engage toute une vie sur une chose pareille, mais je vais essayer de t'expliquer.

« La veille de mon départ pour Paris, Holly est venue à la maison nous préparer à dîner. Peter n'était pas encore rentré quand elle est arrivée, alors on a discuté toutes les deux. On n'avait jamais parlé seules aussi longtemps jusque-là. En général, je me sens mal à l'aise avec elle, mais ce soir-là, je me suis aperçue que je l'appréciais beaucoup. Je ne pourrais pas te citer un seul des sujets qu'on a abordés. C'est juste que j'éprouvais soudain de l'affection pour elle et que j'avais l'impression qu'on était proches. J'étais détendue, tu vois ? Comme on peut l'être avec certaines personnes quand on relâche la pression ?

Julia hocha la tête.

— Mais le plus important a eu lieu après. Bon, on a dîné, d'accord ? C'était sympa, il n'y a rien eu de particulier à signaler. A la fin, Holly a fait un petit discours sur Peter et moi. Elle a décrit ce que cela signifiait d'aimer quelqu'un et nous a porté un toast. Et puis elle s'est mise à pleurer. Ça tenait à ce qu'elle avait dit, à la manière dont elle l'avait dit et au fait que Jonathan n'était plus là.

« Après, je suis allée préparer le café dans la cuisine. Je me suis retournée à un moment et j'ai regardé Peter et Holly, qui étaient restés à table. C'est là que ça s'est produit. Tout à coup, j'en ai eu la certitude. Il me semblait si évident qu'ils s'aimaient. La façon dont ils se fixaient, dont ils bavardaient. Cela crevait les yeux. N'importe qui avec un peu de jugeote s'en serait rendu compte dès le début. C'était à cause de Peter, et non de Jonathan, que Holly pleurait. Parce qu'il se trouvait assis à côté d'elle, mais marié à une autre.

« Pourquoi ai-je ensuite appelé Maximilien-François-Marie-Isidore ? Parce que... parce que... je ne sais pas ! J'étais perdue et il fallait que je le voie. Comme j'avais découvert que Peter aimait Holly, on peut supposer que je voulais me jeter dans les bras de quelqu'un qui m'aimait aussi. J'avoue que je manque assez de confiance en moi pour que l'explication tienne la route. Mais il n'y a pas que ça. En les voyant tous les deux, je me suis souvenue des paroles de Holly sur l'état amoureux, et je me suis dit que moi aussi, je voulais connaître ça. J'en crevais d'envie, même.

« Tout ça te paraît sûrement ridicule, Julia. Ridicule, absurde, insensé. Tu dois penser que j'ai perdu la raison pour affirmer sans preuve que Peter et Holly s'aiment. Et que je suis givrée d'avoir réagi ainsi et d'être aussi bouleversée après coup. Je suis désolée, je ressens des émotions tellement contradictoires...

« Je suis triste pour Peter et Holly. Jonathan pouvait pousser n'importe quelle femme à tomber amoureuse de lui et à l'épouser, seulement je me demande si Holly n'aime pas Peter depuis le tout début, en fait. Parce qu'il y a un détail que tu ignores. Cela remonte à des années, bien avant qu'elle ne rencontre Jonathan. Peter et elle ont voyagé côte à côte dans un avion. Peter l'a mentionné deux ou trois fois, toujours de manière très décontractée, en plaisantant presque sur le fait qu'ils avaient flashé l'un sur l'autre. Alors... tu vois... il était si décontracté que je suis convaincue que cela cachait quelque chose.

— Mais, Charlotte, s'il en avait fait tout un plat, tu tiendrais exactement le même raisonnement !

— Oui. Bien sûr. Il n'empêche. Dire qu'ils côtoient tous les deux la personne qu'ils aiment sans pouvoir vivre avec elle... ça me fend le cœur.

« Et puis, il y a des moments aussi où je suis persuadée d'avoir trop d'imagination. Je crois être folle de Maximilien-François-Marie-Isidore et l'avoir toujours été, mais si ce n'était qu'une réaction à ce que j'ai perçu entre Peter et Holly ? Peut-être que je me suis juste fait une montagne de rien du tout et qu'il vaudrait mieux que j'oublie cette histoire, que je rentre chez moi et que je reprenne ma jolie petite existence. C'est ce que j'ai toujours désiré. Je n'ai jamais rêvé d'un tel cirque, moi. J'ai déjà connu ça avec Maximilien-François-Marie-Isidore. Que gagnerais-je à retourner auprès de lui ? Pourtant, si tu me posais la question là, maintenant, je te répondrais que je ne souhaite rien d'autre. Les trois dernières nuits ont été les plus belles de ma vie. Je sais bien que ce ne sera pas toujours comme ça, et peut-être que le côté excitant de la situation a compté pour beaucoup, et... Oh, je pourrais trouver des tas de raisons de tirer un trait sur ce qui s'est passé, mais je sais, je sais...

— Et Peter ? s'enquit Julia. Tu ne l'aimes pas ?

Charlotte réfléchit un instant.

— Si, je l'aime, et il me semble qu'il m'aime aussi. Mais bon, je ne vais pas te faire un dessin, Julia. J'ai voulu l'épouser à cause de ce qu'il est et de ce que je suis. Peter, c'était le choix de la sécurité. J'ai beaucoup de mal à l'admettre à voix haute, mais j'en ai toujours eu conscience. Je me doutais bien que j'étais la plus amoureuse des deux et que j'avais davantage besoin de lui que l'inverse. Et même pour moi, ce n'était pas un amour comparable à celui que j'éprouvais pour Maximilien-François-Marie-Isidore. C'était ce qui me plaisait, d'ailleurs.

« Peter est tellement gentil. Il ne me quittera jamais sous prétexte qu'il a rencontré quelqu'un d'autre. J'en mettrais ma main au feu. De toute façon, il est évident qu'il n'a pas la moindre idée de ce que Holly ressent pour lui, et réciproquement. A supposer qu'ils ressentent vraiment quelque chose l'un pour l'autre. Mais s'il était libre – ce que je peux lui permettre de devenir –, pense à ce que cela signifierait pour lui ! (Charlotte sourit avec tristesse.) Merci de m'écouter, Julia. J'ai toujours eu l'impression que personne ne me comprenait aussi bien que toi dans la famille.

— En effet.

Charlotte soupira.

— Je ne sais pas ce que je vais faire, déclara-t-elle d'une voix tranquille. Il y a tant de problèmes à résoudre. Dans l'hypothèse où mes sentiments pour Maximilien-François-Marie-Isidore seraient temporaires, pourquoi devrais-je revivre tout ce que j'ai déjà subi avec lui ? Comment l'expliquerais-je à mes parents et au reste du monde ? J'aurais l'air si ridicule. Et puis, cerise sur le gâteau, j'ignore comment on se débrouillerait sur le plan financier. J'ai presque honte de me soucier de cette question, poursuivit Charlotte. L'argent ne devrait pas entrer en ligne de compte, n'est-ce pas ? On pourrait s'en sortir sans, après tout. Mais on ne vit pas que d'amour et d'eau fraîche non plus. Il faut bien qu'on ait un *minimum* d'argent. Et peut-être qu'on m'a trop gâtée, mais je suis habituée à en avoir.

Julia tendit un peu plus l'oreille.

— Maximilien-François-Marie-Isidore n'acceptera jamais de s'expatrier aux Etats-Unis. En ce moment, il loue une chambre dans un appartement parisien, mais il a toujours dit que le jour où il se marierait, il emménagerait dans le château de sa famille. Ses ancêtres l'ont reçu de Saint Louis en même temps que leur titre de noblesse après avoir financé une croisade. Le père de Maximilien-François-Marie-Isidore méprisait tout ce qui s'y rapportait, mais lui, il y est très attaché. C'est un royaliste. Il tient à habiter dans son château, même si ce n'est plus qu'un tas de pierres au milieu des marais et si

220

aucune réparation n'a été effectuée depuis que l'électricité a été installée dans les années trente. Il dit qu'il doit prendre sa place parmi ses aïeux et que son héritier naîtra là et pas ailleurs.

Quelque part en elle, Charlotte dénicha de nouvelles larmes à verser.

— Comment fera-t-on pour vivre ? Il ne se passe jamais rien dans ce département. Rien. Je ne vois pas quel genre de boulot je pourrais décrocher, et Maximilien-François-Marie-Isidore n'a pas de gros revenus. Par principe, il refuse de travailler pour toucher un salaire. C'est un noble ! Et puis, le voudrait-il qu'il ne trouverait jamais de poste correctement rémunéré. Il écrit des poèmes ! Cela lui rapporterait tout juste une misère s'il voulait bien accepter qu'on les lui paie – ce qui n'est pas le cas. Pour rendre le château habitable et pour y vivre sans mourir de faim, il faudrait une fortune. Non, je ne vois pas comment nous ferions.

« J'ai tout envisagé. Donner des cours d'anglais dans une ville pas très loin de là. Bosser à distance avec mon ordinateur, quitte à aller à Paris de temps en temps. Philippe, mon patron, serait bien en mesure de m'aider, mais c'est un cas désespéré quand il s'agit de faire quoi que ce soit pour les autres. Et j'ai beau connaître quelques membres français du comité de direction de l'AGSPF, il est difficile d'obtenir le moindre emploi en France. Tu imagines ce que ce serait pour moi, une Américaine ? Quand bien même on m'autoriserait à travailler en prenant en compte le fait que je serais mariée...

« Il y a ma famille, aussi, mais ma mère n'a pas beaucoup d'argent en dehors de ce que mon père lui envoie, et je sais qu'elle ne serait pas très disposée à me soutenir. Elle piquera une crise si je vais au bout de ma folie. Quant à mon père... Mon Dieu ! Je ne serais pas surprise qu'il coupe les ponts avec moi et me déshérite. Déjà qu'il m'a laissée entendre combien son divorce allait lui coûter. Oh, s'il te plaît, Julia, ne crois pas que je t'en veuille ni que j'aie avalé ce qu'il m'a raconté. C'est juste pour te donner une idée de son état d'esprit. Ensuite, il reste mes grands-parents. Ils nous ont offert des cadeaux au fil des ans que j'ai conservés. Et je pourrais vendre tout ce que je possède. J'ai même pensé à me séparer de mon tableau.

— Oh, non, Charlotte ! Tu l'adores !

— Oui, seulement quand j'apprends que telle ou telle œuvre du peintre a été vendue aux enchères et que je vois le prix qu'elles ont atteint, je me dis que cela nous aiderait beaucoup. J'en serais malade, mais bon...

Charlotte rumina la perte de son tableau.

— Tout cumulé, cela représenterait quoi ? reprit-elle d'un ton angoissé. Pour restaurer le château, y vivre, pour avoir des enfants – parce qu'on en veut... On serait sur la paille en un rien de temps ! (Elle secoua la tête.) C'est impossible, n'est-ce pas ? C'est impossible. Tout ça est insensé. Et ça l'est encore plus quand on prend en considération l'aspect financier du problème. Autant abandonner. Je vais rentrer auprès de Peter, garder ma mère et reprendre une petite vie décente.

Epuisée, elle enfouit son visage entre ses mains.

Julia attendit un peu avant de se lever.

— Va te coucher, dit-elle en lui touchant l'épaule. Tu es fatiguée et à bout de nerfs.

Charlotte opina en silence. Elles débarrassèrent en partie la table et montèrent à l'étage. Après quelques embrassades et larmes supplémentaires, Charlotte se coucha enfin. Elle s'endormit aussitôt.

Julia, elle, veilla encore.

L'argent. Pour que quatre jeunes amants soient heureux, il fallait de l'argent. Et le plus beau dans l'histoire, c'était qu'elle, Julia, avait un moyen de résoudre le problème ! Elle n'avait qu'à dénoncer les malversations de Dick pour que Charlotte prenne conscience de sa véritable situation financière. Sauf que cela aurait quelques conséquences potentiellement désagréables pour elle. Avec bien des raisons de vouloir se venger, et plus aucune de la ménager, Dick chercherait à la démolir par tous les moyens possibles. Peut-être même l'impliquerait-il dans ses agissements. Etait-elle prête à l'accepter ? Non.

La question était donc réglée. Elle proposerait à Charlotte de prolonger son séjour. Elle la consolerait, la dorloterait et lui conseillerait d'écouter la voix de la sécurité et de la sagesse. Le temps de prendre du recul, sa belle-fille retrouverait son bon sens et ne verrait plus dans ses trois nuits de passion qu'un souvenir glorieux, rien de plus. Tout se terminerait sans esclandre – et sans nouveaux soucis pour elle-même.

A ce stade, et malgré son intention de dormir, Julia se sentit obligée de justifier davantage sa décision à ses propres yeux.

Indépendamment de son intérêt personnel, cette histoire était absurde. Imaginer que Charlotte puisse passer le reste de ses jours avec ce Maximilien-Machin-Chose ! C'était ridicule. De la folie pure. Quant à Peter et Holly, qui sait ? Peut-être éprouvaient-ils réellement une pointe de désir l'un pour l'autre. Une douleur commune les avait rapprochés dans des circonstances hautement dramatiques, il aurait donc été étonnant que des sentiments ne naissent pas entre eux. Bien sûr, Julia se rappelait ce que Jonathan lui avait dit à leur sujet. Elle ne doutait pas de son acuité dans ce domaine et, de plus, ce que lui avait révélé Charlotte sur la première rencontre de Peter et Holly correspondait au scénario type d'un coup de foudre. Mais tout de même, c'était léger, non ?

Rien n'y faisait, le sommeil la fuyait toujours. Elle tenta de toutes ses forces de faire le vide dans son esprit. Il le fallait, parce que toute nouvelle pensée allait à l'encontre de sa résolution. Elle ne voulait plus réfléchir au sort de Charlotte, Holly et Peter. Elle ne voulait plus se préoccuper de leur bonheur potentiel et de leur chagrin. Elle ne voulait plus songer au grand amour et à leur chance de le trouver tous. Mais c'était plus fort qu'elle.

Julia n'avait jamais réussi à apprécier Charlotte. Mais à présent, elle ne pouvait s'empêcher de compatir. La nature même de celle-ci, le cran inhabituel dont Charlotte avait fait preuve et le fait que, après toutes ces années, elle se soit peut-être attachée à elle comptaient pour beaucoup dans ce revirement. L'affaire était délicate : Julia sentait que sa belle-fille était amoureuse. Mais poursuivre sa liaison avec son Français lui vaudrait de nombreux ennuis. D'une part, divorcer aussi vite après son mariage la plongerait dans l'embarras en lui faisant perdre le statut social et la sécurité auxquels elle tenait tant. D'autre part, ses parents avaient depuis longtemps rendu leur verdict au sujet de Maximilien-Machin-Chose : pauvre et barbant au possible, il n'était qu'une passade que Charlotte devait s'ôter de l'esprit. Tôt ou tard, pensaient-ils, elle recouvrerait la raison – en quoi ils ne s'étaient pas trompés. La voir épouser un homme pareil, surtout si cela impliquait de renoncer à un très bon parti et à une vie normale, les dérouterait et les rendrait fous de rage.

Pauvre Charlotte, soupira Julia. Sa belle-fille cherchait son amitié, lui demandait conseil et partageait ses secrets avec elle depuis tant d'années. Charlotte méritait d'être heureuse. Si elle restait avec Peter, elle passerait sa vie à s'efforcer d'être intéressante et de se maintenir dans la même position sociale et financière que ses parents. Elle ferait tout pour avoir des enfants créatifs et brillants, qui parleraient français et fréquen-teraient les mêmes écoles que David, Deirdre et elle. En revanche, si elle envoyait tout promener pour s'enfuir avec l'homme qu'elle aimait et qui l'aimait, elle souffrirait peut-être, mais elle pourrait bien être heureuse. Julia savait que la passion ne durait pas. Nul ne l'ignorait. Sauf que, au fond d'elle-même, elle n'y croyait pas tout à fait. Pas quand on trouvait la bonne personne.

Julia se surprit à sourire et à avoir les larmes aux yeux en imaginant Charlotte dans un château avec l'homme de sa vie, leur héritier et pourquoi pas quelques petites sœurs autour. Avec ou sans argent, il fallait être courageux pour envisager de dire adieu à une vie confortable et à l'approbation de sa famille. Ah, l'amour ! Ce fichu mot. Tout pouvait s'arranger avec l'aide d'une bonne fée, et qui pourrait bien jouer ce rôle ?

Charlotte n'était pas seule dans l'histoire. Il y avait aussi Holly.

Quand Julia pensait à l'épouse de Jonathan, ce qui lui était souvent arrivé au cours des précédents mois, c'était toujours avec une tendresse mêlée d'un sentiment terrible de culpabilité. L'une de ces émotions se comprenait aisément, mais l'autre moins dans la mesure où Holly et elle avaient à peine échangé deux mots. Julia se rappelait la première fois qu'elle l'avait vue, sans savoir encore qui elle était. C'était au dîner donné la veille du mariage. Elle avait remarqué une jeune femme si jolie qu'elle avait d'instinct vérifié de quoi elle avait l'air en comparaison – en intégrant bien sûr leur différence d'âge. Et elle avait eu l'impression déstabilisante de ne pas pouvoir prétendre être la plus belle de l'assemblée. Elle ne l'avait pas perçu comme un défi, car Holly ne se comportait pas d'une manière provocante et ne s'habillait pas non plus avec un chic glacé qui aurait produit le même effet, mais elle avait admiré l'élégance discrète de sa robe qui, elle s'en doutait, avait dû coûter une fortune.

Il émanait du visage de la jeune femme une douceur si attirante que Julia sentit qu'elle ne pâtirait pas d'un examen approfondi. L'inconnue discutait avec un homme de petite taille et de forte corpulence, dont la moustache mal taillée gigotait comme un mille-pattes sur sa lèvre supérieure quand il parlait. Plus grande que lui, elle devait incliner la tête pour l'écouter, offrant ainsi aux regards un cou que Julia trouva d'une longueur agaçante. Ses cheveux, ramenés au sommet de son crâne, révélaient de belles épaules rondes et des boucles d'oreilles serties de diamants et d'émeraudes que Julia reconnut être le genre de bijoux légués par une grand-mère. Puis la jeune femme hocha la tête aux paroles de son interlocuteur et éclata de rire en se couvrant la bouche d'une main fine. Elle posa ensuite une main sur la manche de l'homme et répondit quelque chose qui le fit éclater de rire à son tour.

Qu'y avait-il chez cette fille, en dehors de son physique et des bijoux de sa grand-mère, qui la frappait tant ? Troublée, Julia se fit la réflexion qu'elle avait en fait l'air... bonne. Par sa posture fluide, quoique bien droite, elle faisait littéralement don de sa personne chaque fois qu'elle réagissait aux propos de son compagnon. Ce mot semblait du reste la décrire tout entière. A première vue, elle s'amusait vraiment avec cet horrible petit bonhomme. Rien dans son comportement n'indiquait qu'elle s'ennuyait à mourir et qu'elle était humiliée à l'idée d'être vue en pareille compagnie. Julia éprouva un petit pincement : elle aurait pu servir de repoussoir à cette jeune femme.

Durant la cérémonie, le lendemain, elle la remarqua de nouveau, assise au troisième rang avec quelques-uns des invités du marié – des tantes et des oncles à en juger par leur apparence. Elle se demanda quel était son lien de parenté avec Peter. Elle-même étant placée au premier rang, elle se retourna brièvement une ou deux fois, et si elle ne put l'observer à loisir, elle nota que la jeune femme, perdue dans ses pensées, regardait fixement l'autel droit devant elle. Cela attisa la curiosité de Julia. Elle avait l'œil pour ce genre de détail, et la jeune femme avait tout à fait la mine de celle qui a quelque chose à perdre dans l'affaire. Pauvre fille ! Une image d'elle, si belle, si bonne, et peut-être blessée, imprégna sa mémoire après qu'elle eut reporté son attention sur les mariés.

Ensuite, lorsque la réception vira au chaos, Julia resta dans son coin. Elle ne discuta du drame avec personne durant les jours suivants à l'exception de Dick – et encore, le moins possible –, si bien qu'elle continua à ignorer qui était la fameuse Holly dont Jonathan lui avait parlé. Ce nom lui faisait peur depuis que, pour une raison qui lui échappait, de nombreux invités au mariage avaient jugé approprié de se rendre à l'enterrement, qu'ils aient connu le défunt ou non. Julia craignait de faire une crise de nerfs devant la veuve de Jonathan. Comment pourrait-elle supporter les vagues de culpabilité, de douleur et d'horreur rétrospective qui la submergeraient au moment de la rencontrer ?

Holly. Tandis qu'elle s'habillait, le matin des funérailles, ce nom ne cessa de résonner dans sa tête. Une curiosité malsaine se mêlait désormais à sa crainte. Qui était Holly ? A quoi ressemblait-elle ? A l'église, Julia scruta le premier rang avec anxiété pendant que Dick et elle cherchaient une place. Une jeune femme en tailleur noir se tenait là, du côté de l'allée centrale. La veuve, à coup sûr. Julia ne voyait pas son visage, mais sa nuque éveilla des souvenirs en elle. Elle fixa son dos, ses épaules rondes, ses cheveux blond-roux.

Une petite fille assise elle aussi sur le premier banc adressa quelques mots à l'inconnue. Celle-ci tourna la tête vers elle pour lui répondre, dévoilant ainsi son profil à Julia. Oui, c'était la jeune femme qu'elle avait observée durant le dîner et la messe de mariage. C'était cette personne si belle, si bonne, et peut-être blessée, qu'elle avait brutalement meurtrie par ses actes dépravés et funestes. Le ventre noué, prise de vertige, Julia ne quittait pas du regard Holly, à présent engagée dans une conversation très sérieuse avec la fillette. Cette femme était belle et bonne, le doute n'était plus permis. Après avoir tenu le choc les jours précédents grâce aux cigarettes, à l'alcool, à une petite pilule par-ci, par-là, et surtout grâce à ce phénomène très connu qui veut qu'un événement tragique paraisse irréel à ceux qui l'ont vécu, Julia éprouva tout à coup le contact de l'herbe mouillée sous ses pieds, respira l'odeur de la terre, sentit la pluie et revit l'éclair qui avait foudroyé Jonathan. Nauséeuse, elle bondit presque en arrière, ainsi qu'elle l'avait fait quelques jours plus tôt. Holly et la petite fille pivotèrent vers l'allée au même instant. Holly dut se rendre compte que Julia l'examinait parce qu'elle lui sourit. « Moi aussi, je vous ai aperçue au mariage », semblait-elle vouloir dire. Puis elle montra quelque chose à la petite et se remit à lui parler. Julia, après avoir tenté de lui rendre son sourire, baissa les yeux sur ses mains et se mit à pleurer.

Au cimetière, elle resta en retrait et décida de ne pas se mêler à la foule durant la réception qui serait donnée ensuite. Mais alors qu'elle buvait un bloody mary, l'inévitable se produisit. Dick apparut près d'elle.

227

— Te voilà ! Je pensais t'avoir perdue. On ferait bien d'aller présenter nos condoléances à la famille. On ne sera plus obligés de traîner ici après.

Il la prit par le coude et la guida vers l'endroit où se trouvait Holly avec sa famille et sa belle-famille. La mère de Jonathan, blonde, dodue et les lèvres rouges, côtoyait une grande femme très bien vêtue. Probablement la mère de Holly. Un grand échalas aux allures de débauché et aux longs cheveux blond et blanc lui tournait le dos. Il portait un costume noir avec une veste qui ne lui allait pas très bien et paraissait usée. Ce devait être le père de Holly, supposa Julia.

Dick et elle s'approchèrent du groupe et se postèrent à côté, jusqu'à ce qu'un invité s'écarte de la mère de Jonathan.

— Puis-je me présenter ? déclara Dick en prenant sa main entre les siennes. Je suis Dick Montague, le père de Charlotte.

— Caroline Gould. Ravie de vous rencontrer.

— Nous sommes terriblement désolés de ce qui s'est passé.

— C'est très gentil à vous.

Dick libéra l'une de ses mains et l'appuya dans le dos de Julia pour la pousser en avant.

— Voici ma femme, Julia.

— Enchantée.

Julia marmonna ses salutations.

— Nous compatissons à votre malheur, reprit Dick. Nous ne connaissions pas bien Jonathan, mais Charlotte et Peter nous en ont beaucoup parlé. C'était un ami fabuleux pour mon gendre.

— Ils étaient si proches, tous les deux. Peter a été formidable. C'est vraiment un bon garçon. Mon Jonny aussi, d'ailleurs, et je crois que c'est l'une des raisons pour lesquelles ils s'entendaient si bien. Je suis navrée que cet accident ait eu lieu durant le mariage de votre fille et de Peter. Ç'aurait dû être le plus beau jour de leur vie.

— S'il vous plaît, ne vous en faites pas. Je sais qu'ils pensent à vous et à tous ceux qui aimaient Jonathan.

Mais Caroline Gould ne l'écoutait plus.

228

— Skip, dit-elle en tirant sur la manche d'un homme à côté d'elle. Ce sont les parents de Charlotte. Tu sais, la fille qui s'est mariée.

— Oh, oui !

L'homme se retourna. Il avait une belle tête aux cheveux argentés et aux traits distingués, mais son regard était vide de toute expression.

— Voici mon mari, Skip Gould. Skip, voici Dick Montague et... je suis désolée, votre prénom c'est Ju... ?

— Julia.

— Oh, oui. Julia Montague.

De nouvelles salutations furent échangées. Durant la conversation qui suivit, Skip Gould se contenta de rester planté là, un sourire charmant aux lèvres, sans dire un mot.

— Skip chéri, la fille de Dick et Julia est celle qui s'est mariée le jour où l'accident s'est produit, répéta Caroline. Mon Dieu, quel cauchemar ! On était sortis dîner chez Allie et Ned Barstow. On s'est fait de très bons amis depuis qu'on a déménagé – oh, ça doit remonter à trois ans maintenant. Et les Barstow sont si sympathiques. Allie est très drôle, et elle avait réuni un groupe de gens si amusants eux aussi ! Il y avait quelques-uns de ses enfants, et...

Souriante, rayonnante, Caroline continua sur sa lancée en faisant preuve d'une sociabilité quasi psychotique au vu des circonstances. Julia ne lui prêta toutefois qu'une attention distraite, tant elle avait conscience de se trouver à proximité immédiate de Holly. Julia la devinait à la périphérie de son champ de vision et avait une sensation d'étouffement. Tout en essayant de paraître absorbée par les paroles de Caroline Gould, elle réfléchit au moyen de s'échapper. Puis elle vit du coin de l'œil que l'interlocuteur de Holly s'éloignait. Elle se figea. Elle ne pouvait pas s'enfuir et la laisser seule. Non seulement elle était la personne la plus près d'elle et celle vers qui il serait le plus naturel de se tourner, mais Dick et elle étaient venus avant tout pour présenter leurs condoléances.

Julia se concentra sur la mère de Jonathan. Quelques instants s'écoulèrent, s'étirèrent, se prolongèrent, jusqu'à ce qu'elle entende une voix plaisante et assez grave s'adresser à elle.

— Excusez-moi, vous ne seriez pas Julia Montague ? La belle-mère de Charlotte ?

Le sang battant à ses tempes, Julia feignit la surprise du mieux qu'elle put :

— Oh, oui !

— Je suis Holly Speedwell.

— Bien sûr.

Julia fut désarçonnée par les yeux verts de Holly : même cernés et rougis, ou peut-être justement à cause de ça, ils étaient d'une beauté frappante. Toutes deux hésitèrent, ne sachant pas comment se saluer. Pour finir, Holly prit la main de Julia entre les siennes.

— On n'a pas eu l'occasion de se parler avant, dit-elle. Merci beaucoup d'être venue. La famille de Charlotte a été si gentille.

Tout en l'écoutant, Julia songea aux longs doigts de Holly et à leur peau fraîche, douce et jeune. Au souvenir des caresses que les siens avaient prodiguées à Jonathan, elle ne put réprimer un frisson.

— Je suis... nous sommes... si désolés, bafouilla-t-elle. Je... je... je...

Un vertige la saisit et elle douta de réussir à finir une phrase.

— J'étais assise à côté de Jonathan au restaurant, la veille du mariage, articula-t-elle péniblement.

— Oui, il me l'a dit. Il a passé une très bonne soirée. Vous avez beaucoup discuté, apparemment.

— Oui. (Ses lèvres tremblèrent.) S'il vous plaît, s'il y a quoi que ce soit que je puisse faire pour vous...

Dick s'avança alors pour saluer Holly, et Julia en profita pour s'éloigner vers le bar. Juste au moment où le serveur lui tendait un autre bloody mary, elle se mit soudain à trembler, à pleurer et à haleter si fort qu'on aurait pu la croire victime d'une crise d'hyperventilation. C'est alors qu'elle sentit une main se poser sur son épaule.

— Hé, ça ne va pas ?

C'était le père de Holly. Julia retrouva quelques-uns des traits de la jeune veuve dans ce visage masculin, en particulier ses yeux verts. L'homme était encore plus beau que sa fille.

— Je suis... oui...

Ses nerfs la lâchèrent complètement cette fois, et plusieurs personnes autour d'elle la dévisagèrent.

— Hé là, murmura-t-il. Venez, allons par là-bas.

Il l'entraîna vers une bibliothèque plongée dans la pénombre, prit son verre et la fit asseoir. Julia put ainsi donner libre cours à ses larmes. Immobile, le père de Holly l'observa tout en gardant l'entrée de la pièce.

— Merci, dit Julia lorsqu'elle parvint enfin à se maîtriser. Je suis désolée. Je ne sais pas très bien ce qui m'a pris.

— Graham Edwards, se contenta-t-il de répondre en lui tendant la main.

— Le père de Holly ?

— Oui.

— Je suis Julia Montague, la belle-mère de Charlotte. La mariée...

— Je vois très bien.

Graham rendit son verre à Julia, qui avala une grosse gorgée.

— Merci, répéta-t-elle, avant d'inspirer à fond plusieurs fois. Ce drame m'a bouleversée, je me demande pourquoi. Je ne connaissais pas Jonathan, mais nous étions voisins lors du dîner organisé par les parents du marié et nous avons beaucoup discuté. Vous devez me prendre pour une hystérique.

— Euh, oui. Mais ce n'est pas une tare. (Il leva les mains au ciel en un geste dramatique.) Je compte des femmes hystériques parmi mes meilleurs amis. Et quitte à l'être, l'occasion me semble s'y prêter parfaitement. Vous rencontrez un jeune type, vous faites connaissance et le lendemain, pfuit ! il meurt foudroyé. N'importe qui deviendrait hystérique.

Julia tenta de sourire pour le remercier de vouloir la réconforter, mais son visage se décomposa de nouveau.

— Holly... est-ce qu'elle tient bon ?

— Elle va bien, oui. (Graham marqua une pause.) Vous avez des enfants ?

— Des beaux-enfants.

— Moi, j'ai deux filles, déclara-t-il. Elles ont la trentaine, et je m'inquiète pour elles autant que quand elles étaient petites. Plus même. Je m'inquiète encore plus parce qu'elles sont maintenant confrontées à la vraie vie. Leur mère et moi, on s'est séparés alors qu'elles étaient très jeunes. Je me suis efforcé de rester aussi proche d'elles que possible et j'estime que je me suis plutôt bien débrouillé. Mais je voulais tellement qu'elles soient heureuses et à l'abri de tout. Leur mère aussi, d'ailleurs. Ma foi, je ne sais pas si on a réussi. Je ne sais vraiment pas. Ce type, Speedwell... (Graham haussa les épaules.) Enfin bon...

Il se perdit un instant dans ses pensées avant de reprendre :

— Je vais vous dire un truc. J'adore Alex, mon aînée. Je l'aime plus que tout. Mais Holly... Je tiens à elle comme à la prunelle de mes yeux. La voir souffrir... (Il grimaça.) Je serais prêt à subir n'importe quelle forme de torture pour lui éviter ça.

« Du coup, j'espère que quand cette page sera tournée... Bien sûr, trouver un type bien n'est pas tout dans la vie, mais peut-être qu'elle en rencontrera un. (Il rit doucement.) Et un qui la méritera ! J'imagine que chaque père place la barre très, très haut dans ce domaine.

Il esquissa un pauvre sourire. Son beau visage semblait lutter pour s'éclairer, tel un moteur qui aurait eu des ratés au démarrage.

— Hé, s'écria-t-il. J'ai travaillé dans le cinéma. Il faut bien que le film se termine par un happy end !

Penchée en avant, les jambes serrées et les mains sur les genoux, Julia l'avait écouté avec la plus grande attention. Elle avait cessé de pleurer.

Puis Dick apparut à la porte.

— C'est donc là que tu te cachais !

Il regarda tour à tour Julia et Graham en s'interrogeant visiblement sur ce qu'ils faisaient seuls dans cette pièce sombre.

Graham et lui se saluèrent et échangèrent quelques mots sur la tragédie.

— Tu viens, chérie ? lança ensuite Dick.

Julia serra la main de Graham.

— Holly a de la chance, dit-elle d'une voix calme.

— Non, c'est moi.

Lorsqu'elle se rappelait cette conversation et qu'elle repensait à Holly – c'est-à-dire très souvent –, Julia se débattait avec sa conscience pour établir sa responsabilité dans la mort de Jonathan. Ce n'était pas exactement sa faute, mais si elle n'avait pas été là… Cela la rongeait. Julia vivait un supplice. Et un supplice d'autant plus atroce que Holly était sa victime.

A mesure qu'elle se demandait si elle devait aider Charlotte, ces considérations pesaient de plus en plus lourd dans la balance. Mais il n'y avait pas que sa belle-fille et Holly à prendre en compte. Il y avait aussi Peter.

Julia et Dick s'apprêtaient à aller dîner avec Charlotte et son nouveau petit ami. C'était la première fois qu'ils le voyaient, et Julia ne s'en réjouissait pas. En présence de son père, Charlotte en faisait toujours des tonnes pour paraître sophistiquée, accommodante et pas le moins du monde affectée par son indifférence. Et dans le cas présent, il fallait s'attendre à ce qu'elle en rajoute dans le côté femme sûre d'elle-même et avisée. Elle taquinerait aussi son père avec une espièglerie dénuée d'humour. La voir dans ce rôle n'était jamais très agréable, et il y avait fort à parier qu'elle serait particulièrement nerveuse ce soir, car ce nouveau compagnon semblait un sérieux candidat au titre de mari.

Peter Russell travaillait dans la finance. Il avait grandi dans une ville et fréquenté des écoles que Dick et Janet jugeaient très banales. Ses parents n'appartenaient pas au même milieu qu'eux – Dick les trouvait assez provinciaux –, mais ils étaient de très bonne extraction. Le père de Peter, ancienne star de hockey universitaire, avait dirigé d'importantes divisions d'une société prospère et contribué matériellement à améliorer le système de placement en familles d'accueil de son Etat. Sa femme, elle, avait collecté des millions de dollars pour différentes œuvres de charité, s'était rendue célèbre pour ses rhododendrons et descendait des fondateurs de la ville de Barnstable, dans le Massachusetts. A eux deux, ils avaient élevé avec amour trois enfants relativement sains d'esprit et heureux. Quant à Peter... Julia avait rencontré autrefois une foule de jeunes gens qui travaillaient dans la finance. Tous avaient un point commun : ils aimaient le golf. Julia avait vite appris à distinguer les vendeurs des acheteurs : les premiers étaient plus petits, parlaient plus fort et buvaient davantage, tandis que les seconds affichaient un air plus distant, plus analytique. Les spécimens courtois avec qui il était facile de discuter étaient en général des jeunes sympathiques à la peau douce et aux épais cheveux châtains qui officiaient dans le département d'une banque dédié à la gestion des fortunes privées. Mais quant à savoir dans quelle catégorie entrait ce Peter Russell... Oh, ce ne serait pas un tel calvaire, songea Julia. Elle n'aurait qu'à le brancher sur son jeu de golf ou sur la manière dont il réagissait quand un client cherchait à obtenir un meilleur rendement. S'il s'intéressait à Charlotte, en revanche, il risquait d'avoir une fibre « artistique », et cette simple pensée la fit gémir. Enfin bon, que représentaient deux ou trois heures dans une vie ? soupira Julia. Va donc pour le golf, l'« art », un voyage en Amérique du Sud durant les études, et les placements boursiers.

Charlotte et Peter passèrent d'abord à la maison afin de prendre un verre. De taille et de carrure moyennes, Peter se révéla beau, mais d'une beauté discrète, avec un visage doux, plaisant, et des yeux noisette. Rien que de très normal, en somme. Pourtant, il y avait chez lui quelque chose de différent que Julia sentit d'emblée. Il était très bien élevé, plutôt du genre silencieux, et il laissait Charlotte mener la conversation tout en semblant avoir un effet apaisant sur elle. Qu'avait-il donc de si particulier ? Une pointe de tristesse ? Le pauvre ! Julia y voyait clair maintenant : il avait eu le cœur brisé. A l'évidence, il n'était pas amoureux de Charlotte et paraissait fataliste quant à leur avenir ensemble.

Julia se souvenait aussi du moment où ils avaient pris place à table, au restaurant, les femmes sur la banquette et les hommes en face d'elles. Charlotte avait loué le décor en déplorant que Dick et Peter ne puissent en profiter.

— Mais pas du tout, répliqua Peter. Assis en face de deux femmes aussi belles, c'est nous qui avons la meilleure vue, n'est-ce pas, monsieur ?

Dick ne s'attendait pas à tant d'« esprit » – dans ce genre d'occasion, c'était sa spécialité –, aussi resta-t-il décontenancé.

— Oui ! En effet ! s'esclaffa-t-il. En effet !

Quelques instants plus tard, Peter croisa le regard de Julia. Il haussa les épaules et sourit, avec l'air de dire : « Ça a marché. »

A mesure que la soirée avançait, le jeune homme continua à la surprendre. Certes, il jouait au squash, faisait de la randonnée et avait visité le Guatemala, mais, outre ces caractéristiques prévisibles, Julia découvrit quelqu'un avec qui elle prenait un réel plaisir à discuter. Au fil des mois, puis des années, elle avait toujours été ravie de le revoir, et force lui était de reconnaître qu'il avait réussi à se frayer un chemin jusqu'à son cœur.

Charlotte dormait depuis deux bonnes heures déjà, mais Julia en était encore à ressasser tous ces souvenirs. Elle rit et pleura en songeant aux jeunes gens. Comme elle souhaitait les aider tous les trois !

Plus tard dans la nuit, elle se cuirassa contre tant de sentimentalité. L'instinct qui la poussait à se préserver et à défendre son enfant reprit fermement le dessus. Sa tâche à elle consistait à s'assurer une sécurité financière en utilisant tous les atouts dont elle disposait.

Lorsque le soleil se leva le lendemain matin, Julia était déjà debout sur la terrasse, frissonnante dans sa chemise de nuit et les pieds glacés au contact des dalles. En l'absence de nuages à colorier, l'astre jetait dans le ciel une lueur rouge diffuse. A mesure qu'il se levait, Julia le regarda se délaver et passer successivement du rouge au rose, puis au jaune, jusqu'à ce qu'il ne soit plus qu'un disque d'un blanc pur et aveuglant. La journée promettait d'être radieuse.

Charlotte fit la grasse matinée, et Julia en profita pour écrire des lettres, lire un peu, ramasser des pommes. Quand elle rentra à la maison avec son panier, elle trouva sa belle-fille dans la cuisine, en train de boire un café et de discuter avec Mme Gorotiaga. Charlotte déclara qu'elle avait très bien dormi, comme toujours quand elle séjournait là, mais mieux encore que d'habitude. Cette maison devait être le meilleur endroit au monde où se reposer.

Julia et elle décidèrent de randonner jusqu'à un magnifique point de vue où déjeuner. Emportant avec elles le pique-nique préparé par Mme Gorotiaga, elles suivirent un sentier rocailleux en pente douce qui leur dévoila lentement la vallée. Parvenues à destination, elles admirèrent les melonnières couvertes de paillis et traversées par le sillon argenté d'une rivière, avec alentour des variétés de buissons et d'herbes par dizaines, chacune d'un vert différent, et, au loin, les cubes bruns d'un village. A cette heure de la journée, peu après midi, le soleil semblait assommer chaque feuille, chaque brin d'herbe, chaque caillou de sa lumière douloureuse.

En nage, les deux femmes ôtèrent leur pull et s'installèrent sur une couverture pour se régaler avec leurs sandwiches. Le menton appuyé sur sa jambe repliée, Charlotte soupira d'aise.

— J'adore ce coin, dit-elle. Quelle merveille ! Et la maison, là-bas, elle a l'air si imposante ! Elle aussi, je l'adore. Elle est belle, solide, tranquille...

Elle décocha un grand sourire à Julia, qui le lui rendit avant de se tourner vers la vallée. Il faisait une chaleur étouffante. Le soleil l'écrasait, mais pas de manière désagréable – c'était plutôt comme s'il l'avait enveloppée, en fait.

Elles bavardèrent de tout et de rien : le sort des poiriers cultivés en espalier qui produisaient peu de fruits, et pour lesquels Charlotte manifesta une vive curiosité – sans doute excessive. Les enfants Gorotiaga – était-il vrai que l'un d'eux comptait aller aux Etats-Unis ? Une église avec un clocher de style byzantin que Charlotte espérait avoir le temps de visiter durant son séjour. Elles ne firent en revanche aucune mention des sujets abordés la veille.

Toutes deux se turent ensuite et savourèrent un sentiment de satiété en contemplant le paysage. La chaleur du soleil était devenue délicieuse à présent que l'après-midi était bien avancé.

— Dis-moi, Charlotte... commença Julia.

— Oui ?

— Tu l'aimes vraiment, cette maison ?

— Et comment !

Julia fixa un château qui se dressait sur un promontoire à des kilomètres de là. A cette période de l'année, on le distinguait très nettement.

— Puisque tu l'aimes tant, reprit-elle, cela t'intéressera peut-être de savoir que tu en es la propriétaire.

Charlotte la dévisagea, interloquée.

— Pardon ?

— Tu en es la propriétaire, ainsi que David et Deirdre.

— Je ne comprends pas. Que veux-tu dire ? Comment est-ce possible ?

Julia lui sourit doucement en lui prenant la main – geste qu'elle ne se rappelait pas avoir jamais eu envers quiconque.

— Charlotte, je vais t'apprendre quelque chose qui sera je crois une bonne nouvelle pour toi, mais qui va te compliquer la vie et qui comportera quelques aspects négatifs. Il faut que tu sois au courant.

Charlotte pâlit.

— Mon Dieu ! s'exclama-t-elle. Je ne vois pas du tout de quoi tu parles et ça me fait peur.

— Ne t'inquiète pas. Il n'y a rien de catastrophique.

Elle lui raconta tout. L'argent que son grand-père lui avait laissé, ainsi qu'à son frère et à sa sœur. La manière dont leur père, chargé de l'administrer, avait profité de sa position de fiduciaire. La maison, expliqua-t-elle, avait été acquise avec leur legs, de sorte que, sur le papier, c'était à eux qu'elle appartenait. Il en allait de même pour leur propriété dans le Connecticut, pour divers meubles et œuvres d'art. Il s'était même servi de sa part à elle, Charlotte, pour payer le tableau qu'il lui avait offert à l'occasion de son vingt et unième anniversaire. Tout en écoutant Julia, Charlotte se concentra sur une brindille qu'elle tournait et retournait entre ses doigts. En découvrant la véritable histoire du tableau cependant, elle leva vivement la tête, le visage blanc. Puis elle baissa les yeux sur sa brindille.

Comme tous les escrocs, continua Julia, Dick avait dû débuter à une petite échelle. Constatant combien cela était facile, il avait ensuite vu de plus en plus grand, jusqu'à arriver au stade où tout lui semblait légitime. Dick avait bien assuré ses arrières. Julia savait qu'il était difficile de poursuivre en justice une personne dans sa position, d'autant que toutes ses justifications présentaient un vernis de plausibilité. Il était de plus certain que ses enfants n'oseraient jamais l'attaquer, même si l'idée les effleurait un jour. Qui irait se plaindre de lui ? Cette maison, pour ne prendre qu'un seul exemple, avait vu sa valeur augmenter bien plus que le marché boursier durant la même période !

— Il a toujours eu l'intention de vous en parler, ajouta Julia, mais il voulait d'abord racheter certaines choses, rembourser les prêts, redresser ses affaires – ce en quoi il a toujours échoué. Selon lui, il n'était pas dans l'intérêt de David d'être informé de cet héritage, ni dans celui d'aucune fille d'avoir de l'argent.

« Bref, le plus important, indépendamment de ce qu'il a fait et de ce que tu en penses, c'est que tu es assez riche pour vivre dans ton château si tu le veux. Assez riche aussi pour le rénover, élever un héritier et lui faire deux ou trois petites sœurs.

Charlotte garda les yeux baissés.

— Je sais que cela fait beaucoup à encaisser, conclut Julia. Je suis désolée. Je suis désolée du rôle que j'ai joué là-dedans.

Quelques minutes s'écoulèrent avant que Charlotte ne lui réponde.

— Je ne digère surtout pas l'histoire du tableau, en fait. C'était le seul cadeau, le seul, dont je me suis dit : il l'aime beaucoup et il veut vraiment qu'il soit à moi. J'y voyais un objet précieux et, pour être honnête, assez cher, qu'il tenait à m'offrir.

Elle envoya voler sa brindille. Julia et elle restèrent assises en silence tandis que le soleil amorçait sa descente dans le ciel et que les herbes rougeoyaient en jetant de longues ombres. Une brise se leva, comme toujours en fin d'après-midi. Les deux femmes ramassèrent les restes de leur repas, puis replièrent la couverture et reprirent le chemin de la maison.

Elles firent chacune une sieste en rentrant. Ayant à peine fermé l'œil la nuit précédente, Julia dormit d'un profond sommeil. A son réveil, elle lut un peu dans son lit, en proie à une étrange paix intérieure. Se confier à Charlotte avait finalement été très facile. Un moment était venu ce matin-là, avant l'aube, où la décision s'était imposée à elle comme la seule valable, et bien qu'elle soupçonnât son sens moral et Cupidon de l'avoir pigeonnée – dans un ou deux jours, elle en serait probablement persuadée –, pour l'heure elle se sentait sereine. Dans cet état d'esprit, il ne lui en coûtait pas beaucoup d'accomplir un autre beau geste, qui découlait en toute logique du premier. Cela faisait des semaines que cette idée extrême la hantait et, quitte à se montrer noble, autant aller jusqu'au bout.

Quelqu'un toqua à sa porte.

— Entrez !

C'était Charlotte, accompagnée de l'un des chats de la maison. Elle avait l'air très solennel.

— Hello, dit Julia.

— Salut. Je te dérange ?

— Bien sûr que non.

239

— Ça va ? Tu as dormi longtemps.

— Oui, ça va. Je suis souvent très fatiguée l'après-midi, et la grossesse comporte quelques aspects désagréables, mais dans l'ensemble, tout se passe bien.

— Tant mieux.

Charlotte s'assit sur le lit avec le chat.

— Je me demande si j'ai bien fait de te raconter ces histoires au sujet de ton père.

— Si, tu as eu raison. Tout à fait raison. Il faut juste que je digère la nouvelle.

— Je m'en doute.

Charlotte s'allongea sur le côté en grattant le chat derrière les oreilles.

— Il y a une chose que je ne comprends pas. Beaucoup de choses, même. Mon père doit gagner plein d'argent avec son travail. Pourquoi a-t-il fait ça ?

— Ah, ma pauvre ! « Plein d'argent » est une notion très relative. Bien sûr, un avocat comme lui touche un bon salaire, mais ce n'est pas non plus comparable à une énorme fortune qui te tombe soudain du ciel. Tu sais, une fois que les grosses pointures d'un cabinet juridique sont parties boire leurs bouteilles de bordeaux à trois mille dollars, les avocats restent derrière pour s'occuper de la paperasserie. Ajoute à ça les impôts, une ex-femme, une épouse plus jeune et très coûteuse, quelques maisons et appartements, des enfants, et fais le compte. On doit consacrer environ soixante-quinze mille dollars par an rien qu'à nos sorties au restaurant, ce qui suppose donc d'en gagner au moins cent cinquante mille. On n'a jamais engagé de personnel parce que « c'est ça qui vous ruine », selon Dick. L'ennui est qu'il dépense à côté le triple de ce qu'il économise ainsi.

Charlotte médita ces propos.

— Cent cinquante mille dollars par an, dit-elle. Maximilien-François-Marie-Isidore et moi pourrions vivre dans le luxe avec une somme pareille.

— Ma foi, tu l'as à ta disposition, et même plus encore.

— Cela donne matière à réflexion.

— En effet.

Charlotte soupira. Le chat s'était roulé en boule et dormait à présent contre son ventre.

— Dis-moi, Julia...

— Oui ?

— Visiblement, mon père voulait que nous restions le plus longtemps possible dans l'ignorance, n'est-ce pas ?

— Exact.

— Il ne sera pas furieux en découvrant que tu l'as dénoncé ?

— Si, c'est fort possible.

— Ça ne risque pas de rendre votre divorce encore plus difficile ?

— Peut-être. Tant que je gardais son secret, je pouvais espérer plus de souplesse de sa part. J'imagine que ça s'appelle du chantage.

— Dans ce cas, je n'ai qu'à attendre que tout soit réglé avant de lui parler ! s'écria Charlotte, soudain rayonnante.

Brave Charlotte. Pour quelqu'un qui pensait toujours aux moindres petits imprévus et dont les névroses se ramifiaient et se rejoignaient à l'image d'un système nerveux, elle était d'une incroyable simplicité dans ses affections. Julia voyait bien que sa belle-fille se considérait comme son amie et qu'aucune réserve, aucun cynisme n'entachait son intérêt pour son bien-être à elle.

— N'attends pas pour faire ce que tu veux de ta vie, lui conseilla-t-elle. Ces choses-là ne sont jamais « réglées », de toute façon. Je connais une foule de femmes qui passent un temps fou chaque mois à essayer de toucher une pension alimentaire que leurs ex-maris avaient pourtant accepté de payer au départ – y compris des ex-maris très riches. Ces hommes et leurs nouvelles épouses répugnent à lâcher le moindre dollar, et ils peuvent toujours t'entuber après la signature de l'accord. Certains se font un devoir d'agir ainsi dans leur travail, alors en matière de divorce, tu penses bien que c'est pareil. Mais merci, Charlotte. J'apprécie ton intention.

Julia se tut et baissa les yeux. Un long moment s'écoula avant qu'elle ne poursuive, d'une voix très basse cette fois :

— Cela n'a pas d'importance, du reste. J'ai décidé de ne rien exiger de lui.

— Quoi ?

— Je ne veux pas de son argent.

Bouche bée, Charlotte mit plusieurs secondes à réagir.

— Julia ! Ça ne va pas ? Tu as perdu la tête ?

— Je n'ai pas envie de supporter le jeu de massacre que suppose ce genre de procédure, et ce d'autant plus que j'ignore combien Dick est en mesure de me donner ou combien je pourrais obtenir. Tu sais, quand les ex-conjoints se livrent une guerre sans merci, aucun d'eux n'est jamais satisfait du résultat. Je m'arrache les cheveux en me demandant comment je vais me sortir de cette bataille judiciaire : son avocat affirme ceci, le mien réplique cela, et pourquoi ne pas tenter cette approche, etc. Ce sont tous de telles ordures. Alors tu sais quoi ? Qu'ils aillent se faire voir. Je préfère partir les mains vides. Et puis, si cet argent doit revenir à quelqu'un, c'est à toi, à ton frère et à ta sœur. Je n'ai rien fait pour le mériter, bien au contraire.

Charlotte parut choquée.

— Julia, c'est de la folie ! D'accord, nous serions peut-être perdants, mais enfin, sois pragmatique. Dans un divorce, tout le monde défend ses intérêts !

Julia éclata de rire et lui montra son ventre.

— Je ne crois pas qu'il faille être une martyre pour reconnaître que, dans le cas présent, c'est moi la fautive. Je peux difficilement réclamer une pension pour élever mon enfant. En toute justice – sauf si l'on considère que « juste » est synonyme de « légal » –, il serait indécent que je plume ton père.

Comme c'était drôle. La toujours très sérieuse Charlotte plaidait la solution la plus réaliste et la plus cynique, tandis que Julia la cynique semblait soudain être devenue idéaliste. Etait-ce possible ? Il ne s'agissait pas tant pour elle de prouver à Dick qu'elle pouvait se débrouiller seule, qu'elle valait mieux que lui et qu'elle ne daignerait pas toucher à ses dollars. La vraie raison était ailleurs : elle voulait se débarrasser de lui. En touchant une pension, elle se demanderait toujours si elle ne s'était pas fait rouler dans la farine et elle ne pourrait plus signer un chèque sans sentir l'ombre de Dick au-dessus d'elle. C'est à lui qu'elle devrait chaque objet dans sa maison, chaque trajet en taxi, chaque couche, chaque boîte de lait en poudre et, plus tard, le premier blouson et le premier gant de base-ball de son fils. Sa conduite ne lui était pas dictée par la fierté ni par l'envie de lui jeter son argent à la figure. Simplement, elle savait qu'elle ne serait jamais libre si elle l'acceptait. Assujettie au bon vouloir de Dick, elle vivrait un exil intérieur.

— J'ai quelques économies, reprit-elle. Je n'ai pas travaillé depuis longtemps, je suis probablement trop vieille pour faire les choses dont je suis capable, et trop inexpérimentée pour faire celles auxquelles je peux prétendre vu mon âge, mais j'ai des relations et des amis. L'un d'eux trouvera bien une solution. Ils proposeront peut-être même de me prêter ou de me donner de l'argent, ce que je ne refuserai pas. L'une de mes riches amies m'a déjà dit que son mari et elle avaient un étage – un étage entier ! – dont ils ne se servaient jamais chez eux, et elle m'a offert de m'y installer. Tu vois ? Tout ira bien.

Charlotte resta quelques jours de plus que prévu, et les deux femmes passèrent leur temps à discuter de leur avenir. Julia pressa Charlotte de sauter le pas, si dangereux fût-il. Elle se le devait à elle-même, mais aussi à Peter et Holly, et à Maximilien-François-Marie-Isidore (elle avait enfin mémorisé son nom). Elle pouvait aussi opter pour la voix de la raison, de sorte que tous mèneraient des vies modérément malheureuses. En effet, en prenant un risque, tout pouvait se solder par un désastre. Mais elle était trop jeune pour renoncer !

Charlotte se rongea les sangs et pleura, alternant entre bravoure extatique et peur paralysante. Elle n'avait qu'une certitude : Peter devait croire que seul le désir la poussait à partir. Sinon, il tenterait de se montrer bon prince. Mais si jamais elle s'apercevait dans six mois qu'il lui manquait ? Ou bien que Holly et lui ne tenaient pas tant que ça l'un à l'autre ? Ou encore que Maximilien-François-Marie-Isidore n'était pas prêt à s'engager ?

— A ton avis, demanda-t-elle un soir à Julia, est-il possible que nous finissions tous les quatre avec la personne que nous aimons et qui nous aime, et qu'on soit tous très heureux ?

Julia attendit le temps nécessaire pour que sa réponse paraisse réfléchie et sans réserve.

— Oui, dit-elle.

Le matin du départ, les deux femmes s'embrassèrent en pleurant, et Julia découvrit un peu plus tard quelque chose de nouveau et de totalement inattendu pour elle : Charlotte lui manquait.

8

Bien qu'elle lui eût assuré que ce n'était pas nécessaire, Peter alla chercher Charlotte à l'aéroport. Il put ainsi constater qu'elle ne semblait pas aussi fourbue que d'habitude lorsqu'elle émergea des douanes. A ses retours de congrès, elle avait en général un teint de papier mâché, de gros cernes noirs et les cheveux en bataille. Peter avait droit d'emblée au récit circonstancié de son séjour. Son monologue durait tout le temps de leur trajet en taxi, se poursuivait durant le dîner et ne s'achevait qu'à l'instant où Charlotte s'écroulait dans son lit. Mais ce jour-là, elle paraissait fraîche et dispose et poussait son chariot à bagages d'un air calme. Le temps qu'elle avait passé avec Julia devait lui avoir fait un bien fou, se dit Peter.

— Salut ! dit-elle en l'embrassant. Merci d'être venu me chercher. Je suis contente que tu l'aies fait. J'oublie toujours combien le voyage est long dans le sens du retour, et les quarante minutes de taxi qui suivent sont parfois interminables quand on les fait seul. C'est vraiment gentil à toi. Encore merci.

— Oh, de rien. Tu t'es absentée si longtemps ! Je voulais te voir le plus vite possible.

Charlotte sourit et lui pressa la main. Ils n'échangèrent que quelques mots jusqu'à leur appartement, en dehors du moment où Peter s'enquit de Julia et où Charlotte lui donna brièvement de ses nouvelles.

Les semaines suivantes furent tout aussi inhabituelles du point de vue de Peter. Charlotte continuait à se comporter bizarrement : elle était détendue, zen. Elle ne l'appelait plus à son bureau pour vérifier un détail sur lequel ils s'étaient déjà mis d'accord cinq ou six fois. Elle cuisinait de bons repas qui nécessitaient une assez longue préparation, lui posait les mains sur les épaules d'une manière qui ne lui était guère familière et ne rapportait plus de travail à la maison. Un soir qu'elle consultait les programmes télé, elle suggéra même qu'ils regardent une mauvaise émission sur des affaires criminelles.

Un événement important se produisit peu après son retour. Un matin, Peter découvrit sur son bureau une large enveloppe avec son nom écrit à la main. A l'intérieur se trouvait un épais carton : « M. Arthur Beeche aimerait avoir le plaisir de vous voir... » Sa première invitation chez Beeche ! Enfin, il l'avait. Peter tenta de jouer les blasés, mais il devait bien avouer qu'il ne se tenait plus de joie, surtout au vu de ses récents déboires professionnels. Il allait dîner chez son patron ! Les conséquences potentielles pour sa carrière le rendaient euphorique. Il eut beau se répéter que ce genre de bon point ne signifiait rien, que tous les salariés ou presque finissaient un jour par être invités, que seul un philistin pouvait se soucier d'obtenir de l'avancement, rien n'y fit. Il imagina l'allusion discrète qu'il lâcherait devant ses collègues au détour d'une conversation. Thropp serait au courant, mais Peter se sentait désormais conforté à son poste. Honoré, aussi. Fier.

Et très nerveux. Il craignait de ne pas se montrer plein d'esprit à table, de trébucher sur l'ourlet d'une robe longue, de renverser son verre de vin. Puis, une nouvelle angoisse s'ajouta bientôt aux autres.

Un jour qu'il quittait son bureau, il tomba sur Mac McClernand. Celui-ci l'attrapa par le bras et lui demanda avec un regard de conspirateur s'il avait une minute à lui accorder. Ses doigts l'enserraient dans un tel étau que Peter craignit qu'il ne lui brise un os. Il avait entendu dire que, dans certaines situations extrêmes, les gens éprouvaient une telle montée d'adrénaline qu'ils acquéraient une force quasi surhumaine. Or McClernand semblait dans un état comparable. Combien de temps sa main tiendrait-elle en étant privée de sang ?

— Je veux vous parler, annonça McClernand.

Peter avait trop mal pour articuler un mot, aussi se contenta-t-il de hocher la tête.

— Je sais que vous devez bientôt dîner chez Beeche. Il invite toujours les plus hauts cadres à ces repas. Arnie Goldberg, Ellen Sutphen, Joe Moressi. Vous voyez.

Nouveau hochement de tête.

— Bien. Il y a une autre personne qui est toujours présente : Seth Bernard.

Ami d'enfance d'Arthur Beeche, Seth Bernard dirigeait la firme au même titre que lui, ou presque.

Nouveau hochement de tête. Peter s'inquiétait de ne plus sentir de douleur dans son bras – et même de ne plus sentir son bras du tout.

— Maintenant, ce que vous ne savez pas, c'est que j'ai discuté de notre projet avec Bernard il y a quelques semaines. Et je dis bien, *notre* projet. J'ai veillé à mentionner votre nom. Nous formons une équipe, j'ai toujours été clair là-dessus.

« Bref, quand j'ai vu Bernard... enfin, ce n'était pas une réunion à proprement parler. On est sortis des ascenseurs en même temps et je l'ai suivi jusqu'à sa voiture. Mais il a eu l'air très, très intéressé. "On tient peut-être quelque chose", a-t-il dit.

McClernand entra en transe en répétant ces mots, « On tient peut-être quelque chose. » Durant un moment, il sembla complètement ailleurs.

— Et devinez quoi ? Après être monté dans sa voiture, il a levé le pouce vers moi. Mmm. Qu'est-ce que vous dites de ça ? lança-t-il en savourant l'effet de cette nouvelle sur Peter.

Hochement de tête.

— Ce dîner est une opportunité à ne pas rater, reprit McClernand avec fièvre. Je ne vous le répéterai jamais assez : Seth Bernard est la clé de tout, Peter. La clé ! Si on arrive à

247

l'embarquer avec nous, on aura accès directement à Beeche. Vous voyez ? Vous voyez ce que cela signifie ?

Sans attendre de réponse, McClernand enchaîna :

— Mais il faut d'abord qu'on persuade Bernard. Et pour obtenir un rendez-vous avec lui, il faut lui mettre l'eau à la bouche, piquer son intérêt. Donc, il est très, *très* important que vous profitiez de ce dîner pour le manœuvrer comme il faut. J'ai déjà ferré le poisson, la suite ne devrait pas vous poser de problèmes. Vous l'abordez au moment de l'apéritif en vous faufilant parmi les personnes avec qui il discute. Ensuite, vous le prenez à part. Cinq, dix minutes. Vous devez vous vendre.

Nouveau hochement de tête.

— Mais allez-y doucement, hein ?

Nouveau hochement de tête.

— Soyez engageant.

Nouveau hochement de tête.

— Mais pas trop familier.

Peter secoua la tête.

— Ne lâchez pas le morceau. Mais ne parlez pas trop.

Nouveau hochement de tête.

— Nouez des liens avec lui. Branchez-le sur un sujet qui n'a rien à voir avec Beeche & Co. Vous papotez, vous l'emballez. Il vous trouve génial, épatant, brillant. Et là, vous vous dites que le moment est venu de dévier la conversation vers notre petit projet. Hein ? Je n'ai pas raison ?

Nouveau hochement de tête.

— Mais c'est exactement ce qu'il ne faut pas faire ! aboya McClernand.

Surpris, Peter le fixa sans un mot. McClernand recouvra son sang-froid à grand-peine.

— C'est exactement ce qu'il ne faut pas faire, répéta-t-il le plus calmement possible. Voilà le point fondamental à retenir : vous le laissez aborder le sujet. Votre boulot consiste à l'amener au stade où il le fera *de lui-même.*

Peter mémorisa ce dernier commandement : mon boulot consiste à l'amener au stade où il le fera de lui-même. OK.

— Tout repose là-dessus. Tout. Y compris votre avenir dans cette boîte.

McClernand scruta Peter comme s'il avait voulu le transpercer. Puis il lui pressa le bras un peu plus avant de le relâcher. Peter manqua s'écrouler de soulagement.

— Allons, ajouta McClernand avec un sourire paternaliste. Je vais finir par gâcher votre plaisir ! L'important est que vous vous détendiez et que vous profitiez de cette soirée. D'accord ?

— Oui, monsieur, parvint à répondre Peter.

Il recommençait à sentir son bras, en particulier la douleur qui l'irradiait.

Le regard de McClernand se perdit au loin tandis qu'il se rappelait la dernière fois qu'il avait été invité chez Beeche, bien des années plus tôt.

— A l'époque, on n'était qu'une trentaine. Ça n'avait rien à voir avec la foule que vous verrez, vous, mais il faut dire que c'était il y a longtemps. De quoi avons-nous parlé déjà... Ah oui, Beeche faisait une remarque sur le monde de la finance : « Arthur, ai-je déclaré, j'ai toujours expliqué aux gens qu'ils ne devaient se soucier que de trois choses : leurs points forts, leurs points faibles et leurs fesses. » Il a beaucoup aimé.

— Ha ha ha, articula Peter.

— Foncez, mon garçon ! conclut McClernand en lui pressant une dernière fois le bras.

Nul besoin de préciser que Peter ne comptait pas du tout entraîner Seth Bernard sur le terrain conseillé par McClernand. Peut-être l'aurait-il fait s'il avait pu ainsi empêcher un fou dangereux de détruire une immense mégapole avec une arme nucléaire. Mais une ville moyenne ? Hors de question.

Le dîner chez Beeche devait avoir lieu un jeudi. Le dimanche après-midi précédant le grand jour, Peter lisait un journal en attendant d'aller se promener avec Holly. Charlotte, qui se préparait à sa leçon avec Frau Schimmelfennig,

249

referma sa grammaire allemande, se redressa sur sa chaise et s'étira.

— A quelle heure as-tu donné rendez-vous à Holly ? demanda-t-elle.

— Vers seize heures.

— Il fera jour assez longtemps pour que vous puissiez apprécier la balade ?

— Oh, oui. De toute façon, on aime bien le crépuscule.

Elle sourit.

— « On aime bien le crépuscule. » J'en suis ravie.

Concentré sur un article, Peter n'avait pas vraiment prêté attention à la question de Charlotte, et il fut gêné par sa réponse. Levant les yeux vers elle, il lut dans son expression... quoi ? De l'affection ? De l'amusement ? De l'indulgence ? Quelque chose de bizarre, en tout cas. Puis il nota ses yeux humides et ses mains tremblantes.

— Charlotte, qu'est-ce qui se passe ?

— Rien ! Rien du tout. (Elle renifla et s'essuya la joue.) Je me disais juste que tu étais quelqu'un de bien, Peter. Quelqu'un de très bien, même. Et je pensais aussi que je tenais beaucoup à toi.

— Mais... moi aussi, je tiens beaucoup à toi.

— Je sais.

— Charlotte...

— Chhhh. Je vais bien, je t'assure, le coupa-t-elle. Je vais faire du thé. Tu en veux ?

— Oui, s'il te plaît. Ce serait sympa.

Charlotte lui sourit et se dirigea vers la cuisine. Peter la suivit du regard : elle portait un gilet gris foncé et une jupe en tweed qui lui allaient parfaitement. Ses cheveux, remontés en queue-de-cheval, révélaient deux triangles de peau blanche.

Le thé était sacré pour Charlotte, qui en prenait la préparation encore plus au sérieux que celle du café. Peter l'entendit brancher la bouilloire, prendre la boîte à thé, la théière, les tasses et les soucoupes. Elle aurait préféré attraper la peste plutôt qu'utiliser des sachets et des mugs. Ses tasses à elle étaient d'une porcelaine si fine qu'elle en était translucide, et elle avait déterminé la valeur optimale de diverses données comme la proportion de feuilles par rapport à la quantité d'eau, la température de celle-ci ou le temps d'infusion. Pourtant, des ingrédients de qualité et une technique au point ne servaient à rien selon elle si on oubliait cette étape fondamentale : ébouillanter la théière. « N'oublie pas de verser de l'eau bouillante dans la théière et de la jeter ! » lançait-elle à Peter à chaque fois qu'elle lui sous-traitait l'ensemble des opérations.

Elle réapparut avec un plateau qu'elle posa sur la table.

— Il faut attendre que ça infuse, dit-elle.

Cela faisait partie du rituel. Ils patientèrent donc en silence pendant que les feuilles libéraient leur essence. Ces instants furent une parenthèse paisible. Le temps était nuageux ce jour-là, de sorte que la fenêtre laissait entrer une lumière douce et diffuse. Le gros sucrier arrondi en argent reflétait la vitre en recourbant ses carreaux. Les motifs des tasses et le lait opposaient leurs couleurs mates au blanc luisant de la porcelaine. Sur le plateau se trouvait aussi une assiette avec des cookies disposés en cercle, comme les chiffres d'une horloge. Peter en devina la texture et en savoura le goût avant même d'en prendre un.

Charlotte s'était assise face à la fenêtre. La lumière tombait délicatement sur son visage, adoucissant ses angles et ses irrégularités. Elle était vraiment très jolie, songea Peter en appuyant sa main sur la sienne.

De la fumée s'élevait de la théière et de la bouilloire. Ses volutes s'enroulaient vers le plafond, fins rubans tremblants d'ombre et de lumière, tels deux génies échappés de leur lampe. Peter laissa sa main sur celle de Charlotte.

Ils avaient fini de débarrasser lorsque la sonnerie de l'interphone retentit.

— Ce doit être Holly, déclara Peter. Je vais lui dire que je descends.

— Oh, invite-la à monter plutôt ! J'aimerais au moins la saluer.

Peter transmit le message, et Holly arriva peu après.

— Salut, Peter ! Salut, Charlotte !

Peter et elle s'embrassèrent sur la joue, puis Charlotte la serra dans ses bras un peu plus longuement et un peu plus fort que d'habitude.

— Merci d'être montée. Je voulais au moins te dire bonjour !

— Je suis contente que tu me l'aies demandé, je t'ai à peine vue depuis ton retour ! Le voyage avait l'air épuisant. Tu t'en es bien remise ?

— Oh, oui.

— Tu as bonne mine, en tout cas.

— Merci. Toi aussi.

— Merci.

Vint le moment où personne ne sut quoi ajouter. Holly combla le silence juste avant qu'il ne devienne pesant :

— Ta famille va bien ?

— Oui, répondit Charlotte. Très bien.

— Peter m'a raconté que tu avais séjourné chez ta belle-mère. Elle s'en sort de son côté ?

— Oh, pas trop mal. Comme tu l'imagines, la situation est assez difficile.

— Je n'en doute pas. Je ne lui ai parlé que quelques secondes le jour de... de l'enterrement, mais je l'ai trouvée sympathique.

— Elle l'est.

Le silence retomba.

— Bien, dit Charlotte. Je voulais juste te voir avant que vous... ne sortiez tous les deux. Je suis tellement heureuse que Peter et toi soyez si bons amis. (Sa bouche se tordit et elle eut du mal à maintenir son sourire.) Bonne balade ! lança-t-elle en les regardant tour à tour. Profitez bien du crépuscule !

Déconcertés, Peter et Holly ne trouvèrent d'abord rien à répondre.

— Merci, répliqua enfin le premier en l'embrassant. Et toi, amuse-toi bien avec ta prof.

— Oui, merci, renchérit Holly. Je suis ravie de t'avoir vue.

Une fois dehors, Peter et elle marchèrent quelques instants sans souffler mot.

— Euh... commença Holly. Je n'ai pas tout saisi.

Peter haussa les épaules.

— Moi non plus. Mais elle est comme ça depuis qu'elle est rentrée.

Il faisait froid et la ville tout entière était comme enveloppée d'une couverture de laine dont la teinte argentée allait du gris terne au gris sale, en passant par une infinité de nuances. Avec un peu d'attention, on distinguait même un léger soupçon de violet. Les rampes noires en fer forgé des porches, qui paraissaient aussi souples et lisses que des serpents par grand beau temps, avaient ce jour-là la froideur et la dureté d'armes de combat médiévales. Dans ce décor, les quelques notes de blanc du quartier – les linteaux peints de deux ou trois maisons, les bandes sur l'asphalte – attiraient tout de suite l'œil. Les voitures roulaient tantôt au pas, tantôt à une vitesse surprenante.

Peter et Holly entrèrent dans le parc et marchèrent sans but. Ils croisèrent des promeneurs et leur chien, un couple de joggeurs particulièrement motivés, des adolescents qui s'embrassaient sur un banc, le garçon caressant d'un peu près sa partenaire. A cette vue, ils échangèrent un regard gêné. Deux hommes, l'un petit, l'autre grand, et tous deux vêtus de blousons de cuir, semblaient plongés dans une conversation qui virait à la dispute. Plus loin, une femme donnait à manger aux pigeons.

Ils longèrent un affleurement rocheux élevé strié de profonds sillons, puis passèrent sous un pont. Sur le mur, quelqu'un avait écrit « Je t'aime, Jessica » en grosses lettres.

— A ton avis, quel est le problème avec Charlotte ? s'enquit Holly.

— Je n'en ai aucune idée.

— Il n'y a pas de tensions entre vous ?

253

— Pas que je sache.

— Est-ce qu'elle a trouvé une facture pour une étole en vison que tu ne lui as jamais offerte ?

— Non.

— Est-ce que tu ramènes des amis infréquentables à la maison ?

— Non.

— Est-ce que tu laisses traîner des serviettes mouillées sur le sol de la salle de bains ?

— Non.

— C'est un mystère alors. Enfin, va savoir. La première année de mariage, il est normal de connaître quelques périodes pendant lesquelles chacun perd ses repères et se demande qui est vraiment cette personne qu'il ou elle a épousée. Il y aura des moments difficiles, mais vous les traverserez et le plus beau, c'est que votre amour en sortira grandi. Je suis sûre qu'il n'y a rien de grave. Ou du moins, je doute qu'il s'agisse d'un problème permanent. Ne t'inquiète pas.

— Merci. Ça me rassure beaucoup.

Les pelouses avaient viré au brun et la terre froide ne dégageait plus aucune odeur. Les arbres, grands et majestueux, se dressaient à bonne distance les uns des autres. Nus et musculeux, sans plus la moindre feuille, avec leur tronc tordu et leurs branches étirées, ils semblaient faire étalage de leur force. Pourtant, il suffisait de lever les yeux pour voir se détacher sur le ciel gris la toile fragile et désordonnée de leurs brindilles les plus hautes. Peter et Holly atteignirent un sentier bordé de statues. Alignées sur des piédestaux, elles représentaient d'éminentes personnalités, littéraires ou autres, plus grandes que nature et assises dans des poses très dignes, avec des redingotes et d'épaisses bottes équarries. A côté, tous deux avaient l'air d'enfants.

— Tu sais, je repense à Julia, dit Holly. Elle m'a paru très secouée le jour de l'enterrement. Elle avait été assise à côté de Jonathan la veille du mariage, alors ça a dû être choquant pour elle de voir mourir quelqu'un dont elle venait tout juste de faire la connaissance.

— Oui, c'est vrai qu'elle n'était pas en forme.

— Mon père m'a dit qu'il avait discuté avec elle et qu'il l'aimait bien. Selon lui, « elle n'a rien à faire avec le plouc prétentieux qui lui sert de mari ». Plus tard, quand je lui ai appris qu'ils avaient rompu, il m'a répliqué : « Tu vois ? C'est une question de casting. J'ai toujours été fort pour ça. »

Ils continuèrent à avancer en silence.

— Tu as l'air songeuse, remarqua Peter.

Holly esquissa un petit sourire, les lèvres pincées.

— Oh, je réfléchissais à ce que je ferais à la place de Julia et je ne trouve pas de réponse. Je ne crois pas que je pourrais aller jusqu'au bout. Elever un enfant toute seule, sans père... ça ne me plairait pas. En même temps, les gens divorcent dans la moitié des cas. Le père n'est donc pas souvent présent, en fait. Ou quand il l'est, tout le monde en souffre. Et regarde ma sœur, Alex. Il y a des moments où son crétin de petit ami s'occupe à fond de la petite Clemmie et se montre très exigeant, et d'autres où on n'entend plus parler de lui pendant une éternité. J'aimerais qu'il tombe d'une falaise, celui-là. Mais en conclusion, l'absence de père n'est peut-être pas un tel problème. (Elle se tut un instant.) J'avais trois ans quand mes parents se sont séparés, et selon les années, ils vivaient à deux mille cinq cents, à cinq mille, ou à treize mille kilomètres l'un de l'autre. Pourtant, mon père était toujours en contact avec nous et j'ai l'impression qu'on le voyait souvent. Je ne conçois pas la vie sans lui, alors mettre au monde un enfant qui n'aurait pas de père, je crois que j'en serais incapable. Pour être honnête, je me demande même si ce ne serait pas injuste ou égoïste. L'enjeu me semble énorme, et le gain bien incertain. Cela revient à miser une vie entière pour satisfaire un besoin ou combler un vide qui pourraient n'être que temporaires.

Elle marqua une nouvelle pause.

— Maintenant, imaginons que, à l'âge de Julia, je me retrouve dans la même situation, c'est-à-dire confrontée à ma dernière chance d'être mère. Si le type, quel qu'il soit, était quelqu'un que j'apprécie assez pour accepter qu'il fournisse la moitié des gènes de mon enfant, agirais-je autrement qu'elle ne le fait ? La voix de la raison me dirait sûrement : écoute, le hasard ou je ne sais quoi d'autre a décidé que le modèle parental classique n'était pas pour toi et tu ne peux pas envisager sérieusement de mener à terme une grossesse accidentelle qui résulte d'un adultère. Malgré tout, voudrais-je aller jusqu'au bout ? Presque sans hésiter, oui. Mon désir serait probablement si fort que je ne penserais même pas avoir le choix.

— Le plus étonnant, c'est qu'elle ne s'est jamais intéressée aux enfants, nota Peter. Il me semblait qu'elle les jugeait ennuyeux, prenants et trop turbulents.

— Sur ce point, on est différentes. J'ai toujours adoré l'idée d'avoir des enfants.

— Est-ce que Jonathan et toi... euh, travailliez en ce sens ?

— En fait, non, répondit Holly avec un léger rire. Je préférais donner d'abord à notre couple une chance de se poser. Mais Jonathan en voulait. Il aurait été ravi si j'étais tombée enceinte tout de suite et si j'étais restée dix ans dans cet état. Il aurait même sauté de joie si j'avais été sur le point d'accoucher le jour de notre mariage.

Tous deux songèrent en silence au défunt.

— Quelqu'un sait quelque chose sur le père du bébé ? demanda Holly.

— Pas vraiment.

Après s'être rappelé la place des invités au dîner, la veille du mariage, après avoir compté les mois et effectué un rapprochement entre cet indice et la mystérieuse présence de Jonathan sur le terrain de golf, Peter avait fait une folle supposition, mais il n'était pas près de la partager.

— On ignore combien de temps a duré cette liaison. Julia a simplement dit que son amant s'était découvert malade peu après le début de sa grossesse et que tout était allé très vite. Il devait souffrir d'un cancer des poumons ou du foie.

— Quelle horreur, souffla Holly.

Ils se promenèrent encore un moment, perdus dans leurs pensées. A la rangée des grands hommes avait succédé une sculpture totalement différente : deux aigles attaquant un bélier. Celui-ci se tordait de douleur tandis que les deux rapaces aux ailes déployées déchiquetaient sa chair de leurs serres et de leur bec. Holly et Peter contemplèrent la scène.

— J'aimerais bien avoir un enfant, avoua Holly, une larme au coin de l'œil. Plusieurs même. Mais c'est tellement difficile de trouver la bonne personne. Je tiens plus que tout à être amoureuse.

Sans le vouloir, sembla-t-il, elle fixa Peter en prononçant ces derniers mots. Cela ne dura qu'une fraction de seconde. Aussitôt, ses grands yeux humides se détournèrent.

— Quelle drôle de statue, déclara-t-elle. Je me demande si elle illustre un mythe ou une légende quelconque.

La tante maternelle de Holly possédait un grand appartement sur Central Park West où la jeune femme avait séjourné de temps à autre au fil des ans et où elle avait emménagé après la mort de Jonathan. Bien qu'elle ne l'occupât qu'une partie de l'année, sa tante était venue lui tenir compagnie plusieurs semaines, et Holly y hébergeait sa famille et ses amis lorsqu'ils venaient la voir. Pour l'heure, cependant, elle habitait seule.

Lorsqu'ils arrivèrent devant son immeuble, la promenade terminée, Peter la prit par les épaules et déposa une petite bise sur sa joue. Elle la lui retourna en regardant les nuages noirs derrière lui. Puis ils se dirent au revoir, et le portier à la mine féroce accueillit Holly avec un sourire.

— Bonsoir, mademoiselle *Owly*, dit-il.

— Bonsoir, Josep !

En pénétrant dans le grand hall, haut de plafond et sinistre – malgré d'intenses efforts, personne n'avait trouvé le moyen d'ôter la crasse accumulée durant des décennies sur les moulures et les médaillons en plâtre –, Holly sentait encore les mains de Peter sur ses épaules et ses lèvres sur sa joue. De même, elle prit l'ascenseur en revoyant son oreille (floue) et les nuages noirs derrière.

Elle ouvrit la porte de l'appartement. L'entrée était à l'image du hall de l'immeuble : large, haute de plafond et sinistre. Les moulures avaient été repeintes tant de fois que les détails avaient perdu leur contour, et la saleté s'était incrustée dans les moindres interstices sans qu'il fût possible de la déloger. Holly jeta son manteau, son écharpe et ses clés sur une chaise et resta debout un moment, pensive, avant de se diriger vers la bibliothèque. La pièce, décorée de doux tissus cramoisis, était luxueuse, douillette et sombre. Holly ouvrit la fenêtre pour se pencher au-dehors. Les réverbères et quelques fenêtres alentour étaient éclairés. Tandis que le vent lui fouettait les cheveux, la quinte de toux d'un bus au démarrage résonna en contrebas. Baissant les yeux, elle éprouva un léger vertige, tant le parc donnait l'impression de se pencher vers elle. Relever la tête ne fit que la désorienter davantage encore. Son seul repère était le côté du bâtiment, avec sa façade en calcaire gris pâle. Mais, vu sous cet angle, il paraissait monter en flèche vers le ciel et disparaître tout là-haut, si bien que Holly eut le sentiment d'être sur les montagnes russes d'un parc d'attractions.

Penché à une fenêtre au onzième étage d'un immeuble, il était facile d'imaginer que toute la ville affluait vers vous. C'était une sensation intéressante et excitante. Sauf que si la ville avait réellement afflué vers elle, Holly aurait voulu la passer au tamis – un tamis très, très fin, quitte à ce que cela prenne du temps – pour ne conserver qu'un morceau de New York. Le seul qu'elle désirât. Un œil aussi exercé que le sien pouvait identifier les trouées qui, de l'autre côté du parc, signalaient des artères transversales, et les compter jusqu'à trouver la rue qu'elle cherchait. Holly la repéra, puis la longea comme si elle avait pu voir à travers les bâtiments. Elle continua jusqu'à une avenue, la traversa et avança encore. Là, son regard franchit un perron, passa de lourdes portes en fer forgé, gravit quelques marches et entra dans un appartement. Et elle « observa » cet appartement avec intensité – alors que, en réalité, elle n'avait qu'un château d'eau en face d'elle.

Holly referma la fenêtre et resta plantée là en soupirant. Pour finir, elle retourna se déshabiller dans sa chambre, balança ses habits sur le lit, où ils atterrirent comme des ballons crevés, et alla se faire couler un bain. Une fois les robinets fermés, elle contempla son reflet tremblotant, assise sur le rebord de la baignoire, avant de déverser une poignée de sels dans l'eau. Ses traits se fragmentèrent et s'entrechoquèrent, portés par les rides qui troublaient la surface.

Puis elle entra dans son bain et entreprit de se savonner. Elle leva une jambe, passa l'éponge sur toute la longueur, dans un sens et dans l'autre, sur son ventre ensuite, sa poitrine, sa nuque – jusqu'à ce qu'elle la jette à l'autre bout de la baignoire. Les joues humides et brûlantes, elle ne se rendit pas tout de suite compte qu'elle pleurait. Ses larmes roulèrent bientôt librement, gouttant au rythme de ses hoquets, jusqu'à ce qu'elle s'essuie le nez du revers de la main, inspire plusieurs fois et abaisse ses épaules dans l'eau. Là, c'était mieux. Ses sanglots s'apaisaient. Mais presque aussitôt, elle se remit à trembler, et ses larmes coulèrent de plus belle.

Peter a été super, pensa-t-elle. C'était un très bon ami. Avait-il jamais laissé croire qu'il souhaitait être plus que cela ? Non. Pas une seule fois. Il n'y avait eu aucun regard ambigu, aucune tentative de flirt. Rien.

Holly n'oublierait jamais une discussion qu'elle avait eue peu de temps après avoir retrouvé Peter. Elle était chez Jonathan, qui corrigeait des épreuves tout en lui parlant de choses et d'autres.

« Tu sais que Peter a flashé sur toi le jour où vous avez voyagé côte à côte dans votre avion ? avait-il déclaré tout à trac.

— Ah oui ?

— Ouais. On en a discuté et c'est ce qu'il m'a avoué. Evidemment, je me suis inquiété et je lui ai demandé : "Et maintenant ?" Il a éclaté de rire. "Tu es jaloux parce que j'ai voyagé à côté d'elle dans un avion il y a des années ? Tu es fou ?" Je suppose que j'avais l'air stupide, en effet. Oh, merde ! (Jonathan avait joué du tambour avec son crayon sur sa feuille avant de raturer un passage.) Enfin bon, il m'a dit de ne pas me faire de souci : "Tu sais comment c'est quand on rencontre quelqu'un dans un lieu clos. Ça crée une intimité forcée, on s'imagine que l'instant est magique, et deux jours plus tard on a tout oublié." C'est intéressant, et très exact aussi – tu ne trouves pas ? (Il avait relu une phrase à voix basse et effectué une correction.) Et puis, tu sais, c'est vraiment quelqu'un de bien et il s'en veut de ne pas t'avoir rappelée. Il a été tellement pris avec ses rendez-vous professionnels, tu comprends. (Il avait rayé quelques mots.) Enfin, ouf ! Je n'aurais pas aimé avoir à le descendre, avait-il conclu en mordillant son crayon et en levant sa feuille devant lui, la mine concentrée.

— Je croyais qu'il avait perdu mon numéro.

— Il a dit ça... ? Qu'il avait perdu... ? Oh-oh. Oups. Eh bien, pas exactement, en fait. A mon avis, il s'en voulait tellement qu'il a inventé cette excuse. »

Ainsi, Peter avait flashé sur elle – l'espace d'une minute.

L'eau avait refroidi à présent. Du pied, Holly tourna un robinet, puis le referma. Le silence qui suivit contrasta avec le tumulte assourdissant de l'eau qui venait de se déverser dans son bain. La pièce était aussi paisible que la lune, songea-t-elle. Tout son contraire à elle, dont la souffrance se réverbérait à l'infini dans sa tête.

Peter l'avait rendue si malheureuse ! C'était ça le plus étrange. Il est souvent très dur pour une femme de constater que l'homme avec qui elle a partagé une intimité physique ne la rappelle pas, alors même qu'il a promis de le faire. Inexplicablement, l'expérience de Holly avait été bien plus douloureuse encore. Elle avait cru... quoi, au juste ? Au moment de partir, à l'aéroport, elle avait réfléchi au Destin : il avait été décidé des milliards d'années plus tôt que Peter et elle seraient faits l'un pour l'autre. Leur rencontre, a priori fortuite puisque due à l'attribution des places dans un avion, s'intégrait en réalité dans une séquence prévue depuis l'aube des temps. Vive le Destin ! avait-elle pensé en riant.

Durant le trajet entre l'aéroport et la maison de son père, elle avait rêvé à l'appel de son compagnon. Il était si gentil, si plein d'humour. Très intelligent, à l'évidence. Un tantinet mélancolique. Et si beau. On lisait facilement en lui. Certains auraient peut-être trouvé son physique conventionnel, voire passe-partout, mais il avait des yeux noisette d'une grande douceur, des lèvres qui appelaient au baiser, des mains puissantes, de vraies mains d'homme, et une carrure qui laissait supposer un sportif accompli. Oh, qui sait ? Ce qui la sidérait, c'était qu'ils avaient commencé à discuter, comme ça, tout simplement, et qu'elle n'avait pas vu filer les cinq heures suivantes.

Holly arriva chez son père d'excellente humeur, à la fois parce qu'elle éprouvait encore les effets euphorisants de sa rencontre et parce qu'elle mourait d'impatience de voir sa nièce. Lorsqu'elle aperçut Clementine pour la première fois, celle-ci était enveloppée dans une couverture à la manière d'un burrito. Holly la souleva dans ses bras. Le bébé était en parfaite santé et pesait un poids normal, pourtant elle n'en revint pas de le sentir si léger. Un être humain pas plus lourd qu'un melon ! Son visage plissé et son crâne chauve évoquaient une tortue – mais une tortue avec un adorable petit nez plat. Holly la berça doucement. Elle avait rarement eu l'occasion de porter un bébé, et cette sensation l'électrisa. Elle tenait une vie dans ses mains. Une vie entière, pour l'heure sans défense. Puis Clementine se réveilla en pleurant. Holly la tendit à Alex et regarda avec ravissement sa sœur donner le sein à la petite. Le reste de la soirée fut consacré à changer Clementine (ce que Holly se fit une joie d'apprendre), à l'écouter pleurer, à la bercer, à la nourrir, à lui faire faire son rot, à vérifier qu'elle allait bien, et à la contempler encore et encore.

Durant tout ce temps, Peter demeura présent dans ses pensées – juste derrière le bébé. Chaque fois que le téléphone sonnait, Holly tendait l'oreille en espérant que son père allait lui dire que c'était pour elle. Mais les seuls coups de fil qu'ils reçurent furent ceux de sa mère et de Michael, le père de Clementine. Michael était venu tous les jours, l'informa Alex, et il devait repasser le lendemain. Mouais, songea Holly en revoyant ce pauvre type avec ses pouces bagués, ses dents de requin autour du cou et ses larges bracelets en cuir incrustés d'argent. Des signes de spiritualité ? A d'autres. « Il dit que vivre avec moi ne cadre pas avec ses habitudes », expliqua Alex. Holly se retint de lui demander : « Mais coucher avec Inge, si ? » Inge était la petite amie de Michael, une masseuse hispano-suédoise aux yeux de biche, qu'il voulait emmener lors de sa prochaine visite. « Elle fait partie de ma vie, maintenant, se défendait-il. C'est ma compagne. » En somme, il comptait parmi ces gens capables d'obtenir le beurre, l'argent du beurre, et la crémière par-dessus le marché.

Ce soir-là, Holly raconta sa rencontre à Alex d'un ton qu'elle voulut désinvolte, mais son enthousiasme et la lueur dans ses yeux n'auraient trompé personne : elle avait donné son cœur à ce fameux « Peter ». Ravie, Alex la bombarda de questions. Vivait-il avec quelqu'un ? Mangeait-il de la viande ? Peter n'avait toujours pas appelé lorsque Holly se coucha. Elle s'en inquiéta, sans paniquer pour autant.

Dès lors, Alex elle aussi guetta la sonnerie du téléphone. En fin d'après-midi, le lendemain, Graham demanda à Holly d'aller à la poste avant la fermeture parce qu'il avait un courrier qui devait impérativement partir ce jour-là.

— Non ! s'écria Alex. Elle ne peut pas.

— Ah bon ? Pourquoi...

— J'ai besoin d'elle.

— Tu as besoin d'elle ?

— Oui, affirma Alex en courbant le dos et en prenant une voix tremblante. Je me sens patraque. Très patraque...

— Oh... euh...

— Il faudra que tu y ailles toi-même, conclut-elle.

— Mais je ne peux pas ! Je prépare un glaçage au citron !

— Très bien. Alors c'est moi qui irai.

— Mais tu es en train d'allaiter Clementine !

— Je l'emmènerai avec moi. Je conduirai d'une main.

— Alex ! protesta Graham. Hé, qu'est-ce qui se passe ici ?

— Rien, papa, intervint Holly. Qu'est-ce qu'il te...

— Holly a rencontré quelqu'un dans l'avion qui lui plaît beaucoup et elle attend son coup de fil, débita Alex d'une traite. Il a dit qu'il l'appellerait, alors il faut qu'elle soit là au moment où il le fera !

Il y eut un silence.

— Oh... je vois, dit finalement Graham, l'air désorienté. Bon, dans ce cas...

— Papa...

— Non, non, ça va. Ne bouge pas, Holly. Mmm. Je vais y aller moi-même. Est-ce que tu pourrais prendre le mixeur et... ? Ou alors Alex ?

Elles posèrent sur lui le regard vide de deux jeunes femmes à qui leur mère n'avait appris qu'une chose en matière de cuisine : comment faire des œufs en ramequins.

— Non, évidemment, compléta-t-il à leur place.

Avec le cœur lourd d'un homme qui sait que son beurre allait trop chauffer et que le citron le ferait tourner, Graham s'éloigna en traînant les pieds. Holly insista alors pour aller au bureau de poste, ce qu'il accepta avec reconnaissance après s'être assuré que cela ne la gênait vraiment pas.

Peter n'appela jamais. Holly reprit le fil de son existence et, à son retour de la République dominicaine, resta quelque temps à Los Angeles, employée par une société de production qui lui faisait lire des scripts. Elle sortit durant cette période avec un jeune scénariste brillant, mais dont le côté délibérément philistin la lassa. Partie s'installer sur la côte est, elle vécut ensuite un an avec un constructeur de bateaux près de la station balnéaire où sa mère avait toujours passé ses étés, persuadée que l'adepte du soleil qu'elle était pourrait devenir quelqu'un là-bas. Ce fut un échec. Après ça, elle retourna à l'université, et ce fut là qu'elle rencontra Jonathan. Son souvenir la faisait encore sourire. A sa place, aucune femme n'aurait pu oublier ce qu'elle avait éprouvé lorsqu'il l'avait abordée lors d'une soirée et qu'elle avait vu ses yeux bleus, sa peau laiteuse, ses cheveux bouclés, ses lèvres carmin.

« Je ne crois pas qu'on se soit déjà croisés. Je m'appelle Jonathan Speedwell. » Il était si naturel ! Et en même temps si charmeur. Il s'était mis en tête de la séduire, et il avait été impossible de lui résister. Avec le temps, bien sûr, elle avait découvert que presque tout chez lui était bidon, mais il faisait partie de ces imposteurs à qui on pardonne tout. Il était gentil, drôle, attentionné et délicat avec elle, y compris sur le plan érotique. Il ne la traitait jamais mal. Et elle s'amusait tant avec lui ! Il l'encourageait, la soutenait. Sa vanité s'accompagnait d'une telle confiance dans le choix de ses amis qu'il ne nourrissait jamais le moindre doute sur personne, et cela se vérifiait en particulier avec elle, la femme dont il avait choisi de tomber amoureux. Certes, Holly n'était pas complètement naïve non plus. Jonathan se trouvait toujours là où il l'avait dit et elle était convaincue qu'il ne lui avait jamais véritablement menti, mais son instinct lui soufflait qu'il pouvait bien l'avoir trompée. Ils auraient sûrement eu une conversation sur le sujet un jour ou l'autre. Dans l'intervalle, elle manquait de preuves et, bizarrement, ses soupçons ne la dérangeaient pas tant que ça. Jonathan avait quelque chose d'irréel. Bien qu'elle l'aimât, elle n'était pas certaine de lui être vraiment attachée – il n'y avait chez lui rien de solide à quoi s'attacher, de toute façon – et ne se sentait donc pas menacée par ses éventuelles liaisons. A l'opposé, pensait-elle, elle n'aurait pas supporté de vivre en couple avec Peter et de s'apercevoir qu'il avait une liaison. Elle les aurait tués, lui et sa maîtresse.

Son bain avait de nouveau refroidi. Holly se rinça et attrapa une serviette avec laquelle elle se tapota sans la déplier. Les yeux rivés sur la bonde de la baignoire, elle s'immobilisa. Au début, seule une petite fossette troubla la surface de l'eau, puis le tourbillon s'élargit, s'élargit, avant de disparaître lorsque le siphon avala les dernières gouttes avec un rot sonore.

Holly prit une résolution. Peter était très gentil, il se souciait beaucoup d'elle et elle avait conscience qu'une amitié rare et précieuse les liait. Néanmoins, il était temps de ne plus voir en lui un possible compagnon. Grand temps, même. Elle n'aurait jamais dû le considérer sous cet angle. Combien de fois avait-elle imaginé que, assise sur le canapé, dans la bibliothèque de sa tante, elle lui avouait ses sentiments et qu'il la prenait dans ses bras en lui disant qu'il l'aimait également ? Ils s'embrassaient et se caressaient ensuite en écoutant un CD qu'elle avait au préalable lancé en boucle sur sa chaîne hi-fi : le *Night in Manhattan* de Lee Wiley, avec Joe Bushkin, une série de ballades enregistrées dans les années 1950. C'était ridicule. Le lecteur pouvait accueillir six CD, mais elle laissait toujours celui-là dans le cas très improbable où son rêve se réaliserait.

Vois la réalité en face, se sermonna-t-elle : quand on rencontre un homme dans un avion et qu'on a le coup de foudre pour lui, il est possible de vivre une belle histoire d'amour... *à condition que l'homme en question décroche son téléphone.* Ton voyage avec Peter a été génial, mais son importance à tes yeux a été sapée par le fait qu'il ne t'a jamais appelée. Qui plus est, tu sais qu'il n'a vu dans ces quelques heures qu'un plaisant interlude. Il n'a jamais rien entrepris ou dit quoi que ce soit depuis qui puisse suggérer d'éventuels sentiments pour toi. Vous avez noué une amitié dont la force montre qu'il n'envisage pas de donner une autre tournure à votre relation – et surtout pas une tournure romantique. Il est marié à quelqu'un qui n'est pas toi, et semble plutôt heureux, à en juger par les apparences. Quelle conclusion tirer de tout cela ?

Oublie-le, et vite.

Un incident avait également marqué Holly, et elle se demanda à cet instant si, en dehors de toute considération rationnelle, le destin n'essayait pas de lui faire comprendre quelque chose : elle n'arrivait plus à mettre la main sur le livre qu'elle lisait le jour où elle avait rencontré Peter – *La Montagne magique*, de Thomas Mann. Ils en avaient discuté ensemble et elle avait même arraché une page afin de lui noter le numéro de son père. Elle avait ensuite rangé le roman avec les autres auxquels elle tenait, mais il avait disparu. La seule explication possible était qu'il avait été déplacé lorsqu'elle avait emménagé chez Jonathan et qu'ils s'étaient rendu compte qu'ils possédaient trop d'ouvrages à eux deux pour les conserver tous. Bref, il n'était plus là, et peut-être était-ce le signe qu'elle devait renoncer à Peter pour de bon.

Un frisson la parcourut. Elle finit de se sécher, puis enfila une vieille chemise de nuit en coton et une robe de chambre dont elle serra étroitement les pans. Elle nettoya le porte-savon, essuya la marque laissée par la mousse autour de la baignoire, essora l'éponge, vérifia que les robinets étaient bien fermés, drapa la serviette mouillée sur un portant. Elle se sentait toute propre, ce qui était toujours agréable, mais elle avait des copies à corriger et savait que des journées difficiles l'attendaient cette semaine-là. Son dimanche soir s'annonçant long et solitaire, elle songea à passer un coup de fil à son père. Pas pour lui parler de Peter ou d'un quelconque sujet important. Juste pour bavarder.

Il y avait un message sur son téléphone.

« Salut, Holly. C'est Peter. J'ai été content de te voir aujourd'hui. Ecoute, je ne sais pas si tu te souviens, mais j'ai dû te raconter que Charlotte et moi étions invités jeudi à une grande soirée chez Arthur Beeche, le type qui dirige ma boîte. Je viens juste d'apprendre que Charlotte ne sera pas à New York ce soir-là et, du coup, je me demandais... si je peux arranger ça, est-ce que ça te dirait de m'accompagner ? Je m'y prends très tard, bien sûr, et c'est pour cette raison que j'ai préféré te prévenir tout de suite. Beeche a une maison incroyable, il invite toujours toutes sortes de gens et il paraît qu'on s'amuse bien à ses soirées. Je vérifierai qu'il n'y a pas de problème, mais ce serait super que tu puisses venir. Appelle-moi ce soir, ou à mon bureau, ou quand tu voudras. On en rediscutera. Salut ! »

C'était Peter tout craché, de vouloir qu'elle prenne du bon temps. Ce cher Peter. Quelle gentillesse ! Holly frissonna. Il fallait qu'elle le considère différemment désormais. Il le fallait. Elle secoua la tête comme pour se débarrasser de ses vieilles pensées. Peter attendrait demain. Elle n'avait pas le

courage de lui parler pour le moment. A la place, elle téléphona à son père.

Après que Holly fut rentrée chez elle, Peter resta un
moment sous l'auvent de l'immeuble à contempler le sol. Il
avait souvent remarqué que le béton des trottoirs new-yorkais
variait selon les endroits – ici d'un beige strié, là d'un beige
parsemé de petits cailloux blancs, noirs et bruns. Celui-là
devait être très récent. Gris et lisse, il ne présentait ni fissure
ni tache, et les joints d'expansion – une rainure large et
profonde encadrée de deux autres, fines et superficielles –
évoquaient une bordure design. C'était un très beau trottoir,
assurément.

Peter sentit que le portier le fixait d'un œil noir. Il lui
sourit, sans que cela paraisse émouvoir le cerbère, puis
s'éloigna.

Il aurait dû dire quelque chose… non ? Mais tout était allé
si vite, et quels mots aurait-il bien pu trouver ? Ce n'était rien
qu'un bref regard. Y avait-il un sens à lui donner ? Jonathan
s'en serait mieux sorti, lui. Il aurait d'instinct exprimé une
parfaite émotion d'une voix égale, grave, légèrement
fondante. Une voix parfaite elle aussi. Mais Peter n'était pas
ainsi. Que signifiait ce regard, de toute façon ? C'était le type
même de détail qu'il se savait capable de surinterpréter en y
projetant ses propres sentiments.

Il héla un taxi et s'accrocha désespérément à la poignée
tandis que le véhicule cahotait sur les ornières de la route.
Une fois chez lui, il fut frappé par le silence qui régnait dans
l'appartement. Cela n'aurait pas dû le surprendre puisqu'il
était encore trop tôt pour que Charlotte fût revenue de son
cours d'allemand mais, sans qu'il sût pourquoi, ce silence-là
lui parut différent. Peter s'avança dans le salon. Il n'y avait
rien d'inhabituel à signaler : le livre qu'il avait laissé ouvert
sur un fauteuil n'avait pas bougé. L'album de photos que
Charlotte avait feuilleté gisait sur le canapé. La petite pile de
coupures de presse, de mails imprimés, de pages de

bloc-notes griffonnées, de reçus de carte bleue et de vieilles invitations occupait le même coin de la table que depuis plusieurs jours. Peter se dirigea vers la cuisine. Le service à thé avait été rangé et rien n'attira son attention. Idem dans la chambre et la salle de bains – à ceci près que ces deux pièces lui semblèrent allégées, d'une certaine façon, même s'il n'aurait su dire ce qui y manquait. Il retourna dans le salon. Quelque chose avait changé, c'était certain. Il avait l'impression de se trouver dans un lieu abandonné, non dans un appartement qui attendait simplement le retour de ses occupants.

Puis il remarqua une enveloppe appuyée contre l'une des bougies de la table à manger. Il s'approcha. Charlotte avait inscrit son nom dessus de son écriture semi-calligraphique. Elle s'était servie de son Rapidograph et de son épais papier à lettres italien – autant d'indices suggérant un message plus important qu'une simple consigne.

Peter déchira l'enveloppe avec soin et en sortit une seule feuille non pliée qui lui fit l'effet de tenir du cachemire entre ses doigts.

Voici ce que Charlotte avait écrit :

Cher Peter,

Mon chéri,

Le temps que tu lises ceci, je serai en train d'embarquer à bord d'un avion pour Paris.

J'aime Maximilien-François-Marie-Isidore – je l'ai vu, et je sais maintenant qu'il m'aime lui aussi.

Cher, cher Peter,

S'il te plaît, pardonne-moi.

Adieu,

Charlotte

Peter relut ces mots plusieurs fois, puis plia la feuille et la laissa tomber sur la table. Durant quelques instants, il resta planté là, le regard fixe et l'esprit vide. Ainsi, Charlotte s'était enfuie. N'arrivant pas à y croire, il reprit le message et le parcourut encore. Il n'y avait pas d'autre interprétation possible. « Adieu ». Le terme sonnait sans appel.

Diverses émotions et réflexions se faisaient jour en lui à présent, comme des photos passées au bain révélateur. Sa première réaction fut de se réjouir pour Charlotte. Il devait être plus romantique qu'il ne le soupçonnait parce qu'il était même fier d'elle. Elle avait envoyé promener tous les avantages de sa vie conventionnelle afin de vivre avec l'homme qu'elle aimait. Tant mieux pour elle. Puis la honte l'envahit : malgré tous ses complexes, elle avait fait preuve de bien plus de courage que lui. Peter se surprit à avoir les larmes aux yeux. Quel sentimental il faisait. Il tenait à Charlotte, et à présent qu'elle s'était mis en tête de partir à la conquête de l'amour et du bonheur, il espérait qu'elle réussirait. Il s'émouvait toujours quand des gens bien, d'ordinaire faibles et timides, puisaient en eux la force de s'approprier ce que les plus arrogants et les plus méprisables leur avaient toujours concédé – surtout dans un cas pareil, où l'héroïne de l'histoire était quelqu'un qu'il aimait.

Il avait déjà rencontré Maximilien-François-Marie-Isidore (il relut la feuille pour ne pas se tromper dans ses prénoms) et se rappelait que ses semelles étaient attachées par des fils à la tige de ses bottines, que la nicotine avait teinté de jaune ses dents comme ses doigts, et que ses épais cheveux bruns et sales se dressaient dans tous les sens en formant des arcs, comme un musée moderne curviligne. Abstraction faite de son apparence, il était clair que le type était fou. Il parlait vite et d'un ton pressant, surtout quand il décrivait sa dernière entreprise littéraire en date (il reprenait les poèmes de Baudelaire et les réécrivait en utilisant exactement les mêmes mots et la même ponctuation). Malgré cela, Peter voyait bien quel charme on pouvait lui trouver. Cela tenait en partie à son intensité : il émanait du Français un tel magnétisme ! Vivre avec lui devait revenir à rejouer jour et nuit le dernier acte d'un opéra. A bien y réfléchir, il convenait parfaitement à Charlotte. Quoi qu'elle ait pu penser à une époque, elle n'était pas une adepte du calme et de la routine. Elle était trop sujette à des sautes d'humeur pour ça. Du reste, il valait peut-être mieux vivre au milieu d'un drame réel que de faire tout un drame de choses qui ne le méritaient pas. La (folle) assurance de Max-etc. la rassurerait, tandis que sa prudence à elle tempérerait son désordre à lui. Chacun d'eux prenait tout très au sérieux et était pratiquement hermétique au plaisir. Et si la bonne société fréquentée par les parents de Charlotte dénigrait son choix, elle pourrait toujours rétorquer que Max-etc. possédait l'un des plus anciens titres de noblesse de France !

Mais lui-même, Peter, n'était-il pas un tant soit peu vexé, furieux ou gêné ? Il devait convenir que non. Le départ de Charlotte ne blessait pas son amour-propre parce qu'il ne se sentait ni inférieur ni jaloux devant son rival. Puis il éclata de rire en pensant à la manière dont il devrait réagir. Il adopterait bien sûr une attitude parfaitement civilisée. En homme du monde, il n'était pas choqué par ce genre de situation. Il imagina la discussion virile et franche qu'il aurait avec Max-etc. : « Vois-tu, mon cher, il n'y a rien à expliquer. Les caprices du cœur, tu sais... Evidemment que je comprends. Que dirais-tu maintenant d'un verre de porto ? »

Ces considérations touchaient à son ego, constata-t-il. Mais qu'en était-il de ses sentiments ? N'éprouvait-il aucun chagrin ? En vérité, non, pas vraiment. Cela l'inquiéta d'abord, puis il supposa que la douleur et la déception viendraient plus tard, une fois qu'il aurait pleinement accepté ce qui s'était passé. Charlotte avait été sa compagne durant presque trois ans. Forcément, elle lui manquerait. Son absence l'attristerait au quotidien et la nuit, lorsqu'il se retrouverait seul. Il regretterait mille petits riens de leur vie à deux, n'est-ce pas ? Et il se reprocherait le temps qu'ils avaient perdu à se séduire, à devenir intimes, à mêler leurs existences, et même à subir le traumatisme qu'avait été leur mariage. Ne se sentirait-il pas seul et affligé, alors ?

Peter reprit le mot de Charlotte. Centré à la perfection sur la feuille, son texte ne présentait aucune rature, aucune correction. Charlotte était douée pour ce genre de choses. Ses jambages s'enroulaient avec grâce et le A de « Adieu » ressemblait à un colophon. L'encre avait été incrustée dans le papier, pas seulement appliquée à la surface. En soi, cette lettre était impressionnante. Même – ou plutôt surtout – dans de telles circonstances, Charlotte respectait d'instinct certains principes esthétiques.

Charlotte. Comme il lui souhaitait d'être heureuse ! Peter avait à présent l'impression d'être débarrassé d'un immense fardeau qu'il avait porté sans vouloir se l'avouer. Le corps et l'esprit écrasés de fatigue, il s'assit sur une chaise en appuyant son menton dans sa main. Un nom émergeait peu à peu dans sa conscience : Holly. Il ne put d'abord y associer la moindre pensée, mais le moment vint où, lentement, les rouages de son cerveau se remirent en marche. Charlotte a disparu du paysage. Cela signifie donc que je suis libre de nouer une relation avec quelqu'un d'autre. Si cette personne est célibataire et sans attaches sentimentales, alors elle aussi est libre de nouer une relation avec moi. Holly est célibataire et sans attaches sentimentales. Par conséquent, elle et moi sommes libres de nouer une relation. CQFD.

Peter hocha la tête. Si seulement il n'avait pas eu l'esprit aussi embrumé ! Il se faisait l'effet d'un homme qui recouvrait sa lucidité en début de soirée après s'être soûlé en journée. Il voyait bien qu'il avait des raisons de se réjouir, mais il en était incapable. L'enjeu était trop important. Il allait enfin pouvoir tenter sa chance auprès de Holly ! Quelle serait la prochaine étape ? Que devrait-il lui dire ? Pas question de pleurer sur son épaule et de se faire réconforter. Il préférait utiliser l'impact de cette nouvelle pour les faire passer tous deux de l'amitié à l'amour. Mais quand avait-il intérêt à agir ? Et où ?

Il eut alors une idée : le dîner chez Arthur Beeche était prévu le jeudi suivant. Charlotte aurait dû l'accompagner mais, visiblement, elle avait fait d'autres projets. Il proposerait donc à Holly de venir à sa place en expliquant que Charlotte avait un empêchement inattendu. Ne serait-ce pas génial ? Un dîner chez Arthur Beeche, dans la plus belle demeure de la ville, en tenue de soirée et Holly à son bras ? Emballé, Peter émergea de sa torpeur. Il attendrait le jeudi. Ce jour-là seulement, il profiterait du trajet jusque chez Beeche pour glisser à Holly qu'il aimerait rentrer avec elle ce soir-là parce qu'il avait à lui parler. Plus tard, une fois seuls dans l'appartement de sa tante, ils discuteraient de la réception avec animation. Elle aurait été si inoubliable ! Puis le silence s'installerait entre eux, et Holly lui demanderait à quoi il pensait. Il lui raconterait le départ de Charlotte, et après, après… Peter s'arrêta net. Que ferait-il après ? Les déclarations n'étaient pas son fort. Devrait-il lui avouer son amour ? Ou prendre ses mains entre les siennes comme un calice enveloppant une fleur, et ensuite seulement se confier à elle ? Ou l'attraper par le menton et la guider vers lui pour l'embrasser avant de dire quoi que ce soit ? Allons, il résoudrait la question en temps voulu.

Enthousiaste, il se précipita sur le téléphone, mais alors qu'il s'apprêtait à composer le numéro de Holly, il se figea. Il n'était pas du tout en état d'avoir une telle conversation. Il fallait d'abord qu'il se calme. Peut-être valait-il mieux attendre le lendemain quand il serait plus maître de lui. Mais si jamais Holly acceptait une autre invitation d'ici là ? Ou si elle s'engageait à participer à une soirée quelconque dans son école ? Il devait l'appeler tout de suite. Peter inspira plusieurs fois. OK. C'était parti. Il tomba sur la messagerie de Holly et, le plus sereinement possible, lui laissa un message.

Le lendemain, Peter écouta sur sa propre messagerie la voix de Holly qui lui annonçait qu'elle serait ravie de l'accompagner. Il ne lui restait plus qu'à informer de ce changement Mlle Harrison, la secrétaire de Beeche. Craignant qu'elle ne veuille lui imposer une autre remplaçante, il songea un instant à se taire. Cela aurait été impoli cependant, et potentiellement embarrassant, aussi lui écrivit-il un mot très courtois qu'il envoya par le courrier interne. Plus tard ce jour-là, Mlle Harrison l'appela. Elle avait une voix basse et ronronnante, comme si elle s'était adressée à lui depuis une pièce insonorisée. Il pouvait venir avec Mme Speedwell sans aucun problème, lui apprit-elle. De son côté, elle voulait juste lui poser quelques questions – pour le plan de table, vous comprenez. Elle devait équilibrer la répartition des invités. De quel milieu était issue Mme Speedwell ? S'agissait-il d'une personne sociable et sympathique avec qui il était agréable de bavarder ? Oh, oui. Absolument ! Et si cela ne l'ennuyait pas, pouvait-il lui indiquer sa situation de famille ? Veuve. Oh, je suis désolée. Mlle Harrison lui demanda ensuite une photo pour des raisons de sécurité. Par chance, Peter en avait une qu'il put lui transmettre aussitôt par e-mail.

La secrétaire mentionna ensuite un détail surprenant. Sauf erreur de sa part, Peter connaissait bien une certaine Isabella Echevarria de Sena, n'est-ce pas ? Oui, c'était exact. Elle avait été demoiselle d'honneur à son mariage. Mlle Harrison lui expliqua alors que Mlle Echevarria de Sena ferait partie des invités et qu'elle serait placée à une table regroupant des personnes importantes. Une telle situation n'était pas pour l'intimider, mais sans doute apprécierait-elle de voir un visage familier. Cela le dérangerait-il d'être assis à côté d'elle ? Non, pas du tout ! répondit Peter. Après avoir raccroché, il se demanda qui avait invité Isabella. Probablement une grosse pointure qui trompait sa femme avec elle et qui voulait l'impressionner tout en l'exhibant à son bras.

Peter prépara sa tenue pour la soirée. Il discuta avec Holly de ce qu'elle pouvait envisager ou pas de mettre – et ne l'aida pas beaucoup –, commanda une voiture, vérifia un nombre incalculable de fois l'heure et l'adresse mentionnées sur l'invitation. Personne n'était encore au courant du départ de Charlotte et elle ne lui avait pas donné de ses nouvelles. Il lui en fut reconnaissant. Parler avec elle aurait embrouillé ses pensées et perturbé la ligne de conduite simple, droite et précise qu'il entendait suivre. Puis il attendit.

9

Le jeudi soir arriva enfin. Occupé à se changer dans son bureau, Peter se sentait excité, nerveux et plein d'espoir. Holly et lui allaient dîner dans une maison qui, au dire de tous, renfermait des objets d'une incroyable beauté et qui à elle seule donnait à l'art ses lettres de noblesse. Le repas et les vins seraient exquis, les invités riches, beaux, puissants et élégamment vêtus. Holly et Peter eux-mêmes seraient sur leur trente et un. Les œuvres d'art, le décor, la nourriture, le vin, la foule, les tenues – ils se gorgeraient de tous ces plaisirs et en éprouveraient une exaltation vertigineuse qui plongerait Holly dans l'état de sensibilité exacerbée propre à toutes les héroïnes de roman après un bal. Ainsi, lorsqu'ils rentreraient chez elle et qu'il lui apprendrait à la fois le départ de Charlotte et son amour pour elle, leurs sentiments, leurs cœurs, leurs âmes mêmes n'auraient plus qu'à s'unir pour porter la soirée à son apogée.

Peut-être. Eventuellement. Enfin, cela valait la peine d'essayer.

C'était une nuit de pleine lune, et la vue de cet orbe froid, passif et chaste, objet d'adoration pour les amants, parut de bon augure à Peter lorsqu'il s'approcha de la Lincoln noire qu'il avait commandée.

Le chauffeur lui ouvrit la portière, puis retourna s'installer au volant et consulta sa fiche.

— Vous êtes monsieur Russell ? demanda-t-il avec un accent indien.

— Oui.

— Bonsoir, monsieur Russell. Cela vous ennuie si j'écoute le match à la radio ?

— Oh, non. Pas du tout.

Le chauffeur entreprit de commenter le match à voix haute et tous deux discutèrent jusqu'à leur arrivée chez Holly.

Cette dernière l'attendait au bas des escaliers de son immeuble. Peter et elle s'embrassèrent chastement.

— Tu es magnifique, la complimenta-t-il.

— Merci. Mais comment le sais-tu ? J'ai mon manteau.

— Eh bien, je le déduis de ce que je vois à partir du cou.

C'était la vérité. Holly avait lissé et relevé ses cheveux, et son maquillage, plus prononcé que d'habitude, faisait paraître ses pommettes plus hautes, ses yeux plus grands, ses cils plus longs et ses lèvres plus pleines.

— J'ai emprunté quelques affaires – enfin, toutes ces affaires – à ma tante. C'est une vraie fashionata. J'espère juste que ma robe conviendra.

— Elle sera superbe.

— Quelle jolie dame, dit le chauffeur en la lorgnant dans son rétroviseur. Vous avez de la chance, monsieur, d'être si bien accompagné. Vous êtes mariés ? Ou bien c'est votre fiancée ?

Peter et Holly échangèrent des regards amusés et quelque peu gênés.

— J'ai bien peur que non, répondit Peter d'une voix qu'il voulut amicale et posée. Nous sommes simplement de bons amis.

Le chauffeur pinça les lèvres en hochant lentement la tête.

— De bons amis. Ah.

Comme cela arrive si souvent lorsqu'on est mal à l'aise, Peter se sentit obligé de fournir une explication complète à cet inconnu.

— Je devais aller à une soirée avec ma femme, mais elle a eu un empêchement. Cette dame, qui est une de nos amies communes, a gentiment accepté de la remplacer.

— Aha. C'est bien.

Peter le vit qui les examinait. Le chauffeur finit par se concentrer de nouveau sur sa conduite, mais revint bientôt à la charge.

— Votre femme, elle est au courant ?

La question prit Peter au dépourvu, et ce ne fut qu'après un laps de temps suspect qu'il réussit à s'esclaffer.

— Bien sûr !

— Bon, alors je vais vous dire un truc : vous avez de la chance. Ma femme ne me laisse jamais sortir avec une jolie dame comme celle-là quand elle s'en va. Et la vérité, c'est qu'elle ne s'en va jamais !

Ils rirent tous les trois.

Alors qu'ils approchaient de la maison de Beeche, Peter se tourna vers Holly.

— Hum, Holly... il y a quelque chose dont j'aimerais te parler.

— Oui ? Quelque chose d'important ?

Peter eut un drôle de sourire.

— Je suppose qu'on peut voir ça comme ça. Je me disais que si le dîner ne se terminait pas trop tard, je pourrais monter chez toi au retour pour qu'on en discute.

— Bien sûr, répondit-elle en le dévisageant d'un air intrigué.

A leur arrivée, le chauffeur se hâta d'aller ouvrir la portière côté trottoir et Peter lui indiqua l'heure à laquelle il devait venir les chercher.

Peter revint vers Holly. Plongée dans la contemplation de la lune, elle esquissa un sourire timide et rejoignit avec lui la file informe des couples qui se dirigeaient vers la maison de Beeche. Après avoir fixé un moment la nuque et les manteaux de tous ces gens, elle fit un signe du menton vers l'arrière.

— C'est la pleine lune.

— Oui, j'avais remarqué.

— C'est idiot, j'en ai déjà vu des tas dans ma vie, mais à chaque fois, j'ai le cœur qui bat un peu plus vite.

— Je comprends.

276

— Ça me fait toujours penser qu'un événement est sur le point de se produire. (Elle le regarda avec un sourire timide.) Tu vois ce que je veux dire ?

— Absolument.

Haute de deux étages, et assez grande pour accueillir neuf baies vitrées dans sa largeur, la maison d'Arthur Beeche paraissait avoir été construite trois siècles plus tôt. La section centrale formait un faux portique, avec un fronton et quatre colonnes corinthiennes décoratives. Des bas-reliefs représentant des pieds de vigne, des fleurs, des serpents, des dauphins, des cerfs et d'autres plantes et animaux se détachaient autour de la fenêtre centrale, le long de l'architrave et sur le fronton. On distinguait même que les arabesques sur la clé de voûte de chaque fenêtre dessinaient deux B dos à dos. Ce soir-là, une lumière éclatante brillait derrière chaque vitre.

Deux employés s'affairaient sur le trottoir, aidant les invités à sortir de leur voiture et indiquant aux chauffeurs où se diriger. Un troisième et un quatrième se tenaient près de la porte d'entrée, à laquelle on accédait en gravissant une petite volée de marches. D'autres se chargeaient ensuite de l'accueil, vêtus chacun d'une livrée particulière : queues-de-pie et gilets luxueux, tuniques ou simples robes noires. Un homme prit le manteau de Peter et Holly abandonna le sien à une domestique.

En découvrant la tenue de Holly, Peter manqua faire un bond en arrière. Elle avait choisi une robe de soie grise dont la longue jupe évasée était surmontée d'un haut brodé de petites perles et maintenu par de très fines bretelles. Hormis ces attaches quasi invisibles, rien, pas même un bijou, ne venait interrompre la ligne saisissante de ses bras nus et de ses épaules.

— Tu es vraiment superbe ! s'extasia-t-il.

— Dans cette vieille robe ? Elle doit dater d'il y a quarante ans. Mais merci beaucoup.

— Bonsoir, madame Speedwell. Bonsoir, monsieur Russell, les salua l'un des employés de maison. Si vous voulez

277

bien monter l'escalier et tourner à droite, les boissons sont servies dans le grand salon.

Peter et Holly le remercièrent, impressionnés d'être ainsi accueillis. Le hall d'entrée où ils se trouvaient était une pièce carrée avec des cheminées de chaque côté et, au plafond, une fresque qui représentait Zeus sous la forme d'une pluie d'or tombant sur Danaé – plaisanterie mercenaire due vraisemblablement à un précédent Beeche. Suivant les indications qui leur avaient été données, ils se dirigèrent vers l'escalier et l'ayant gravi se retrouvèrent dans un couloir au sol composé de marbres de différentes couleurs, décoré de tableaux, de quelques bustes et de deux rangées de chaises en bois doré.

— Style vénitien, chuchota Holly, admirative (parler à voix haute aurait paru déplacé en un tel lieu).

Au bout du couloir les attendait un autre serviteur.

— Par ici, je vous prie, dit-il.

Ils franchirent un passage voûté et s'arrêtèrent net. Devant eux, un nouvel escalier en marbre rejoignait une gigantesque salle qui occupait deux étages en hauteur – le grand salon, à l'évidence. Holly et Peter avaient une vue plongeante sur les invités et la pièce dans son ensemble. Une fresque figurant d'innombrables dieux et putti, contorsionnés dans des poses dramatiques, décorait le plafond. D'autres scènes épiques recouvraient la partie supérieure des murs, tandis que des tableaux religieux du Moyen Age et de la Renaissance s'alignaient en dessous, en alternance régulière avec des bustes sur des piédestaux. Ailleurs, des piliers jusqu'aux moulures, la moindre surface libre était sculptée.

Ils descendirent les marches pour se mêler à la foule. Un serveur leur demanda ce qu'ils désiraient boire et un autre apparut presque aussitôt avec leurs verres – du vin pour Holly, un scotch pour Peter. Puis ils déambulèrent dans la pièce. Tout en s'efforçant de ne pas se dévisser le cou de manière trop ostentatoire, Peter examina les nobles bustes en marbre, les corps musclés des dieux, les putti qui semblaient fondre sur lui depuis le plafond. Il veilla aussi à rester le plus discret possible en dévisageant les invités, parmi lesquels il repéra de célèbres financiers, des danseurs, des aristocrates, des stars du septième art et d'importants hommes d'affaires – et d'autres aussi sur lesquels il ne put mettre un nom, mais qui se distinguaient par leur jeunesse et leur beauté. Soudain, à quelques mètres de lui, un mouvement de foule lui révéla un personnage particulièrement intéressant : Arthur Beeche lui-même, entouré d'un petit groupe. Peter le reconnut aussitôt, bien qu'il ne l'eût jamais rencontré et que son portrait eût été peu diffusé dans la presse et les bulletins d'information de la société. L'incroyable présence physique de son patron le surprit. Beeche était plus grand qu'il ne l'avait imaginé, avec de larges épaules et un torse solide. Mais l'aspect le plus frappant chez lui était sa tête, un large bloc oblong qui évoquait un haut-parleur de taille moyenne.

Beeche portait un smoking croisé, un pantalon noir avec une bande de satin sur les côtés, et des chaussures en cuir verni noir. Rien d'extraordinaire dans tout ça. Pourtant, Peter trouva sa tenue impressionnante. Dire que son costume était coupé à la perfection aurait été en dessous de la vérité. Il lui allait en fait comme une seconde peau. De plus, le tissu semblait très différent de celui qui composait l'ensemble de Peter ou des autres convives : le noir en était à la fois plus profond et plus vif, et le matériau, qui paraissait absorber totalement la lumière, se parait de reflets sombres. Quant aux bandes de satin le long des jambes et du revers de la veste, elles ressemblaient aux parties les plus lisses et les plus brillantes d'un tableau noir monochrome.

— Voici notre hôte, dit Peter à Holly.

Elle l'étudia un moment.

— Je ne m'attendais pas à ça.

— Tu le voyais comment ?

— Oh, je n'avais pas une image précise en tête, mais quand elles sont riches à millions depuis des générations, les familles sont censées décliner et produire des épigones mous et décadents, des collectionneurs de bons de réduction qui ne sont que d'énièmes pâles copies du titan fondateur de leur lignée. M. Beeche m'a l'air plutôt robuste, lui.

— Je pense bien ! Il dirige tout dans la société, donc il ne se lève pas à midi et ne passe pas ses journées à jouer au billard.

— Que sais-tu sur lui ?

Peter haussa les épaules.

— Je ne l'ai jamais rencontré. Tout le monde le dit très intelligent, et il est vrai qu'on obtient de bons résultats sous sa direction. Créer un supermarché financier ou ce genre de choses ne l'intéresse pas. Il ne procède pas à des vagues d'embauche quand l'économie va bien, pour licencier ensuite à la pelle en période de crise. Il s'est lancé très tôt dans le marché des contrats à terme, il a touché pratiquement à tout au fil des ans, et pourtant il descend encore à l'étage des traders pour discuter avec eux. Il a la réputation de pouvoir affirmer à une personne qu'elle mène une belle affaire – ou bien qu'elle fait fausse route, ou qu'elle est en train de rater une opportunité – rien qu'en jetant un coup d'œil à son écran d'ordinateur. Avec les banquiers, il rend visite à des clients, même potentiels, et de temps en temps il aime être présent dans l'équipe qui conclut un contrat, si petit soit-il, en travaillant jusqu'à pas d'heure quand il le faut, en se plaignant des avocats, etc. Les gens le décrivent comme un chic type toujours très cérémonieux : il a le sens de l'humour et tout et tout, mais c'est un ringard.

« A part ça, il possède sept ou huit maisons dans le monde. Il peut rester des années sans jamais mettre les pieds dans l'une d'elles, mais toutes ont en permanence du personnel à demeure. Il chasse, fait du cheval, collectionne tout ce qu'il est possible de collectionner, et sa grande passion, semble-t-il, consiste à se faire faire des choses sur mesure – ses voitures par exemple. Et puis il y a ses œuvres de charité. Il est très réservé sur le sujet et son nom n'apparaît jamais nulle part, mais tout le monde sait qu'il donne des dizaines de millions de dollars.

« Oh, et pour finir, j'ai cru comprendre qu'il avait été marié à une femme qu'il adorait. Elle est morte il y a plusieurs années, mais il la pleure encore et n'envisage pas de se remarier un jour. C'est du moins ce qu'on raconte.

— Ils ont eu des enfants ?

— Non, je suis presque sûr que non.

— Il n'a pas d'héritier, alors ?

— Exact, et c'est d'autant plus un problème qu'il est fils unique. Tu sais, les Beeche croient à la succession par primogéniture – ce ne sont pas des fanatiques dans ce domaine, mais pas loin. La société appartient à Arthur, de même que toutes les maisons et les possessions de son père. Les fratries et les cousins n'ont jamais été oubliés d'une génération à l'autre, si bien que l'ensemble de la famille vit très confortablement, mais c'est Arthur qui détient presque tout.

— C'est incroyable.

— N'est-ce pas ?

— Oui. Mais je ne veux pas te freiner dans ta carrière, Peter. Tu n'es pas censé l'aborder pour essayer de te faire bien voir de lui ?

— Sans doute que si. Oh-oh, attends. Le voilà qui s'en va.

Beeche serra les mains de quelques-unes des personnes avec qui il bavardait et s'éloigna. Dans le même temps, la foule se resserra derrière lui.

— Je doute que ce soit une bonne idée de bousculer ces gens pour le rattraper, dit Peter.

— Non.

— Il paraît qu'il circule parmi les invités après le repas pour échanger quelques mots avec chacun. Je suppose que j'aurai une chance de faire bonne impression à ce moment-là.

Tous deux déambulèrent tranquillement et s'approchèrent d'une prédelle fixée à un mur. Après avoir admiré d'autres œuvres durant quelques instants, ils furent abordés par des collègues de Peter désireux de lui parler. Il les présenta à Holly et, de fil en aiguille, finit par s'écarter d'elle pour plaisanter avec une connaissance au sujet de son manque de talent au golf, avec une autre sur les performances minables d'un produit lancé par un concurrent, et avec une troisième sur un couple qui s'était formé au bureau. Puis l'on annonça que le dîner était servi. Les serveurs ramassèrent les verres pendant que les invités étaient dirigés vers deux salles adjacentes où des tables avaient été dressées. Bien que plus petites et plus basses de plafond que le grand salon, elles étaient chacune à sa manière encore plus remarquables. La première se caractérisait par une décoration légère et féminine. Aux murs étaient accrochés des panneaux du XVIIIe siècle représentant des filles et des garçons aux joues roses qui se poursuivaient dans des jardins flamboyants. La seconde pièce, plus sombre et plus masculine, était lambrissée et des gravures grandeur nature de poissons, d'oiseaux, de gibier et de fleurs s'étalaient aux murs.

Peter accompagna Holly à sa table, située dans la première pièce. Un jeune homme de grande taille, aux épais cheveux bruns, au nez aquilin, et vêtu d'une veste de smoking à col châle, s'y trouvait déjà. C'était un célèbre rocker anglais que l'on disait instruit et cultivé – l'invité idéal pour un week-end à la campagne. Un peu plus loin, une septuagénaire était en train de s'installer, les traits figés en un masque d'ennui incommensurable. Elle arborait un tour de cou en diamants, des boucles d'oreilles en diamants, un bracelet en diamants et, à son annulaire gauche, un diamant de la taille d'un glaçon.

— La *Principessa* Elisabetta Foscari, murmura Holly à Peter.

— Comment le sais-tu ?

— Elle est originaire de Chicago. Ma grand-mère l'a connue à l'époque où elle s'appelait encore Betty Jones.

Peter lui recula sa chaise.

— C'est donc ça, les fameux dîners de ton patron ? dit-elle.

— Yep.

— Ce devrait être intéressant.

— J'y compte bien.

La plupart des invités étant installés, Peter partit rejoindre sa place – non sans se retourner vers Holly en chemin. Elle resplendissait. Son voisin de table, arrivé entre-temps, était un haut cadre du service juridique de Beeche & Co, réputé pour être l'un des plus rusés, mais aussi l'un des plus accessibles de la société, et qui, selon certains, lisait Virgile dans son bain. Holly apprécierait certainement sa compagnie. Agé d'au moins soixante-dix ans, il était petit, avec un visage où le charme le disputait à la laideur. C'était typiquement le genre d'homme avec qui Holly adorait discuter et qu'elle avait le chic pour charmer.

Guidé par un serviteur vers la seconde pièce, Peter se surprit à marcher d'un pas joyeux et à fredonner. Comment ne pas être enivré par un tel cadre et de tels invités ? Ajoutés à cela la pleine lune et les vœux de son chauffeur-ange gardien, la soirée s'annonçait parfaite.

Il fut le dernier à rejoindre sa table. En s'asseyant, il salua d'abord Isabella, qui l'accueillit avec des exclamations de joie et lui fit la bise.

— J'espérais bien être à côté de toi ! dit-elle. Comment va Charlotte ? Cela fait un moment que je veux vous appeler. Vous êtes rentrés de voyage il y a longtemps ?

A vrai dire, Peter eut toutes les peines du monde à assumer son rôle dans la conversation, troublé qu'il était par les cheveux noir de jais et le teint d'albâtre de sa voisine. Il suivit du regard la courbe de son long cou, remontant jusqu'à son menton, ses lèvres et le bout de son nez. Puis il baissa la tête et découvrit que les bretelles de sa robe retenaient deux fins panneaux de tissu ne cachant presque rien de son corps. Tout cela n'aidait guère à la concentration.

Leur brève discussion s'acheva, et l'homme avec qui Isabella parlait avant l'arrivée de Peter se pencha vers lui.

— Bonjour. Seth Bernard, dit-il en lui serrant la main.

Seth Bernard. Seth Bernard !

— Peter Russell. Enchanté.

— Merci. Moi aussi. (Bernard se tourna vers son autre voisine, une dame âgée.) Madame Beeche, connaissez-vous Peter Russell ?

— Je ne crois pas, répondit-elle. Je suis ravie de vous rencontrer, monsieur Russell.

— Enchanté, madame Beeche.

Les autres convives se présentèrent en le saluant d'un hochement de tête ou d'un signe de la main : Otis Bell, Athina Kakouilli, Jack Thorndale, Lisa Eisler.

— Enchanté, répéta-t-il à chacun d'eux.

Parce qu'Isabella bavardait avec Bernard à sa gauche, et Lisa Eisler avec Jack Thorndale à sa droite, il disposa ensuite de quelques instants pour feindre d'étudier le menu (un menu si démodé, avec son homard aux aromates et son gigot de pré-salé braisé). En réalité, il avait besoin de ce répit pour se ressaisir, tant il était abasourdi par l'identité de ses compagnons de table. Seth Bernard était l'alter ego d'Arthur Beeche. Mme Beeche était la mère de ce dernier. Otis Bell venait d'être nommé président du Reserve Federal Board[1]. Athina Kakouilli, une poétesse, avait reçu le prix Nobel de littérature quelques années plus tôt. Jack Thorndale s'était bâti une légende en tant que sportif et aventurier. Il connaissait tout le monde, avait couché avec toutes les femmes, visité tous les pays et fait tout ce qu'il était possible de faire. Quant à Lisa Eisler... Qui était-ce ? Son nom disait quelque chose à Peter et il était certain d'avoir vu des photos d'elle quelque part. Mais oui ! Elle dirigeait une organisation qui venait de mener à bien l'une des plus importantes missions humanitaires de l'histoire. Des milliers de vies avaient été sauvées grâce à elle et cet exploit avait fait l'objet d'une foule d'articles dans la presse.

Exception faite de la renversante Isabella, il restait donc lui, Peter. Ce bon vieux Peter. Peter, qui travaillait au cinquante-septième étage du siège de Beeche & Co et qui, il est vrai, avait quelques succès professionnels décents à son actif. Peter, qui avait joué dans l'équipe de hockey de son université. Peter, qui pouvait se prévaloir d'un physique agréable, quoique ennuyeux. Ces attributs faisaient-ils le poids face aux gens qu'il était censé impressionner ce soir-là ?

---

1. Organisme de contrôle des banques régionales qui, aux Etats-Unis, représentent le Système fédéral de réserve. (*N.d.T.*)

Seth Bernard était d'une taille légèrement supérieure à la moyenne, avec un visage ovale qui s'alourdissait au niveau des joues, une stature également ovale, des paupières et des lèvres tombantes qui lui donnaient un air mélancolique, et un crâne chauve dont le sommet paraissait bien astiqué – comme toute sa personne, du reste. Son influence sur Arthur Beeche et les liens qu'il entretenait avec lui le plaçaient dans une catégorie tout à fait à part des autres hauts responsables de la société. A en croire les récits que Peter avait entendus, Seth et Arthur avaient grandi dans le même quartier et fréquenté les mêmes écoles de la maternelle à l'université. Puis, pendant qu'Arthur s'accordait une année sabbatique avant d'intégrer Beeche & Co, Bernard était allé étudier en Angleterre et s'était spécialisé en droit. A son retour, il avait été embauché par le père d'Arthur qui, non content de lui accorder un poste plus élevé qu'à son propre fils et un bureau près du sien, lui avait peu à peu confié d'énormes responsabilités. C'était donc Arthur qui avait gravi les échelons jusqu'à rejoindre son ami, mais lorsqu'il prit la direction de la société, à quarante ans, tous deux avaient déjà des années de collaboration derrière eux. Ils étaient toujours restés très proches, au point qu'Arthur avait passé des mois chez Bernard, sa femme et ses trois enfants après la mort de Maria.

Bernard était célèbre pour ses compétences. Dix minutes après qu'on lui avait soumis un problème, il décrochait son téléphone avec une solution à la clé. Il rejetait les basses manœuvres politiques au sein de la société, mais aimait la compétition et savait se montrer impitoyable : s'il avait mutilé tous les adversaires qu'il avait vaincus dans sa vie, il aurait pu recouvrir ses murs de scrotums comme d'autres de têtes réduites. Hormis Arthur, personne n'était plus susceptible que lui de favoriser ou de briser la carrière d'un jeune homme au sein de Beeche & Co.

Venait ensuite Mme Beeche. Mince, les yeux bleus et les cheveux blancs soigneusement coiffés, elle devait avoir pour sa part dans les quatre-vingts ans. Charlotte aimait s'extasier sur telle ou telle grand-mère croulant sous le poids des ans qu'elle trouvait éblouissante, et si Peter s'efforçait en général de réagir avec une sensibilité appropriée à ses commentaires, il avait tendance à les assimiler à un fatras de sottises destinées à prouver qu'elle savait apprécier la vraie beauté. Ce n'est qu'une vieille toute ridée qui serait prête à tuer pour avoir de nouveau dix-huit ans, pensait-il alors. Mais dans le cas présent, son avis surpassa celui qu'aurait probablement émis Charlotte. La peau de Mme Beeche pendait autour de ses mâchoires et des taches de vieillesse parsemaient ses mains, mais à peine si on le remarquait. Elle portait peu de bijoux – rien que son alliance et sa bague de fiançailles, ainsi qu'une broche en forme d'éléphant incrustée de diverses pierres.

Durant des décennies, elle avait fait partie du conseil d'administration de l'Opéra de New York. Peter se rappelait encore une conversation qu'il avait eue avec Dick et Julia à ce sujet. Dick, qui était abonné, leur avait demandé ce jour-là si ses billets pour la représentation d'un opéra français les intéressaient. Charlotte avait sauté sur l'occasion, mais quelques instants plus tard, profitant de ce qu'elle ne pouvait l'entendre, son père avait dit à Peter :

« Désolé, mon vieux. Vous venez de signer pour l'une des œuvres les plus ennuyeuses du répertoire. Plutôt vous que moi ! Vous savez, c'est uniquement à cause de la mère de votre patron qu'on la joue à New York. Elle adore l'opéra français et les administrateurs feraient n'importe quoi pour lui être agréable. »

On pouvait compter sur Dick pour être au courant de ce genre d'anecdotes...

La première fois que Mme Beeche avait assisté à un opéra, songea Peter, elle devait connaître toutes les familles des autres loges. Mais ce qui avait été un troupeau au pied d'une mare d'eau avait depuis diminué jusqu'à ne plus rassembler que quelques individus épars. Pour autant, la vieille dame ne donnait pas l'impression d'avoir décliné. Ses cheveux, sa robe, ses bijoux, tout chez elle était net, frais, éclatant, brillant. Seuls son visage et ses mains portaient les signes du temps qui passe, si bien que l'on aurait pu se croire devant un portrait dans lequel les étoffes avaient été nettoyées et restaurées, mais pas le sujet lui-même. Une lueur brillait dans ses yeux et il émanait d'elle une certaine sagesse, ainsi que l'autorité propre à celle qui bénéficie d'une grande fortune et d'un système social tout entier, même si elle en est la dernière représentante.

Puis il y avait Otis Bell, dont l'importance dans le monde de la finance équivalait à la lumière du soleil face à l'allumette représentée par Peter. Qui pouvait encore ignorer le parcours de ce sexagénaire noir dégingandé, aux cheveux courts saupoudrés de blanc ? Elevé dans un comté du Vieux Sud perdu, infertile et infesté de moustiques, il avait décidé de s'engager dans l'armée de l'air et, soumis à un test d'intelligence, avait obtenu l'un des meilleurs scores jamais réalisés. L'armée l'avait aussitôt envoyé à l'université. Une fois ses études et son service militaire achevés, il avait rejoint l'enseignement, occupé des postes temporaires à Washington, et dirigé la Banque fédérale de réserve de New York. Autant dire qu'à aucun moment Peter n'aurait été digne de cirer ses chaussures.

Il en allait de même avec Athina Kakouilli. La cinquantaine élancée, des cernes noirs sous les yeux, elle assumait son grand nez avec une dignité régalienne. Que savait-il sur elle ? Issue de la classe moyenne grecque, elle avait dû quitter son pays pour les Etats-Unis à l'adolescence, lorsque sa famille avait fui la dictature. Elle écrivait des poèmes en tout genre et, chose que Peter n'avait pas oubliée, son poète anglophone préféré était Robert Frost.

A côté d'elle se trouvait Jack Thorndale. A plus de soixante-dix ans, il s'était présenté à la soirée avec ses cheveux blancs en bataille et un costume trop petit qu'il semblait avoir enfilé à la va-vite. Solidement bâti, il en faisait presque craquer les coutures, ce qui n'était pas du meilleur effet. Dick Montague, qui connaissait le personnage, l'évoquait de temps à autre : Thorndale avait été marié à quelques héritières et avait donné tout au long de sa vie l'image d'un gros buveur doublé d'un don Juan, d'un cavalier émérite et d'un excellent chasseur qu'on était sûr de croiser partout où il y avait du gibier. Ses grosses mains noueuses paraissaient avoir manipulé d'innombrables fermoirs, taquets, charnières, boucles, boulons, treuils, cordes et chevilles. Il était aussi célèbre pour son charme et sa voix suave, qu'il contrebalançait par une certaine rudesse pour attirer les femmes dans son lit (y compris celles de ses amis). En fait, il passait certainement moins de temps à traquer des proies dans la brousse qu'à fréquenter les soirées londoniennes, à faire des croisières sur les voiliers de ses proches ou à rendre visite à de riches bohèmes de Marrakech. Les gens le surnommaient « papy » derrière son dos, mais il pouvait se flatter d'être toujours celui qui se réveillait dans les bras d'une jeune beauté de dix-neuf ans. A cet instant, Peter le vit qui se léchait presque les babines en regardant Isabella.

A la droite de Peter se tenait enfin Lisa Eisler. Elle avait un teint mat, de longs cheveux frisés et grisonnants, coiffés en natte, et des mains usées aux veines proéminentes semblables aux racines d'un arbre. La cinquantaine séduisante malgré ses rides et ses traits quelque peu affaissés, elle évoquait ces top models plus âgés que la moyenne que l'on voyait parfois dans certaines publicités. Ce soir-là, elle portait une simple robe noire, n'arborait presque pas de maquillage et aucun bijou. Peter se rappelait qu'elle avait grandi dans le New Jersey et qu'elle était la fille d'un optométriste. Assez intelligente pour intégrer une très bonne université, elle avait envisagé de devenir avocate, mais un mariage précoce et la naissance de ses enfants l'avaient conduite à se tourner à la place vers le bénévolat. Plus tard, après qu'elle eut divorcé et que ses enfants furent devenus adultes, elle avait lu un article sur les victimes de la famine et de la guerre dans le monde. Une conviction inébranlable s'était alors imposée à elle : elle devait accomplir davantage que ce qu'elle avait déjà fait. Elle s'était donc engagée dans l'humanitaire et passait depuis des mois d'affilée dans des contrées dangereuses, pauvres et dévastées par les épidémies. A côté de cela, elle ne mangeait pas de viande, n'acceptait que des salaires dérisoires et aimait les vieux standards du rock. Peter se tordait souvent les mains de désespoir en se demandant si son travail avait la moindre valeur. Et aujourd'hui, il avait pour voisine de table une femme qui lui donnait le sentiment d'être dépravé.

Tel était le portrait des différentes personnes réunies autour de lui, sans oublier bien sûr Isabella, la femme la plus fine, la plus sensuelle, la plus belle (à sa façon, différente de Holly), à la peau la plus douce et à la tenue la plus déshabillée qu'il eût jamais côtoyée. Isabella l'avait toujours envoûté, et ce soir-là plus encore que d'habitude. C'était le genre de femme pour qui n'importe quel homme aurait joyeusement sacrifié un empire.

Et puis il y avait lui, Peter. Il savait combien il était inutile et immature de se comparer aux autres. Seul comptait le bon ou le mauvais usage que l'on faisait de ses propres atouts. Il savait aussi que l'opinion des gens sur lui n'avait pas d'importance. Dès lors qu'on était bien dans sa peau et qu'on avait confiance en soi, on pouvait cesser de s'interroger sur son statut, sa « réussite » ou l'avis d'autrui. Après tout, lui aussi était un être humain digne d'intérêt ! Il n'avait aucune raison de se sentir complexé par rapport aux personnes qui l'entouraient. Sauf une : il leur était bel et bien inférieur.

Ayant étudié le menu assez longtemps pour le mémoriser, il comprit qu'il allait bientôt devoir dire quelque chose à quelqu'un, ou vice versa. Isabella et Bernard étaient en pleine discussion sur sa gauche. Souriant, il se pencha vers eux avec l'espoir que son attitude serait interprétée dans le sens de « Ne vous occupez pas de moi ! Je ne fais que me garer près de vous ». Le sujet exact de leur conversation lui échappait cependant, et son attention dévia malgré lui vers le décolleté d'Isabella.

C'est alors qu'une voix s'adressa à lui sur sa droite :

— J'ai l'impression que vous allez devoir vous contenter de parler avec moi.

Interloqué, il se retourna et vit Lisa Eisler qui le fixait avec un sourire amical.

— Je suis désolé, j'ai peur de n'avoir pas...

— Oh, ce n'était rien d'important. Je disais juste : « J'ai l'impression que vous allez devoir vous contenter de parler avec moi. »

Et elle appuya son propos d'un signe de tête en direction d'Isabella.

— Oh, euh... Isabella... En fait, nous sommes amis. Elle était demoiselle d'honneur à mon mariage.

— Je vois.

— C'était en juin dernier et on n'a pas eu l'occasion de se croiser depuis.

— Je comprends. Mais quand bien même vous ne l'auriez jamais rencontrée, je trouverais vraiment curieux qu'un jeune homme comme vous préfère bavarder avec moi plutôt qu'avec elle.

— Eh bien, j'espère que vous êtes prête à vous montrer aussi indulgente envers M. Bernard, M. Bell et M. Thorndale. Ils s'estiment probablement aussi jeunes que moi à cet instant, voire plus jeunes encore.

— Hum, murmura Lisa Eisler en leur jetant un coup d'œil. Oui, vous avez raison. (Elle haussa les épaules.) Ce sont des primates de haut vol. On n'y peut rien changer.

Un silence s'ensuivit, jusqu'à ce que Peter décide de prendre son courage à deux mains.

— Madame Eisler, je... quand on explique aux gens qu'on les admire, j'ai remarqué qu'ils ne le prennent souvent pas très bien. Ils vous regardent de haut comme pour vous signifier : « A votre avis, qu'est-ce que cela peut bien me faire ? » J'espère donc que vous ne m'en voudrez pas si je vous dis que c'est un honneur pour moi d'être assis à côté de vous. J'ai lu des articles sur le travail que vous avez accompli et, euh, il serait sans doute ridicule de ma part de croire que mes paroles puissent signifier quoi que ce soit pour vous, mais vraiment, c'est un honneur.

— Appelez-moi Lisa, répliqua-t-elle. Merci. J'apprécie beaucoup votre compliment.

Peter réfléchit un moment.

— Vous savez, je me sens un peu hypocrite en affirmant ça. Mes actes ne reflètent en rien les croyances que je viens de m'attribuer implicitement. C'est-à-dire, je donne parfois quelques centaines de dollars pour soutenir telle ou telle cause, mais bon... (Il changea de sujet.) Cela arrive souvent que vos interlocuteurs se justifient devant vous ?

Lisa Eisler se mit à rire.

— Je n'avais jamais envisagé la question sous cet angle, mais oui. Je suppose que je produis cet effet-là sur certaines personnes.

— Parce que, pour être honnête, j'aimerais vraiment vous convaincre que je ne suis pas un mauvais garçon. Je vous assure !

Elle rit de nouveau.

— Peter, ne vous inquiétez pas. Vous n'avez rien à me prouver.

— Si, bien au contraire !

— Non, pas du tout. Je reconnais que les gens se sentent parfois coupables rien qu'en me disant bonjour. C'est comme si un rabbin ou un prêtre avait surgi devant eux. « Mince, voilà Lisa ! Et si jamais elle aperçoit notre 4 × 4 ?! » Je suis toujours très agacée quand je rentre aux Etats-Unis et que je constate le gaspillage et la surconsommation qui règnent ici. Cela me rend folle de voir les fruits qui sont jetés dans les supermarchés sous prétexte qu'ils sont un peu talés, parce que je pense à tous ceux que l'on pourrait aider si ces denrées étaient utilisées correctement.

« Mais je ne suis pas aussi critique envers les individus. Si vous faites des dons et si vous faites des efforts tout en menant une vie agréable, c'est le principal. On ne peut rien vous demander de plus, Peter. Quoique... vous pourriez certainement donner davantage, ajouta-t-elle en souriant.

« Vous savez, je n'ai rien contre le plaisir. Moi-même, j'apprécie le luxe. Prenez ce salon, par exemple. Ou bien cette peinture.

Elle faisait allusion à un tableau où Mars et Vénus étaient représentés nus, les bras tendus l'un vers l'autre pour se tenir par la main. Dodue, avec une toge bleue drapée sur les genoux et des perles autour du cou, dans ses cheveux blonds, ainsi que sur ses deux bracelets en or incrustés de rubis, Vénus tournait la tête de profil, offrant aux regards son nez droit ainsi que ses lèvres et son menton délicats. Les muscles de Mars saillaient tandis qu'il se penchait vers elle. L'ensemble était si saisissant qu'il donnait envie de toucher cette toge bleue et ces chairs rosées.

— On pourrait vendre ce tableau quelques millions de dollars et fournir de la nourriture et des médicaments à des milliers de gens. Mais est-ce que je souhaite qu'Arthur le fasse ? Non. Pourquoi ? Ma foi, il y a une place dans le monde pour les belles choses et ceux qui les possèdent les protègent et les aiment. Je n'ai pas encore démêlé toute la question, mais dans le grand ordonnancement de l'univers, je suppose qu'il est nécessaire que quelqu'un mène la vie d'Arthur. Il en a presque l'obligation devant l'humanité tout entière. Ce ne sont pas les gens comme lui qui me dérangent, mais plutôt les millions de personnes qui gaspillent leur argent et les ressources de la planète pour rien. Vous voyez, je suis très snob.

« Enfin, je dois aussi vous avouer que j'ai réussi à soutirer une fortune à Arthur. Je ne tiens pas à l'éliminer, pas plus que ses semblables. Ce serait tuer la poule aux œufs d'or.

— En effet. J'imagine que si vous voulez distribuer aux pauvres ce que vous prenez aux riches, il faut d'abord veiller à garder des riches sous le coude.

— Exact, s'amusa Eisler.

Peter n'avait pas eu l'intention de faire de l'humour, mais un rire tonitruant accueillit sa remarque.

— Qu'est-ce que j'entends ? s'exclama Otis Bell, hilare. « Si vous voulez distribuer aux pauvres ce que vous prenez aux riches, il faut d'abord veiller à garder des riches sous le coude » ? J'espère que vous ne m'en voudrez pas de vous voler cette pépite, jeune homme. Je connais plusieurs personnes devant qui la ressortir.

Il éclata encore de rire. Les autres s'enquirent de ce qui se passait, et Bell leur répéta le trait d'esprit de Peter. Un murmure amusé et approbateur s'éleva autour de la table.

— Eh bien, Otis, déclara Seth Bernard, je suis ravi d'apprendre que votre travail consiste pour vous à préserver les riches.

— Oh, je ne dirais pas ça. Mais il ne consiste pas non plus à les éliminer.

— Moi, intervint Thorndale, je trouve que les riches sont un mal nécessaire.

— C'est un sale boulot, mais il faut bien que quelqu'un s'en charge, ironisa Lisa Eisler. On ne vous fait pas assez crédit pour cela, messieurs.

— Pour ce qui est d'obtenir du crédit, tout dépend de M. Bell, non ? lança Peter.

Otis Bell s'esclaffa de plus belle.

La conversation tourbillonna entre deux ou trois personnes, traversa la table, se scinda en plusieurs branches, rassembla de nouveau tout le monde. Peter s'imposa bientôt comme une sorte de mascotte pour ses voisins, qui se tournaient vers lui afin de quémander son opinion dès qu'ils abordaient un sujet quelconque. Peter se découvrit ainsi capable de parler de tout et n'importe quoi sans la moindre gêne.

Mme Beeche et Otis Bell, par exemple, évoquèrent à un moment le problème de la Chine. Qu'en pensait Peter ?

— Je ne connais pas grand-chose de ce pays, admit-il, mais je sais qu'il est confronté à des milliers d'émeutes chaque année, que sa population vieillit sérieusement, qu'il frôle le désastre sur le plan environnemental, qu'il souffre d'une corruption massive, que son système bancaire est totalement anarchique, que la spéculation y fait rage et qu'il est contrôlé par un régime tyrannique. Mais plutôt que de voir en lui une menace, je m'inquiète à l'idée qu'il s'effondre un jour.

— Exactement ! approuva Bernard.

Un peu plus tard, Thorndale et Isabella, qui tentaient de démêler les arrangements domestiques d'un couple de célèbres acteurs, firent appel à lui pour y voir plus clair. Il leur fit alors un catalogue des grossesses, des adoptions, des mariages, des naissances hors mariage, des amants, des divorces et des résultats au box-office de ces deux vedettes.

— Le juge a déclaré qu'il voulait accorder la garde du gamin à un scénariste. Comme ça, avec deux acteurs et un réalisateur déjà impliqués dans l'histoire, l'enfant bénéficierait d'un pack tout compris.

Plus tard, le même Bernard voulut savoir comment Bell mesurait les effets produits sur les marchés financiers par les déclarations du Federal Reserve Board.

— Comment pourrai-je vous berner à l'avenir si je vous explique ça ? répliqua Bell. Pourquoi ne pas demander à votre collègue ici présent ? Oh, je suis désolé, Peter. Vous êtes peut-être de repos ce soir ?

— Jamais ! s'écria Bernard.

Peter avala une gorgée de vin.

— On pourrait commencer par utiliser une décomposition de Cholesky pour élaborer quelques indicateurs montrant comment les attentes changent en matière de politique économique. On pourrait peut-être aussi suivre les enseignements de Kohn et Sack, et réduire le carré de chacun des facteurs selon plusieurs variables. Cela suppose quelques équations mathématiques.

— Gurkaynak, Sack et Swanson, dit Bell.

— Voilà.

— Merde ! tonna Thorndale à l'autre bout de la table. Filez ailleurs avec vos règles à calculer si vous tenez à parler de ça.

Athina Kakouilli et lui se lancèrent dans une discussion en grec. Tous deux se connaissaient grâce à un ami commun, un poète américain qui avait longtemps vécu en Grèce. Ils rebasculèrent vers l'anglais en l'évoquant. Quel était ce poème qu'il avait écrit très jeune, un truc sur l'apprentissage du grec… ? Comment débutait-il déjà ? L'odeur du soleil ? Ils se tournèrent vers Peter. Par miracle, il se souvenait de ces vers et parvint à les leur réciter.

— Vous faites allusion au poème intitulé « Le grec pour débutant » ? Voyons...

A celui
  Qui sent le parfum du soleil,
    Les yeux fermés, et qui goûte la douceur de la pluie ;
Qui entend
  La musique, mais craint
    Sa présence dans les jardins vides ; ou, qui, discret,
Se contente d'observer
  Les nervures
    Et les fibres d'un tableau, les ombres, la technique ;
Ce qui est
  Au-delà de toute analyse
    Recèle un danger : nous ne devons pas chercher
A crier :
  « Voici ce que j'aime,
    Ce que je chéris ! » Défions-nous d'une telle
Intensité
  Afin que jamais nous
    Ne soyons blessés ou heureux ou autre
Avec trop de force.

Isabella l'avait écouté avec attention.

— Oh, Peter ! c'est magnifique, murmura-t-elle.

— Il avait vingt ans, précisa Peter.

Athina Kakouilli et Thorndale le fixèrent bouche bée.

A force de savourer de bons vins et de bons plats, de rire avec ses nouveaux amis, d'entendre le brouhaha des autres conversations dans la pièce (non pas une cacophonie, mais plutôt un bruit comparable à tous les carillons d'une ville), et de voir les oiseaux et les lièvres sculptés sur les murs paraître de plus en plus gros, Peter avait l'impression d'avoir plongé dans un bain chaud de bien-être. Tant de délices aiguisaient ses sens. Sous ses doigts, la nappe avait une densité et une épaisseur inhabituelles. Le parfum d'Isabella le faisait presque défaillir, comme s'il s'était trouvé dans une serre emplie d'orchidées. Bien qu'en argent, les couverts pesaient aussi lourd que s'ils avaient été en or massif. Les couleurs d'un tableau, non loin de lui, pulsaient littéralement. A la fois beaux et rares, tous les objets de la pièce semblaient bourdonner.

Quel monde merveilleux !

Le temps que le dessert soit servi (des reines de Saba), Peter avait décidé qu'il aimait tous ses voisins, qu'ils s'aimaient tous les uns les autres, et que tous l'aimaient. Ce sentiment était d'autant plus fort qu'il entrevoyait à présent les différents liens les unissant. En réalité, ils étaient des amis rassemblés autour d'une table, pas de simples figurants réunis l'espace d'une soirée. Ces gens l'avaient accueilli dans leur cercle intime, et il ne les en chérissait que davantage. Si improbable que cela fût, Thorndale et Lisa Eisler se connaissaient bien, le premier étant proche d'un vieil homme qui avait été le mentor de la seconde.

— Oui, Ben me laissait venir de temps en temps, et j'essayais de l'aider même si je n'étais pas bon à grand-chose.

— Pas bon à grand-chose ! s'exclama Lisa Eisler. Vous lui avez sauvé la vie !

— C'est n'importe quoi.

Thorndale refusa que Lisa Eisler raconte l'histoire, mais elle chuchota à Peter que lui et le dénommé Ben avaient été capturés un jour par les membres d'une armée rebelle particulièrement barbare et que Thorndale avait tué deux hommes afin qu'ils puissent s'échapper. Par ailleurs, Thorndale connaissait Bernard depuis très longtemps, et aussi Bell pour la simple et bonne raison qu'il connaissait tout le monde. Bell avait quant à lui formé Arthur Beeche et Bernard, il avait côtoyé autrefois le père d'Arthur et était proche de Mme Beeche parce qu'il faisait partie comme elle du conseil d'administration de l'Opéra. Il était devenu fan de l'art lyrique à l'époque où, très jeune, il accompagnait sa mère le samedi chez la dame blanche qui l'employait et qui ne manquait jamais d'écouter les opéras diffusés à la radio.

Athina Kakouilli et Lisa Eisler, elles, avaient été des amies d'université de la défunte épouse d'Arthur, Maria.

La mention de ce nom plongea la tablée dans une mélancolie qui gagna même Peter et Isabella. Chacun avait un sourire doux-amer aux lèvres.

— Comment était-elle ? s'enquit Isabella.

Les autres se consultèrent du regard.

— Je vais vous dire, déclara Thorndale, c'est la seule femme à m'avoir vraiment brisé le cœur.

Au lieu de le railler, chacun accueillit sa remarque avec le plus grand sérieux.

— Elle était si gentille, renchérit Kakouilli. Qui aurait prêté attention à une jeune Grecque à part elle ? En dehors de ma tante et de mon oncle, je n'avais aucune relation en Amérique, surtout à l'université, et mon anglais était très mauvais. Maria s'est liée d'amitié avec moi et j'ai séjourné dans sa famille. Je n'aurais jamais tenu le coup sans elle.

— J'ai beaucoup de souvenirs d'elle, ajouta Bernard. Sa patience avec Arthur était si amusante. Mais elle savait se moquer de lui aussi – juste ce qu'il fallait pour le bien d'Arthur.

— Elle était folle de lui, en tout cas, intervint Lisa Eisler. Et réciproquement. A votre avis, madame Beeche – sans vouloir être indiscrète, mais nous sommes entre amis –, pensez-vous qu'il se remariera un jour ?

— J'aimerais tant, soupira Mme Beeche. Je crois qu'il est prêt, en fait. Vraiment. Ils s'aimaient beaucoup tous les deux, mais il me semble qu'il pourrait retomber amoureux aujourd'hui.

— Si seulement je savais ce qu'était l'amour, commenta Lisa Eisler.

— Qui le sait ? dit Thorndale. Moi pas, en tout cas, et ce n'est pourtant pas faute d'essayer de répondre à la question.

— Monsieur Russell, pourquoi ne pas nous éclairer ? s'écria Kakouilli.

Tous le fixèrent avec un sourire indulgent et plein d'impatience.

Peter balaya la tablée du regard. Il avait déjà réfléchi à une réponse.

— Quand deux personnes s'aiment, déclara-t-il d'un ton solennel, elles sont comme deux lignes parallèles qui se croisent.

Les autres observèrent un silence, puis éclatèrent de rire.

— J'ai fait de mon mieux ! se défendit Peter. Mais quand on vous pose une question pareille à froid...

— Vous vous en êtes très bien sorti, le félicita Athina Kakouilli. C'est excellent. Merveilleux, même. Ensemble, mais séparées. L'infini.

— Si je suis parallèle à une fille, souffla Thorndale, j'espère foutrement bien qu'on se croisera avant l'infini.

— Oh, Jack ! s'amusa Lisa Eisler.

Et la conversation reprit son cours.

10

Les serveurs débarrassaient à présent les assiettes à dessert. Des cafés, du cognac et des cigares attendaient les invités dans les pièces situées derrière la galerie des sculptures.

— Peter ? demanda Mme Beeche. Est-ce que par hasard vous aimez l'opéra ?

— Ma foi... oui.

— C'est bien ce que je pensais. (Elle sourit.) J'ai une loge que je n'arrive souvent pas à remplir, et cela me désole. Je déteste avoir à le reconnaître, mais à mon âge, mes amis ne sont plus aussi désireux – ou capables ! – de se joindre à moi autant qu'autrefois. Si vous voulez, je vous proposerai un jour de m'accompagner. Arthur m'aidera à retrouver votre piste. Vous pourrez emmener votre amie, bien sûr, ou peut-être devrais-je dire votre femme. Vous êtes marié ?

— Je le suis en effet, répondit Peter en songeant qu'il devrait résoudre ce problème plus tard. L'idée me plaît beaucoup, j'en serais ravi !

Ce fut plus fort que lui alors : il mentionna la nouvelle mise en scène d'un opéra français qu'il avait très envie de voir.

Mme Beeche ouvrit de grands yeux.

— Ah oui ? Voilà qui m'étonne. On rencontre si peu de jeunes gens qui s'intéressent à ce genre de productions d'habitude. Figurez-vous que cet opéra est l'un de mes préférés. C'est donc entendu. Votre femme et vous viendrez assister avec moi à la première, si cela vous convient. J'appellerai Arthur à son bureau dès demain matin. De votre côté,

299

consultez votre agenda et nous essaierons d'organiser ça. Oh, je suis enchantée !

— Mais, madame Beeche, il y a sûrement d'autres personnes... je veux dire, pour une première, vous devez avoir des amis...

— Ne vous inquiétez pas, mon cher. Mes amis connaissent bien mes goûts, et chaque fois que je veux les inviter à l'opéra, ils ont curieusement toujours quelque chose de prévu sur un autre continent.

— Dans ce cas, merci infiniment ! J'attendrai cette soirée avec impatience.

— Formidable !

Otis Bell avait entre-temps commencé à saluer chacun des convives. Peter se leva lorsqu'il s'approcha de lui.

— Non, non, restez assis ! J'ai été très heureux de vous rencontrer, Peter.

Ils se serrèrent la main.

— Merci, monsieur. Ça a été un honneur pour moi.

— Faites-moi signe si jamais vous passez à Washington, dit Bell en lui donnant une tape sur le bras.

— Oui, monsieur. Merci.

Avant de partir, Athina Kakouilli demanda à Peter s'il parlait le grec. Non, répondit-il. Ni le moderne ni l'ancien. Quel dommage ! Elle devait justement enseigner durant un semestre dans une université locale. Cela l'intéresserait-il de venir prendre des cours auprès d'elle ?

Jack Thorndale lui apprit qu'il comptait chasser le faisan avec des amis dans le Dakota du Nord et qu'il serait le bienvenu.

— Bien sûr, précisa-t-il, il faudra que vous emmeniez votre gros calibre.

Lisa Eisler lui fit la bise.

— Ma foi, Peter, je crois que votre âme peut être sauvée. Si vous souhaitez vous impliquer dans l'humanitaire, appelez les bureaux de mon organisation à New York.

Mme Beeche se leva à son tour, aidée par Bernard.

— Bien, je vous laisse, je dois aller trouver Arthur. Bonsoir, Peter. Je ne vous oublie pas, alors n'espérez pas pouvoir m'échapper !

— Je n'y songe absolument pas ! répondit Peter en serrant sa douce main plissée. Bonsoir, madame Beeche.

— Oh, Seth ! s'écria-t-elle alors. Comment va votre mère ?

— Elle se rétablit, madame Beeche.

— Tant mieux. Embrassez-la pour moi. Je suis inexcusable de ne pas lui avoir écrit.

— Cela lui ferait très plaisir, mais ne vous dérangez pas. Je lui dirai que vous avez demandé de ses nouvelles.

— Quelle femme adorable. Merci, Seth. Bonsoir !

— Bonsoir !

— Bonsoir !

Mme Beeche s'éloigna lentement d'une démarche vacillante mais néanmoins majestueuse.

— Elle vous emmène à l'opéra ? dit Bernard à Peter. Vous passerez une bonne soirée, à mon avis. (Il médita un instant.) La première fois que j'y suis allé avec elle, j'avais sept ans. Arthur a été renvoyé à la maison à la fin de l'acte I parce qu'il faisait le pitre. J'ai été mieux loti et je suis resté, encore que « mieux loti » ne soit peut-être pas l'expression adéquate. Mais il y a quelque chose chez Mme Beeche qui m'a toujours donné envie de lui faire bonne impression. Aujourd'hui encore, d'ailleurs. C'est quelqu'un dont on veut être apprécié. Vous aurez beaucoup de chance si vous devenez ami avec elle.

Il s'adressa ensuite à Isabella.

— J'espère que vous ne m'en voudrez pas si Peter et moi parlons travail un moment ?

— Non, pas du tout.

Bernard fit signe à Peter de se rasseoir et prit place à côté de lui.

— Peter, j'ai croisé Mac McClernand il y a quelque temps, et il m'a parlé d'un de ses projets. Je dois avouer que je ne l'ai écouté qu'à moitié, mais je me souviens qu'il a cité votre nom. Sur quoi vous fait-il travailler ?

Peter se mit à trembler de la tête aux pieds. C'était donc la fin. Cette soirée merveilleuse allait être réduite à néant. Enfin, au moins se serait-il amusé.

— C'est une idée de Mac, commença-t-il en tentant de ne pas paraître trop idiot. Ce truc sur les coupons...

— Vous bossez là-dessus ? l'interrompit Bernard, surpris.

— Oui, monsieur.

— Vraiment ? C'est très intéressant. Je croyais que c'était le rayon de Paul Fry, ça. Demeuré comme il est... Mais McClernand ? (Il secoua la tête avec perplexité.) Enfin, où en êtes-vous ?

Que répondre à une telle question ?

— Nous avons bien avancé.

— Arthur prête beaucoup d'attention à la question. Quiconque trouvera le moyen de mener à bien une telle entreprise ne manquera pas d'être récompensé. Je vais organiser une réunion avec lui. Etant donné son agenda, il ne sera pas disponible avant un mois, mais je vous enverrai tous les détails.

— Oui, monsieur. Merci, monsieur.

— Très bien. Je crois que je n'ai pas besoin d'en savoir davantage pour l'instant. Oui, ce pourrait être une très belle occasion de vous faire remarquer, Peter. Et maintenant, ajouta-t-il avec un large sourire, il est temps que vous alliez délester Arthur d'un cigare et d'un verre de cognac. Bonsoir, Peter. Ç'a été un plaisir. Je vous contacterai.

— Bonsoir, monsieur. Tout le plaisir a été pour moi !

Ils échangèrent une poignée de main puis, après avoir salué Isabella, Bernard s'éloigna. Assis sur sa chaise, Peter fixa le tableau de Mars et Vénus en essayant de réfléchir calmement à ce qu'il venait d'entendre. Il était sidéré. Bernard avait-il réellement affirmé qu'Arthur Beeche était au courant du projet de McClernand et qu'il s'y intéressait ? Et aussi que ce serait une belle opportunité pour lui, Peter ? Au lieu d'une mission suicide absurde et lamentable, cette histoire de coupons serait donc un sentier (potentiel) vers la gloire ? Peter n'y croyait pas. Mais se pouvait-il que Mac

McClernand soit l'un de ces génies excentriques que l'on garde dans un placard jusqu'à ce qu'il en sorte avec une idée révolutionnaire ? Son raisonnement insensé reposait-il sur un socle solide ? Ajoutée à son triomphe auprès de ses voisins de table, cette perspective emplissait Peter d'une assurance, d'une joie et d'une énergie sans bornes. Tout s'était déroulé à la perfection, au-delà de ses espérances. Et bientôt – il tenta de ne pas y penser, pour prolonger encore un peu cette délicieuse attente –, il allait revoir Holly, et « quelque chose allait se passer » ! La pleine lune ne le lui avait-elle pas prédit ?

Absorbé par ses réflexions, Peter ne s'aperçut pas tout de suite que l'intérieur de sa cuisse gauche le chatouillait d'étrange façon. Perplexe, il finit par reconnaître la caresse d'une main – une main féminine. Il baissa la tête. Son regard tomba sur un poignet nu, puis remonta le long d'un bras nu, d'une épaule nue, franchit une fine bretelle, entama l'ascension d'un long cou, contourna une oreille ornée de saphirs, redescendit la courbe d'une mâchoire, suivit les contours d'un menton, d'une bouche, d'un nez, et rencontra enfin de grands yeux noirs étincelants.

— Un penny en échange de tes pensées, murmura Isabella d'une voix rauque.

— Je... euh... je... c'est-à-dire que...

— Je vais te donner les miennes pour rien.

Elle l'attira tout contre elle afin de lui parler à l'oreille – si près que le bout de sa langue vint le taquiner.

— Peter, dit-elle, allons faire l'amour. Maintenant. Il y a tant de pièces dans cette maison, on arrivera bien à s'isoler quelque part. J'ai passé la soirée à attendre comme une folle de poser les mains sur toi et je n'en peux plus, ajouta-t-elle en glissant une main entre les boutons de sa chemise pour le caresser.

— Isabella, tu sais combien je t'apprécie, et je te trouve très séduisante. Mais... et Charlotte ?

— Charlotte, répéta-t-elle avec une moue boudeuse. J'adore Charlotte. Mais qu'a-t-elle à voir là-dedans ? Nous ne lui faisons aucun mal. J'ai une escorte pour la soirée, moi aussi, et alors ? Pourquoi ne pas nous accorder ce que nous voulons tous les deux ?

— Isabella, ton argument est très convaincant, et vraiment, je te trouve séduisante et je t'apprécie beaucoup. Tu n'imagines pas combien je suis flatté. Mais... c'est compliqué. Charlotte n'est peut-être pas là, seulement je suis venu avec une amie et il faut que j'aille vérifier que tout va bien de son côté.

Isabella s'écarta avec un sourire complice.

— Ah, je vois. Ton amie est là. Je comprends.

— Non, Isabella, ce n'est pas...

— Non, non, le coupa-t-elle avec délectation. Ce n'est pas rien. Elle est ton amie. (Elle attrapa sa pochette et lui sourit.) Tant pis. Dire que cela aurait pu être si agréable.

Elle se leva en même temps que lui et, appuyant un poignet sur son épaule, jeta un œil autour d'eux.

— Juste un baiser, souffla-t-elle.

Ils s'embrassèrent. *En fait, Isabella, à la réflexion, peut-être que ton point de vue se défend...*

— Bonsoir, Peter.

— Bonsoir.

Elle lui pressa la main avant de s'éloigner. Des personnes agglutinées à un endroit lui bloquèrent le chemin et, pendant qu'elle attendait de pouvoir passer, Peter admira son dos nu à loisir. Le côté anguleux de ses omoplates contrebalançait la douce courbe de sa taille, et ses cheveux bruns, lisses et soyeux, fermement ramenés en arrière, créaient un ovale d'onyx qui ponctuait parfaitement sa silhouette. Juste avant de disparaître, elle se retourna et lui lança un sourire coquin accompagné d'un petit signe de la main. Il fit de même.

Il y a des moments dans la vie, des moments bien trop rares, où la chance nous sourit tellement que l'on pourrait presque se prendre pour un dieu. Pas forcément le plus grand des dieux – celui qui gère le dossier des espaces publics bien éclairés plutôt que celui chargé de la poésie ou de la sagesse –, mais un dieu tout de même. On déambule parmi les membres de l'espèce humaine sous l'apparence d'un mortel, comme aimaient tant à le faire les divinités de l'Olympe. Quel pied ! On se tient à l'écart de toutes les souffrances terrestres, on ne ploie sous aucun fardeau, on vit dans un royaume où la mort n'a nul pouvoir. L'humanité est très agréable à observer sous un tel angle puisque l'on sait que sa misère nous sera à jamais épargnée. Dans le même temps, on porte un regard affectueux sur ces pauvres mortels. On perçoit leur bonté et leur courage intrinsèques derrière leurs faiblesses. On les considère avec une bienveillance croissante.

C'est dans cet état d'esprit que Peter partit se chercher un verre et un cigare. Avec un sourire satisfait, il rejoignit les invités qui se regroupaient pour les uns dans la bibliothèque, pour les autres dans l'antichambre de la bibliothèque, le salon bleu, le salon jaune ou, le plus grandiose de tous, le salon d'apparat. Lorsqu'un serveur apparut avec un plateau de verres de cognac, il en prit un et avala une gorgée. L'alcool, délicieux, envoya des ondes de chaleur dans ses moindres terminaisons nerveuses. Tout de suite après, un deuxième serveur lui présenta une boîte de cigares. Feignant la plus grande concentration, Peter en choisit un, le huma et l'approcha de son oreille en le roulant entre ses doigts. Il le reposa dans la boîte et répéta l'opération à deux reprises avant d'en trouver un à sa convenance. Il n'était absolument pas fin connaisseur en la matière, bien sûr, mais ce petit numéro l'amusait. Une fois son cigare coupé et allumé, il aspira la fumée, la laissa tourbillonner un moment dans sa bouche, puis la souffla. Elle sentait toute l'histoire des feuilles de tabac, vertes, dorées et brunes.

Dans le salon d'apparat, les murs s'ornaient d'énormes miroirs et de tableaux représentant des générations de Beeche en compagnie de chiens ou de chevaux, avec un livre dans lequel ils avaient inséré un index, ou bien une main appuyée sur un globe, ou encore debout entourés des membres de leur famille, un ou deux chiens à leurs pieds. Peter contempla les gens présents autour de lui comme s'il avait été loin, très loin d'eux. Ils ignoraient que lui, Peter Russell, tel qu'il leur apparaissait, se régalait d'ambroisie et pouvait si cela lui chantait les transformer en arbres. Une main dans la poche de son pantalon et l'autre tenant son verre et son cigare, il se rengorgea et déambula dans la pièce en étudiant les groupes d'hommes et de femmes en pleine discussion. L'alcool et le tabac avaient fait naître en lui un dosage presque parfait de chaleur, de bonne humeur et de vivacité.

Comme il se sentait bien ! Il s'était sorti du repas avec les honneurs et avait pris plaisir à la soirée. Il fumait le meilleur cigare de sa vie. La maison était magnifique, stupéfiante. Partout où il posait les yeux, il apercevait un objet sublime. Arthur s'intéressait au projet des boîtes de céréales. C'était incroyable ! Quel soulagement ! Bientôt, il emmènerait Holly assister à un opéra dans la loge de Mme Beeche. Holly adorerait la vieille dame et réciproquement. Il y avait aussi Isabella, dont le simple souvenir le faisait frissonner. Etre désiré par une telle femme était bien la preuve de son irrésistible magnétisme sexuel, non ? A tous points de vue, il s'était couvert de gloire. Ne restait plus que l'ultime conquête : Holly.

Le souvenir d'un incident survenu quelques années plus tôt lui revint en mémoire.

Holly, Jonathan, Charlotte et Peter devaient rendre visite à une amie de Charlotte, Margo, qui vivait à plusieurs heures de route au nord de New York. Le voyage, effectué en partie sous une tempête de neige, se révéla difficile. Ils se perdirent et les avis divergèrent radicalement quant à la personne responsable et au meilleur moyen de résoudre le problème. De même, lorsqu'ils crevèrent un peu plus tard, ceux qui se dévouèrent pour changer la roue sous la neige firent remarquer que les commentaires des autres ne leur étaient guère utiles.

Ils arrivèrent à destination frustrés, fatigués, énervés et affamés. L'idée qu'un bon dîner les attendait leur avait permis de tenir, mais il s'avéra que leurs hôtes avaient déjà pris leur repas composé de crackers et de fromage et qu'ils n'avaient rien d'autre à offrir. Peter en aurait crié de rage. Le compagnon de Margo était un type barbu, au visage étroit et aux yeux caves, vêtu d'un large pull beige à torsades. Il ne se donna même pas la peine de les saluer et encore moins de les aider à porter leurs bagages. Margo, elle, avait une silhouette cylindrique dissimulée sous une veste en duvet et plusieurs épaisseurs en peaux de mouton et en flanelle. Voyant cela, Peter prit conscience du froid de canard qui régnait dans le salon.

Oh, qu'étaient-ils venus faire là ! Margo était une vieille amie de primaire de Charlotte. Bien qu'issue d'une famille très aisée, elle s'était installée dans ce trou perdu, s'y était intégrée et travaillait à présent en tant qu'assistante sociale employée par l'Etat. Sur sa voiture, une douzaine d'autocollants incitaient les gens à protéger la planète. Son petit ami, Lester, fabriquait des mandolines, ou des trucs du genre.

Parce qu'ils mouraient tous les quatre de faim, ils demandèrent s'ils pouvaient se préparer une omelette. Mais Margo et Lester n'avaient pas d'œufs et tous les restaurants étaient fermés. En revanche, il y avait une supérette ouverte vingt-quatre heures sur vingt-quatre non loin de là, et il fut décidé que Peter et Holly iraient y faire des courses.

Peter était d'humeur massacrante, et la situation empira lorsque Holly l'envoya chercher quelques articles pendant qu'elle se dirigeait vers une autre partie du magasin. De la moutarde ? De la crème fraîche épaisse ? Et puis quoi encore ? Pourquoi ne pas acheter simplement de la viande hachée et des petits pains pour faire des hamburgers ? Il s'acquitta pourtant de sa mission, puis de la suivante, et de la suivante encore.

— Des épinards. Des congelés, ça ira.

Mais quand elle lui réclama de la coriandre, il ne put se contenir plus longtemps.

— De la coriandre ? De la coriandre ?! Merde, Holly ! Tu es folle ? Tu veux vraiment que je déniche de la coriandre ici ? Cette supérette, c'est le genre d'endroit où même le beurre de cacahouètes est périmé ! Où veux-tu que je trouve de la coriandre ? Autant essayer de rapporter des truffes ! Ou de l'anguille ! Ouais, je crois que je vais aller faire un tour au rayon poissonnerie pour voir si les anguilles sont belles aujourd'hui. Réfléchis, à la fin ! Je vais prendre des pizzas surgelées et on se barre.

Holly le foudroya du regard.

— Je parie qu'ils ont de la coriandre, répliqua-t-elle, parce que toutes les foutues supérettes de ce pays en vendent de nos jours. Je pensais faire un bon petit plat sympa qui n'exige qu'une demi-heure de préparation, que je me serais chargée de cuisiner, moi, et qui nous aurait permis d'avoir un repas décent après ce voyage pourri, d'autant qu'on n'aura certainement rien d'autre à manger de tout le week-end ! (Sa voix se fit sarcastique.) Mais excuse-moi. Excuse-moi s'il te plaît de supposer que tu puisses avoir envie d'un dîner décent. Je te demande pardon. Je t'en prie, va chercher ce que tu veux, je m'en contrefiche.

Sur ce, elle fit demi-tour et s'éloigna avec le chariot. Les quelques clients du magasin semblaient avoir tout suivi de leur dispute. Un caissier adolescent et obèse, la bouche surmontée d'une traînée noire – l'ombre d'une moustache naissante –, les dévisagea fixement. Et merde, songea Peter en se mettant en quête de pizzas. Mais lorsqu'il les découvrit, il ne put se résoudre à en prendre une. Elles avaient l'air d'accessoires de théâtre grossièrement peints, et il se doutait que leur goût serait à l'image de leur apparence. Il traîna donc dans la supérette jusqu'à ce que Holly apparaisse près des caisses. Elle avait relevé ses cheveux, apparemment en signe d'hostilité, et elle refusa en silence qu'il l'aide à porter les sacs. Aucun d'eux ne souffla mot durant le trajet du retour.

En rentrant, ils découvrirent Jonathan occupé à savourer le très bon vin qu'il avait offert à leurs hôtes. Margo, elle, ne supportait pas le rouge parce qu'il lui donnait des maux de tête et Lester était un alcoolique repenti ainsi qu'il les en informa. Par conséquent, Charlotte seule s'était jointe à lui. Mais si son verre à elle était encore à demi plein, Jonathan en avait visiblement déjà bu un ou deux. Pendant qu'il questionnait Lester sur la dernière fois qu'il était allé aux crevettes,

Charlotte écoutait patiemment Margo qui lui racontait en long et en large sa vie professionnelle.

— Salut ! lança Jonathan. Ça a été ? Attendez, je vais vous filer un coup de main.

Bondissant de son fauteuil, il attrapa quelques sacs.

Ils se pressèrent dans la cuisine avec Margo sur les talons. Holly s'excusa abondamment d'envahir ainsi son espace. Elle lui demanda si elle était certaine que cela ne la dérangeait pas, lui avoua qu'ils étaient tous si affamés qu'ils avaient vraiment besoin de manger quelque chose, l'assura que Lester et elle ne pouvaient bien sûr pas deviner qu'ils arriveraient si tard et que, même si cela avait été prévu, ils auraient pu supposer qu'ils s'arrêteraient en cours de route pour dîner.

— Pas de problème, dit Margo d'une voix morne en retournant dans le salon.

— Oh, Margo ? s'écria Jonathan.

— Oui ?

— Est-ce qu'il vous reste du pain grillé au fromage ? C'était un régal.

— Non, il n'y a plus de fromage.

— Margo nous a servi des petits bâtonnets de pain grillé avec du fromage fondu, expliqua Jonathan. Enfin, à moi surtout, parce que Charlotte n'en a pas pris. Dommage qu'il n'en reste plus, c'était délicieux. Enfin, bon. Qu'est-ce que je peux faire maintenant ?

Holly lui assigna une tâche et se mit elle-même au travail. Peter les observa s'affairer. Holly ne lui avait pas adressé la parole depuis l'épisode de la supérette, et elle paraissait ne pas vouloir de son aide pour le moment.

Il sortit de la cuisine d'un air aussi décontracté que possible, non sans sentir le regard noir que Holly décocha dans son dos, comme une flèche empoisonnée. Une demi-heure après, le repas était prêt. Tout était très bon, et Peter nota le goût particulièrement savoureux de l'un des ingrédients. La coriandre.

Plus tard ce soir-là, lorsque chacun se prépara à se coucher, il se mit en quête de Holly. En pyjama de flanelle, les cheveux sur ses épaules, elle se lavait les dents dans la salle de bains qu'ils partageaient avec Jonathan et Charlotte.

— Holly... Ecoute, je suis désolé de m'être emporté tout à l'heure. Vraiment désolé. J'étais gelé, crevé, affamé – et énervé aussi, ajouta-t-il en désignant l'ensemble de la maison. Je croyais qu'on était juste partis acheter des hamburgers à réchauffer au micro-ondes, ou un truc qui aurait été prêt en trois minutes, alors quand j'ai vu que tu prévoyais une recette complète... Mais ce que tu nous as fait était très bon, et tu avais raison, c'était bien mieux de manger quelque chose de décent.

Elle le toisa tout en continuant à se brosser les dents. Une lueur dure brillait dans ses yeux, et Peter s'inquiéta franchement quand, à la fin de son mea culpa, il constata qu'elle ne s'était aucunement radoucie.

Holly termina son brossage de dents puis, sans se presser, nettoya sa brosse sous le robinet et la rangea, avant de remplir un verre d'eau pour se rincer la bouche. Opération qu'elle répéta. Enfin, elle posa le verre et s'essuya avec une petite serviette.

— On sait très bien toi et moi que la dispute ne portait pas exactement sur la coriandre, déclara-t-elle d'un ton calme mais glacial.

Oh-oh, songea Peter. Venait-il de s'engager dans une longue guerre froide avec Holly ? Mais il devina soudain la vérité.

— Non. Euh... tu m'en veux pour le cumin, hein ?

— Mince ! dit-elle en riant. Je te faisais si bien marcher.

Ils restèrent plantés là un instant.

— Bref, je suis désolé.

— Moi aussi.

— Bon, eh bien, bonne nuit alors.

— Bonne nuit, Peter.

Il la serra contre lui avec une timidité polie qu'il jugea appropriée étant donné sa tenue, et elle l'embrassa sur la joue.

Tandis qu'il se remémorait cette soirée, une image s'imposa à Peter : le visage de Holly lorsqu'elle lui avait enfin souri. Il lui restait un peu de dentifrice sous la lèvre et elle lui en avait mis sur la joue en l'embrassant. Sans aller jusqu'à dire qu'il avait apprécié de se faire incendier dans la supérette, il n'était pas totalement contre l'idée de renouveler l'expérience. Charlotte n'élevait jamais la voix. Soit elle boudait, soit elle optait pour l'espièglerie. Etre marié à Holly et, à l'occasion, avoir avec elle une scène de ménage retentissante au sujet d'une broutille, quelle perspective enivrante ! Il était séduit par le côté domestique et conjugal de la chose, ce signe que deux vies étaient vraiment entremêlées. Quelle plus belle preuve pouvait-il donner de son amour pour Holly ?

Telle fut la conclusion à laquelle ses pensées le menèrent : il aimait Holly sincèrement, véritablement. Il ne la désirait pas seulement, il l'aimait – même si les deux expressions ne renvoyaient pas selon lui à des catégories différentes, car les aspects sexuels, romantiques et affectifs de ses sentiments pour cette femme dépendaient les uns des autres et se renforçaient mutuellement. Il aimait Holly. Quoi qu'il puisse advenir, il ne se soucierait jamais que de son bonheur. Il le savait.

Peter avait une idée assez précise de ce qui se passerait une fois chez elle. Du moins jusqu'à un certain point. Il jetterait son manteau quelque part, se servirait à boire, s'installerait sur le canapé moelleux de la bibliothèque, parlerait de la soirée. Quelle maison spectaculaire ! s'exclamerait-elle. Tu as vu les tableaux du salon de musique ! Ensuite, ils se tairaient, et Peter contemplerait son verre en sentant sur lui le regard tendre de Holly. Elle aurait entre-temps ôté ses chaussures et replié ses jambes sous elle. Qu'y a-t-il ? lui demanderait-elle.

Il lui révélerait alors le départ de Charlotte en usant du ton sérieux attendu en pareil cas, par égard pour les émotions, les personnes et les conventions impliquées. Puis il l'entraînerait sur un terrain plus intime en lui confiant que, malgré sa tristesse, il devait reconnaître que son mariage avait été une erreur et que Charlotte serait sûrement plus heureuse sans lui.

C'était bien, en fait, qu'elle ait eu le courage de rejoindre l'homme de ses rêves. Là, il rirait doucement. Certes, tout le monde ne partageait pas sa vision du prince charmant...

Oui, murmurerait Holly. Tant mieux pour elle.

Le silence retomberait entre eux.

Holly, dirait-il enfin en lui prenant la main. J'ai autre chose à t'avouer...

A partir de là, impossible de prévoir la suite. Peter savait ce qu'il espérait : que Holly se jette dans ses bras en pleurant et en s'écriant : Oh, Peter, moi aussi je t'aime ! Ils s'embrasseraient, échangeraient des caresses, se chuchoteraient des mots d'amour en écoutant en boucle le CD qu'elle laissait toujours dans la chaîne hi-fi.

Cela arriverait-il ? Oui, Peter en était convaincu. Il nageait dans une telle euphorie que ce triomphe ultime lui semblait assuré. Jamais il ne s'était autorisé à y croire autant. Fermant les yeux, il imagina les lèvres de Holly sur les siennes, sa main dans ses cheveux. Son cœur battait comme le marteau d'un forgeron sur une enclume. Il fallait qu'il la trouve et qu'il la ramène à la maison.

Il la chercha d'abord dans le salon d'apparat, en vain. Elle n'était pas non plus dans le salon jaune ni dans le bleu. Quelques invités paressaient dans la bibliothèque, certains jouant même aux cartes, mais il ne vit aucune trace d'elle. Dans l'antichambre de la bibliothèque, trois hommes qui discutaient à voix basse accueillirent son intrusion avec des mines courroucées. C'était étrange, tout de même : Holly aurait dû être dans l'une de ces pièces. Peter retourna dans le salon d'apparat. La foule y était plus réduite à présent que les gens commençaient à rentrer chez eux. Il fit deux fois le tour de la salle, sans résultat, et ne rencontra pas plus de succès lorsqu'il inspecta de nouveau les autres salons, de plus en plus vides à mesure que le temps passait.

Peter était désemparé. Holly n'avait pas pu partir, il y avait forcément un endroit isolé qui lui avait échappé et où elle devait se trouver en grande conversation avec quelqu'un. Il se débarrassa de son cognac et de son cigare pour se lancer dans une recherche plus intensive. L'orangerie ? Elle était déserte. Le salon de musique ? Vide lui aussi, tout comme le salon ouest. Dans le petit studio, seul un couple admirait les incroyables livres et instruments marquetés en trompe-l'œil sur les étagères. Peter revint vers la galerie des sculptures. Personne. C'est alors qu'il crut entendre quelque chose. Il s'arrêta. Pas de doute, c'étaient bien les voix d'un homme et d'une femme, même s'il ne distinguait pas leurs paroles. Un rire résonna. L'écho l'empêcha de déterminer sa provenance exacte, mais il lui sembla qu'il devait continuer à avancer. Il traversa donc la galerie des sculptures en sens inverse et entra dans la pièce où il avait dîné. Hormis les fleurs, plus rien ne subsistait du repas sur les nappes blanches. Peter percevait clairement la voix de l'homme cette fois : elle venait de la salle voisine, celle avec les panneaux représentant des amours de l'Ancien Régime. Alors qu'il se faufilait entre les tables, un rire féminin s'éleva. Peter se figea net. A une bonne dizaine de mètres de lui, sur sa gauche, deux personnes assises à une table se penchaient l'une vers l'autre avec des mines de confidents. Elles s'écartèrent soudain en éclatant de rire. La première de ces personnes était Holly. La seconde, Arthur Beeche. Peter aperçut devant eux des fleurs et deux coupes, et à proximité un seau à champagne d'où dépassait le goulot enveloppé de feuille dorée d'une bouteille.

A cette vue, il eut l'impression que son sang se glaçait et que son estomac chutait de plusieurs étages, comme si quelqu'un avait ouvert une trappe sous ses pieds.

Holly l'aperçut soudain. Elle souffla quelques mots à Arthur, qui se tourna vers Peter en souriant.

— Peter ! lança-t-elle, ravie, en agitant le bras avec la grâce d'une ballerine pour lui faire signe de les rejoindre.

— Hello ! articula-t-il.

Il s'approcha avec un sourire crispé, en évitant de justesse de heurter les tables et de trébucher sur les chaises. Parvenu près d'eux, il constata qu'Arthur et Holly ne pouvaient s'empêcher de se regarder en douce même au moment de le saluer.

Arthur se leva, dépliant sa silhouette imposante.

— Voilà donc ce cher monsieur Russell !

— Hello ! répéta Peter.

Ils échangèrent une vigoureuse poignée de main.

— Asseyez-vous, je vous en prie, déclara Arthur. Désirez-vous une coupe de champagne ?

Peter lorgna leurs verres à demi pleins. L'idée de boire du champagne après un cognac et un cigare lui donnait envie de vomir.

— Merci ! Oui, ce serait charmant.

Charmant ? Charmant ? Pourquoi avait-il fallu qu'il emploie un tel adjectif ?

Dès qu'il se fut assis, un serveur vint lui apporter une coupe. Peter réprima un haut-le-cœur en avalant sa première gorgée.

— J'ai manqué à tous mes devoirs, commenta Arthur. Je n'ai pas fait le tour de mes invités ce soir, aussi suis-je heureux que nous ayons quand même l'occasion de nous rencontrer.

— Oui, monsieur.

— J'imagine, Holly, que votre ami ici présent ne parle jamais réassurance devant vous.

— En effet, reconnut-elle en riant.

— Et pourtant, il a fait du très bon travail sur un contrat qui était menacé.

— Merci, monsieur, dit Peter.

— Seth Bernard est passé à l'instant, continua Arthur. Holly et lui ont fait connaissance et quand votre nom a surgi dans la conversation, Seth m'a raconté que vous travailliez sur un projet qui nous intéresse beaucoup.

— Je... Oui, monsieur. C'est ce qu'il m'a dit.

— Bien, bien ! J'ai hâte d'en apprendre davantage. Mais nous sommes impardonnables d'évoquer un tel sujet ici. Ce doit être très ennuyeux pour Holly.

Ils se tournèrent vers elle. Les yeux rivés sur Peter, elle rayonnait de joie. Il faisait bonne impression sur son patron !

Ils discutèrent ensuite de tout et de rien, mais c'est à peine si Peter réussit à prononcer plus de trois mots d'affilée. Chaque fois qu'Arthur s'adressait à lui, Holly observait Arthur, et vice versa. Et lorsqu'il parvenait à formuler une remarque, leurs regards à tous deux avaient tendance à glisser l'un vers l'autre. Ils étaient comme des complices liés par une plaisanterie connue d'eux seuls.

Quelques minutes plus tard, une voix retentit derrière eux.

— Arthur, mon cher !

Mme Beeche venait de faire son entrée dans le salon.

— Arthur, te voilà enfin ! Je t'ai cherché partout.

Ils se levèrent tous les trois.

— Restez assis, je vous en prie !

— Je suis désolé, mère. J'ai été... retenu à ma table, confia Arthur avec un discret signe de tête en direction de Holly.

— Oh, je vois.

— Mère, j'aimerais vous présenter Holly Speedwell.

— Enchantée, dit Holly.

— Moi aussi. C'est un plaisir.

Mme Beeche examina Holly avec la mine d'une femme à qui un agent immobilier a fait visiter des dizaines de maisons et qui, en découvrant la dernière, sent d'emblée qu'elle a trouvé la perle rare.

— Et voici M. Russell, reprit Arthur.

— Oh, je connais déjà Peter. Lui et moi sommes de vieux amis, n'est-ce pas ?

— Oui, madame Beeche. Je suis ravi de vous revoir.

— Nous étions assis à la même table, expliqua-t-elle à son fils.

— Je comprends mieux. Peter est venu en compagnie de Holly, ce soir. Mme Russell ne pouvait malheureusement pas venir.

— Quel dommage. Elle n'est pas malade, j'espère ?

— Non, pas du tout, répondit Peter. Elle a été appelée à l'étranger à la dernière minute. Mes parents m'ont toujours répété que la mort est la seule excuse valable pour manquer un dîner auquel on a accepté de se rendre, mais c'était une réelle urgence.

— Ne vous en faites pas, le rassura Arthur. J'espère bien la rencontrer une autre fois.

— Vous apprécierez Charlotte, vous verrez, intervint Holly.

— J'en suis certain.

— J'ai hâte de la rencontrer moi aussi, dit Mme Beeche. Vivement notre soirée à l'opéra, Peter.

— Vous avez prévu d'aller ensemble à l'opéra ? s'étonna Arthur.

— Oui. Ce sera un bonheur d'être accompagnée par un jeune homme qui apprécie la représentation sans s'agiter en permanence et sans rappeler à qui veut l'entendre que dans les romans russes, les spectateurs ne restent que pendant un seul acte.

— Mère et moi avons des goûts différents en la matière, confia Arthur à Holly et Peter.

— Ce n'est pas une question de goûts *différents*. On a du goût ou on n'en a pas, voilà tout.

— Mère, soupira Arthur avec une feinte gravité, n'imposons pas une dispute familiale à nos invités.

— Bien sûr. Holly, Peter, je vous prie de m'excuser. Quant à toi, Arthur, je voulais juste te souhaiter bonne nuit. J'ai passé une excellente soirée. Bien, je vais vous laisser. Bonsoir, Peter. Consultons vite nos agendas pour fixer une date, voulez-vous ? Bonsoir, Holly. Tous les amis de Peter sont les miens.

— Bonsoir !

Mme Beeche marqua une petite pause et inclina la tête vers Holly.

— Venez donc me voir vous aussi un de ces jours, ma chère, dit-elle d'un ton amical, mais très déterminé.

Puis, prenant les mains d'Arthur entre les siennes, elle lui tendit sa joue à embrasser.

— Bonsoir, Arthur. Repose-toi un peu, d'accord ?

— Oui, mère. Bonsoir.

— Oh, j'oubliais, il faudrait que tu jettes un œil aux comptes de Roger. D'après ce que j'ai pu saisir ici et là, il me semble que ce ne serait pas inutile. Ton père… enfin, les temps changent.

— Bien sûr, mère. Je n'y manquerai pas.

— Bonne nuit à tous les trois !

Elle s'éloigna tranquillement.

— Je suis si contente d'avoir pu rencontrer votre mère, Arthur ! s'exclama Holly. Elle a l'air d'une femme merveilleuse.

— C'est vrai, renchérit Peter. J'ai trouvé très agréable de l'avoir pour voisine de table.

— Merci, dit Arthur. Moi-même, je suis un de ses fans.

Leurs pensées se tournèrent un moment vers la vieille dame, jusqu'à ce que Holly rompe le silence.

— Quelle heure se fait-il… Oh non ! Je ne me doutais pas qu'il était si tard ! Pauvre Peter ! Tu étais sûrement venu me chercher pour qu'on rentre ! Nous allons partir.

— Mais non ! protesta Arthur. La nuit commence à peine !

— Vous êtes très gentil, mais il est vraiment temps qu'on y aille. N'est-ce pas, Peter ?

— C'est comme tu veux, Holly.

— D'accord, céda Arthur. Si vous insistez, je vous accompagne. (Il écarta les bras pour les inviter à passer devant lui.) Avez-vous besoin d'une voiture ?

— Non, merci, répondit Holly. Nous sommes venus avec un chauffeur et Peter lui a demandé de nous attendre.

— Je vois. Très bien, très bien. Si jamais il y a un problème, n'hésitez pas à me prévenir. Je vous ferai reconduire chez vous.

— Je suis certaine que ce ne sera pas nécessaire, mais c'est très aimable à vous, Arthur. Merci !

— Oui, merci beaucoup ! dit Peter d'un ton aussi enjoué que possible.

Tandis qu'ils regagnaient le hall d'entrée, Arthur et Holly discutèrent de quelques personnes présentes à leur table ce soir-là. Elle lui parla également de la prédelle qu'elle avait admirée avec Peter, à quoi il se déclara amusé qu'elle ait remarqué cette œuvre parce qu'elle comptait parmi ses préférées. Peter les observait en souriant, en hochant la tête – bref, en tentant de faire croire qu'il participait à la conversation. Dans l'entrée, des serviteurs apparurent avec son manteau et celui de Holly, puis Arthur les suivit à l'extérieur après avoir salué quelques convives. Holly et lui s'immobilisèrent sur le perron, Peter une marche en dessous d'eux. Avec le vent qui s'était levé, les pans des manteaux volaient et les femmes portaient une main à leurs cheveux pour les maintenir en place. Des limousines et des berlines noires se succédaient devant la maison. Dans le vrombissement des moteurs, les portières s'ouvraient et se refermaient, on se hélait. Des convives agitaient la main en direction d'Arthur, d'autres remontaient les marches précipitamment pour chercher quelque chose ou quelqu'un qu'ils avaient oublié, d'autres encore les dévalaient pour retrouver les personnes qu'ils avaient fait attendre. Le long de l'avenue, des véhicules filaient à vive allure.

— Bonsoir, Peter, dit Arthur en lui tendant la main. Il faudra que je vous invite encore. Je ne peux tout de même pas laisser ma mère vous garder pour elle toute seule !

— C'était une très belle soirée, monsieur Beeche. Merci beaucoup.

— Appelez-moi Arthur !

— Arthur. Merci.

Arthur se tourna vers Holly et tous deux échangèrent un regard timide.

— Bonsoir, Holly. Ç'a été un plaisir. Je regrette que Mme Russell n'ait pu venir, mais Peter a très bien choisi sa remplaçante.

— J'ai passé une merveilleuse soirée, Arthur. Merci mille fois. Tout était si plaisant, si délicieux, si parfait ! Je suis contente moi aussi que Peter ait eu besoin de quelqu'un pour remplacer Charlotte.

— Eh bien... bonsoir, Holly.

— Bonsoir.

Ils se serrèrent la main et hésitèrent ensuite, comme s'ils ne savaient que faire d'eux-mêmes. Pour finir, ils s'embrassèrent maladroitement sur la joue, les mains toujours jointes, avant de s'écarter l'un de l'autre.

En descendant les marches du perron, Peter jeta un coup d'œil à Holly. Il était sur le point de lui faire une remarque mais, devant son sourire et ses yeux brillants, il comprit qu'elle avait l'esprit ailleurs et jugea préférable de ne pas interrompre sa rêverie. A la place, il marmonna qu'il allait essayer de trouver leur voiture.

— Je ne la vois pas, dit-il après avoir fait quelques allées et venues sur le trottoir. Elle est sûrement à l'angle de la rue. Je vais vérifier.

En s'éloignant, il passa devant plusieurs chauffeurs assis à leur volant ou debout près de leur véhicule. Le sien manquait cependant à l'appel. Peter marcha jusqu'à l'angle et fut découragé, quoique pas totalement surpris, de ne pas découvrir de berline noire garée le long du trottoir. La rue était très belle, bordée d'élégantes maisons de ville, et la lumière orangée des réverbères se reflétait sur les décorations en ferronnerie et sur l'asphalte. Mais malgré toutes ces qualités, l'endroit péchait par un défaut majeur : l'absence de berline noire.

Peter ferma les yeux, inspira, expira. Il décida d'aller regarder une nouvelle fois devant chez Beeche. Il revint sur ses pas. Les voitures se faisaient moins nombreuses à présent que les derniers invités s'en allaient. Holly l'attendait, les bras serrés contre elle pour se protéger du froid.

— Il n'était pas là-bas ! lui expliqua Peter en la rejoignant.

— Pardon... tu disais ?

— Notre chauffeur n'était pas à l'angle de la rue, là-bas.

— Tu plaisantes !

— Il ne s'est pas garé devant la maison non plus. Je vais aller vérifier de l'autre côté au cas où.

— D'accord.

De l'autre côté en question, il put admirer une rue aussi élégante que la précédente, mais toujours pas de berline noire.

Le temps de revenir, Peter détailla Holly. Le vent cinglant faisait tourbillonner ses cheveux, qu'elle tentait de remettre en place comme elle pouvait. Tous les invités étaient partis. Un serviteur descendit les marches pour lui parler. Elle secoua la tête, et l'homme se retira avec une petite courbette.

— Je ne le trouve pas, annonça Peter. Peut-être qu'il a voulu aller chercher d'autres clients et qu'il est en retard.

— C'est agaçant, commenta Holly, mais d'un ton qui ne trahissait aucune irritation. Qu'allons-nous faire ? ajouta-t-elle.

Peter s'arma de courage.

— Veux-tu que j'aille demander à Beeche si sa proposition est toujours valable ? dit-il avec autant de détachement que possible.

— Non, évidemment que non.

— Alors il ne nous reste plus qu'à dénicher un taxi, conclut-il à la manière d'un cow-boy informant un groupe de femmes que, en raison d'une avalanche, ils allaient devoir emprunter un chemin traversant un territoire indien.

En réalité, il n'y avait rien de plus facile. L'avenue était sillonnée par une foule de taxis libres à cette heure, mais pour se donner une plus fière allure, Peter devait entretenir l'illusion que la tâche ne serait pas commode.

— Tu veux bien essayer ? s'enquit Holly.

— Bien sûr.

Il s'avança sur la chaussée et leva une main. Presque aussitôt, un taxi s'arrêta devant eux.

— Ouf ! s'écria Holly.

Peter lui ouvrit la portière.

— Attends, le retint-elle. Quelle est la solution la plus logique...

— Je te ramène chez toi.

— Oh, Peter, c'est si gentil. Mais ce n'est pas nécessaire, je t'assure. J'habite deux fois plus loin que toi ! J'ai une idée : on va se diriger ensemble vers le centre, et ensuite...

— Non. Tu serais obligée de revenir en arrière pour contourner le parc.

— Peter, c'est ridicule ! La soirée a déjà dû être bien assez longue pour toi.

— Non, j'insiste, dit-il d'un ton un peu cassant cette fois. Monte dans la voiture et je vais te raccompagner, comme il se doit.

Holly appuya une main sur son bras et l'embrassa sur la joue.

— Peter, tu es adorable, mais ça m'ennuie vraiment de te faire faire un tel détour.

— Non, Holly...

Peter s'interrompit. Le « bal » l'avait bel et bien transportée, jusqu'à mettre ses sens en ébullition et lui faire atteindre un état extatique. Son beau plan avait fonctionné à la perfection ! Le seul problème était que, après avoir bu la potion magique, Holly avait ouvert les yeux sur le mauvais homme. Peter comprit qu'il serait inutile, voire contre-productif, de lui imposer une déclaration d'amour. C'était sans doute la dernière chose qu'elle avait envie d'entendre à cet instant.

— Bon, céda-t-il en lui souriant avec affection. Très bien. Je te laisse partir toute seule. Mais tu rentres directement chez toi, d'accord ? Ne va pas traîner dans des endroits mal famés.

— Promis. Tu ne veux pas que je te dépose quelque part ?

— Non, ça n'aurait aucun sens. Et puis je crois que je vais marcher un peu.

— Sûr ?

Il hocha la tête.

— OK, alors. (Holly le serra contre elle et l'embrassa une seconde fois sur la joue.) Merci, Peter. J'ai passé une super soirée. Quelle maison fabuleuse !

— N'est-ce pas ?

— Et Arthur est quelqu'un de très sympathique.

— En effet.

— Bonne nuit !

Peter resta seul sur le trottoir. Il n'y avait plus âme qui vive dans la rue. Les branches des arbres s'agitaient dans le vent, un panneau de parking battait avec un bruit de ferraille, un sac en plastique roulait par terre comme un paquet d'herbes mortes. Solidement fermées, les portes de la maison Beeche paraissaient n'avoir jamais été ouvertes et ne pas pouvoir l'être. Les fenêtres, elles, n'étaient plus que des taches sombres. En se rappelant que Holly avait contemplé le ciel au même endroit quelques heures plus tôt, Peter leva les yeux au-dessus du parc. Mais il ne vit qu'une immensité noire et indistincte, sans même cette nuance orangée que les lumières de la ville produisaient ailleurs. La lune avait disparu. Rentrant la tête dans ses épaules, il serra les pans de son manteau contre lui et se mit en route.

11

Dès son arrivée au bureau le lendemain, Peter reçut un appel de Mac McClernand. Lorsqu'il lui raconta sa rencontre avec Seth Bernard et le désir de celui-ci d'organiser une réunion avec Arthur, McClernand resta d'abord muet. Puis une sorte de cri plaintif lui échappa.

— Une réunion directement avec Arthur Beeche ! Vous voyez ! Ne vous avais-je pas dit qu'il fallait vous vendre ? Ne vous avais-je pas dit de le laisser aborder le sujet ? Mon Dieu, Pete, je savais que vous étiez doué, mais à ce point...

Peter avoua qu'il ne comprenait pas comment Bernard était au courant de leur projet.

— Peter, Peter, répliqua McClernand avec condescendance devant tant de naïveté. Croyez-vous qu'il puisse se passer quoi que ce soit dans cette société sans que Beeche et Bernard en soient informés ? Et quand ils ont vent d'une idée sensationnelle, ils accourent tout de suite ! C'est cette vivacité qui a fait le succès de la maison.

McClernand déroula ensuite d'un ton de plus en plus hystérique les diverses tâches à accomplir avant la présentation de leur projet.

— Il faut qu'on soit prêts à répondre à la moindre question. Par exemple, la reprise des points accumulés sur les cartes de crédit...

Toute la matinée, Peter ne cessa de fixer son téléphone en espérant un coup de fil de Holly. Elle finit par se manifester, mais à un moment où il n'était pas dans son bureau, et lui laissa ce message : « Salut, Peter, c'est Holly. Je me doute que tu es très occupé, mais j'espérais réussir à te parler. Je file dans une minute. J'ai passé une très bonne soirée hier, et je voulais te remercier de m'avoir emmenée. J'adorerais discuter de tout ça avec toi. Cette maison ! C'était incroyable. Et tout est si bien agencé... On ne se sent pas écrasé sous le poids d'une collection, si tu vois ce que je veux dire. Oh, et les personnes à ma table étaient si amusantes. La princesse s'exprime dans un anglais qui donne à penser qu'elle a vécu toute sa vie à Naples, et Gerald Hoffheimer et moi avons eu une discussion comique sur l'*Epode VIII* d'Horace.

« Il m'arrive un drôle de truc aussi, et c'est pour ça que je dois partir. Ton patron m'a invitée en week-end. Il se trouve que je n'avais rien de prévu, donc j'ai accepté. Il emmène quelques autres personnes – mais où exactement, je ne pourrais pas te dire. Il a évoqué un vol en hélicoptère. Du coup, je panique parce que je n'ai aucune idée de ce qu'on porte dans ce genre d'appareil. Enfin, hum... voilà. Ce devrait être intéressant.

« Et sinon, je me suis souvenue que tu voulais qu'on discute de quelque chose qui avait l'air important. Je suis désolée ! Cela m'est complètement sorti de la tête hier soir. Tu peux me joindre sur mon portable si tu veux. Il marche à peu près partout dans le monde.

« Bon, je suis déçue de t'avoir raté. Appelle-moi. Salut ! »

Le pistolet ? Les lames de rasoir ? Le poison ? Les barbituriques ? Le saut du haut d'un building ? Peter soupesa chacune de ces solutions. Toutes avaient des arguments qui plaidaient en leur faveur.

Mais il n'alla pas plus loin dans ses réflexions car un autre message faisait suite à celui de Holly. Surpris, il entendit la voix basse et claire de Mlle Harrison s'élever de son répondeur. « Monsieur Russell, pourriez-vous me contacter au plus vite, s'il vous plaît ? M. Beeche aimerait vous voir tout de suite. Il doit partir dans quelques instants. Il est neuf heures quarante-huit. Merci. »

La plupart des employés de la société termineraient leur carrière sans avoir jamais eu d'entretien avec Beeche, mais, dans les circonstances présentes, Peter n'en éprouvait aucune fierté. Son intuition lui soufflait que Beeche ne souhaitait pas lui demander son avis sur les déséquilibres structurels de l'économie. Pour autant, il avait déjà trop tardé à réagir, aussi appela-t-il le bureau de Mlle Harrison. Il tomba sur une secrétaire qui le mit aussitôt en relation avec elle.

— Bonjour, monsieur Russell. Merci de me répondre aussi rapidement.

— C'est normal.

— Heureusement, nous avons encore un peu de temps. Cela vous ennuierait de monter au soixante-deuxième étage ? Prenez les ascenseurs sud. Je vous attendrai là pour vous conduire dans le bureau de M. Beeche.

— Très bien. J'arrive tout de suite.

— Merci beaucoup.

— Merci à vous, mademoiselle Harrison.

En sortant de l'ascenseur, il fut accueilli par une femme qui approchait de la quarantaine. Elle portait une jupe grise coupée juste au-dessous du genou, un chemisier en soie crème et un collier de perles – une mise impeccable qu'elle réussissait à rendre parfaitement naturelle. Lisses, raides et épais, ses cheveux bruns tombaient librement sur ses épaules, encadrant un visage aux traits si réguliers qu'il aurait été ennuyeux à regarder si on n'y avait pas lu détermination et intelligence.

Elle le précéda jusqu'à un autre ascenseur dont les portes étaient déjà ouvertes. Ce devait être celui qui allait directement du rez-de-chaussée au bureau d'Arthur au soixante-seizième étage, songea Peter. Mlle Harrison inséra une carte dans la fente d'un boîtier et la cabine se mit en branle. L'intérieur, artistiquement lambrissé, comportait divers éléments en cuivre – la petite lampe au-dessus des boutons, le plafonnier, les grilles – qui ne semblaient pas à leur place dans un tel endroit.

— Tout cela provient de l'un des anciens autorails privés de la famille Beeche, expliqua Mlle Harrison en réponse à la perplexité de Peter. Ils ne servent plus à grand-chose maintenant, mais ils ont marqué M. Beeche pendant son enfance et quand ce bâtiment a été construit, il a eu l'idée d'en reprendre certains éléments.

La cabine s'ouvrit directement sur une vaste salle au sol recouvert d'un grand tapis à motif floral. D'un côté se trouvaient deux femmes, de l'autre une femme et un homme, tous assis à un bureau et occupés à murmurer dans le micro du casque de téléphone vissé sur leur crâne. Mlle Harrison leur fit un signe de tête en passant, dont un plus marqué à l'intention de l'une des employées, qui se hâta de presser un bouton. Mlle Harrison poussa ensuite une double porte, et Peter et elle entrèrent dans un salon apparemment décoré par une personne très riche et très soucieuse de donner aux lieux un côté décontracté. Les antiquités et les meubles américains étaient enveloppés de chintz et de plaids hors de prix, et les tissus n'accusaient pas la moindre trace d'usure.

Ils traversèrent la pièce et parvinrent à une nouvelle porte.

— Entrez ! lança la voix d'Arthur lorsque Mlle Harrison frappa.

Ils s'avancèrent de quelques pas, jusqu'à ce que la secrétaire lève légèrement une main pour faire comprendre à Peter qu'il devait s'arrêter là et attendre qu'on lui adresse la parole.

Beeche était au téléphone à un grand bureau à l'autre bout de la pièce, le dos tourné à ses fenêtres. Le meuble, parfaitement poli, reflétait le ciel derrière lui comme un lac par une journée sans vent. Il n'y avait ni ordinateur ni papiers sur le plateau, seulement une lampe, un téléphone et un petit cadre. Un peu reculé, les mains croisées sur ses genoux, Beeche fixait le vide. Tout son être demeurait impassible, telle une masse immobile et pourtant pleine de vie.

Mlle Harrison et Peter patientèrent une bonne minute. Enfin, Beeche prit la parole.

— Dites-leur s'il vous plaît : « Non, merci. » Bien sûr, il faudra les traiter de salopards, les inviter à aller se faire fiche, etc., etc.

— Compris, répondit une voix dans le téléphone.

— Ils reviendront.

— D'accord, chef.

Beeche raccrocha et parut se réveiller.

— Désolé ! s'écria-t-il. Je finissais juste de régler un problème.

Il se leva et s'approcha de Peter, la main tendue.

— Bonjour, monsieur Beeche.

— Arthur !

— Arthur.

— Vous étiez déjà venu dans ma... forteresse ?

C'était le genre de question que les gens comme lui posaient toujours. Evidemment, Peter répondit par la négative.

— J'aimerais beaucoup vous la faire visiter. Il y a des choses qui vous intéresseraient, j'en suis sûr. Nous avons récemment installé la Vénus de Beeche dans la galerie, juste à côté. Vous connaissez l'art du haut paléolithique ?

— J'ai bien peur que non.

— Oh, vous devriez étudier ça. C'est fascinant. Et la Vénus est extraordinaire. Il y a aussi des dessins anglais que je voudrais vous montrer... (Arthur se rembrunit.) Mais l'ennui, c'est que je suis très pressé. On organisera une visite plus tard, un jour où on pourra y consacrer du temps.

— Certainement. Avec plaisir.

Arthur le guida vers un fauteuil.

— Asseyez-vous, dit-il, tandis que lui-même prenait place sur un canapé.

Mlle Harrison avait disparu, mais une vieille femme toute desséchée en tenue de bonne apparut avec un service à café.

— Bonjour, Noreen, la salua Arthur. Vous arrivez toujours au bon moment.

— Ceux qui commandent leur café en vous laissant qu'une minute pour le préparer, ils méritent pas qu'on soit toujours là pour eux au bon moment, comme vous dites, répliqua Noreen avec un fort accent irlandais. Vous le prendrez comment, votre café, jeune homme ?

— Avec de la crème et du sucre, s'il vous plaît.

— « De la crème », qu'il dit ! C'est du lait.

— Du lait. Bien sûr. Merci.

Noreen ne se pressa pas pour le servir.

— Une cuillérée de sucre, s'il vous plaît.

Elle en versa plusieurs et lui apporta sa tasse en boitant.

— Merci.

— Humph.

— Pas de sucre pour moi, Noreen, dit Arthur.

— Parce que ça fait pas trente ans peut-être que je vous fais du café tous les jours ?! « Pas de sucre » ! (Elle lui tendit une tasse sans ménagement.) Les scones, là, c'est pour vous, ajouta-t-elle en montrant une assiette sur le plateau. Maintenant, si c'est tout ce qu'il vous faut, je me retire.

Et elle partit en boitillant.

Dès qu'elle fut sortie, Arthur se pencha pour prendre du sucre.

— Désolé, mon vieux, j'aurais dû vous prévenir, s'excusa-t-il, avant d'avaler une gorgée de café et d'émettre un petit bruit de satisfaction. Bien, Peter. Je vous ai demandé de monter ici pour une affaire personnelle. Votre amie, Holly... j'ai pris grand plaisir à discuter avec elle hier soir. Elle est charmante et je me suis dit... enfin, voyez-vous, j'ai invité quelques amis pour le week-end et... c'est une idée qui m'est venue comme ça, sur le coup... je lui ai proposé de se joindre à nous. Et elle a accepté, ce qui est très sympathique.

Il but une nouvelle gorgée. Une tasse et une soucoupe si délicates détonnaient dans une si grosse main. Arthur semblait avoir la force de les briser – de même qu'il semblait avoir la force de briser Peter. Son comportement n'était pas menaçant, loin de là, mais de par sa taille, sa virilité, son aisance royale et son statut dans le monde, il dégageait des ondes qui l'étouffaient.

— Et puis je me suis aperçu que je ne connaissais pas vraiment Holly et qu'il ne serait peut-être pas bête que je m'informe un peu à son sujet. J'ai pensé que vous pourriez m'aider, si cela ne vous ennuie pas. (Il sourit, et poursuivit sans attendre de réponse :) Vous comprenez, j'ai développé un... un certain attachement pour elle, et je tiens à ce que ce week-end se passe bien. Il me serait très utile de savoir quels sont ses goûts, ses livres et ses films préférés, par exemple. Je n'ai pas mis les pieds dans un cinéma depuis quinze ans, vous vous rendez compte ? Et a-t-elle des centres d'intérêt particuliers ? Est-ce qu'elle chasse ? (Son expression se fit rêveuse.) J'aimerais tout savoir sur elle...

Son regard se perdit dans le vague, jusqu'à ce qu'il se reprenne et se tourne vers Peter d'un air embarrassé.

— C'est là que vous intervenez, mon vieux. Qu'en dites-vous ? Vous pourriez faire quelque chose ?

Peter se composa la mine la plus sereine et la plus obligeante possible, alors même qu'il était en proie à un véritable chaos intérieur. Je suis dans le bureau d'Arthur Beeche, en train de discuter d'une femme avec lui, songea-t-il. Et bien sûr, il faut que cette femme soit Holly. Super. Quoi de plus naturel. Il en avait le vertige. Que devait-il faire ? Si Arthur s'imaginait qu'il allait lui livrer les clés du cœur de Holly, il allait être déçu. Dans le même temps, on ne pouvait pas rejeter une requête émanant d'un tel homme. Les secondes s'écoulèrent. Arthur se tenait penché vers lui, bouillant d'impatience et plus puissant que jamais.

Peter réfléchit aux choix qui s'offraient. Il était tentant d'induire Arthur en erreur et de lui laisser croire par exemple que Holly appréciait les plaisanteries un peu crues. Mais il se ravisa : trop flagrant. Puis il eut une idée pour donner à Arthur un conseil valable sans rien lui révéler sur Holly. Avec de la chance, ça marcherait...

— Arthur, je comprends très bien votre position. Et, oui, je vais vous aider, mais pas exactement de la manière que vous souhaitez.

Le visage d'Arthur s'assombrit.

— D'accord. Je vous écoute.

— Vous avez raison, je pourrais vous apprendre plein de choses sur Holly et répondre à toutes vos questions dans les domaines que vous avez mentionnés, commença Peter en s'efforçant de paraître toujours aussi calme. Je pourrais vous dire si elle aime danser, si elle préfère le tennis au golf, ce qu'elle mange au petit déjeuner, avec combien d'oreillers elle dort, et qui, de son père, de sa mère ou de sa sœur, l'énerve le plus selon les moments. Je pourrais vous dire ce qui la déçoit chez un ami et combien de tickets de métro elle achète à la fois. Mais quand bien même je vous dévoilerais le nom de son auteur favori, que feriez-vous ensuite ? Vous vous arrangeriez pour qu'elle vous « surprenne » en train de lire l'un de ses romans ? Vous enverriez quelqu'un acheter ses œuvres complètes pour les mettre dans votre bibliothèque avant qu'elle n'arrive ? Croyez-vous vraiment que, à moins de connaître et d'aimer cet auteur, vous arriverez à discuter trente secondes avec Holly sans qu'elle vous perce à jour ? A quoi cela vous avancera-t-il, alors ?

« A l'inverse, imaginez ce que ce serait de la laisser vous parler des livres qu'elle adore. Pensez au plaisir de l'émerveillement, de la découverte. Le charme d'une relation réside aussi dans ce qu'on apprend l'un de l'autre. On voit les lieux où on a une frontière en commun et ceux dont on est séparés par un océan. En forçant les choses, rien ne se passera comme vous le souhaitez. On ne peut pas faire l'ascension d'une montagne avec une personne en partant avant elle. On ne peut pas apprécier un repas à deux si l'un en est au fromage et l'autre encore à la soupe. On ne retient jamais rien quand les réponses à vos questions sont prémâchées.

Arthur fronça les sourcils.

— Il y a peut-être du vrai dans ce que vous dites. (Il médita les propos de Peter. Pour finir, ses traits s'illuminèrent.) Oui ! Vous avez raison. C'est la bonne approche.

Peter décida de jouer le tout pour le tout.

— Arthur, si je n'avais qu'un seul conseil à vous donner, ce serait celui-ci : soyez vous-même.

330

— Il faut que je sois moi-même, répéta Arthur. Il faut que je sois moi-même... Ah, merci Peter ! J'avoue que oui, je ne m'attendais pas à ce genre de conseil, mais les solutions inattendues sont en général les plus utiles. Merci beaucoup.

Peter eut un sourire séraphique.

— De rien.

Le lundi matin, Peter reçut un appel de Holly qui lui dit s'être bien amusée pendant son week-end. Arthur et elle étaient allés sur une île que possédaient les Beeche sur la voie maritime du Saint-Laurent et où, un siècle plus tôt, ils avaient fait construire un vaste camp. L'endroit était magnifique à cette période de l'année et des flambées avaient été allumées dans les grandes cheminées pour leur faire oublier le froid. Huit autres personnes s'étaient jointes à eux – un mélange disparate comprenant notamment un professeur, un mondain et un vieux camarade de classe d'Arthur.

— Mais je t'appelais surtout pour te demander de quoi tu voulais me parler la semaine dernière, conclut Holly. Qu'y a-t-il ?

Peter l'informa du départ de Charlotte.

— Oh, Peter ! Je suis désolée ! Si j'avais su ce que tu traversais, je ne serais jamais partie ! Comment tu te sens ?

Il lui expliqua qu'il se sentait bien. En fait, il admirait Charlotte d'avoir pris tant de risques. Elle avait offensé sa famille et renoncé à une existence confortable et tranquille pour retrouver l'homme de ses rêves. Certes, tout le monde ne partageait pas sa vision du prince charmant, remarqua-t-il avec un rire. Il aurait sans doute été raisonnablement heureux avec elle, ajouta-t-il, mais ils n'étaient pas faits l'un pour l'autre.

Ils évoquèrent différents aspects de la situation, en particulier quelle corvée c'était d'annoncer la nouvelle aux gens et de supporter leur compassion et leur curiosité. Elle lui répéta que, si elle pouvait faire quoi que ce soit pour lui, il ne devait surtout pas hésiter. Peter imagina son expression empreinte de pitié lorsqu'elle prononça ces mots. Comme elle devait être belle à cet instant, avec ses yeux verts que les larmes faisaient étinceler.

— Je suis triste, confia-t-elle. Peut-être que tu as raison et que cela vaut mieux, mais quand un couple se sépare, c'est triste. Enfin, tu le prends si bien que je ne voudrais pas te démoraliser !

— Non, je ne saute pas de joie moi non plus. On a beaucoup investi dans une histoire qui n'a finalement pas marché. Si ça se trouve, Charlotte a raté dix années de bonheur. Mais bon, tout est bien qui finit bien.

— Oui.

— Ou du moins, tout est bien qui finit.

Elle eut un rire forcé.

— En effet. Cela vaut probablement pour la plupart des choses de la vie.

Ils bavardèrent encore un peu, puis Holly ramena la conversation sur Arthur.

— Oh, j'ai une bonne nouvelle pour toi. Tu as beaucoup impressionné ton patron.

— Comment ça ?

— Il m'a raconté la conversation que vous avez eue avant notre départ. Il était très nerveux, figure-toi. « Soyez vous-même ! » J'ai éclaté de rire en entendant ça et il en a été tout gêné. J'ai l'impression que personne ne lui a jamais recommandé d'agir ainsi, mais je suis entièrement d'accord avec toi. Du coup, il n'a pas essayé de me faire croire qu'il était différent de ce qu'il est en réalité, et je suis sûre que je n'aurais pas autant apprécié sa compagnie dans le cas contraire. C'était en effet plus agréable de se découvrir mutuellement, comme tu l'as dit. Tu sais, la première fois qu'il a invité sa femme à sortir, il l'a emmenée assister à une importante vente aux enchères consacrée aux anciennes armes à feu. Elle ne s'intéressait pas aux arquebuses, à vrai dire, et j'ai dû lui avouer que moi non plus. Mais s'il avait su ça à l'avance, on n'aurait jamais eu une discussion aussi amusante sur le sujet. C'est curieux, pour quelqu'un de si coincé et de si important, il adore discuter en toute simplicité. Et il est très gentil. Je l'aime bien.

« Bref, il t'est très reconnaissant de l'avoir aidé et de lui avoir évité de commettre une grosse bévue, et il voulait que tu le saches. Tu es plein de sagesse, selon lui. N'est-ce pas génial ?

Oubliés, les barbituriques et tout le reste. Peter n'avait plus qu'une envie : étrangler à mains nues des dizaines de petits animaux sans défense.

Plus tard ce matin-là, il reçut un nouveau coup de fil. De Gregg Thropp, cette fois.

— Russell, dans mon bureau. *Pronto !*

En arrivant, il remarqua le large sourire et les yeux pétillants de son supérieur.

— Salut, champion ! Asseyez-vous. J'aimerais vous faire entendre quelque chose.

Thropp prit son téléphone et composa le numéro d'un poste de la société.

— Bonjour, mademoiselle Ippolito. Ici Gregg Thropp. Je retourne l'appel de M. Beeche. (Il patienta.) Bonjour, monsieur. (Silence.) Oui, monsieur, le marché s'est bien comporté et nous aurons peut-être de nouvelles prises de bénéfices d'ici la fin de la matinée... Oui, monsieur. Votre message disait que vous vouliez me parler des coupons des boîtes de céréales ?

A ces mots, Peter eut un haut-le-cœur.

— Non, monsieur, j'ai peur de ne rien savoir de ce projet.

Thropp écouta Beeche en lâchant quelques « Seigneur ! » et « C'est incroyable ! ».

— Utiliser les coupons des boîtes de céréales pour dominer le monde ! s'écria-t-il à la fin. Il est fou !

Il tenta de contenir son hilarité tandis qu'Arthur lui répondait.

— Vraiment, monsieur ? Bullwinkle [1], monsieur ? C'est sidérant... Le marché des céréales... Les obligations à coupon fixe. Evidemment, monsieur, je vois bien de quoi il s'agit. Oh, c'est donc de là qu'est venue la confusion ! Les coupons des obligations et les coupons de réduction. Je comprends.

Les coupons des obligations et les coupons de réduction. Bien sûr, rumina Peter. Il aurait dû se douter qu'il y avait eu une méprise quelque part. Par chance, à ce stade il ne ressentait plus rien.

— Eh bien, monsieur, reprit Thropp, Peter m'a dit qu'il avait un projet sur lequel il voulait absolument travailler avec Mac McClernand. Je lui ai réclamé plus de précisions, mais il préférait garder le secret tant qu'il n'avait pas avancé. Vous savez mieux que quiconque que nous essayons d'accorder une grande indépendance à nos employés et de repousser au maximum la prise de décisions – c'est la politique que vous prônez dans la société, après tout. Quand j'ai vu sa motivation, j'ai pensé qu'il fallait le laisser faire à sa guise, si vous me passez l'expression. Maintenant, ne le répétez pas, mais j'ai l'impression que c'est Peter qui a eu l'idée de départ... Oui, je crois qu'il a toujours considéré Mac comme un mentor.

Le cri d'exclamation d'Arthur à l'autre bout du fil fut si fort que même Peter l'entendit.

— Oui, monsieur. Il l'admire beaucoup... Peter ? Oh, je ne doute pas que Seth et vous l'appréciiez. Il est très intelligent, très capable. Cependant... Je déteste avoir à critiquer les gens, mais il m'a tout l'air de perdre les pédales. Il y a eu cette réunion très mal préparée... Rich et Andrea vous le confirmeront. Et maintenant cette histoire avec Mac. Je ne voudrais pas trop m'avancer, monsieur, mais je me demande si nous ne sommes pas en face de quelqu'un d'inadapté à la firme.

« Quelqu'un d'inadapté à la firme » ! Peter savait ce que cela signifiait : il faut flanquer cet imbécile à la porte.

---

1. Bullwinkle : orignal un peu bête, héros de *Rocky et Bullwinkle*, un dessin animé très populaire au début des années 1960. (*N.d.T.*)

— Oui, monsieur. Tout à fait, monsieur. Je m'en occupe. Merci à vous, monsieur. Au revoir.

Après avoir raccroché, Thropp se balança dans son fauteuil en soupirant d'aise.

— Vous avez discuté avec Seth, Seth a discuté avec Arthur, et Arthur était si intéressé qu'il a téléphoné tout à l'heure à Mac, lequel lui a tout expliqué. Et devinez ce qu'Arthur vient de m'apprendre ?

Peter ne répondit pas.

— Il m'a dit qu'il y avait un épisode de *Rocky et Bullwinkle* dans lequel le monde entier n'utilisait plus que les coupons des boîtes de céréales en guise de monnaie. Bullwinkle devenait la personne la plus riche sur terre parce qu'il en avait collectionné des tas. (Thropp gloussa.) Mon Dieu, pourquoi les jours ne ressemblent-ils pas tous à celui-là ?

Les semaines suivantes ne furent pas faciles pour Peter. Il eut des conversations épuisantes avec Charlotte, qui pleurait en se reprochant le mal terrible qu'elle lui avait fait et qui le suppliait de lui pardonner. A quoi s'ajoutaient Thropp et ses remarques sarcastiques chaque fois qu'ils se croisaient. « Alors, on s'enfonce lentement, Russell ? Continuez ! » « La période de Noël m'a toujours paru idéale pour virer les gens. » Peter envisagea de se confier à Arthur, mais ç'aurait été de la folie. Chez Beeche & Co, on ne se plaignait pas de son supérieur à quelqu'un de plus haut placé dans la hiérarchie – on n'était pas à la maternelle –, et aller geindre directement auprès du big boss était inenvisageable. De plus, Arthur risquait de s'énerver s'il pensait que Peter tentait de tirer parti du lien qui les unissait depuis peu. Produire le témoignage de McClernand n'y changerait rien : Thropp le contredirait et se tapoterait le front du bout du doigt d'un air entendu. Dans l'intervalle, Arthur ne cessait d'emmener Holly en voyage. C'est ainsi qu'elle corrigea des copies sur son yacht lors d'une croisière en Méditerranée. Et quand elle était en ville, elle passait tout son temps en sa compagnie. Même quand elle le voyait, lui, Peter, Arthur était là ! Parce qu'elle ne voulait pas qu'il rumine seul dans son coin, elle l'invita plusieurs fois à se joindre à eux. Cela mettait Peter au supplice, évidemment, mais Arthur se montrait toujours charmant, le traitant comme un cousin un peu arriéré pour lequel il aurait nourri de l'affection. Mlle Harrison, également présente, discutait de la pluie et du beau temps avec lui.

Peter était résolu à avouer ses sentiments à Holly, totalement résolu, mais les jours se succédaient et... et il ne se jetait toujours pas à l'eau. Le fait est qu'il mourait de peur. A part un regard, Holly lui avait-elle jamais donné le moindre espoir ? Un regard ! Il s'apprêtait à déclarer son amour à une femme en s'appuyant sur un simple regard ? C'était l'humiliation assurée. Et avec Arthur Beeche pour couronner le tout, il courait droit au désastre. Arthur Beeche ! Qui n'était autre que l'homme le plus riche et le plus puissant du monde, ou presque. Le banal propriétaire de merveilleuses œuvres d'art. Un type sympa et attachant. Quelles étaient ses chances face à lui ? Et quelle serait la réaction d'Arthur s'il apprenait que Peter cherchait à lui subtiliser Holly ? Arthur avait les moyens de lui faire finir sa vie dans le dénuement le plus total, sans emploi, sans logement, sans rien d'autre que ses yeux pour pleurer. Mais qu'importe ! songeait Peter. Holly pouvait bien dire qu'elle ne l'aimait pas, Arthur pouvait bien le briser et lui crever les yeux, il irait jusqu'au bout, avec courage et détermination, dès que... eh bien... dès qu'il arriverait à parler seul à seul avec Holly et que le moment s'y prêterait.

Environ un mois après la soirée chez Arthur, Peter reçut un coup de fil inattendu à son bureau. C'était le père de Holly. Il était venu à New York rendre visite à sa fille, et il voulait en profiter pour discuter de quelque chose avec lui. Comme il devait justement dîner avec des amis en ville ce soir-là, cela dérangerait-il Peter qu'ils se retrouvent après ? Peter, qui espérait sauver sa tête en accomplissant quelques tâches décentes avant que le couperet tombe, n'avait envie d'être nulle part hormis dans son bureau, aussi accepta-t-il. Vers vingt-deux heures, la réception l'informa que Graham était arrivé. Il le fit monter.

Graham lui serra la main avec animation et l'attrapa par l'épaule dans le même temps.

— Ça fait plaisir de vous voir, Peter !

Grand et doté d'une solide carrure, Graham portait un blouson en daim, une chemise en jean et des bottes de cowboy. Son visage encadré de longs cheveux blond cendré évoquait une version plus carrée et plus massive de celui de Holly. Encore beau, il ne montrait aucun signe d'affaissement, mais il était ridé et buriné, avec un teint toujours rouge, semblait-il, et des yeux résignés qui lui donnaient l'air d'un Viking âgé ayant perdu tout son cran.

— A moi aussi, ça me fait plaisir de vous voir, dit Peter. Vous comptez rester longtemps à New York ?

— Seulement quelques jours. Je passe Noël avec Alex et ma petite-fille et j'ai voulu en profiter pour voir Holly. (Il marqua une pause.) Je suis aussi venu rencontrer ce type qu'elle fréquente depuis quelque temps. On doit dîner tous les trois.

— Super ! répliqua Peter d'un ton joyeux. C'est super ! Bien ! (Il fit un signe vers son bureau.) Euh... je vous demande juste une seconde et je suis à vous. (Il s'assit dans son fauteuil et se mit à pianoter sur son clavier.) Comment vont Alex et Clementine ?

Graham, qui s'était approché de la fenêtre, contempla la vue en se tenant une main appuyée contre le mur. De gros flocons blancs tombaient doucement, éclairés par les lumières de la rue en contrebas.

— Oh, très bien. Clemmie nous sort parfois des phrases étonnantes. L'autre jour, elle a qualifié je ne sais plus quoi de « on ne peut plus absurde ». Quel genre de gamine peut bien dire « on ne peut plus absurde » ?

— C'est amusant, commenta Peter sans cesser de taper.

— Cinquante-sept étages, déclara Graham. On dit toujours que, comparés aux gens d'ici, les habitants de Los Angeles sont superficiels, sans profondeur. C'est vrai qu'à New York vous avez une dimension supplémentaire : la hauteur.

Ayant terminé sa tâche, Peter pivota vers son visiteur et vit son reflet fantomatique dans la vitre. Graham observait la ville. Holly avait expliqué un jour que son père s'immobilisait souvent devant des scènes quelconques – une cuisine, un parking au crépuscule, n'importe quoi – pour les examiner avec attention. Il n'avait apparemment pas perdu son habitude.

— Vous savez, cet endroit m'a toujours rendu nerveux, reprit Graham. Regardez-moi toutes ces fenêtres. Ça me fait l'effet d'un laboratoire gigantesque avec des tas de tiroirs dans lesquels les gens sont enfermés. « *The great city's a wondrous toy, just made for a girl and boy*[1]... »

Il rit doucement et se tourna vers Peter.

— J'ai fini, dit Peter. Je vous en prie, asseyez-vous. Eh bien, ça fait plaisir de vous voir...

— Et réciproquement.

— Bien ! Je... euh... Bien...

Graham le tira de cette situation gênante.

— J'imagine que vous vous interrogez sur la raison de ma venue.

Peter réfléchit.

— Vous voulez m'emprunter de l'argent ?

— Ma foi, maintenant que vous le dites... plaisanta Graham. Mais, non, ce n'est pas pour ça. (Il s'agita sur son siège.) J'aimerais vous poser une question, Peter.

— Allez-y.

— Comment allez-vous ?

— Comment je vais ?

— Oui.

— Oh, bien. Bien. Vous avez peut-être appris que je me séparais de ma femme ?

---

1. « La grande ville est un jouet merveilleux, fait pour une fille et un garçon. » Extrait de *Manhattan*, chanson de Richard Rogers et Lorenz Hart. (*N.d.T.*)

— Oui, Holly l'a mentionné.

— Donc la situation est difficile, mais pour être honnête – et là, je ne l'avoue pas à tout le monde –, je ne suis pas mécontent. Je n'essaie pas seulement de donner le change, vous savez.

— Je ne pouvais pas en dire autant le jour où j'ai divorcé. Du moins pas la première fois. Vous aimez tout ça ? enchaîna Graham en regardant la pièce autour de lui. Votre boulot ?

— Beaucoup. Il y a une ou deux choses dont je me passerais volontiers, mais j'aime ce que je fais.

— Des milliards de dollars transitent par ici et vous, vous baissez votre casserole pour en ramasser une partie, c'est ça ?

— La réalité n'est pas aussi simple, mais en gros c'est ça, oui.

— Et votre famille ? Tout le monde va bien aussi ?

— Oui, très bien. Merci.

Graham s'adossa à son siège et écarta les doigts en éventail.

— Donc, vous allez bien.

— Plutôt, oui.

— Il n'y a rien dont vous diriez que ça ne va *pas* aussi bien ? Rien qui vous dérange ? Qui vous fait souffrir ? Désolé si je touche à un sujet personnel.

— Aucun problème, répondit Peter avec entrain. Voyons... Non, rien du tout. Je vais bien, je vous assure.

Graham hocha la tête et repoussa sa chevelure d'une main.

— Dans ce cas, je suppose que cette lettre raconte n'importe quoi. Sinon, je pense que vous seriez dans un état pitoyable à cette heure.

— Quelle lettre ?

Graham attrapa une enveloppe bleu pâle dans la poche arrière de son pantalon et en sortit trois ou quatre feuillets couverts d'une écriture déliée.

— Elle m'a été envoyée par Julia Dyer.

— Julia ?

— Oui.

— La belle-mère de ma femme ? de Charlotte ? Julia Montague ?

— Oui. Elle a signé Dyer.

— Mais comment... ?

— On s'est rencontrés à l'enterrement de Jonathan et on a un peu discuté.

— Oh, je vois.

Graham chaussa des verres demi-lunes, puis déplia les feuilles, les lissa et, les lèvres pincées, commença à les parcourir en silence.

— Vous savez, ce qu'elle écrit est très, très intéressant. (Il fixa Peter par-dessus ses verres.) Ce n'est pas très long. Voulez-vous que je vous le lise ?

— Oui, bien sûr, répondit Peter, les mains crispées sur les accoudoirs de son fauteuil.

— D'accord.

Graham soigna sa mise en scène : il ajusta ses lunettes, adopta une posture plus confortable sur son siège, vérifia que les pages étaient dans l'ordre, s'éclaircit la voix.

— Allons-y :

Cher Monsieur Edwards,

Je suis (pour le moment, du moins) la belle-mère de Charlotte Russell, la jeune femme qui s'est mariée le jour où Jonathan a eu son accident. Vous vous souvenez peut-être de moi comme de la personne qui était bouleversée à l'enterrement et que vous avez consolée. Je vous en demeure très reconnaissante.

Je me rappelle très bien ce que vous m'avez dit ce jour-là sur votre fille Holly. Votre amour pour elle était évident, et je m'adresse à vous aujourd'hui au sujet d'une affaire qui touche de près à son bonheur. Ce que j'ai à vous apprendre vous paraîtra sans doute étrange, mais je vous supplie de le prendre au sérieux et d'agir en conséquence. Il y a urgence.

La nouvelle m'est parvenue depuis New York que Holly fréquente Arthur Beeche et que tout va très vite entre eux. Ma grand-mère aurait qualifié ce genre de relation de « romance éclair ». Cependant, j'ai des raisons de croire que Holly est amou-reuse de Peter Russell, le meilleur ami de Jonathan et le futur ex-mari de Charlotte, et que Peter est amoureux d'elle. Je n'ai pas de preuve irréfutable – pour être honnête, je n'en ai même aucune de tangible, et je ne peux divulguer mes sources d'information –, mais je suis convaincue que cela est vrai. Le problème est qu'aucun d'eux ne soupçonne les sentiments de l'autre à son égard, et maintenant qu'Arthur Beeche a fait son apparition, ils semblent bien partis pour ne jamais le savoir.

Je ne suis pas en mesure d'intervenir, mais je ne pouvais garder ça pour moi. C'est pourquoi je vous écris. Vous vous demandez certainement si je suis saine d'esprit, et même si vous me croyez, j'ignore ce que vous pouvez ou devez faire. Seulement, il n'y a rien de pire dans les films que de voir l'héroïne finir avec le mauvais type. Ne m'avez-vous pas expliqué vous-même qu'il fallait bien que l'histoire se conclue par un happy end ? Je vous en prie, essayez de faire en sorte que cela soit le cas pour Peter et Holly.

Bien à vous,

Julia Dyer

Graham essuya ses lunettes.

— Alors, qu'en dites-vous ?

Peter rougit d'embarras. Pour la première fois, il était sommé de s'expliquer au sujet de Holly, et la personne qui l'y contraignait n'était autre que le père de celle-ci. La lettre de Julia le stupéfiait. Elle n'avait pu discuter de Holly et lui qu'avec Charlotte et, éventuellement, Jonathan. Mais que savaient-ils, tous les deux ? Peter était certain de n'avoir jamais trahi les sentiments que Julia lui attribuait, et il estimait presque inconcevable que Holly ait agi autrement. Cette lettre était étrange, absurde, insensée, le fruit d'un esprit tourmenté, rien auquel on puisse prêter foi. Pourtant, quelque chose devait avoir incité Julia à l'écrire, et il fallait reconnaître qu'elle ne s'était pas trompée en ce qui le concernait. Que dire alors si ses affirmations sur Holly étaient vraies elles aussi ! Le cœur battant, Peter tenta de contenir ses émotions. Il avait envie de croire Julia tout en se l'interdisant, et la présence de Graham – lui, entre tous – l'incitait à feindre l'indifférence pour protéger son ego.

— Cela me semble tiré par les cheveux, dit-il d'un ton aussi calme que possible.

— Vous voulez jeter un œil à la lettre ?

— Oui.

Graham la lui tendit. L'écriture linéaire et allongée de Julia lui évoquait la calligraphie arabe, mais il ne réussit à déchiffrer que les mots « je vous en prie ». Soudain, les lettres se brouillèrent. Une goutte d'eau était tombée sur la feuille. Une autre suivit, et encore une autre. Peter comprit qu'il pleurait. Ses larmes formaient sur le papier des cercles d'encre irréguliers qui ressemblaient à des impacts de balle. Il appuya une main sur son front pour se cacher derrière et, de l'autre, s'essuya les yeux.

Au bout d'une minute, il regroupa les feuillets et les rendit à Graham, qui les rangea dans l'enveloppe sans un mot.

Peter avait les joues brûlantes. Le menton sur ses mains croisées, il contempla son bureau, la calculatrice sophistiquée dont il avait été si ridiculement fier le jour où il l'avait achetée. Puis des soubresauts l'agitèrent et il se remit à pleurer. Un moment s'écoula avant qu'il ne parvienne à se maîtriser.

— Bon, dit Graham. Cela règle la première moitié de la question. Quelle est la prochaine étape ?

Peter détourna le regard vers la fenêtre. Les flocons tombaient en tourbillonnant. Dans un local professionnel, de l'autre côté de la rue, une femme de ménage passait l'aspirateur. Dans une autre pièce, une employée buvait de l'eau à la bouteille, les pieds sur son bureau, tout en parlant au téléphone. Les spécimens de laboratoire.

— Le problème... commença-t-il. D'accord, je vous ai donné une indication en ce qui me concerne. Mais Holly ? Vous a-t-elle jamais dit quoi que ce soit ?

— Non.

— A moi non plus. Voilà donc où nous en sommes. Julia est peut-être douée de perception extrasensorielle ou de je ne sais quoi d'autre qui lui apprend toutes sortes de choses – je devrais l'interroger sur l'évolution des marchés financiers, d'ailleurs –, mais rien ne permet d'affirmer qu'elle a raison sur ce point précis.

— Elle ne se trompait pas à votre sujet, objecta Graham.

— Admettons. Elle a eu de la chance.

— Très bien. Croyez-vous au coup de foudre ?

— Oui, mais s'il vous plaît ne le répétez pas.

— D'accord. Vous êtes le gars que Holly a rencontré dans un avion, n'est-ce pas ? C'était il y a quelques années, le jour où elle est venue voir sa nièce.

— Oui. Vous êtes au courant de cette histoire ?

— Normal. J'étais là, après tout. Je m'en souviens très bien. Elle avait fait connaissance avec un type qui devait l'appeler. Holly essayait de prendre ça avec détachement, mais Alex ne tenait plus en place, elle. Chaque fois que le téléphone sonnait, elle sautait au plafond. Quand elle répondait, elle lançait un bonjour tout joyeux, écoutait la personne au bout du fil et m'annonçait ensuite « Papa, c'est pour toi », sur un ton désespéré. Au bout de quelques jours, il a été clair que le gars n'appellerait pas. Holly a versé quelques larmes, Alex était scandalisée. Moi aussi, je dois dire. J'étais ridiculement désespéré et furieux. J'aurais voulu tordre le cou à ce salopard.

— La raison pour laquelle je n'ai pas téléphoné vous intéresse-t-elle ?

— Et comment !

Peter se balança dans son fauteuil avant de lui répondre.

— J'ai perdu son numéro.

— Vous avez perdu son numéro ?

— Oui. Holly me l'avait noté sur un morceau de papier que j'ai glissé dans ma poche de chemise, et quand je suis arrivé à l'hôtel, il n'était plus là. J'ignorais quel était son nom de famille.

— Vous avez perdu son numéro !

— Oui, oui, oui ! D'accord ? Je l'ai perdu !

— C'est malin, ça.

— Merci, je sais.

Graham se pencha en avant.

— Mais n'oubliez pas l'essentiel : Holly était effondrée, c'était évident. Elle estimait qu'un événement important s'était produit dans l'avion et que ce type et elle avaient noué une véritable relation. Si ça, ça n'est pas un coup de foudre, alors je ne vois pas ce que c'est. De plus, Holly me parle de vous de temps en temps, et maintenant que j'y pense, elle le fait toujours d'une voix spéciale, pas de celles qu'on emploie pour évoquer n'importe qui. Et puis il y a la lettre de Julia. (Il s'adossa à son fauteuil.) L'affaire est close.

— « L'affaire est close », murmura Peter. Ecoutez, Graham, j'aimerais beaucoup vous croire, de même que j'aimerais croire Julia. Quelqu'un a dû lui faire une remarque – encore que je me demande bien laquelle – et, oui, peut-être que Holly et moi éprouvons une affection particulière l'un pour l'autre. Mais pour ce que j'en sais, elle a flashé brièvement sur un type dans un avion et l'a ensuite rayé de son esprit. Cette affection particulière ne va pas plus loin. (Il regarda Graham en face.) Vous voulez que je vous dise ? Après le départ de Charlotte, j'étais prêt malgré tout à tenter ma chance. J'avais planifié la manière dont j'allais avouer mes sentiments à Holly. Je me doute de ce qu'elle m'aurait répondu – qu'elle était très touchée et qu'elle m'aimait elle aussi, mais comme un ami très cher et rien de plus. J'aurais ensuite tout massacré autour de moi avant de me tirer une balle dans la tête. Mais je voulais prendre le risque. Et puis... un autre élément est entré en jeu.

— Nous y voilà, répliqua Graham d'un ton exaspéré. Votre rival. Vous savez ce que je dis de lui ? Pfeuh !

— « Pfeuh ! », répéta Peter avec un rire sarcastique. Laissez-moi essayer : pfeuh. Non, ça ne marche pas. D'abord, parce que leur histoire ressemble beaucoup à un coup de foudre. Et moi, je suis censé croire qu'elle est... euh... ?

— Amoureuse de vous.

— Voilà. Comment le pourrais-je alors qu'Arthur et elle ont l'air fous l'un de l'autre ? Primo, Arthur n'est pas seulement riche comme Crésus mais il a un truc... C'est un type bien, en fait. Secundo, pensez-vous vraiment qu'il me laisserait, moi, l'empêcher d'obtenir ce qu'il veut, surtout s'il s'agit d'une femme ? Oui, c'est un type bien. Mais Othello l'était aussi. Quand on additionne la jalousie et le pouvoir, le résultat peut être dévastateur. Je ne me soucie pas que de mon travail, là. La faillite, la faim, la folie, la mort – tout est possible. (Il fronça les sourcils.) Est-ce que vous avez déjà vu Arthur ?

— Non.

— Eh bien, il en impose aussi par son physique. Et il me paraît très en forme. (Peter réfléchit avant de poursuivre :) Mais je compte parler à Holly. Je vous assure. J'en ai la ferme intention. Je vais lui parler.

Graham accueillit cette nouvelle avec un large sourire.

— C'est vrai ? Peter, mais c'est génial ! Merveilleux ! Vous allez lui parler ! Quand ?

Peter toussota.

— Quand, quand... Ce n'est pas facile de trouver le bon moment... J'ai à peine pu discuter avec Holly ces dernières semaines... j'attends, vous comprenez... j'attends que les circonstances soient favorables...

Pensif, Graham fixa un point invisible au-dessus de Peter et hocha lentement la tête.

— Je vois, dit-il en se redressant sur son siège. Ma foi, merci de m'avoir accordé un peu de temps, Peter. Je sais combien vous êtes occupé, je ne vais pas vous retarder davantage. (Il s'appuya sur ses accoudoirs pour se redresser, puis se figea et, finalement, ne bougea pas de sa place.) J'ai juste une question à vous poser, ajouta-t-il. Etes-vous amoureux de ma fille ?

— Oui.

Graham bondit de son fauteuil.

— Alors, nom de Dieu, qu'est-ce que vous attendez ? Vous allez rester planté là pendant qu'un autre vous la pique sous votre nez ? Peter, la seule chose qui compte pour moi, c'est le bonheur de Holly. Cela ne me dérangerait pas que vous soyez heureux vous aussi, mais je n'y attache pas autant d'importance. Si vous êtes faits l'un pour l'autre, comme j'en ai l'impression, je veux vous voir ensemble. Mais si vous n'avez pas le courage d'agir, alors il vaut mieux que Holly fasse sa vie avec Arthur Beeche ou avec n'importe qui d'autre *à part vous.*

— Insinuez-vous que je suis lâche ? s'insurgea Peter.

— Oui.

— Trop lâche pour la mériter ?

— Oui.

Peter s'affaissa dans son fauteuil.

— Vous avez peut-être raison.

Graham leva les mains au ciel, exaspéré, et se rassit.

— Ecoutez, Peter, dit-il d'une voix basse et sonore aux accents très persuasifs. Vous pouvez battre ce type. Je reconnais qu'il a quelques petits avantages sur vous, mais allez vous mesurer à lui, faites de votre mieux et je suis sûr que vous l'écraserez comme une mouche. Vous voulez vraiment que Holly choisisse un vieux croulant qui a passé sa vie entière à compter ses sous, plutôt que vous, un homme qu'elle aime depuis des années ? Oui, il est friqué, et alors ? Merde, Peter ! Arthur Beeche, c'est un moins que rien !

Graham se tut et laissa ses encouragements produire leur effet. La lettre de Julia était incroyable. Comment pouvait-elle être au courant de son amour pour Holly ? Mais il y avait plus important encore : si elle connaissait la vérité sur lui, peut-être qu'elle n'affabulait pas non plus au sujet du reste. Elle avait dû apprendre quelque chose par un biais quelconque. Peter se laissait aller à une rêverie plaisante lorsque Graham et lui furent brutalement rappelés à la réalité par deux petits coups frappés à la porte. Levant les yeux, il aperçut une silhouette à travers le verre dépoli.

— Entrez ! lança-t-il.

La porte s'ouvrit et la grosse tête d'Arthur apparut dans l'embrasure.

— Je suis désolé, s'excusa Arthur. Je vous dérange peut-être ?

— Arthur, bonsoir ! articula Peter. Pas du tout ! Pas du tout !

Il courut lui tenir la porte.

— Je vous en prie, entrez !

Rayonnant, Arthur s'avança dans la pièce. Il portait ce soir-là un beau costume gris et des chaussures parfaitement cirées et astiquées.

— Graham, je vous présente Arthur Beeche. Arthur, voici Graham Edwards.

— Graham Edwards ! Quelle bonne surprise !

Les deux hommes échangèrent une poignée de main.

— Pour moi aussi, c'est une bonne surprise, dit Graham. Je ne m'attendais pas à vous voir avant demain soir.

— Moi non plus ! Je me fais une joie de ce dîner.

— Moi de même.

— Votre fille est une personne remarquable.

— En effet.

— Mais je ne voudrais surtout pas interrompre votre conversation.

— Non, pas du tout, le rassura Peter. Pas du tout !

Arthur avait le visage rouge, comme s'il avait bu.

— Seigneur, Graham Edwards. Vous savez, c'est un honneur de vous rencontrer, et pas seulement à cause de Holly. J'ai toujours compté parmi vos plus fervents admirateurs.

— Vous m'en voyez ravi.

— Mais je constate que vous rendez visite à mon très estimable collègue ici présent.

— Nous sommes de vieux amis, n'est-ce pas, Peter ? lança Graham. J'étais dans le quartier et j'ai eu envie de passer lui dire bonjour. En fait, Arthur... continua-t-il. Vous permettez que je vous appelle Arthur ?

— Bien sûr.

— Arthur, je déteste avoir à admettre que j'ai parlé de quelqu'un derrière son dos, mais si je suis venu ici, c'était en réalité pour interroger Peter sur votre compte.

— Vraiment ?

— Oui. Un père est toujours tenté de se renseigner sur les fréquentations de sa fille. Personne ne connaît et n'aime

Holly plus que ce bon vieux Peter, et dans la mesure où il vous connaît vous aussi, il m'a semblé logique de le consulter.

— Je vois, dit Arthur avec embarras. Je... je comprends tout à fait. Il se trouve que j'ai essayé de l'utiliser dans un but similaire. (Il sourit à Peter.) Je suis sûr que vous avez fait preuve de la plus grande franchise, Peter, mais j'espère aussi que vous n'avez pas été trop dur. A votre place, Graham, je tiendrais aussi à protéger Holly. C'est une perle rare.

— En effet.

Arthur les dévisagea avec une mine enchantée.

— J'ai dîné avec elle ce soir. Avant de retourner travailler, je voulais voir si Peter était là pour lui raconter une anecdote. Autant vous en faire profiter tous les deux. Tenez, regardez.

Il sortit un écrin en velours de la poche de sa veste, le posa sur le bureau et l'ouvrit. A l'intérieur se trouvait un collier serti de diamants et d'émeraudes, de la forme et de la taille d'une feuille d'érable.

— C'était un cadeau pour elle, murmura-t-il d'une voix rêveuse. J'ai choisi des émeraudes en pensant à ses yeux.

— C'était un cadeau, mais vous l'avez toujours, nota Graham.

— Exact. Je vais vous expliquer pourquoi. Je comptais le lui offrir pour Noël – un Noël avant l'heure, en somme. J'ai perdu l'habitude de ce genre de choses, mais quand je le lui ai donné au moment du dessert, elle a poussé un cri de joie et il m'a semblé que le collier lui plaisait. « Il est magnifique », a-t-elle dit. Je lui ai demandé si elle n'avait pas envie de l'essayer, et là, elle a eu l'air anxieuse. « Oh, Arthur, a-t-elle répondu en m'embrassant, il est superbe, mais je ne peux pas... C'est beaucoup trop. Sans vouloir faire ma rabat-joie, j'ai peur que cela engendre un sentiment d'attente, ou d'obligation, ou... Je peux le revoir, quand même ? » (Arthur se mit à rire.) Je le lui ai tendu en ajoutant que je tenais beaucoup à lui faire un présent qui soit à la hauteur de sa beauté à elle. (Il rougit.) Cela m'est venu comme ça, sans réfléchir. Son regard s'est posé sur moi, puis sur le collier. Je voyais bien qu'elle hésitait. A la fin, elle a refermé l'écrin en secouant la tête, mais alors que je m'attendais à un refus définitif, elle a eu une idée. « D'accord, je vais l'accepter, a-t-elle dit, mais dans ce cas il faut que tu saches que je le remettrai à un hôpital pour qu'il le vende. »

— Et pour que l'argent serve à financer un service d'oncologie pédiatrique, compléta Graham.

— Gagné.

— Je me souviens de ce que ma fille m'a affirmé un jour. Dans presque tous les cas, l'argument selon lequel on nuit plus aux gens en voulant les aider qu'en les laissant seuls se défend, à l'exception peut-être des enfants pauvres atteints d'un cancer.

— Exact. Quand je lui ai répondu que si elle gardait le collier, je ferais un don d'un montant égal à sa valeur, elle a réfléchi. « D'accord, a-t-elle dit. Ce serait formidable. Sauf que je donnerai quand même le collier. Comme ça, l'hôpital aura deux fois plus d'argent. » Je lui ai alors proposé de doubler ma contribution, à condition qu'elle accepte mon cadeau. Vous devinez sa réponse, bien sûr. Elle comptait toujours s'en séparer. « Très bien, ai-je dit, je t'offre ce collier et je verserai une somme égale à trois fois sa valeur, mais si tu ne le gardes pas, l'hôpital n'aura pas un rond ! » Elle a pris un air solennel et a posé une main sur mon bras. « Arthur, tu ne voudrais pas me mettre dans la position de faire un tel choix et peut-être de te décevoir, n'est-ce pas ? » Que pouvais-je faire à part répondre non ? « C'est donc réglé, a-t-elle conclu. Tu donneras quatre fois la valeur du collier. – Quatre fois ! Quatre fois ? Quand ai-je parlé d'une telle somme ? » Elle m'a dévisagé avec de grands yeux humides. « Les trois fois de tout à l'heure, plus une quatrième là, maintenant. – D'accord, d'accord ! J'ai intérêt à céder avant que les enchères ne continuent à monter ! » Elle m'a embrassé en pleurant et en riant en même temps. Beaucoup de gens m'ont déjà demandé de l'argent dans ma vie, mais personne ne m'a jamais escroqué de cette façon.

Arthur se mit à rire. Graham l'imita et, malgré sa nervosité, Peter rit encore plus fort qu'eux.

— Après, reprit Arthur d'un ton pensif, elle est devenue plus sérieuse. Elle savait que je ne voulais pas seulement lui faire un cadeau, m'a-t-elle expliqué. C'était aussi une manière de lui exprimer mes sentiments. Elle était donc très touchée et appréciait mon geste plus qu'elle ne pouvait le dire. Je vais le mettre de côté, poursuivit Arthur en montrant le collier. Qui sait, j'en aurai peut-être besoin plus tard. (Il referma l'écrin et afficha une mine qui se voulait finaude.) Ou peut-être que je l'échangerai contre autre chose.

Il discuta encore un peu avec eux avant de leur annoncer qu'il devait les laisser. Il leur serra la main, répéta à Graham combien il se réjouissait de dîner avec lui le lendemain et partit en agitant l'écrin en signe d'au revoir.

Graham et Peter fixèrent la porte qu'il avait refermée derrière lui. Leurs regards se croisèrent ensuite, et ils furent pris d'un tel fou rire qu'ils en eurent les larmes aux yeux.

— Bon Dieu, articula Peter avec peine, j'ai failli avoir une attaque !

— Arthur Beeche en personne ! dans ce bureau ! répliqua Graham en lui donnant une grande tape sur l'épaule.

Ils rirent et rirent de plus belle, jusqu'à en être épuisés. Lorsqu'ils se furent enfin calmés, Peter se laissa tomber dans son fauteuil.

— Mince, je n'arrive pas à y croire...

Un silence s'ensuivit, entrecoupé de petits ricanements de part et d'autre.

Peu à peu, le visage de Peter s'assombrit.

— Charmante, cette histoire de collier. Je serais curieux de savoir combien on peut en tirer.

— Aucune idée.

— Autour de deux millions de dollars, j'imagine. Quatre fois deux font huit. Ça nous fait donc un chèque de huit millions qu'il signe sans plus tergiverser au moment du dessert ! J'ai adoré aussi ce que Holly lui a dit à la fin. C'était si émouvant. Vous vous rappelez, elle était *tellement* touchée par les sentiments d'Arthur. J'avoue que cela m'a bouleversé. N'est-ce pas qu'il est gentil, ce cher Arthur ? Et cet air

350

malicieux qu'il avait quand il nous a balancé « Ou peut-être que je l'échangerai contre autre chose ». Quel amour, cet homme. (Peter rumina un instant.) J'espère qu'ils seront heureux ensemble, marmonna-t-il.

— Peter...

— Oui, monsieur. C'est du tout cuit ! Arthur Beeche ? Une ordure ! Une andouille de pacotille ! Je peux l'écraser sans problème. Fastoche. C'est comme arracher un bonbon à un gamin.

— Peter, je ne crois pas que les sarcasmes...

— Ecoutez, Graham, pourquoi faire semblant ? C'est fini. Vous devriez être content. Seul un imbécile préférerait m'avoir pour gendre, moi, plutôt qu'Arthur Beeche. Je ne vous en voudrai pas de ficher le camp. On oubliera cette conversation.

— Peter...

— Allez-y. En jouant finement, vous obtiendrez de quoi financer une dizaine de films.

— Vous ne pensez tout de même pas que...

— Je ne pense rien, sinon que votre visite a été une perte de temps et que, à partir de maintenant, j'aimerais que votre bonne amie Julia garde ses divagations pour elle.

— Peter...

— Arrêtez de répéter « Peter » !

Graham le fixa avec compassion.

— Oui, ils pourraient sans doute être heureux ensemble, commenta-t-il. Il y a juste un petit problème.

— Lequel ?

— Holly vous aime.

Peter se rembrunit encore plus et ne répondit pas.

12

Durant les quelques jours qui suivirent, Peter écouta Holly
lui rabâcher le récit de son dîner avec Graham et Arthur. La
soirée avait été si géniale ! Graham leur avait raconté de telles
histoires ! Malgré leurs différences, Arthur et lui s'étaient si
bien entendus qu'elle avait commencé à se sentir exclue !

Peter passait désormais beaucoup de temps à contempler
la vue depuis son bureau. Le téléphone sonnait, sa messagerie bipait, les courbes sur son écran dansaient et les chiffres
sautaient sans qu'il leur accorde la moindre attention. On
aurait pu croire que devant lui s'étirait une mer dont la
surface sans cesse changeante reflétait les bleus et les gris des
nuages, ainsi que la lente course du soleil dans le ciel. Ou
bien qu'il contemplait les gens déambulant dans un square
pittoresque – des gamins qui faisaient les fous, des amants qui
marchaient main dans la main, des personnes âgées qui
bavardaient allègrement, assises à l'ombre sur des bancs. En
réalité, il ne voyait rien hormis l'immeuble en face de lui. Des
images se succédaient dans son esprit, comme des diaposi-
tives défilant en continu : des mots tracés d'une écriture
déliée, les mains de Graham s'agitant en l'air, le collier étin-
celant de mille feux. A intervalles réguliers, il arrêtait de
penser et effaçait tout pour ne plus se souvenir que de Holly
lorsqu'elle s'était tournée vers lui pour la première fois et
qu'elle lui avait souri, des années plus tôt, dans l'avion.

Un soir qu'il fixait sa fenêtre, il reçut un courrier interne
sous la forme d'une petite enveloppe en papier kraft. Elle

venait du soixante-seizième étage. Il y trouva un message d'Arthur l'informant que sa mère voulait les convier, sa femme et lui, au dîner dansant qu'elle organisait chaque année en décembre. Une invitation était jointe. Mme Beeche avait jugé que c'était là le moyen le plus rapide de le prévenir, et elle s'excusait de le faire aussi tardivement. Le carton, adressé à M. et Mme Peter Russell, exprimait le désir de Mme Beeche de les voir présents et indiquait tous les détails pratiques. Peter se réjouissait que la vieille dame ne l'ait pas oublié lorsqu'il nota que l'enveloppe contenait une autre feuille. Il la déplia et vit le nom Isabella Echevarria de Sena inscrit en haut. Isabella ? Etrange.

Mon tendre et diabolique amour,
J'aurais dû deviner que tu avais une idée en tête lorsque tu m'as invitée à venir admirer la Vénus de Beeche. Je ne verrai plus jamais ton bureau du même œil à présent.
Merci, merci, merci, Artie, pour cette nouvelle nuit inoubliable.
Je compte les minutes qui nous séparent en pensant à toutes les choses que je veux te faire.
Je t'aime,

Ton Izzie

Les mains de Peter tremblaient et son cœur battait sourdement. Sa fureur était telle qu'il parvint difficilement à relire le message.

Nom de Dieu ! Par il ne savait quel hasard, cette lettre avait été mélangée avec les autres. Isabella était donc l'invitée d'Arthur lors de son dîner ! C'était lui qui avait voulu la placer à la table des grosses pointures, et elle était sa maîtresse alors même qu'il faisait la cour à Holly ! Arthur n'était qu'un coureur de jupons et un menteur. Ses grands airs vertueux étaient trop beaux pour être honnêtes. Eh bien, il allait voir ce qu'il allait voir ! Peter n'avait peut-être rien dit quand Jonathan trompait Holly, mais il avait eu des raisons pour ça (encore qu'il aurait été incapable d'en citer une à cet instant). Pas question de laisser Arthur Beeche s'en tirer à si bon compte ! Il savait que Holly devait aller boire un verre chez lui ce soir-là avant qu'ils ne sortent dîner. Ils ne s'en doutaient pas, mais leur plan pour la soirée avait changé.

Peter quitta son bureau en abandonnant là son pardessus. Une fois dans la rue, il s'aperçut que le moyen le plus rapide pour se rendre chez Arthur à cette heure était le métro et fila vers la station la plus proche. Quarante minutes plus tard, après avoir effectué en courant la dernière portion du trajet, il arriva chez Arthur. A peine eut-il sonné que la porte s'ouvrit sur un grand jeune homme dégingandé aux oreilles rouges.

— Bonsoir, monsieur, dit-il avec un fort accent irlandais.

— Bonsoir. Je suis M. Russell. M. Beeche m'attend.

— Oui, monsieur. Très bien, monsieur. Si vous voulez bien patienter, je vais le faire prévenir.

L'employé fit quelques pas vers un autre domestique petit et joufflu qui se tenait au pied des escaliers.

— M. Russell pour M. Beeche.

L'autre opina du chef, mais le temps qu'avait duré cet échange, Peter avait déjà commencé à monter.

— S'il vous plaît, monsieur !

Peter l'ignora. Les deux employés se dévisagèrent, puis s'élancèrent derrière lui.

— Monsieur Russell ! Monsieur Russell !

Peter pressa le pas. Il atteignit le haut des escaliers, prit à gauche et longea prestement un couloir. Il avait une idée assez précise de la pièce dans laquelle Arthur et Holly se trouvaient – le cabinet de travail. Le jeune homme aux oreilles rouges gravit les dernières marches d'un bond et se rua à sa suite. Voyant qu'il se faisait rattraper, Peter accéléra. Le deuxième employé fermait la marche en avançant à tout petits pas – non sans s'être arrêté pour reprendre son souffle.

Peter atteignit la porte du bureau et l'ouvrit brusquement. Il découvrit Arthur assis sur un canapé, un verre posé à côté de lui, et Mlle Harrison installée devant un secrétaire à l'autre bout de la pièce. Holly, elle, n'était visible nulle part.

Tous deux se tournèrent vers lui, étonnés, mais Arthur se reprit aussitôt et se leva en lui tendant la main.

354

— Eh bien ! Peter ! Quelle agréable...

Peter fonça sur lui et lui décocha un puissant coup de poing en pleine figure.

Une vive douleur à la main lui donna l'impression de s'être cassé tous les os. Arthur, de son côté, réagit avec autant d'impassibilité qu'un mur.

— Seigneur, Peter, je ne suis pas certain que...

Peter le frappa de nouveau aussi fort qu'il le put, réduisant cette fois les os de sa main en poussière.

— Aïe ! cria enfin Arthur, qui tituba et s'écroula sur une ottomane.

Le grand domestique était parvenu à la porte, d'où il avait assisté à la scène sans oser entrer. Accourant au pas de charge, son petit collègue lui était rentré dedans, et tous deux venaient de retrouver leur équilibre quand Peter asséna son deuxième coup à Arthur.

— Monsieur Beeche !

— *Dios mio ! Señor Beeche !*

Ils allèrent se poster de chaque côté d'Arthur pour l'aider à se redresser – opération qui se révéla malaisée du fait de leur différence de taille.

Jenkins, le majordome, apparut à son tour.

— Monsieur Beeche ! Que vous est-il arrivé ? Patrick, Manuel, que s'est-il passé ici ? Que signifie tout ceci ?

— Ce monsieur a frappé M. Beeche, déclara Patrick en désignant Peter.

— Seigneur ! Laissez-le allongé !

Manuel et Patrick lâchèrent Arthur, qui s'écroula à leurs pieds.

— Jenkins...

— S'il vous plaît, monsieur, ne parlez pas. (Jenkins posa un genou par terre et se pencha vers lui.) Monsieur, combien de doigts voyez-vous ?

— Trois.

— Très bien. Maintenant, monsieur, pouvez-vous compter à l'envers à partir de cent ?

— Jenkins, c'est ridic...

355

— S'il vous plaît, monsieur. Essayez.

— Bon, bon, fit Arthur en s'exécutant.

Jenkins soupira de soulagement.

— Vos facultés mentales semblent intactes, Dieu soit loué. Patrick, Manuel, aidez M. Beeche à se relever.

Il se tourna ensuite vers Peter.

— Monsieur, déclara-t-il de sa voix la plus comminatoire. En quoi puis-je vous être utile ?

Peter serra le poing, à la vue de quoi le majordome se recroquevilla en criant au secours. Patrick et Manuel lâchèrent Arthur, qui retomba par terre, et se précipitèrent vers Peter. Il avait renoncé à se battre, mais ils le saisirent chacun par un bras, le plus grand le toisant de toute sa hauteur tandis que le plus petit lui décochait un regard assassin par en bas.

Constatant que Peter ne représentait plus une menace, Jenkins retrouva sa dignité.

— Monsieur Beeche, je vais appeler la police.

Arthur s'était entre-temps relevé. Il épousseta ses habits et ajusta sa veste et sa cravate.

— Non, Jenkins. Ce ne sera pas nécessaire. Je ne pense pas que notre jeune ami nous posera encore le moindre problème, et serait-ce le cas que je suis persuadé de pouvoir gérer la situation.

— Mais il y a madame !

Tout le monde pivota vers Mlle Harrison. Loin de renvoyer l'image d'une femme terrifiée – ce qui déçut Jenkins –, elle paraissait très calme et maîtresse d'elle-même.

— Ça ira pour elle aussi, Jenkins.

Le majordome ne put cacher sa consternation. La conduite de Peter était non seulement passible de poursuites, mais parfaitement incorrecte.

— Vous pouvez nous laisser, Jenkins.

— Très bien, monsieur. Souhaitez-vous que je poste quelqu'un près de la porte ?

— Non, ne vous inquiétez pas pour nous.

— Comme vous voudrez, monsieur, répondit Jenkins en essayant de faire contre mauvaise fortune bon cœur devant les exigences contradictoires de sa raison et de son patron.

Il s'inclina légèrement devant ce dernier, puis devant Mlle Harrison.

— Patrick, Manuel.

Tous trois se dirigèrent vers la sortie. Signe de son souverain mépris, Jenkins ignora Peter en passant devant lui.

Celui-ci se tenait à quelques pas d'Arthur. Sa main le faisait grimacer de douleur, mais il était déjà en garde, prêt à entamer un nouveau round.

— Vous avez un bon coup droit, commenta Arthur en se frottant le menton. Vous savez, j'ai fait un peu de boxe à l'université moi aussi. J'ai même participé à quelques combats...

— Je me fous de vos souvenirs de sportif amateur à la mords-moi-le-nœud, le coupa Peter.

Arthur le dévisagea.

— Oui, évidemment. Dans votre intérêt, je vous signale cependant que vous ne rencontrerez pas souvent quelqu'un qui réagira avec autant de bonhomie à ce genre d'agression. Maintenant, si vous nous expliquiez à quoi rime cette histoire ?

— A quoi rime cette histoire ? A quoi rime cette histoire ? Je vais vous le dire. (Peter sortit la lettre d'Isabella de sa poche et la lui jeta à la figure.) Comment expliquez-vous ça ?

Arthur la rattrapa au vol et tenta de la lire.

— Mince. Sans mes lunettes...

Il approcha la feuille de ses yeux, puis l'écarta en essayant de trouver la bonne distance.

— Ah, voyons... Hmm. (Il rougit soudain violemment.) Peter ! Où avez-vous...

— Dans l'enveloppe contenant l'invitation de votre mère.

— Et vous pensez...

— Oui, c'est exactement ce que je pense, *Artie*. Vous avez dragué Holly, vous avez fait semblant d'être fou d'elle, et pendant tout ce temps vous étiez l'amant d'Isabella. Quelle classe, Artie. Comme si Holly avait besoin d'un faux jeton après tout ce qu'elle a traversé. Jeter son dévolu sur une femme aussi belle et adorable, qui se remet à peine d'un drame terrible, et jouer avec elle en lui racontant des bobards, c'est minable et pathétique. Vous me donnez envie de vomir, Artie.

Arthur tendit les mains, paumes vers le bas, en un geste d'apaisement.

— Doucement, Peter. S'il vous plaît, essayez de vous calmer. Je comprends votre réaction. Je ressentirais la même chose à votre place. Mais vous devez me croire : ce mot était destiné à quelqu'un d'autre.

— Ben voyons, ricana Peter. Vous êtes capable de trouver mieux, Arthur. (Il croisa les bras.) Très bien. Pourquoi ne pas me dire de qui il s'agit, alors ?

— Je porterais atteinte à la vie privée de cette personne si je vous répondais.

— « Je porterais atteinte à la vie privée de cette personne », cracha Peter d'un ton moqueur. Laissez-moi deviner : quelqu'un qui s'appelle Artie, qui travaille au soixante-seizième étage de la compagnie et qui a accès à votre correspondance. A part vous, de qui pourrait-il s'agir ? De votre jumeau ?

Un long silence embarrassé accueillit sa remarque.

— Peut-être puis-je vous aider à clarifier la situation, intervint Mlle Harrison de sa voix basse et impassible. Monsieur Russell, connaissez-vous mon prénom ?

Peter se tourna vers elle.

— J'avoue que je l'ignore.

— Mon prénom, monsieur Russell, déclara-t-elle du ton poli et sérieux dont elle usait en toutes circonstances, c'est Artémis.

— Artémis... Artémis... Comme la divinité grecque de la chasse ? Avec Hippolyte...

— Exact.

— Artémis, répéta Peter. (Puis il sursauta violemment.) Oh ! Donc... je... euh... oh !

358

Son regard se posa tour à tour sur Arthur et Mlle Harrison. Celle-ci se leva.

— Je vais reprendre cette lettre, s'il vous plaît, monsieur Beeche. (Arthur la lui rendit, et elle y jeta un œil avant de la replier.) Je ne comprends pas comment j'ai pu la glisser dans l'enveloppe contenant votre message à M. Russell. Je suis vraiment désolée. J'espère que vous me pardonnerez ce manque de professionnalisme, monsieur. J'ai constaté que l'on s'occupe parfois mieux de certaines affaires personnelles tard le soir au bureau.

— Je vous en prie, mademoiselle Harrison. Vous n'avez pas à vous excuser. Je vous suis si reconnaissant d'être intervenue. Merci beaucoup. Vous avez poussé le sens du devoir bien au-delà de ce qui s'imposait.

— Merci, mademoiselle Harrison, renchérit Peter. Je suis désolé d'avoir fait une telle scène. Je me suis complètement trompé.

En fait, il avait la tête qui tournait. Il était à la fois stupéfait de l'aveu de Mlle Harrison et choqué d'apprendre que sa colère était infondée.

— Je suis ravie d'avoir pu vous aider, dit-elle.

— Eh bien ! s'écria Arthur. Que d'émotions ! (Il prit Peter par l'épaule et lui tendit la main.) Sans rancune, j'espère ? J'aurais agi de même. Et ce n'est pas pour me vanter, ajouta-t-il en faisant travailler sa mâchoire, mais j'ai toujours su encaisser les coups. Oublions tout ça, voulez-vous ?

Peter lui serra la main machinalement.

— Maintenant que nous avons résolu ce petit problème, que diriez-vous de boire quelque chose ?

— D'accord. Merci.

— Un scotch, comme d'habitude ?

Peter acquiesça sans un mot. Arthur se dirigea vers une table où se trouvaient quelques bouteilles et des verres et prépara leur whisky.

— Je vous en prie, Peter, dit-il en lui tendant le verre. Asseyez-vous.

Peter obéit et avala une gorgée. Arthur l'imita en lui souriant.

— Je m'excuse encore, Arthur. J'ai supposé...

— Je vous l'ai dit, c'est sans rancune. N'y pensez plus.

Peter fronça les sourcils.

— Où est Holly ? Je croyais que vous aviez prévu de sortir ce soir.

— Elle est chez elle avec un gros rhume.

— Oh.

Ils se turent un moment.

— Je suis très content que nous ayons pu lever ce malentendu, déclara finalement Arthur. Je n'imagine que trop bien votre consternation, Peter. En fait, c'est assez personnel, mais je dois vous avouer que je suis vieux jeu sur certains points, et je crois toujours que, avant le mariage, un homme et une femme... Vous voyez ce que je veux dire ? Maintenant, si un homme fréquente une femme et que tout mariage avec elle est hors de question, c'est différent. Mais il serait impensable de classer Holly dans cette catégorie.

— Oui.

— Bien. Holly est apparemment très affaiblie. Je lui ai parlé il n'y a pas longtemps et elle avait l'air mal en point.

— Oui, dit Peter, qui ne l'écoutait qu'à moitié.

— Nous avions prévu d'aller skier ce week-end, mais je me demande s'il ne vaudrait pas mieux que je l'emmène dans le sud...

Peter se redressa soudain.

— Excusez-moi, Arthur. J'ai peur de devoir partir.

— Vous... ?

— Oui, il le faut.

Déconcerté, Arthur se leva à son tour.

— Bon, puisqu'il le faut...

— Merci, Arthur. Désolé pour tout à l'heure. Bonsoir, mademoiselle Harrison. Merci.

— Bonsoir, monsieur Russell.

Arthur voulut ajouter quelque chose, mais Peter avait déjà atteint la porte.

Peter avait appelé Holly depuis le taxi pour lui dire qu'il devait absolument lui parler. « Pas de problème, viens tout de suite », avait-elle répondu. A présent, ils étaient assis chacun à un bout du canapé dans la bibliothèque de sa tante. Les jambes repliées sous elle, Holly portait un pyjama, une robe de chambre et d'épaisses chaussettes rouges. Ses cheveux pendaient mollement, le bord de ses yeux était aussi rouge que son nez, ses poches débordaient de vieux mouchoirs et elle en serrait un autre dans sa main. Jamais Peter ne l'avait trouvée aussi belle.

Une seule lampe était allumée, si bien qu'ils baignaient dans la pénombre, enfoncés dans les moelleux coussins cramoisis du canapé. Holly buvait un thé au miel, Peter un verre d'eau pétillante. Ils bavardèrent un moment de choses et d'autres, Holly s'exprimant d'une voix rauque que Peter n'avait jamais trouvée aussi douce.

Puis le silence s'installa.

— Tu voulais me parler ? finit par demander Holly.

— Oui.

Peter lui prit la main en la regardant droit dans les yeux. Durant son trajet en taxi, il avait répété son discours, celui qu'il avait ressassé des milliers et des milliers de fois déjà. Holly, il y a quelque chose que je veux te dire depuis longtemps... Maintenant qu'il s'apprêtait à prononcer ces mots pour de vrai, les battements de son cœur l'assourdissaient presque. Il se sentait comme aspiré vers le fond d'un océan et attiré au creux d'une énorme vague qui le régurgiterait bientôt sur un rivage rocheux.

— Holly, je...

— Qu'est-ce que tu t'es fait à la main ? le coupa-t-elle avec effarement. Tu as vu, elle est tout enflée !

— Ça ? Ce n'est rien. J'ai dû envoyer un type au tapis. Je te raconterai un jour. Mais ce n'est rien.

Il s'éclaircit la gorge et marqua une pause avant de reprendre.

— Holly, je...

— Flûte, attends une seconde...

Elle éternua bruyamment, sortit quelques mouchoirs froissés de sa poche et se moucha deux ou trois fois.

— Désolée.

Peter s'agita sur son coussin. Il reprit la main de Holly, inspira, souffla à fond. Le moment de vérité était arrivé.

— Holly, je...

— Tu veux que je te resserve à boire ? J'ai plein d'eau pétillante, mais il y a aussi de la bière. A moins que tu ne préfères autre chose ?

Interrompu au beau milieu de sa phrase, Peter resta bouche bée sous ce feu roulant de questions.

— Non, ça ira. Merci.

— D'accord.

Elle s'appuya contre le dossier du canapé et le regarda avec un air doux et sérieux, mais devant la lueur espiègle qui brillait dans ses yeux, il se demanda si elle ne se moquait pas de lui. Il se mit à rire.

— Qu'y a-t-il ?

— Rien. Enfin, si. Ce n'est pas grave. S'il te plaît, est-ce que tu veux bien m'écouter ?

— Bien sûr.

— Parfait.

Il la fixa de nouveau droit dans les yeux, attendit, et attendit encore, jusqu'à ce que les mots s'échappent presque tout seuls de sa bouche.

— Holly, il y a quelque chose que je veux te dire depuis longtemps. Depuis très longtemps, même. Voilà, je suis amoureux de toi. Je suis fou amoureux de toi. Je suis passionnément, désespérément, éperdument amoureux de toi. Je l'ai été à partir du moment où tu t'es assise près de moi dans l'avion. On ne s'était même pas encore parlé que je t'aimais déjà. Quand tu t'es tournée vers moi et que tu m'as souri, l'univers entier s'est illuminé. Tout me semble noir comparé à ton visage tel qu'il m'est apparu à cet instant, et tel qu'il m'apparaît encore aujourd'hui. On a commencé à discuter et les heures qui ont suivi ont été les plus belles de ma vie. Je ne sais pas pourquoi. C'est un mystère. Mais cette impression d'intimité entre nous était comme une drogue, une drogue faite de ce dont nous rêvons tous dès notre naissance. Le mot bonheur ne suffit pas à décrire ce que j'ai éprouvé. C'était si bon. S'amuser avec une personne, se sentir proche d'elle, songer en plus que cette personne est la plus belle femme du monde – parce que c'est ce que tu es –, je n'imagine rien de mieux.

« Tu connais la suite. Pendant des années, j'ai pensé à toi chaque heure, chaque minute. Chaque seconde, même ! Je te jure. Tu n'imagines pas ma souffrance chaque fois que je croyais te voir dans la rue, au restaurant ou ailleurs, et que je découvrais ensuite mon erreur. C'était un supplice.

« Et puis tu es réapparue, et des tas d'autres choses se sont produites. Mais je n'ai jamais cessé de t'aimer. Jamais.

« Je n'ai pas arrêté de me répéter que notre rencontre était voulue par le destin. Tout était programmé depuis la nuit des temps et le but d'une si longue attente – bon, d'accord, l'un des buts – était de nous réunir un jour dans le même avion, côte à côte. Seulement, au fur et à mesure que les années passaient, j'ai fini par douter. Ça ne marchait pas. Je ne pouvais pas prétendre que le destin nous avait volontairement rapprochés et refuser ensuite d'admettre qu'il nous avait séparés.

« Mais je t'aime. Je t'aime. J'aime être avec toi. J'aime ton intelligence, ton humour. Je ne vois pas comment je pourrais un jour ne plus rien avoir à te dire. J'aime ta bonté. Personne – personne – n'est aussi digne de confiance ni aussi généreux que toi. Et, oui, j'aime aussi l'enveloppe physique dans laquelle ton intelligence et ton humour se promènent, parce que tu es belle et désirable de la tête aux pieds, littéralement.

Peter se tut le temps de rassembler ses forces pour le final.

— Je sais qu'on a toujours été amis, Holly. De très bons amis. Je sais que tu m'aimes ainsi, et je suis prêt à t'entendre m'expliquer que tu ne veux pas qu'il en aille autrement. Mais est-ce que tu peux me donner un petit espoir, si infime soit-il, qu'un jour peut-être tu m'aimeras comme moi je t'aime ?

Il lui sembla que Holly l'avait dévisagé avec une grande tendresse durant son discours, mais il doutait d'avoir bien capté son attention. Sa question flotta entre eux tandis qu'elle le contemplait, les lèvres entrouvertes. Puis elle baissa la tête. Lorsqu'elle la releva, elle plongea son regard dans le sien et se pencha vers lui en s'appuyant sur son épaule.

— Non, Peter. Il n'y a aucun espoir que je t'aime un jour comme toi tu m'aimes, murmura-t-elle en l'attirant lentement vers elle. Il n'y a aucun espoir... parce que je t'aimerai toujours bien plus que ça.

Leurs lèvres s'unirent.

Le baiser dura longtemps, et il aurait pu se prolonger encore si Holly n'avait pas éclaté en sanglots. Elle serra Peter contre elle.

— Oh, Peter !

Il l'enveloppa dans ses bras et la sentit aussi légère et délicate qu'une lanterne vénitienne. Les larmes lui montèrent aux yeux. Il lui avait parlé. Ils s'étaient embrassés. Ils se tenaient enlacés. Tout cela était-il bien réel ? Il avait l'impression de planer comme dans un rêve.

Holly éternua et renifla.

— Désolée. Attends...

Elle chercha en vain un mouchoir propre, et ce fut Peter qui attrapa une boîte à côté de lui pour lui en donner un.

— Merci.

Elle se moucha, le dévora des yeux, se mit à rire, se moucha encore, essuya ses joues, se remit à rire.

— Oh, Peter ! Je suis si heureuse ! s'écria-t-elle en l'embrassant. Laisse-moi te regarder.

Elle se pencha en arrière et contempla son visage tout en l'effleurant du bout des doigts.

— Holly, dit Peter d'une voix qui ne semblait pas de ce monde. Est-ce que j'ai bien compris ? Tu veux vraiment dire... tu veux vraiment dire que tu m'aimes, toi aussi ?

— Oui ! Oui ! Oui ! (Elle éclata de rire.) Oui, je t'aime !

Durant un moment, ils se dévisagèrent sans un mot.

— Je... oh... je... bafouilla Peter. Je suis content.

Il éclata de rire à son tour. C'était la seule remarque qui lui était venue à l'esprit.

— Moi aussi ! répliqua-t-elle.

Ils échangèrent un nouveau baiser, puis Holly raconta sa version des faits.

— J'ai vécu exactement la même chose que toi. Moi aussi, je suis tombée amoureuse de toi dès l'instant où je t'ai vu. Moi aussi, j'ai adoré ces quelques heures passées dans l'avion. J'aurais voulu qu'on n'atterrisse jamais. On était ensemble, ensemble ! A part maintenant, je n'ai pas connu de bonheur comparable. Mais dans le même temps, c'était si frustrant ! Je n'arrêtais pas de penser : comment ce serait de l'embrasser, comment ce serait de l'embrasser. Durant tout le vol, même quand on discutait de sujets aussi passionnants que la disparition du vaudeville ou de je ne sais plus quoi – et c'était *vraiment* passionnant –, je ne pouvais penser à rien d'autre. Ça a été l'une de mes premières impressions, en fait. Combien tes lèvres me donnaient envie de les embrasser. (Elle les caressa et poursuivit.) Après, soupira-t-elle, il y a eu le déchirement, la douleur. Moi aussi, je me disais parfois « Oh, mon Dieu, c'est lui ! » Mais la personne se retournait et je me rendais compte qu'elle ne te ressemblait pas du tout. Pendant des années, j'ai songé à toi chaque seconde.

« Ensuite, quand on s'est retrouvés, j'ignorais quels étaient tes sentiments. Je rêvais et je fantasmais en me répétant que, peut-être, si je te parlais, tu m'avouerais que tu m'aimais aussi. Mais j'arrivais toujours à la conclusion que je me racontais des histoires. Et j'avais la trouille. Et nous n'étions pas seuls.

« Voilà. J'avais mes rêves, et maintenant ils sont devenus réalité.

De tendres murmures et diverses autres cajoleries suivirent cette remarque. Cela dura quelques minutes, au terme desquelles Holly déclara qu'elle avait un dernier point à éclaircir. Elle lui assura que ses précédentes déclarations sur son état de félicité étaient toujours valables, qu'elle n'avait jamais été si heureuse, et elle espérait qu'il lui pardonnerait si, en lui posant sa question, elle paraissait un tantinet contrariée.

Que lui réservait-elle ?

— Vas-y, répondit Peter. Pose-moi toutes les questions que tu veux.

Holly s'écarta et croisa les bras, visiblement hors d'elle.

— Très bien. Il y a une chose que je ne comprends pas : si ça a été le coup de foudre pour toi aussi, si tu n'avais jamais été plus heureux que durant ce vol, si mon visage t'illuminait plus que notre univers et tous les autres univers potentiels réunis – j'ose penser que tu les incluais, eux aussi –, alors pourquoi, pourquoi, pourquoi bon sang ne m'as-tu pas téléphoné ?

Peter la fixa d'un air interdit.

— Comment ça ? Je t'ai expliqué pourquoi il y a longtemps. J'ai perdu ton numéro.

— Mais d'après Jonathan, tu as inventé cette excuse par gentillesse.

— Quoi ?

— Oui. Il m'a répété ce que tu lui avais dit : que tu avais flashé sur moi dans l'avion, mais que cela t'était vite passé et que tu avais été tellement occupé après que tu n'avais pas pris la peine de m'appeler.

Peter en resta d'abord muet de stupéfaction.

— Jonathan t'a dit ça ? Je n'arrive pas à y croire. Enfin, peut-être que si.

Prenant les mains de Holly, il lui jura qu'il avait perdu son numéro et que leur première rencontre avait été exactement ce qu'elle avait toujours désiré qu'elle fût. Puis il lui rapporta les propos que Jonathan lui avait attribués à elle.

— Il t'a joué le même tour qu'à moi, alors ! C'est impressionnant. Il a dû sentir tout de suite qu'il y avait quelque chose entre nous.

Ils ruminèrent en silence la sournoiserie et la traîtrise du défunt.

— Je ne peux pas vraiment le blâmer, déclara finalement Peter. Après tout, il essayait juste de te garder.

Un long moment s'écoula durant lequel Peter et Holly s'embrassèrent, échangèrent des caresses et écoutèrent en boucle un certain album qui se trouvait comme par hasard dans le lecteur CD. Puis ils passèrent dans la chambre. A présent, une lumière grise filtrait au bord des rideaux. Les rideaux eux-mêmes, les draps, le tissu de la chaise, l'armoire et la commode, le papier peint, les peintures, toute la pièce formait un tableau gris monochrome, à l'exception de la tête de Holly, appuyée sur l'épaule de Peter, et de son bras nu posé sur son torse. Ils étaient si proches qu'il distinguait les reflets caramel de ses cheveux blonds et les nuances de sa peau, beige rosé sur le dessus du bras et si blanche en dessous. Il était environ cinq heures trente. C'était curieux, mais cet instant lui semblait faire directement suite à leur rencontre dans l'avion, toutes ces années plus tôt. Il avait même du mal à se souvenir de ce qui s'était produit dans l'intervalle.

Holly s'agita, resserra son étreinte et laissa échapper un petit soupir de satisfaction. Quelques minutes plus tard, elle frissonna. Ses paupières papillotèrent et elle leva la tête.

— Bonjour, dit Peter.

— Salut.

Elle prit appui sur un coude et lui caressa le visage.

— Holly...

— Oui ?

— Veux-tu m'épouser ?

Un grand sourire accueillit sa question.

— Oui.

Ils s'embrassèrent tendrement et restèrent éveillés longtemps encore, serrés l'un contre l'autre, avant de s'endormir.

Il fallait faire quelque chose concernant Arthur. Holly l'appela plus tard ce matin-là. En apprenant qu'elle allait mieux, il proposa de l'emmener dîner au restaurant, mais elle lui expliqua qu'elle préférait passer chez lui dans la soirée afin de discuter d'un sujet particulier. Assise dans le petit cabinet de travail, elle lui annonça qu'il y avait quelqu'un d'autre dans sa vie, ce qu'il prit très bien, en parfait gentleman, même s'il ne put masquer sa déception.

— Il s'est montré très gentil, très digne, raconta-t-elle à Peter à son retour.

Ainsi qu'elle l'avait prédit, Arthur n'avait rien voulu savoir sur son rival. « Ce ne sont pas mes affaires, s'était-il justifié. J'espère juste qu'il est assez bien pour toi. »

Lorsque Peter arriva à son bureau, le lendemain matin, il trouva un message de Mlle Harrison : Arthur voulait le voir. Il soupira.

Et voilà, se dit-il. Maintenant que Holly lui a signifié son congé, il n'a aucune raison de me garder. Quel grand seigneur il fait en me licenciant en personne. Peut-être devrais-je le prendre de vitesse et démissionner. Qui sait, quand il sera au courant pour Holly et moi, il voudra ma peau. Aucune importance ! Holly m'aime ! Et du moment qu'elle m'aime, je me fiche d'être viré ! Je me fiche de mourir de faim ! Je me fiche d'avoir les entrailles brûlées avec un tison chauffé à blanc !

Peter éternua, se moucha – il avait attrapé un méchant rhume – et se mit en route vers la « forteresse » d'Arthur. Mlle Harrison l'attendait de nouveau au soixante-deuxième étage. Quand ils se présentèrent devant Arthur, celui-ci était appuyé contre son bureau, les bras croisés, perdu dans ses pensées.

— Monsieur Beeche, voici M. Russell.

Beeche leva la tête avec un sourire contraint.

— Ah, Peter, oui, dit-il en lui tendant la main. Merci d'être venu.

— Bonjour, Arthur. Il vaut mieux que je ne vous serre pas la main. J'ai la grippe.

— Vous avez l'air mal en point, en effet.

368

— Oh, rien de bien grave.

Ils reprirent les mêmes places que la fois précédente, Peter sur le canapé, Arthur dans un fauteuil, et échangèrent vaguement quelques mots au sujet d'un rapport dont ils avaient eu connaissance sur le nombre incroyable d'étudiants en école d'ingénieur au Mexique.

— Puis-je vous offrir quelque chose ? demanda ensuite Arthur. Un café ? De l'eau ?

— Non, merci.

— Bon. Peter, il y a deux ou trois choses dont j'aimerais parler avec vous. Tout d'abord, je vous ai fait venir parce que... et là, je ne peux pas m'empêcher de me rappeler notre premier entretien dans cette pièce... parce que Holly et moi avons eu une petite conversation hier soir. J'ignore si vous l'avez vue, mais nous avons décidé... (Il s'interrompit.) « Nous » ! Pour qui est-ce que je me prends ! *Elle* a décidé qu'il valait mieux que nous restions amis et rien de plus. (Il grimaça.) Apparemment, elle est amoureuse de quelqu'un d'autre.

Il se tut, pensif.

Les mains moites, Peter sentait sa cravate l'étrangler.

— Oui, Holly y a fait allusion. (Il s'arma de courage pour poursuivre.) Arthur, il faut que je vous avoue...

— Non, Peter. Non. Je ne veux rien savoir.

— Mais...

— S'il vous plaît. N'en parlons plus. Je n'ai qu'une seule remarque à faire sur ce point : c'est grâce à vous que Holly est entrée dans ma vie et je vous en suis très reconnaissant. Je chérirai toujours les moments passés avec elle. Je tenais donc à vous remercier.

— Arthur, vous êtes très aimable, mais je ne mérite pas.

— Si, Peter. Vous le méritez. Donc, merci beaucoup. Maintenant la discussion est close.

— Mais, Arthur...

— J'insiste, Peter. Assez parlé de ça. Je n'évoquerai plus jamais le sujet.

Il fixa Peter d'un air si sévère que celui-ci baissa les yeux.

369

— Bien, reprit-il d'un ton très professionnel. Nous avons une autre question importante à voir ensemble. Elle concerne votre avenir dans la société.

— Oh, ça. Je suppose que vous allez me virer. Si seulement vous vouliez bien me laisser m'expliquer...

Arthur leva une main.

— Je ferais mieux de commencer.

Surpris, Peter se renfonça dans le canapé.

— Quand j'ai discuté avec Gregg Thropp du projet sur lequel vous avez travaillé avec Mac McClernand, il m'a dit des choses qui ne collaient pas avec ce que je savais de vous. Des choses qui m'ont même paru de plus en plus incompréhensibles à mesure que j'apprenais à vous connaître. Je n'ai jamais fait confiance à cet homme, aussi, j'ai mené ma petite enquête et, comme il me l'avait suggéré, j'ai appelé Rich Hooper et Andrea Larsen pour les interroger sur une présentation que vous aviez faite et qui apparemment s'était mal passée. Ils m'ont en effet confirmé que cette réunion n'avait pas été terrible.

— Oui, mais...

Arthur leva de nouveau une main.

— S'il vous plaît, je pense que la suite vous intéressera. Rich et Andrea m'ont décrit votre idée, et je dois avouer que je la trouve fascinante.

— Vraiment ?

— Oui. J'ai été très impressionné en particulier par votre analyse des risques du marché des hypothèques. Je suis d'accord avec vous : une telle entreprise serait certainement gigantesque et très complexe. Pourtant, je veux qu'on le fasse.

— Vous êtes sérieux ?

— Oui. Maintenant, venons-en à cette histoire avec McClernand. D'après Thropp, ce projet émanait de vous, vous aviez demandé à travailler avec McClernand et vous teniez a garder secret ce que vous faisiez. Mac a beau être aujourd'hui dans un institut spécialisé du Connecticut où on le maintient presque en permanence sous sédatif, j'ai réussi à bavarder avec lui à un moment où il était à peu près lucide.

(Le regard d'Arthur se perdit dans le vide.) Mac McClernand... On a du mal à le croire aujourd'hui, mais c'était quelqu'un autrefois. Je n'oublierai jamais le jour, il y a plusieurs années, où Seth et moi nous sommes lancés dans une opération boursière d'envergure que nous estimions particulièrement rusée. Nous avons vendu à découvert les obligations d'une compagnie et conservé ses actions en misant sur une remontée des cours. Dès qu'il a eu vent de l'affaire, Mac a modifié nos positions. Au final, nous avons fait un petit bénéfice, mais il nous a passé un savon mémorable en nous montrant tout ce qui aurait pu nous conduire à la catastrophe. Durant les semaines suivantes, j'ai vu avec horreur le cours des obligations et des actions évoluer dans le mauvais sens. Nous aurions perdu des millions sans lui. Et si nous avions eu affaire à mon père... ! (Arthur rit doucement, puis se tourna vers Peter.) Dans tous les cas, Mac m'a dit que ce projet était le sien et que c'était Thropp qui vous avait envoyé travailler avec lui. Il m'a aussi dit qu'il avait tout expliqué à Thropp à l'automne.

— Oui, c'est exact.

— Peut-être alors pouvez-vous me raconter le reste de l'histoire ?

— Très bien. Thropp me déteste. J'en ignore la raison, rien ne le justifie. Mais il a décidé de faire de ma vie un enfer.

— Par pur sadisme. Continuez.

— Au début, il s'est montré très amical envers moi, et quand je lui ai touché un mot de mon idée il a décidé d'organiser une présentation sommaire devant deux ou trois personnes. Mais une fois dans la salle de réunion, je suis tombé de haut en découvrant qui était là et quelles attentes il avait soulevées. Quelques-uns de ses protégés, qu'il avait visiblement briefés à l'avance, m'ont soumis à une attaque en règle. Après ça, Thropp m'a annoncé qu'il m'affectait au service de McClernand dans l'espoir de ruiner davantage encore ma réputation. Pour une raison ou pour une autre, j'avais perdu mes soutiens dans la société, mais il estimait qu'il ne pouvait toujours pas justifier mon licenciement. De toute façon, il voulait me voir souffrir. Quand Mac lui a confié ce que nous faisions, il était aux anges.

— Je comprends. Mais pourquoi ne pas lui avoir joué un sale coup à votre tour ?

— Je... je l'ignore. J'ai envisagé plusieurs options, mais pas celle-là.

— Il faut toujours poignarder des gens comme Thropp dans le dos, Peter. C'est bon pour vous, c'est bon pour la maison, et surtout c'est bon pour l'humanité.

— Oui, monsieur.

— Bien. Tout ceci correspond à ce à quoi je m'attendais.

Arthur appuya sur un bouton de son téléphone.

— Oui, monsieur ? résonna une voix dans le haut-parleur.

— Mademoiselle Harrison, j'ai peur que, d'ici dix heures ce matin, Gregg Thropp n'ait décidé de quitter Beeche & Co afin de consacrer plus de temps à sa famille. Occupez-vous des détails, voulez-vous ?

— Oui, monsieur.

— Et répandez la nouvelle. Il serait honteux de notre part de ne pas mettre les autres en garde contre M. Thropp, y compris nos concurrents, vous ne trouvez pas ?

— En effet, monsieur.

— Merci, mademoiselle Harrison. Ce sera tout.

— Très bien, monsieur.

Après qu'elle eut raccroché, Arthur sourit à Peter.

— Quand nous en aurons fini avec lui, Thropp ne pourra même plus travailler comme guichetier à Bouse-les-Oies. Bon, à présent que Thropp est parti, il reste à savoir qui pourrait le remplacer. Vous auriez une suggestion ?

— Voyons. Il serait présomptueux de ma part de vous conseiller, mais est-ce que Kearney ne serait pas un choix logique ? Ou Poschl ?

— Bien vu. Ce sont d'excellents candidats. Mais j'avais quelqu'un d'autre en tête.

— Oh ?

Arthur lui adressa un sourire entendu.

— Oui, Peter. Je me demandais si le poste de Thropp vous intéresserait.

Le poste de Thropp ! Ce serait un énorme bond en avant accompagné d'une tout aussi énorme augmentation de sa prime. Peter en croyait à peine ses oreilles.

— Alors, qu'en dites-vous ?

— Ce que j'en dis ? Oui ! Cent fois oui ! Je suis ravi et honoré, Arthur...

— Formidable. Vous ferez du bon travail, j'en suis certain. (Arthur se leva et lui serra la main.) Félicitations !

— Merci, Arthur. Merci !

— Et vous qui pensiez que j'allais vous virer ! s'amusa Arthur en lui donnant une grande tape dans le bras. Moi, vous virer !

Peter s'assombrit soudain.

— Hum, Arthur... Il faut que je vous avoue quelque chose. Il le faut, mais quand je l'aurai fait... eh bien... vous risquez de changer d'avis. Au sujet de cette proposition, je veux dire.

Le sourire d'Arthur s'évanouit.

— Je ne comprends pas.

— Nous ferions peut-être mieux de nous rasseoir.

Ils reprirent place sur leurs sièges respectifs.

— Désolé, je vous demande juste une seconde... (Peter éternua.) Désolé, répéta-t-il en ajustant sa cravate.

Arthur attendit d'un air impassible, mais profondément perplexe.

— Euh... Arthur, vous savez, ce sujet dont nous parlions tout à l'heure...

— Holly et moi ? Je vous le répète, Peter, je ne souhaite plus l'évoquer.

Bien qu'Arthur n'eût pas haussé le ton, ses mots produisirent autant d'effet qu'une rangée de mitraillettes.

— Oui, bien sûr. Je respecte votre décision. Mais il y a tout de même une chose que vous devriez savoir. Croyez-moi.

Arthur le fixa avec sévérité, avant de céder.

— D'accord. Je vous écoute.

— Parfait. Parfait. (Peter s'agita sur son siège.) Alors, euh... comme vous l'expliquiez, Holly a semble-t-il quelqu'un dans sa vie qui lui inspire des sentiments de nature... de nature romantique, pourrait-on dire. Des sentiments que, selon elle, elle n'éprouve pas nécessairement envers vous, malgré son désir, son vif désir, de rester votre amie.

— Exact.

Peter s'efforça d'afficher son sourire le plus engageant.

— La vie réserve parfois de drôles de surprises, hein ? De très drôles de surprises. (Il laissa échapper un rire nerveux, puis se reprit.) Bref, ce que je voulais vous dire... Vous voyez, cette autre personne... cette autre personne qu'elle a mentionnée et envers qui elle éprouve des sentiments de nature romantique, pourrait-on dire...

— Oui ?

— Eh bien, en fait, il se trouve que cette personne, c'est moi.

Peter sentit toute la force d'Arthur se concentrer en lui en même temps que son front s'empourprait de fureur. Quel physique impressionnant avait cet homme !

— Vous !

— Oui. Je suis désolé. Cela date d'il y a longtemps, mais jusqu'à avant-hier, aucun de nous ne soupçonnait les sentiments de l'autre à son égard. Nous nous aimons depuis des années.

Arthur sembla grandir et s'élargir comme un super-héros qui aurait tombé le masque. Il en imposait tant que Peter se prépara à être réduit en bouillie par un coup de poing ou une décharge de rayons gamma.

— C'est donc chez elle que vous avez couru l'autre soir ?

— Oui.

— Et à ce moment-là, vous avez compris tous les deux que vous vous aimiez depuis le début ?

— Oui.

— Je vois.

Arthur regarda Peter avec l'air de vouloir se jeter sur lui, mais soudain, tout son corps se détendit. Il s'adossa à son fauteuil, les muscles relâchés, et durant une minute entière, il s'absorba dans ses pensées en hochant la tête.

— Ma femme Maria est morte il y a dix ans. Je l'aimais et je suis longtemps resté inconsolable. En fait, je ne me suis jamais vraiment remis de sa disparition. Mais après quelques années, tout le monde a estimé qu'il était temps pour moi de me remettre à sortir. J'en ai convenu, mais quelle triste expérience cela a été ! Alors j'ai renoncé. Maria me manquait toujours, et même si je me sentais seul, essayer de la remplacer n'arrangeait rien, bien au contraire. Ce n'est pas si grave, pensais-je. L'avantage, en étant seul, c'est que tu peux abattre une belle somme de travail.

« Depuis peu, cependant, un changement s'est produit en moi. Je n'ai pas cessé d'aimer Maria, mais je commence à avoir envie de vivre à deux. Quand j'ai rencontré Holly, c'est comme si tout un pan éteint de ma vie s'était soudain rallumé.

Arthur sourit à ce souvenir.

— J'ai été très heureux ces dernières semaines, reprit-il. Je me suis laissé aller à rêver que cela ne finirait jamais. Pourtant, je crois que je savais au fond de moi que le cœur de Holly était déjà pris. J'ignorais totalement par qui, mais si j'avais été un peu plus futé, j'aurais pu le deviner. Holly n'arrêtait pas de glisser votre nom dans nos conversations. Je n'y ai jamais vraiment prêté attention, si ce n'est pour me dire qu'elle essayait peut-être de vous pistonner auprès de moi. Cela montre combien on peut se croire au centre du monde dans une situation pareille.

« Ma foi, Peter, je suis heureux pour elle, et pour vous aussi. Enfin, peut-être le serai-je d'ici une vingtaine d'années.

— Merci, Arthur. Merci d'être si compréhensif.

— Oh, et en ce qui concerne ma proposition...

— Oui ?

— Vous avez forcé ma porte, vous m'avez frappé et j'apprends maintenant que vous m'avez volé la femme que je désirais. Malgré ça, je compte toujours vous accorder une grosse promotion et une prime bien supérieure à celle que vous touchez. Il va falloir que je demande à Mlle Harrison de me surveiller. Ma place est peut-être auprès de Mac McClernand.

Le mariage de Holly et Peter fut célébré par une belle journée de mai. Le divorce avec Charlotte, on ne peut plus simple et amical, avait été vite réglé. Charlotte avait même ri en avouant à Peter qu'elle en avait rajouté dans le mélodrame parce qu'elle ne voulait surtout pas qu'il la soupçonne de l'aider. (Elle avait quant à elle épousé Maximilien-François-Marie-Isidore dans son château ancestral quelques jours à peine après être officiellement redevenue libre.)

Ce fut une assemblée enjouée qui se réunit pour fêter le mariage, mais le plus enthousiaste de tous était sans conteste Arthur Beeche, qui avait insisté pour que la cérémonie ait lieu dans sa chapelle privée et la réception chez lui. Charlotte et son nouvel époux avaient fait le déplacement. Si Maximilien-François-Marie-Isidore avait l'air d'une poupée endimanchée avec sa chemise blanche et son costume noir trop grand, au moins s'était-il rasé de près et faisait-il preuve d'une rare bonhomie – conséquence de son propre bonheur. Les Russell s'étaient félicités du mariage de leur fils avec Charlotte, mais ce jour-là, leurs sourires étaient encore plus radieux. Leurs filles, elles, baignaient dans une douce euphorie à la perspective d'avoir Holly pour belle-sœur. Les amis de Peter, à défaut d'avoir tout suivi depuis le début, retenaient ce qui pour eux était l'essentiel : Peter avait rompu avec une fille qu'ils avaient toujours trouvée barbante pour en épouser une qui était franchement super (et belle avec ça). Dans la mesure où l'on souhaite toujours le bonheur de ses amis, ils étaient ravis, et dans la mesure où il est inévitable que l'on passe du temps avec les femmes de ses amis et qu'on préfère qu'elles ne soient pas barbantes (et plutôt belles), ils se réjouissaient peut-être encore plus. Alex, la sœur de Holly, jugeait l'histoire des futurs mariés à la fois romantique et profondément spirituelle.

Graham éprouvait une grande joie et aussi du soulagement. Il s'était inquiété pendant trente ans à l'idée que Holly ne trouve pas un homme digne d'elle. Rien n'était acquis dans la vie, il ne l'ignorait pas, mais il semblait que la question fût réglée en ce qui la concernait. La mère de Holly se mélangeait allègrement les pinceaux entre Peter et Jonathan, mais elle parvint à se concentrer suffisamment pour dire à Graham :

— Jonathan était très beau, mais je crois que je préfère Peter. Je me demande même s'il n'est pas plus gentil.

D'autres encore étaient présents. La mère de Charlotte, qui avait toujours beaucoup aimé Peter. Son fiancé, le Dr Smythe – celui-là même qui s'était rendu si utile le soir de la mort de Jonathan. Le frère de Charlotte, David, avec une veste lustrée et un peu plus remplumé. Outre que sa venue aurait été surprenante, Dick avait une raison particulière de manquer à l'appel. Plusieurs clients s'étaient plaints de son travail, et la menace de Beeche & Co de traiter avec un autre cabinet juridique avait fini par provoquer son renvoi. Son intéressement aux résultats avait par ailleurs été liquidé afin de rembourser ses dettes. Il y avait aussi Mlle Harrison, accompagnée d'Isabella. Et enfin Julia, dont le bébé, un garçon prénommé Peter, était âgé de deux mois. Lorsqu'ils furent présentés, Arthur se montra intrigué.

— Je me souviens d'une Julia Dyer qui est morte il y a environ trente ans. Vous devez être une parente ?

— Oh, oui. C'était ma grand-mère.

— Quelle drôle de coïncidence ! Quand j'ai commencé ma carrière de collectionneur, j'ai acheté plusieurs biens qui faisaient partie de sa succession. Je revois encore la vente : je m'étais juré de n'acheter qu'un seul lot, mais ça a été plus fort que moi. J'étais très nerveux quand j'ai surenchéri sur une table basse. Les prix s'envolaient littéralement ! (Il secoua la tête avec amusement.) Aujourd'hui, tous ces objets valent cent fois ce que je les ai payés.

Julia sourit, mais une ombre voila son regard.

— Oui, elle possédait de très belles choses. Je n'avais aucune idée de leur valeur, mais je n'en ai oublié aucune. On allait chez ma grand-mère tous les dimanches et son salon est resté gravé dans ma mémoire. Je crois même que je pourrais vous le dessiner dans les moindres détails : les bergères, la statue du faune, l'horloge, la petite table que vous avez mentionnée, avec ses ornements en chrysocale, les tableaux – tous ces portraits de gens si laids. Ma grand-mère avait quelques toiles impressionnistes qui n'étaient pas très bonnes, mais que j'aimais beaucoup. Malheureusement, j'ai peur que tous ses biens aient été dispersés. Seul mon oncle doit encore avoir une paire de chandeliers. Vous savez, c'est vraiment dommage, poursuivit-elle d'une voix songeuse. Mon père et lui n'ont eu qu'une obsession pendant des années et des années, même si cela leur passait par moments : s'enrichir. S'ils avaient conservé tout ce qu'ils ont reçu en héritage, ils n'auraient rien eu à faire pour y arriver.

— La clé de la réussite, décréta Arthur avec solennité, c'est d'avoir suffisamment de liquidités pour attendre que les marchés repartent à la hausse.

Au silence de sa compagne Arthur se rendit compte qu'il venait de commettre un faux pas en traitant avec autant de désinvolture un sujet qui semblait encore la peiner.

— Pardonnez-moi, dit-il. Vous devez regretter tous ces souvenirs. (Il réfléchit.) Aimeriez-vous en revoir certains ? La plupart se trouvent dans une maison que je possède à Long Island, d'autres sont à l'abri dans des garde-meubles. A moins que cela ne vous soit trop pénible... (Son visage s'éclaira.) Je sais ! Vous pourriez en choisir quelques-uns et je serais ravi de vous les offrir.

— Oh, non ! Je ne peux pas accepter.

— S'il vous plaît. Nous n'aurons qu'à qualifier ça de prêt permanent, comme le font les musées. Ce serait un plaisir pour moi.

— Non, s'entêta Julia. En revanche, je les reverrais volontiers. Mais je risque de verser quelques larmes, je vous préviens.

— Parfait ! Il ne nous reste plus qu'à choisir un week-end où vous et votre...

— Il n'y a pas de « et ». J'ai été mariée au père de Charlotte, l'ex-femme de Peter, mais nous venons de divorcer. Mais je serais tout de même accompagnée par quelqu'un. Est-ce qu'un petit garçon de deux mois vous dérangerait ?

— Un petit garçon ? Aucun problème ! J'adore les bébés. Cette vieille maison n'en a pas vu depuis très longtemps. Maria et moi n'avons pas eu d'enfants...

— Dick et moi non plus.

Il fallut un moment à Arthur pour comprendre la situation de Julia.

— Je vois, dit-il enfin. Alors le père de l'enfant... ?

— Il est mort soudainement il y a plusieurs mois.

— Quelle horreur ! C'est terrible. Je suis désolé.

Ils restèrent silencieux quelques instants.

— Et comment s'appelle votre petit garçon ? s'enquit Arthur.

— Peter.

— Excellent prénom ! s'écria-t-il en riant.

Il voulut savoir à quel stade il en était de son développement. Tenait-il sa tête ? Quel était son jouet préféré ?

Julia entreprit de lui décrire toutes les mimiques de son fils, le bruit mignon qu'il faisait en éternuant, leurs petits jeux ensemble, quand elle agitait un tigre en peluche sur son ventre pour le faire rire, et l'odeur de pain grillé de sa tête. Puis elle rougit.

— Je suis désolée ! Je dois vous ennuyer avec mes histoires. Je m'étais pourtant promis de ne pas compter parmi ces femmes qui, après avoir accouché pour la première fois, n'arrêtent pas de parler de leur enfant comme si personne sur terre n'en avait jamais eu.

Arthur la regarda avec bienveillance.

— Ne vous excusez pas ! Tout ça m'intéresse beaucoup, et j'ai hâte de faire la connaissance de maître Peter. Mais je dois vous avertir : il y a dans mon personnel quelques femmes âgées qui le gâteront peut-être outrageusement.

379

— J'en serais ravie. En ce qui me concerne, personne ne fait jamais trop grand cas de mon fils.

— Alors c'est réglé. Je vous appellerai et nous fixerons une date.

— C'est si gentil à vous, Arthur. J'ai presque du mal à y croire. Merci !

Songeant à sa grand-mère et à sa propre nourrice, Julia sentit les larmes lui monter aux yeux.

— Regardez, voilà Graham Edwards, le père de Holly, dit-elle pour changer de sujet. Avez-vous vu ses films ?

Le prêtre, un homme encore jeune, avec une barbe taillée de près et des manières passablement familières, chercha un peu trop souvent à faire de l'humour dans son homélie, mais du moins sa jovialité s'accordait-elle avec l'état d'esprit de l'assistance, où les visages exprimaient un ravissement particulier que l'on n'observe pas toujours dans de telles occasions. Il était si évident que Holly et Peter s'aimaient et leur union semblait si juste que personne ne pouvait demeurer insensible à la joie ambiante.

Au moment adéquat, Holly et Peter répondirent tous les deux « oui ». Suivirent des cantiques et des lectures. Puis un nouvel échange de vœux. Le prêtre, sourire béat aux lèvres, leur fit alors un signe de tête, et ils s'embrassèrent longuement sous les exclamations et les rires de l'assistance. Lorsqu'ils se détachèrent l'un de l'autre, les jeunes mariés éclatèrent de rire eux aussi.

Epilogue

Maggie O'Sullivan venait de sortir de sa douche. Grande, forte d'épaules, de poitrine et de hanches, elle avait de longs cheveux roux ondulés qui lui collaient pour l'heure à la peau, et sur le haut des seins des taches de rousseur un peu plus claires que ses cheveux. Enroulée dans sa serviette, elle traversa aussi discrètement que possible la chambre qui séparait la sienne de la salle de bains. C'était un dimanche matin, et sa colocataire était au lit avec un type tatoué dans le dos que Maggie n'avait encore jamais vu.

Après avoir enfilé un jean et un tee-shirt à col en V, elle se prépara son petit déjeuner, qu'elle prit sur la petite table en bois éraflée de sa chambre, qui faisait aussi office de salle à manger et de salon. A son arrivée à Manhattan, elle avait partagé avec plusieurs filles un loft au loyer astronomique, situé dans un quartier déprimant, et elle avait du mal à accepter de n'avoir pas trouvé mieux qu'un F-2 en colocation au fin fond de Brooklyn lorsque cet arrangement avait pris fin. L'appartement était lumineux, le coin tranquille, sympa et relativement sûr, mais si loin de Manhattan ! Or elle ne rêvait que de vivre à Manhattan. Parfois, elle avait l'impression qu'elle n'aurait pas été plus avancée si elle était retournée dans le New Jersey. Les gens de son quartier disaient qu'ils prenaient le « train » pour se rendre « en ville », et elle avait entendu parler de vieilles dames qui n'avaient même jamais quitté Brooklyn !

Elle était sortie de l'université avec un diplôme d'art dramatique en poche – ce qui faisait d'elle une actrice sur le papier –, mais sans le moindre projet en tête. Très soutenue par ses parents, elle était venue à New York et avait donc emménagé dans ce fameux loft avec une amie et trois filles dont elle ne savait rien. Puis elle avait pris des cours de théâtre tout en faisant des petits boulots à côté – essentiellement des missions en intérim dans des bureaux, bien qu'elle eût aussi officié un temps derrière le comptoir d'un bar à soupes gastronomique.

Naturellement, Maggie ne voulait, du moins à court terme, pas tant suivre des cours ou être intérimaire que sortir le soir. Elle n'avait pas assez d'argent pour s'accorder ce plaisir tous les jours, mais elle n'en manquait pas non plus au point de s'en priver complètement. Malgré sa résolution de se limiter aux week-ends, elle succombait à la tentation plusieurs fois par semaine, dépensait plus qu'elle ne pouvait se le permettre, arrivait souvent au boulot avec une gueule de bois et manquait d'énergie pendant ses ateliers de théâtre. Elle était aussi tombée amoureuse deux ou trois fois. En somme, en dehors des appels passés à ses parents pour leur demander de la renflouer et des visites qu'elle leur rendait, durant lesquelles la question de savoir comment elle justifiait sa vie flottait entre eux comme une mauvaise odeur, elle s'amusait beaucoup. Et elle parvenait à apaiser les craintes des parents et les siennes en leur racontant des bobards sur un poste qu'elle espérait décrocher dans un magazine, ou un nouveau cours auquel elle allait s'inscrire, ou encore une émission de télé à laquelle elle pourrait peut-être participer grâce à une relation.

Mais cela faisait maintenant trois ans que la jeune femme avait terminé ses études et elle n'avait pas plus progressé que le jour de son arrivée. Pour ajouter à son humiliation, sa vie nocturne était devenue plus difficile à poursuivre sur le plan logistique, même si nombre de ses amis vivaient eux aussi à Brooklyn. Au final, rien n'avait marché pour elle, et elle éprouvait chaque jour une panique insidieuse en songeant à son avenir.

La meilleure idée qu'elle eût trouvée avait été de s'inscrire en maîtrise aux beaux-arts, option photographie. Durant ses précédentes études, elle avait pris quelques cours qui lui avaient relativement plu et elle s'en était bien sortie. De temps en temps, le week-end, elle prenait des photos ou allait voir des expos, mais pour être honnête les occasions étaient très rares. Elle se persuadait pourtant sans trop de peine que la photographie était une passion – ou tout du moins qu'elle pourrait le devenir pour peu qu'elle s'y mette à fond – et qu'entamer un deuxième cycle universitaire était un but sérieux. Elle avait aussi vaguement conscience d'espérer que ce cursus serait une oasis qui lui offrirait durant deux ans une raison d'être – « je suis en maîtrise » –, qu'elle arriverait à persuader ses parents de financer ses études et qu'ils l'aideraient un peu, enfin beaucoup, à vivre au quotidien. Maggie ressentait un pincement de culpabilité lorsqu'elle imaginait la manière dont ils s'efforceraient de l'encourager et de se montrer fiers d'elle alors même qu'ils doutaient si visiblement de la valeur d'une telle formation et que le coût de l'inscription les choquait. Au fond d'elle-même, elle s'en voulait de profiter ainsi d'eux. Et ses grands-parents, que diraient-ils ? Deux d'entre eux n'avaient jamais fait d'études et le père de sa mère avait payé les siennes en faisant le débardeur et en jouant aux cartes. Comment jugeraient-ils une fille prête à débourser des milliers de dollars pour apprendre à faire des photos ? Mais elle tentait de chasser ces pensées et, quand elle n'y parvenait pas, recourait à deux arguments qui marchaient à tous les coups : c'était vraiment ce qu'elle voulait faire et ce diplôme était des plus sérieux. Pourquoi les universités le proposeraient-elles sinon ? Le seul problème était que remplir la demande d'inscription, constituer un portfolio et réunir des lettres de recommandation lui semblait un défi insurmontable.

Maggie ruminait ses soucis jour et nuit. Mais il y avait un autre sujet qui la préoccupait encore plus. Un an et demi après son arrivée à New York, quelque chose s'était passé dont personne, à l'exception de ses deux meilleures amies, n'était au courant. Maggie avait noué une liaison avec un écrivain bien plus âgé qu'elle. Un écrivain marié.

Il s'appelait Jonathan Speedwell. Un jour qu'elle travaillait dans son bar à soupes, il surgit à l'heure du déjeuner. Dès lors, Maggie le vit presque quotidiennement. Elle l'avait remarqué la première fois parce qu'il était particulièrement beau. Grand, mince, avec des cheveux châtains bouclés, des yeux bleus et un teint pâle. Elle revoyait ses mains délicates lorsqu'il prenait le bol de soupe qu'elle lui tendait.

Jonathan était toujours poli et amical, mais il se contenta au début de lui sourire en la saluant. Ensuite, elle le surprit deux ou trois fois qui la dévisageait et qui détournait vivement la tête lorsque leurs regards se croisaient. Puis ils en vinrent à échanger quelques mots sur des sujets sans importance. Jonathan était timide et baissait souvent le nez quand ils discutaient. Mais quand il l'observait, ses yeux semblaient vouloir lui dire quantité de choses. Pour finir, il l'invita à aller boire un café après son travail. Le temps passant, le café céda la place à un verre, et le verre à un dîner.

Très vite, la vie entière de Maggie tourna autour de ses rendez-vous avec Jonathan. Quand elle travaillait au restaurant et qu'arrivait le moment du déjeuner, elle devenait nerveuse et se demandait si elle le verrait ce jour-là. Quand ils avaient prévu de se retrouver quelque part, son cœur battait de plus en plus vite à mesure que l'heure approchait. Jonathan était drôle et il l'écoutait raconter sa vie ou exposer ses opinions avec tant d'attention. Parfois, elle se sentait gênée de parler beaucoup plus que lui. Lorsqu'elle le lui avoua, il sourit en lui effleurant le bras. « Ne t'inquiète pas, tes pensées sont bien plus intéressantes que les miennes, surtout pour moi. Les miennes, je les connais par cœur. » Alors elle s'épancha encore plus. Elle ignorait ce qu'elle vivait au juste, mais elle était si détendue qu'elle ne pouvait plus s'arrêter. Et puis, il était si séduisant. Et c'était un écrivain ! Bien qu'elle n'eût jamais entendu parler de lui, elle l'avait regardé avec admiration dès l'instant où il lui avait confié ce qu'il faisait dans la vie et où elle avait découvert que, même si ses deux romans ne s'étaient pas beaucoup vendus, ils avaient été très bien accueillis par la critique. Elle les avait lus, les avait adorés, et les avait relus. A chaque fois, ils la laissaient en larmes.

Un soir, ils se retrouvèrent au bar du café plus ou moins devenu leur lieu de rendez-vous habituel. Ils bavardaient de choses et d'autres, mais Jonathan semblait avoir l'esprit ailleurs et il ne cessait de la dévisager avec une intensité particulière. Le silence s'installa entre eux. Il sirota sa bière, puis fixa son verre, qu'il tenait à deux mains.

— Maggie... Tu sais ce qui se passe, n'est-ce pas ?

Elle ne dit rien, incapable qu'elle était de prononcer le moindre mot.

Jonathan se tourna vers elle et glissa ses doigts entre les siens.

— Ce qui se passe, reprit-il avec un mélange de joie, de tristesse et de bravoure, c'est que je suis en train de tomber amoureux de toi.

Elle se mit à pleurer. Jonathan serra sa main plus fort.

C'est ainsi que tout commença. Ils étaient trop bouleversés pour réfléchir ce soir-là, mais lorsqu'ils se revirent quelques jours plus tard, ils décidèrent de tout arrêter.

— J'aime Holly, expliqua Jonathan, et ce n'est pas juste pour toi de continuer ainsi.

Si douloureux cela fût-il, Maggie se plia à la décision de Jonathan. Elle ferait ce sacrifice pour le bien de Jonathan et pour son propre bien.

Inévitablement, quelques jours à peine s'écoulèrent avant qu'ils ne reviennent sur leur décision. Ils firent l'amour pour la première fois une semaine après la déclaration de Jonathan.

Durant les mois suivants, Maggie ne vécut que pour lui. Quand le reverrait-elle ? Quand le tiendrait-elle de nouveau dans ses bras ? Comme elle l'avait pressenti, il était fort, et elle aimait caresser ses flancs musclés. Faire l'amour avec

Jonathan lui donnait l'impression de n'avoir jamais fait l'amour auparavant. Aucun autre homme ne lui avait procuré autant de plaisir ni n'avait été si proche d'elle. Jonathan lui conseilla pourtant très tôt de ne pas s'amouracher de lui.

Bien sûr, il était trop tard.

Elle avait une « liaison ». Jamais elle n'avait envisagé une chose pareille. Et cette liaison, elle l'avait avec un brillant écrivain. Il l'emmenait dans de bons restaurants et lui offrait des cadeaux – de vrais cadeaux, par exemple une broche en onyx et en diamants pour son anniversaire. Elle n'avait pas la moindre idée de son prix. Tout était si merveilleux. Elle nageait dans le bonheur, mais parce que cette histoire était secrète et l'emplissait d'un sentiment de culpabilité, elle souffrait également et éprouvait en permanence une vive frustration. Jonathan avait si peu de temps à lui consacrer. Enfin, d'une certaine façon, cette douleur aussi était délectable.

Puis un drame terrible se produisit. Jonathan mourut accidentellement. Maggie n'en sut rien pendant quelques jours et, dans l'intervalle, sombra dans le désespoir parce qu'il avait raté un rendez-vous et n'avait ni appelé ni répondu à ses messages. Inconsolable et furieuse à la fois, elle se persuada qu'il l'avait plaquée. Ce fut Gina, l'une des amies à qui elle s'était confiée au sujet de Jonathan, qui lui apprit la nouvelle par téléphone. Elle travaillait dans l'édition et avait entendu quelques éditeurs évoquer la mort de Jonathan. Il y avait même eu une petite nécrologie dans le *New York Times*.

Maggie eut l'impression d'avoir le souffle coupé. Durant plusieurs secondes terrifiantes, elle fut incapable de respirer.

— Maggie, Maggie, ça va ?

Elle éclata en sanglots incontrôlables.

Maggie passa une semaine à pleurer, sans bouger de son lit. Elle manqua ses cours. Elle perdit son travail.

Jonathan avait été le grand amour de sa vie, elle en était convaincue. Depuis sa mort, il ne s'était pratiquement pas écoulé une heure sans qu'elle pense à lui. Elle ignorait ce qui se serait produit s'il avait vécu. Il aimait sa femme, n'aurait pas été heureux si celle-ci avait dû souffrir. Ils comptaient avoir des enfants, n'est-ce pas ? Elle en concluait donc que cette liaison passionnelle n'aurait pas duré. Ou peut-être que si, qui sait... Enfin, Jonathan et elle auraient au moins eu plus de temps ensemble.

Lorsqu'elle se leva ce dimanche matin, Maggie avait en tête un projet particulier. C'était le premier anniversaire de la mort de Jonathan et elle tenait à aller se recueillir sur sa tombe. Pour cela, il lui fallait effectuer un long trajet en métro, raison pour laquelle elle voulait partir de bonne heure. Elle rinça sa tasse à café et son assiette, attrapa ses clés et son portefeuille, se regarda dans le miroir et ébouriffa ses cheveux humides. Elle chercha ensuite son livre.

Un jour qu'ils envisageaient d'aller boire un verre après avoir fait l'amour, Jonathan avait reçu un coup de fil sur son téléphone portable.

« Hé ! Ça fait plaisir d'avoir de tes nouvelles ! » s'était-il exclamé.

Il avait prévenu Maggie qu'il risquait d'en avoir pour un moment et était passé dans la pièce à côté.

Pendant ce temps, elle avait écrit dans son journal intime, puis cherché des yeux quelque chose à lire. Il y avait des piles de livres partout alentour. Inspectant l'une d'elles, elle était tombée sur une version poche de *La Montagne magique*, de Thomas Mann.

« Tu crois que j'aimerais ça ? » avait-elle demandé à Jonathan lorsqu'il était revenu.

Durant un bref instant, il n'avait pas su quoi répondre.

« Oui, tu devrais le lire. C'est... c'est parfois assez dur, mais oui, vas-y.

— Je n'ai jamais rien lu de *Thauw-mass Mauwnn*. Il était au programme d'un cours que j'ai voulu suivre un jour et que j'ai abandonné.

— Sans vouloir te vexer, s'était-il amusé, vas-y doucement avec la prononciation. »

Elle avait rougi.

« Hé, tu n'as pas à avoir honte, avait-il dit en s'asseyant près d'elle pour la prendre dans ses bras.

— C'est une fille du genre m'as-tu-vu qui m'a appris ça quand j'étais en résidence universitaire.

— Tu vois ? Il ne faut pas devenir comme elle. »

Tout contact physique entre Jonathan et Maggie se terminait toujours par des ébats. Celui-là n'avait pas fait exception à la règle.

Maggie avait emprunté le livre et l'avait commencé à plusieurs reprises, mais sans jamais réussir à beaucoup avancer dans l'histoire. Elle l'avait mis de côté après la disparition de Jonathan, pour le reprendre finalement quelques jours avant l'anniversaire de sa mort. Elle en était à une douzaine de pages et songeait à présent que ce serait un bon moyen de passer le temps pendant son trajet jusqu'au cimetière.

L'ayant retrouvé sous un magazine, elle alla prendre son métro. Elle reprit sa lecture : « Mais au premier étage, Hans Castorp s'arrêta soudain, immobilisé par un bruit absolument atroce qui se faisait entendre à une faible distance, derrière un tournant du corridor, un bruit pas trop fort, mais d'une sorte si évidemment abominable que Hans Castorp fit une grimace et regarda son cousin avec des yeux dilatés. C'était une toux évidemment, la toux d'un homme ; mais une toux qui ne ressemblait à aucune autre que Hans Castorp eût jamais perçue [...] [1] »

Il ne serait pas tout à fait exact de dire que le roman captiva Maggie. En fait, son marque-page ne bougea pas d'un iota. Bercée par les oscillations rythmiques du train, elle rêvassa en contemplant les passagers dont la grande diversité reflétait les différents quartiers de la ville. A plusieurs reprises, elle s'assoupit.

Parvenue à destination, elle sortit avec des personnes qui, de manière très incongrue, portaient des sacs de clubs de golf.

---

1. Thomas Mann, *La Montagne magique. Op. cit.*

La matinée était devenue brûlante, avec juste quelques petits amas de nuages dans le ciel dégagé. Maggie descendit la grande volée de marches partant du quai et aperçut l'entrée du cimetière, un énorme portail en fer forgé grand ouvert. Elle prit alors conscience qu'elle n'avait aucune idée de l'endroit où se trouvait la tombe de Jonathan. Un gardien en nage se tenant non loin de là, elle s'approcha de lui.

— Comment fait-on pour savoir où est enterré quelqu'un ? demanda-t-elle.

Elle se sentait nerveuse et, si insensé que cela puisse paraître, elle craignait que cet homme ne devine son secret. Avec la même brusquerie qu'une ouvreuse au cinéma ou dans un stade, il la dirigea vers le bureau d'accueil.

Maggie n'avait jamais vu d'endroit en ville qui fût aussi paisible et silencieux que celui-là. De grands arbres feuillus bordaient un gazon vert soigneusement entretenu. Elle fut stupéfaite par la taille des mausolées, dont certains étaient même entourés de terrasses avec des balustrades. Ces manoirs de pierre ressemblaient à une version miniature de la ville aisée près de laquelle habitaient ses parents.

A l'image du gardien, les employés du bureau d'accueil, l'air las et blasé, ne donnaient pas l'impression de travailler dans un cimetière. Une femme derrière un comptoir tapa le nom de Jonathan sur son ordinateur et, parce qu'elle n'obtint pas d'emblée la tombe correspondante, déclara avec une pointe d'agacement qu'il n'était pas enterré là. Maggie insista. L'employée chercha encore. Ayant enfin repéré Jonathan, elle tendit une carte à la jeune femme en lui expliquant rapidement où aller, puis se concentra sur une autre tâche sans même lui laisser le temps de la remercier.

Les allées avaient toutes des noms de rues comme on en voit dans les vieilles villes pittoresques. Maggie avança le long de l'allée des Epicéas en tapotant son livre contre sa jambe. C'était un bonheur de passer dans l'ombre des arbres entre deux bandes de soleil brûlant. Il n'y avait personne, elle avait les lieux pour elle seule. Cela s'accordait parfaitement avec la richesse et le côté dramatique qu'elle associait à Jonathan.

Le carré des Speedwell était situé a l'intersection de l'allée des Ormes et de l'allée des Erables. Au centre se dressait un imposant tombeau en pierre, entouré de sépultures disposées en cercles concentriques. Il ne lui fallut pas longtemps pour trouver la plus récente. Elle ne portait aucune trace d'érosion, et les lettres et les chiffres composant le nom de Jonathan ainsi que ses dates apparaissaient en partie ombrés, créant un effet de lumière contrastée. Il y avait également une inscription, dont Maggie aurait presque juré qu'elle était en latin.

Elle fixa la pierre tombale en revoyant le visage de Jonathan. Elle se rappela la manière dont il baissait les yeux sur elle après l'amour, ainsi que sa voix et la douceur de ses mains.

— Oh, Jonathan, murmura-t-elle, les larmes aux yeux.

L'amour et la douleur la broyaient dans leur étau. Jonathan était le seul homme qu'elle aimerait jamais, elle le savait. Qu'allait-elle devenir ? Jamais, jamais elle n'éprouverait de sentiments comparables pour personne. Sans doute se marierait-elle. Elle épouserait un type gentil et un soir, en rentrant d'une soirée où quelque chose lui aurait fait penser à Jonathan, il la surprendrait en train de pleurer sans raison apparente, et elle devrait décider de lui avouer ou pas la vérité.

Que fait-on dans un cimetière ? Maggie n'en avait pas la moindre idée et, n'ayant pas acheté de fleurs, elle se sentait perdue. Puis elle s'agenouilla, posa son livre, prit le petit crucifix qui pendait à son cou et joignit les mains. Les yeux clos, elle commença à prier. Elle pria pour l'âme de Jonathan en suppliant Dieu de l'admettre au paradis, si tant est qu'il ne l'ait pas déjà fait. Elle pria pour son salut à elle et demanda pardon pour ses péchés. Elle pria Jésus en l'implorant de l'aider à porter son fardeau.

Elle formula toutes ces suppliques à voix basse et les répéta plusieurs fois en y ajoutant le Notre-Père et le Je vous salue Marie, jusqu'à ce qu'elle soit dérangée par des voix. Les sens soudain en alerte, elle tendit l'oreille. C'était un homme et une femme, et ils s'approchaient de plus en plus. Elle aurait dû deviner que d'autres qu'elle viendraient ce jour-là ! Toujours à genoux, elle alla se cacher derrière la tombe avant de jeter un coup d'œil à l'allée. Elle retint une exclamation : le couple se dirigeait vers elle, et la femme n'était autre que Holly Speedwell, la veuve de Jonathan ! Elles ne s'étaient jamais rencontrées, mais Maggie la reconnaissait pour l'avoir vue sur des photos. Elle l'avait même aperçue en chair et en os lors de deux ou trois lectures publiques faites par Jonathan auxquelles elle avait assisté incognito.

Elle paniqua, sans savoir que faire, avant d'aviser un énorme sycomore derrière elle. A condition de rester courbée en deux, elle pourrait l'atteindre sans être remarquée. Elle se précipita vers l'arbre, le contourna vivement et s'appuya contre le tronc, le cœur battant à se rompre. Elle s'était un peu calmée quand elle songea soudain : Oh mon Dieu ! Le livre ! Je l'ai laissé sur la tombe ! Mais il était trop tard. Holly et l'homme qui l'accompagnait devaient être arrivés dans l'intervalle parce qu'elle distinguait clairement ce qu'ils disaient.

— Nous y voilà, déclara l'homme en soupirant.

Ils demeurèrent silencieux un instant.

— « "Le Seigneur garde ceux qui sont simples." Psaume 116 », lut-il.

C'était l'inscription qui figurait sur la pierre tombale.

— Très joli, commenta Holly. Encore que ça ne s'applique pas vraiment à cet endroit.

— En effet.

Maggie entendit l'un d'eux faire quelques pas.

— Regarde celle-là, dit Holly. Tu as vu cette toute petite tombe ? Curtis, 1887-1888. Et là, un couple, Minturn et Catherine. Ils sont morts tous les deux en 1919. Probablement à cause de l'épidémie de grippe.

Un nouveau silence suivit ces paroles.

— Tous ces morts, reprit Holly. C'est tellement déprimant. Dire qu'ils ont été vivants un jour, qu'ils avaient des activités, qu'ils allaient à des matches de base-ball... Et maintenant, plus rien. C'est dur à comprendre. Quand les gens qu'on aime meurent, on a du mal à croire qu'ils sont partis, et pourtant ils *sont* partis. On a beau se dépenser sans compter pour essayer de s'en remettre, c'est la vérité. Et l'univers s'en moque complètement. Ou, même sans parler de l'univers, regarde ces nuages qui se promènent là-haut comme des poètes solitaires. Ils ignorent ce qu'il y a en dessous d'eux et n'en ont rien à faire. Ou ce gros sycomore, là-bas. (Elle marqua une pause.) Désolée, je suis lugubre. Est-ce qu'une femme qui va bientôt avoir un bébé a le droit d'avoir de telles pensées ?

— Je crois que oui.

Un bruit de tissu froissé suggéra à Maggie que le couple s'étreignait.

— Où est-il ? demanda Holly. Je ne m'en souviens pas.

— Moi non plus.

Ils firent quelques pas, lentement, puis Holly appela son compagnon.

— Ce doit être celle-là, là-bas. La nouvelle.

Ils s'approchèrent encore davantage de Maggie jusqu'à se retrouver juste derrière elle. Là, ils se figèrent et prirent une inspiration.

Un long moment s'écoula sans qu'aucun d'eux ne dise rien.

— Holly, déclara ensuite l'homme. Tu vois ce que je vois ?

— Je pleure. Je ne vois plus rien.

— Rassure-moi, je n'hallucine pas ?

— Non, pas du tout.

— Hum... Tu as réussi à mettre la main sur ton exemplaire ?

— Non. Ça m'ennuie beaucoup. Je n'arrête pas d'ouvrir des cartons en espérant qu'il sera à l'intérieur, mais non, je ne sais pas où il est.

— D'accord. Aucune importance. Je posais la question par curiosité, parce qu'il n'y a pas la moindre chance que ton livre à toi et celui-là...

— Non, c'est impossible.

Adossée à l'arbre, Maggie fixa un autre carré familial avec une immense statue d'ange. Elle ressentait des picotements dans tout le corps. La faute à ses nerfs, se persuada-t-elle. Mais elle était aussi stupéfiée par leurs propos. Le livre... ce n'était pas n'importe quel livre pour eux. Il signifiait quelque chose.

— L'un de nous devrait le ramasser, dit l'homme.

— Je vais le faire.

— D'accord.

Maggie entendit Holly fouler l'herbe.

— Voilà.

— Voilà, répéta l'homme.

— Je suppose qu'il faudrait maintenant l'examiner avec attention.

— Je suppose aussi.

— Très bien. Attention... C'est la même édition et... Oh, Peter ! Il manque la page de titre ! Bon, il y a un moyen d'en être sûrs... (Elle feuilleta les pages.) Voyons voir. Ce devrait être aux deux tiers du livre environ. Le chapitre avec la tempête de neige – celui que tu préfères... (Elle arrêta de tourner les pages et poussa un petit cri.) Peter, lis ça !

— « De ces promenades Hans Castorp était plus que rassasié. »

— Non ! En face. Regarde ce qui est écrit dans la marge.

Il y eut une pause.

— « Ai rencontré P. »

Nouvelle pause.

— Oh. Mon. Dieu.

— Comme c'est bizarre, dit-il.

— Peter, c'est notre livre magique ! Il nous est revenu, tu te rends compte ! Il nous est revenu *ici* ! Tu sais ce que ça signifie ?

— Je crois... je crois... enfin, je n'en suis pas sûr. Qu'est-ce que ça signifie d'après toi ?

— Aucune idée. Mais n'est-ce pas merveilleux ?

— Et comment !

Maggie les entendit rire et pleurer et s'embrasser. Cela dura quelques instants. « Ai rencontré P. » P... L'homme s'appelait Peter ! Que fallait-il en déduire ? Leur émotion, ajoutée à la sienne et au mystère qui planait sur cette histoire, lui donnait le vertige, et ce d'autant plus qu'elle n'osait presque pas respirer.

— Tu te souviens de ça ? demanda Peter lorsque Holly et lui eurent recouvré leur calme. (De nouvelles pages furent tournées.) « L'homme ne doit pas laisser la Mort régner sur ses pensées au nom de la bonté et de l'amour. »

— Bien sûr. Le passage en italique. C'est absolument sidérant. Irréel, même.

— Incroyable.

— Il y a forcément une explication.

— Quand t'es-tu rendu compte qu'il avait disparu ?

— Peu de temps après avoir emménagé chez Jonathan. Je le gardais dans une boîte à part, mais j'ignore ce qui s'est passé, tous nos livres ont été mélangés. J'ai fouillé ses affaires aussi, sans jamais le retrouver. Qui sait ? C'est peut-être un message qu'il nous adresse depuis l'au-delà pour nous donner sa bénédiction. (Elle rit.) Non, je ne crois pas à ce genre de signe.

— Pauvre Jonathan. Mais dis-moi, c'est quoi, cette inscription, là ?

— Oh, ça. Après notre mariage, Jonathan a rédigé son testament en y insérant une lettre avec ses instructions pour deux ou trois choses. Il avait planifié son enterrement, par exemple. Il voulait un requiem grégorien – un truc pas simple, en somme – et aussi cette inscription sur sa tombe.

— Qu'est-ce qu'elle veut dire ?

— *Celui qui gît ici à l'état de poussière grossière fut un jour l'esclave d'un seul amour.*

L'esclave d'un seul amour, pensa Maggie. Oui, il devait s'agir de Holly. Ce n'était que justice, mais elle ressentit un coup au cœur. Avait-elle compté pour Jonathan ? Assurément. Il l'avait aimée elle aussi, elle en était certaine.

Soudain, Maggie eut envie de quitter sa cachette. Elle voulait aider Holly et Peter, leur expliquer tout, se confesser et pleurer avec eux sur Jonathan. Cette tension en elle devenait insupportable, et il lui fallut faire appel à toute sa volonté pour ne pas bouger.

— Tu sais, dit Peter, j'oublie parfois que, sans Jonathan, on ne se serait peut-être jamais retrouvés. Il n'était pas franchement parfait, et je me demande parfois pourquoi il était mon meilleur ami, mais il me manque beaucoup.

— A moi aussi.

— S'il nous voyait, je serais curieux de savoir ce qu'il penserait. Il serait heureux, à coup sûr. Jonathan avait au moins cette qualité : il était toujours heureux pour ses amis.

— Et il tenait tant à avoir des enfants. Sur ce point aussi, il se réjouirait pour nous.

— Oui. (Peter se tut un instant.) Donne-moi ta main, Holly.

Durant plusieurs minutes, Maggie n'entendit pas le moindre bruit. Il n'y avait pas un souffle de vent.

— Prêt ? demanda Holly.

— Prêt.

Mais il ne se passa rien. Ce n'est qu'au bout d'un moment que Maggie perçut des bruits de pas qui s'éloignaient vers l'allée.

Des larmes roulèrent sur ses joues et elle frissonna en silence. Elle attendit, attendit, attendit. Une demi-heure s'écoula. Puis elle s'éclipsa.

Cet ouvrage a été imprimé en France par

CPI
Bussière

à Saint-Amand-Montrond (Cher)
en mai 2009

Composition et mise en pages : FACOMPO, LISIEUX

N° d'édition : 7542. — N° d'impression : 091479/1.
Dépôt légal : juin 2009.